빨강 머리 앤 1

Anne of Green Gables

빨강 머리 앤 1

Anne of Green Gables

루시 모드 몽고메리 지음 | 박혜원 옮김

더모던
Themodern

Anne of
Green Gables

차례

Anne of
Green Gables

1

레이철 린드 부인이 놀라다

레이철 린드 부인은 에이번리 마을의 큰길이 작은 골짜기 쪽으로 비탈져 내려가는 곳에 살았다. 길가에 오리나무와 귀걸이를 닮은 후크시아 꽃나무가 늘어섰고, 오래된 커스버트네 농가가 자리한 숲에서 시작한 개울이 집 앞을 가로질렀다. 개울은 숲속 깊은 상류에서 어두운 비밀을 간직한 폭포와 둘웅덩이를 만들며 복잡하게 뒤엉켜 세차게 흐르다가, 린드 부인의 집 앞에 이를 즈음에는 조용하고 잔잔해졌다. 개울조차 레이철 린드 부인의 집 앞을 지날 때는 예의 바르고 얌전하게 흘러야 한다는 것을 아는 모양이었다. 어쩌면 린드 부인이 창가에 앉아 개울이든 아이들이든 앞을 지나는 것은 무엇이든 놓치지 않고 눈여겨보고, 조금이라도 이상하거나 평소와 다르다 싶으면 그 까닭과 사정을 캐내고 만다는 것을 알아서인지도 모르겠다.

에이번리뿐 아니라 어느 동네에나 자기 일은 내팽개친 채 다른 사람 일에 참견하는 이들이 있다. 하지만 레이철 린드 부인은 자기 일을 깔끔하게 처리하면서 남의 일까지 거들어대는 능력 있는 사람이었다. 타고난 살림꾼으로 집안일에 어디 하나 흠잡을 데가 없었다. 재봉 봉사회를 이끌었고 주일학교 운영을 도왔으며, 교회 봉사회와 해외 선교 지원단의 가장 든든한 후원자였다. 이 모든 일을 다하고도 몇 시간이고 부엌 창가에 여유롭게 앉아서 '무명실'로 침대보를 떴고, 에이번리의 주부들은 린드 부인이 침대보를 열여섯 장이나 떴다며 감탄하고는 했다. 린드 부인은 침대보를 뜨면서도 골짜기를 가로지르며 언덕 위로 굽이굽이 가파르게 올라가는 큰길에서 시선을 떼지 않았다. 에이번리는 세인트로렌스 만 쪽으로 튀어나온 작은 삼각형 모양의 반도에 위치해서 양쪽이 바다였다. 따라서 마을에서 나가거나 마을로 들어오는 사람은 누구든지 그 언덕길을 지나야 했고, 무엇 하나 놓치는 법이 없는 레이철 린드 부인의 감시를 피할 길이 없었다.

6월 초순의 어느 오후, 레이철 린드 부인은 부엌 창가에 앉아 있었다. 창으로 환하고 따스한 햇살이 비쳐 들었다. 집 아래 비탈진 과수원에 새 신부의 얼굴처럼 발그레한 연분홍 꽃들이 활짝 피어서 많은 벌들이 윙윙 날아들었다. 에이번리 사람들이 '레이철 린드의 남편'이라고 부르는, 체구가 작고 성품이 온순한 토머스 린드는 헛간 너머 언덕 밭에서 때늦은 순무씨를 뿌리고 있었다. 매슈 커스버트도 초록 지붕 집 위쪽 개울가의 널찍한 붉은 밭에서 순무씨를 뿌리고 있을 터였다. 레이철은 어제저녁, 카모디의 윌리엄 J. 블레어네 가게에서 매슈가 내일 순무씨를 뿌릴 거라고 피터 모리슨에게 말하는 것을 들어 알고 있었다. 먼저 질문한 사람은 당연히 피터였다. 매슈 커스버트는 어떤 얘기든 평생 먼저 꺼내는 법이 없었다.

그런데 그런 매슈 커스버트가 한창 바쁠 오후 3시 30분에 유유히 마차를 몰고 골짜기를 지나 언덕을 오르고 있었다. 하얀 칼라가 달린 가장 좋은 옷까지 빼입은 것을 보면 에이번리 마을 밖으로 나가는 게 분명했다. 게다가 밤색 암말이 끄는 2인승 마차까지 탔으니 꽤 먼 거리를 간다는 뜻이었다. 이 시간에 매슈 커스버트가 어디를 가는 거지? 도대체 무슨 일로?

매슈가 아닌 다른 에이번리 주민이었다면,

린드 부인은 재빨리 이런저런 정보들을 끼워 맞춰 이 두 가지 질문에 꽤 그럴듯한 추측을 내놓았을 것이다. 그러나 매슈는 좀처럼 집 밖에 나서지 않는 사람이니, 뭔가 급하고 심상치 않은 일이 있는 게 분명했다. 그는 부끄러움을 아주 많이 타서 낯선 사람과 만나거나 말을 섞어야 하는 자리에 나서기를 몹시 꺼렸다. 하얀 칼라가 달린 옷을 차려입은 매슈가 마차를 모는 모습은 쉽게 볼 수 있는 장면이 아니었다. 아무리 이리저리 생각해 보아도 마땅히 답이 떠오르지 않자, 린드 부인의 즐거운 오후는 엉망이 되었다.

마침내 이 존경스러운 부인은 마음을 먹었다.

"차를 마신 뒤에 초록 지붕 집에 가서 매슈가 어디를 갔는지, 무슨 일로 갔는지 마릴라에게 직접 들어야겠어. 매슈는 매년 이맘때면 웬만해서는 시내에 나가지 않고 절대 다른 사람 집도 방문하지 않는다고. 순무씨가 부족해서 사러 가는 길이라면 마차를 타고 저렇게 차려입을 리가 없지. 마차를 느긋하게 모는 걸로 봐서 의사를 부르러 간 것도 아니고. 어젯밤 이후로 갑자기 나갈 일이 생긴 게 분명해. 도무지 모르겠단 말이야. 오늘 매슈가 무슨 일로 에이번리를 나갔는지 알기 전에는 신경 쓰여서 아무것도 못하겠어."

그렇게 해서 린드 부인은 차를 마신 뒤 집을 나섰다. 그리 먼 길은 아니었다. 과수원에 둘러싸인 커스버트네 집은 아무렇게나 크게 지어 올린 모양이었고, 린드 부인이 사는 골짜기에서 400미터가 채 안 되는 거리에 있었다. 하지만 워낙 좁고 긴 시골길이라 실제보다 훨씬 멀게 느껴졌다. 매슈의 아버지도 아들만큼이나 부끄럼을 많이 타고 말수가 적어서, 농장터를 잡을 때 숲속에 완전히 파묻히지는 않으면서 사람들과 가능한 한 제일 멀리 떨어진 곳을 선택했다. 그래서 땅을 개간하여 가장 끄트

머리에 현재의 초록 지붕 집을 지었고, 지금도 에이번리의 다른 집들이 옹기종기 모여 있는 큰길에서는 초록 지붕 집이 거의 보이지 않았다. 레이첼 린드 부인은 그런 곳에 사는 건 사는 게 아니라고 생각했다.

"그건 그냥 머무는 거지."

린드 부인은 마차 바퀴 자국이 푹 팬 오솔길을 걸으며 혼잣말을 했다. 오솔길 양옆에 들장미 덤불이 늘어서고 풀이 무성했다.

"이렇게 외딴 곳에 둘만 덜렁 사니 매슈나 마릴라나 별난 것도 당연해. 나무와 친구가 될 것도 아니고. 하긴 그 둘은 그걸로 족하다고 하겠지만. 그래도 사람을 보고 살아야지. 뭐, 두 사람은 만족하는 거 같긴 해도 그건 익숙해져서 그런 거지. 사람은 어디든 익숙해지기 마련이니까. 목을 매달아 놔도 거기에 익숙해진다*는 아일랜드 속담도 있잖아."

그러는 사이 린드 부인은 오솔길을 벗어나

초록 지붕 집의 뒷마당에 들어섰다. 녹음이 푸르른 마당은 잘 정돈되어 매우 깔끔했다. 한쪽에는 오래된 버드나무들이 든든하게 자리를 지켰고 맞은편에는 포플러나무들이 우직하게 서 있었다. 잔가지 하나, 돌멩이 하나 보이지 않았다. 그런 것들이 있었다면 린드 부인의 눈에 띄지 않을 리 없었다. 린드 부인은 마릴라가 집 안을 청소하는 만큼 마당도 깨끗이 쓸고 닦았다고 생각했다. 땅에 떨어진 음식을 흙도 털지 않고 주워 먹을 수 있을 것 같았다.

린드 부인은 부엌문을 탕탕 두드린 뒤 들어오라는 소리에 안으로 들어섰다. 초록 지붕 집의 부엌은 쾌적하니 기분 좋은 공간이었다. 아니, 질릴 정도로 깨끗해서 아무도 사용하지 않는 응접실처럼 보였고, 안 그랬다면 기분이 더

---

* "A body can get used to anything, even to being hanged."

쾌적했을 것이다. 부엌 창은 동쪽과 서쪽으로 나 있었다. 뒷마당이 내다보이는 서쪽 창으로 부드러운 6월 햇살이 한가득 쏟아져 들어왔다. 반면 동쪽 창은 포도 넝쿨로 파랗게 뒤덮여 있어서, 왼쪽 과수원에 활짝 핀 하얀 벚꽃과 개울 옆 골짜기 아래에서 가지를 늘어뜨린 늘씬한 자작나무만 힐끗 보였다. 마릴라는 햇빛이 별로 달갑지 않아 부엌에 앉을 때면 늘 동쪽 창가에 앉았다. 진지하게 임해야 할 세상에서 햇빛은 너무 가볍고 허황되게 보였다. 지금도 마릴라는 동쪽 창가에서 뜨개질을 하고 있었는데, 그 뒤에 놓인 식탁에 저녁 식사가 차려져 있었다.

린드 부인은 문을 채 닫기도 전에 식탁 위에 차려진 접시 세 개를 머릿속에 담았다. 마릴라는 매슈가 누군가를 데려오면 함께 저녁을 먹을 생각인 게 분명했다. 하지만 접시는 평소에 쓰던 것들에다가 꽃사과잼과 케이크

한 개가 전부였다. 기다리는 사람이 별로 특별한 손님은 아니라는 뜻이었다. 그럼 매슈가 차려입은 하얀 칼라 옷과 밤색 얼말은 뭐지? 비밀이라곤 없이 조용하던 초록 지붕 집이었는데, 뜻밖에 등장한 수수께끼 때문에 린드 부인은 갈피를 잡을 수가 없었다.

"레이철, 어서 와요. 저녁 날씨가 정말 좋죠? 앉으세요. 다들 잘 지내죠?"

마릴라는 기분이 좋아 보였다.

마릴라와 린드 부인은 서로 닮은 점이 없었지만, 어쩌면 그 때문에 두 사람 사이에는 우정이라고밖에 달리 표현할 길이 없는 뭔가가 존재했다.

마릴라는 큰 키에 몸에 굴곡이라고는 없이 꽤 마른 편이었다. 그리고 군데군데 희끗거리는 검은 머리를 언제나 뒤로 틀어 올려 철사 머리핀 두 개로 단단히 고정시켰다. 세상 경험이 적고 고지식한 인상을 풍겼는데 실제로도 그랬다. 하지만 다행히 말할 때 조금만 다듬으면 유머 감각이 있다는 말을 들을 것도 같았다.

"우리는 다 잘 지내요. 그런데 매슈가 오늘 어디 가던데 마릴라한테 무슨 일이 있나 걱정했어요. 혹시 의사를 부르러 간 게 아닌가 해서요."

린드 부인이 말했다.

마릴라는 그럴 줄 알았다는 듯이 입술을 실룩였다. 린드 부인이 찾아올 것을 이미 짐작하고 있었다. 매슈가 그렇게 생뚱한 모습으로 마을을 나가는 광경을 봤으니 린드 부인의 호기심이 발동하고도 남으리라 생각한 것이다.

"오, 아니에요. 어제는 두통이 심했지만 지금은 괜찮답니다. 오라버니는 브라이트리버 역에 갔어요. 노바스코샤의 고아원에서 남자아이를 한 명 데려오기로 했는데, 그 아이가 오늘 저녁 기차로 도착하거든요."

매슈가 오스트레일리아에서 온 캥거루를

데리러 갔대도 이보다 더 놀라지는 않았을 것이다. 린드 부인은 정말로 5초 동안 말문이 탁 막혀 버렸다. 마릴라가 자신을 놀릴 리는 만무했지만 그런 생각을 안 할 수가 없었다.

"마릴라, 정말이에요?"

린드 부인은 겨우 입을 열고 추궁하듯이 물었다.

"그럼요."

마릴라는 노바스코샤에서 고아 소년을 데려오는 것이 별일 아닌 것처럼 말했다. 마치 제대로 된 에이번리 농가라면 봄에 으레 있는 일인 양 말이다.

린드 부인은 큰 충격을 받았다. 머릿속은 놀라서 느낌표로 가득 찼다. 남자애라니! 다른 사람도 아니고 마릴라와 매슈가 남자애를 입양한다고! 그것도 고아원에서! 세상에 말도 안 돼! 이보다 더 놀랄 일은 없을걸! 절대 없지!

"도대체 왜 그런 생각을 한 거예요?"

린드 부인이 못마땅한 듯 따져 물었다. 자신에게 조언을 구하지 않고 벌어진 일이었으니, 당연히 못마땅했다.

"글쎄요. 오래전부터 생각했던 일이에요. 사실 겨울 내내 생각했답니다. 크리스마스 전날 알렉산더 스펜서 부인이 왔었잖아요. 그때 봄에 호프타운에 있는 고아원에서 여자아이를 데려올 거라고 하더군요. 사촌이 거기 살아서 스펜서 부인도 몇 번 가봤고 그곳 사정도 잘 아나 보더라고요. 그래서 그 뒤로 오라버니와 저도 간간이 그런 얘기를 나눴죠. 남자아이가 있으면 좋겠다고요. 오라버니도 나이를 먹었고. 벌써 예순이니, 기력이 예전만 못하고 심장 때문에 많이 힘들어하거든요. 일꾼 들이는 게 얼마나 골치 아픈 일인지 알잖아요. 멍청하고 덜떨어진 프랑스 사내애들뿐이고 쓸 만한 일꾼이 없어요. 게다가 기껏 가르쳐 놔도 바닷가재 통조림 공장이나 미국으로 내빼버리니까요. 처음에 오라버니가 영국 사내애들을 데려오자고 하더군요. 하지만 내가 안 된다고 딱 잘랐어요. 그 애들도 괜찮죠. 나쁘다는 게 아니에요. 그저 런던 거리를 떠돌던 애들보다는 적어도 우리 캐나다에서 태어난 아이면 한다고 말했죠. 어떤 아이를 데려오든 감수할 부분이야 있겠지만, 캐나다 아이면 마음도 편하고 밤잠도 더 푹 잘 거 같았거든요. 그래서 스펜서 부인한테 여자아이를 데리러 갈 때 우리도 아이를 한 명 데려다 달라고 부탁하기로 했죠. 지난주에 스펜서 부인이 간다더라고요. 그래서 카모디에 사는 리처드 스펜서 씨의 가족에게 말을 좀 전해 달라고 했더요. 열 살에서 열한 살 정도에 똘똘하고 믿음직한 남자아이로 데려다 달라고요. 그 정도 나이면 잔심부름도 시키고 제대로 가르치기에도 딱 좋은 것 같아요. 아이한테 좋은 가정 환경도 만들어 주고 학교 교육도 받게 하려고요. 오늘 우체부가 스펜서 부인이 역으로 보낸 전보를 가져왔는데, 아이가 저녁 5시 반 기차로 올 거라더군요. 그래서 오라버니가 브라이트리버 역으로 마중 나간 거예요. 스펜서 부인은 그 역에서 아이를 내려 주고 화이트샌즈 역까지 가야 하니까요."

린드 부인은 언제나 자기 생각을 이야기하는 데 나름 자신이 있었다. 그래서 이 놀라운 소식에 마음을 가다듬고 자신의 생각을 밝히기 시작했다.

"마릴라, 솔직하게 말할게요. 아주 어리석고 위험한 일을 벌인 거 같아요. 두 사람은 지금 본인들이 무슨 일을 하고 있는지도 모르고 있어요. 생판 모르는 아이를 집에 들이고 가족으로 받아들이려는 거잖아요. 그 아이에 대해 털끝만큼도 아는 게 없으면서요. 성격은 어떤지, 부모는 어떤 사람이었는지, 나중에 커서 어떻게 될지 전혀 모른단 말이죠. 왜 그 지난주에 신문 기사를 읽었는데, 섬 서쪽 끝에 사는 어떤 부부가 고아원에서 남자아이를 데려왔대요. 근데 그 아이가 한밤중에 집에 불을 냈다는 거죠. 마릴라, 일부러 불을 냈다니까요. 하마터면 침대에서 타 죽을 뻔한 거죠. 또 어떤 입양한 아이는 툭하면 날달걀을 빨아먹었는데, 끝까지 그 버릇을 못 고쳤대요. 미리 내게 의견을 구했더라면 그런 생각은 절대 하지도 말라고 말해 줬을 텐데. 마릴라, 미리 얘기하지 그랬어요."

달갑지 않은 조언에도 마릴라는 기분 나빠하지 않았고 놀라지도 않았다. 마릴라는 뜨개질을 계속하며 말했다.

"레이철, 그 말도 물론 일리가 있어요. 나도 전혀 꺼림칙하지 않은 건 아니에요. 하지만 매슈 오라버니의 마음이 이미 기운 게 눈에 보여서 내가 물러섰답니다. 오라버니가 뭔가에 열의를 보이는 경우가 흔치 않아서 그럴 때면 내가 꼭 져줘야 할 거 같거든요. 그리고 위험한 거야, 세상 살면서 사람 하는 일이 다 그렇죠.

그렇게 따지면 부부가 임신해서 아이를 낳는 것도 위험 부담이 있죠. 아이마다 전부 잘 크는 건 아니니까요. 게다가 노바스코샤는 우리 섬과 바로 붙어 있잖아요. 영국이나 미국에서 데려오는 것과는 다르죠. 그 애는 우리와 크게 다르지 않을 거예요."

린드 부인은 불쾌한 마음을 숨기지 않는 목소리로 의구심을 쏟아냈다.

"그렇다면야, 별 탈 없기만을 바랄게요. 다만 그 애가 초록 지붕 집을 불태워버리거나 우물에 독약을 풀거나 해도, 왜 안 말렸냐며 나를 원망하지는 말아요. 뉴브런즈윅 주에서 실제로 고아원 출신 아이가 그런 짓을 해서 온 가족이 끔찍한 고통 속에서 죽었다더군요. 여자애였다고는 하지만요."

"글쎄요, 우린 여자아이를 데려오는 게 아니니까요."

마릴라는 우물에 독을 푸는 게 지극히 여성

스러운 행동이라는 듯이, 남자아이는 그런 걱정을 할 필요가 없다는 식으로 말했다.

"여자아이를 기를 생각은 추호도 없어요. 스펜서 부인이 여자아이를 입양한다기에 나도 놀랐어요. 스펜서 부인이야 마음만 먹으면 고아원도 통째로 입양할 사람이죠."

린드 부인은 매슈가 돌아오는 모습을 보고 싶었지만 그러려면 줄잡아도 두 시간은 넘게 기다려야 했다. 그래서 그 길로 로버트 벨의 집으로 가서 소식을 전하는 게 낫겠다고 결론을 내렸다. 이 소식은 분명 엄청난 파장을 일으킬 터였고, 린드 부인은 이런 얘깃거리를 만드는 것을 무엇보다도 즐겼다. 그렇게 린드 부인은 초록 지붕 집을 나섰고, 린드 부인의 비관적인 생각들 때문에 두려움과 의심이 되살아나던 마릴라는 그제야 다소 마음이 놓였다.

린드 부인은 조심스럽게 오솔길로 들어서면서 불쑥 내뱉었다.

"허, 다른 사람도 아니고! 꿈은 아니겠지. 음, 그 어린것도 안됐네. 매슈와 마릴라는 아이에 대해 아무것도 모르니까, 어린애한테 제 할아버지보다도 더 현명하고 의젓하길 바라겠지. 그 아이한테 할아버지가 있기나 했을까 싶지만 말이야. 어찌됐든 초록 지붕 집에 어린아이라니, 상상이 안 가네. 그 집에 아이가 있었던 적이 한 번도 없었지, 아마. 그 집에서 살기 시작한 게 둘이 다 자라서였으니까. 두 사람한테 어린 시절이 있기나 했는지도 모르겠어. 지금 둘을 보면 태어날 때부터 저 모습이었을 거 같다니까. 나라면 무슨 일이 있어도 그 집에 입양되지는 않을 텐데. 아이고, 불쌍해라."

린드 부인은 들장미 덤불을 향해 마음에 가득 찬 말들을 쏟아냈다. 바로 그 순간 브라이트리버 역에서 얌전히 기다리고 있는 그 아이를 직접 봤다면, 불쌍한 마음은 한층 더 깊고 강해졌을 것이다.

2

매슈 커스버트가 놀라다

매슈 커스버트는 밤색 암말이 끄는 마차를 몰고 브라이트리버 역까지 12킬로미터가 넘는 길을 기분 좋게 달렸다. 아담한 농장들 사이로 난 아름다운 길이었다. 마차는 향긋한 전나무 터널도 지나고, 야생 자두나무 꽃이 말갛게 핀 골짜기도 달렸다. 사과밭에서 날아든 꽃향기로 공기는 달콤했고, 푸른 들판이 저 멀리 진줏빛과 자줏빛 안개가 피어오르는 지평선까지 펼쳐져 있었다.

작은 새들이 노래했네
단 하루뿐인 여름날인 것처럼*

매슈는 나름대로 풍경을 즐겼지만, 여자들을 마주쳐 인사해야 하는 순간만큼은 그러지 못했다. 프린스에드워드 섬에서는 길에서 사람을 만나면 알든 모르든 서로 눈인사를 나눠야 했다.

매슈는 마릴라와 린드 부인 말고는 모든 여자가 무서웠다. 그 수수께끼 같은 피조물이 자신을 보며 속으로 비웃는 것 같아서 불편했다. 어쩌면 매슈의 짐작이 맞을지도 몰랐다. 매슈의 외모가 특이하긴 했으니까. 생긴 건 투박한데다 회색 머리카락이 구부정한 어깨까지 길게 내려왔고, 스무 살을 넘기면서부터 한결같

---

* 제임스 러셀 로웰(미국의 시인, 비평가)의 시 〈론팔 경의 꿈〉 중에서

이 덥수룩하니 연갈색 턱수염을 하고 있었다. 회색 머리만 다를 뿐, 스무 살 때나 예순 살인 지금이나 별반 다를 게 없었다.

브라이트리버 역에 도착했지만 열차가 지나간 흔적은 없었다. 매슈는 너무 일찍 왔다고 생각하며 조그마한 브라이트리버 호텔 마당에 말을 묶은 뒤 역사로 향했다. 긴 플랫폼은 거의 텅 비어 있었다. 눈에 띄는 사람이라고는 플랫폼 맨 끝에 쌓아둔 지붕 널빤지 더미에 앉은 아이뿐이었다. 매슈는 여자아이라는 사실을 알아차리자마자 눈길도 주지 않고 몸을 옆으로 돌려 되도록 빨리 지나쳤다. 만약 매슈가 아이를 봤다면, 잔뜩 긴장했으면서도 기대감에 차 있는 몸짓과 표정을 알아봤을 것이다. 소녀는 그 자리에 앉아 무언가를, 어쩌면 누군가를 기다리고 있었고 할 수 있는 일이 앉아서 기다리는 것밖에 없었기 때문에 혼신의 힘을 다해 앉아서 기다리는 중이었다.

역장이 저녁 식사를 하려고 매표소 문을 잠그며 집에 갈 준비를 하고 있었다. 매슈는 역장에게 35분 기차가 곧 도착하는지 물었다.

"35분 기차는 이미 도착해서 30분 전에 떠났지요. 하지만 커스버트 씨가 올 거라며 어떤 승객이 아이를 한 명 내려놓고 갔답니다. 여자아이요. 저쪽 널빤지 위에 앉아 있을 겁니다. 여자 대합실에서 기다리라고 했는데도 밖이 더 좋다고 아주 진지하게 말하더군요. 상상할 거리가 많다나요. 별난 아이예요."

역장이 활기찬 목소리로 대답했다.

"여자아이가 아닌데. 난 남자아이를 데리러 온 겁니다. 남자아이가 있어야 하는데. 알렉산더 스펜서 부인이 노바스코샤에서 남자아이를 데려다주기로 했거든요."

매슈가 멍하니 말했다.

역장이 휙 휘파람을 불었다.

"착오가 있었나 봅니다. 스펜서 부인이 저

여자아이를 데리고 기차에서 내려서 제게 맡겼거든요. 매슈와 마릴라가 고아원에서 입양할 아이라고, 매슈가 데리러 오고 있을 거라고 말입니다. 제가 아는 건 여기까지예요. 여기에 숨겨 놓은 다른 고아 아이는 더 없어요."

"알 수가 없군."

매슈는 마릴라가 와서 이 상황을 직접 해결해 줬으면 좋겠다고 생각하며 맥없이 말했다.

"글쎄요, 저 아이한테 물어보는 게 낫지 않을까요. 아이가 설명해 줄 수도 있을 거 같은데. 저 애도 입이 있으니까요. 바라던 남자아이가 고아원에 없었는지도 모르죠."

역장은 태평스레 말하더니, 배가 고팠는지 서둘러 나가 버렸다. 불쌍한 매슈는 사자 굴에 들어가 사자 갈기를 뽑는 것보다 더 어려운 일을 혼자 해내야 했다. 여자아이, 그것도 낯선 여자아이, 고아 여자아이에게 다가가 왜 남자아이가 아니냐고 물어야 했다. 매슈는 속으로 앓는 소리를 하며 돌아서서 느릿느릿 힘없는 걸음으로 플랫폼을 걸어서 여자아이에게 다가갔다.

여자아이는 매슈가 지나쳐 간 뒤에도 줄곧 매슈를 쳐다보았고 지금도 매슈를 바라보고 있었다. 매슈는 여자아이를 보지도 않았지만, 보았더라도 아이가 어떤 모습인지 제대로 알아채지 못했을 것이다. 하지만 보통 사람이라면 이렇게 생각했을 터였다. 아이는 열한 살 정도로 보였고, 아주 짧고 몸에 꽉 끼는 누런빛이 도는 볼품없는 회색빛 혼방 원피스를 입고 있었다. 머리에는 색이 바래고 납작한 갈색 밀짚모자를 썼으며 모자 아래로 숱 많은 새빨간 머리카락을 두 갈래로 땋아 등 뒤로 늘어뜨렸다. 작고 하얀 얼굴은 갸름했는데 주근깨투성이였다. 입도 크고 눈도 컸다. 눈동자는 햇살과 기분에 따라 초록색이 되었다가 잿빛이 되었다가 했다.

여기까지는 보통 사람의 시선으로 알아차릴 수 있는 모습이었다. 관찰력이 뛰어난 사람이라면 매우 뾰족하고 도드라진 턱도 눈에 들어왔을 것이다. 또한 큰 눈은 생기발랄했고 입은 귀여운 입술에 감정을 고스란히 드러낼 것 같았으며, 이마는 넓고 동그랬다. 한마디로 보는 눈이 예리한 사람이었다면, 제자리가 아닌 곳으로 인도된 이 여자아이가 부끄럼 많은 매슈 커스버트가 그토록 터무니없이 무서워하는 흔하디흔한 여자들과 전혀 다른 정신세계의 소유자라고 결론 내렸을 것이다.

다행히 매슈는 먼저 말을 거는 시련을 겪지 않아도 되었다. 매슈가 자신에게 오고 있다는 확신이 들자마자, 여자아이가 자리에서 일어서서 햇볕에 그을린 야윈 한 손으로 다 해진 구식 여행용 가방의 손잡이를 꽉 움켜잡았다. 그리고 나머지 한 손을 매슈에게 내밀며 말했다. 유난히 또랑또랑하고 싹싹한 목소리였다.

"초록 지붕 집의 매슈 커스버트 아저씨 맞으시죠? 만나 뵙게 되어 정말 기뻐요. 절 데리러 오시지 않을까 봐 막 걱정이 되려고 해서, 아저씨가 못 오시는 온갖 이유를 상상하고 있었어요. 아저씨가 오늘 밤까지 절 데리러 오시지 않으면 커다란 벚나무가 있는 모퉁이까지 기찻길을 따라 내려갈 생각이었어요. 그 나무에 올라가서 밤을 보내려고 마음먹었거든요. 전 하나도 무섭지 않아요. 하얀 벚꽃이 활짝 핀 나무 위에서 달빛을 받으며 잔다니, 굉장히 멋질 거 같지 않으세요? 대리석으로 된 넓은 방에 있다고 상상할 수도 있고요. 그리고 아저씨가 오늘 밤에 못 오셔도 내일 아침에는 꼭 오실 거라고 생각했거든요."

매슈는 앙상한 작은 손을 어색하게 맞잡았다. 그러면서 어떻게 할지 마음을 굳혔다. 눈을 반짝반짝 빛내는 이 아이에게 차마 착오가 있었다고 말할 수는 없었다. 일단 집으로 데려가서 마릴라에게 말하게 할 작정이었다. 무슨 착오가 있었든지 여자아이를 브라이트리버 역에 혼자 남겨둘 수는 없었다. 궁금한 점을 물어보거나 설명을 듣는 일은 초록 지붕 집에 무사히 돌아간 다음에 하는 게 나을 것 같았다.

"늦어서 미안하구나. 따라오너라. 저쪽 마당에 말이 있단다. 가방은 이리 다오."

매슈가 겸연쩍은 듯 말했다. 아이가 활기찬 목소리로 대답했다.

"아, 제가 들게요. 무겁지 않아요. 가방 안에 제가 가진 걸 전부 넣었지만 무겁지 않아요. 그리고 잘못 들면 손잡이가 빠져요. 그러니까 제가 드는 게 나아요. 저는 요령을 정확히 알거든요. 이건 엄청나게 오래된 가방이에요. 와, 아저씨가 오셔서 정말 기뻐요. 벚나무 위에서 자는 것도 근사하지만요. 여기서 멀리 가야 하죠? 스펜서 아주머니가 13킬로미터는 될 거라고 하셨어요. 전 마차 타는 걸 좋아하니까 괜찮아요. 아, 아저씨 집에서 아저씨의 가족으로 사는 건 정말 멋진 일일 거예요. 저는 지금껏 한 번도 가족이 없었거든요. 뭐, 또 꼭 그런 건 아니기도 한데. 아무튼 고아원은 최악이었어요. 넉 달밖에 안 있었지만 다시는 가기 싫어요. 아저씨는 고아원에서 지내본 적이 없을 테니까 거기가 어떤 곳인지 잘 모르실 거예요. 아저씨는 상상도 못할 정도로 끔찍해요. 스펜서 아주머니는 이렇게 말하는 건 나쁜 태도라고 하셨지만, 제가 일부러 나쁘게 말하는 게 아니에요. 나쁜 말은 자기도 모르게 불쑥 튀어나오잖아요? 사람들은 좋았어요. 고아원 사람들요. 하지만 거기는 다른 고아들 말고는 상상할 거리가 너무 없어요. 아이들에 대해 이렇게 상상해 보는 것도 꽤 재미는 있었어요. 옆에 있는 여자아이가 사실은 백작의 딸인데, 아기 때 사악한 유모가 유괴하고 그 사실을 털어놓지 못한 채 죽은 거예요. 저는 밤에 잠들기 전에 이런 상상을 했어요. 낮에는 시간이 없었거든요. 아무래도 그래서 이렇게 말랐나 봐요. 저 너무 빼빼 말랐죠? 뼈만 있고 살은 하나도 없어요. 전 제가 팔꿈치가 옴폭 들어갈 만큼 포동포동하고 보기 좋은 모습이라고 상상하는 게 참 좋아요."

매슈의 길동무는 그만 말을 멈췄다. 숨이 차기도 하고 마차를 묶어둔 곳에 다다랐기 때문이었다. 아이는 마차가 마을을 벗어나 가파른 작은 언덕길을 내려올 때까지 아무 말도 하지 않았다. 부드러운 흙을 깊이 파서 길을 낸 탓에 양쪽 비탈에 꽃이 만발한 벚나무와 새하얗고 늘씬한 자작나무들이 두 사람의 머리보다 1미터쯤은 위에 늘어서 있었다.

아이는 손을 뻗어 마차 옆을 스치는 야생 자두나무 가지 하나를 꺾었다.

"아름답죠? 비탈에서 옆으로 뻗은 저 나무 말이에요. 온통 하얗게 레이스를 단 듯한 저 나무를 보면 뭐가 생각나세요?"

"글쎄다. 잘 모르겠구나."

"왜요, 신부 같잖아요. 예쁜 안개 면사포를 쓰고 새하얀 드레스를 입은 신부요. 한 번도 본 적은 없지만 그 모습이 어떨지 상상은 할 수 있어요. 제가 신부가 될 거라는 기대는 안 해요. 너무 못생겨서 저랑 결혼하겠다는 사람이 없을 거예요. 다른 나라에서 온 선교사라면 또 모를까요. 외국인 선교사라면 그렇게 까다롭지 않을 거 같아요. 하지만 언젠가는 저도 꼭 하얀 드레스를 입고 싶어요. 그게 제가 이 세상에서 꿈꾸는 가장 큰 행복이에요. 전 예쁜 옷이 정말 좋거든요. 태어나서 예쁜 옷을 입어본 기억이 한 번도 없어요. 어쩌면 그래서 더 입고 싶은 게 아닐까요? 전 제가 눈부시게 차려입은 모습을 상상해 보곤 해요. 오늘 아침에 고아원을 나올 때 너무 창피했어요. 이 볼품없는 원피스밖에 입을 옷이 없어서요. 고아원에서는 다 이런 옷뿐이에요. 지난겨울 호프턴의 어떤 상인이 혼방 옷감을 300마나 고아원에 기부했거든요. 어떤 사람들은 팔다 남은 옷감이라고 말하지만, 전 그분이 진심으로 친절을 베풀었다고 믿고 싶어요. 기차에 오르자 사람들이 저만 쳐다보며 불쌍하게 여기는 거 같았는데, 제가 곧바로 세상에서 가장 아름다운 하늘색 실크 드레스를 입고 있다고 상상하기 시작했죠. 어차피 상상인데 이왕이면 멋진 게 좋잖아요. 온갖 꽃이랑 깃털이 너풀거리는 커다란 모자를 쓰고 금시계도 차고요. 새끼 염소 가죽으로 만든 장갑이랑 장화도 신은 거예요. 그러자 금방 기분이 좋아져서 섬까지 오는 동안 여행을 마음껏 즐겼어요. 뱃멀미도 전혀 안 했고요. 스펜서 아주머니도 평소에는 멀미를 하셨다는데 이번엔 괜찮으셨어요. 제가 물에 빠질까 봐 지켜보느라 멀미할 새가 없으셨대요. 저처럼 기웃거리고 돌아다니는 아이는 본 적이 없으시다면서요. 하지만 제가 돌아다녀서 멀미를 안 하셨다면 다행이잖아요? 게

다가 전 배에서 볼 수 있는 건 전부 보고 싶었어요. 그런 기회가 언제 또 있을지 모르잖아요. 와, 저기 벚꽃이 훨씬 더 많이 피었네요! 이곳처럼 꽃이 많은 섬은 처음이에요. 벌써부터 이 섬이 마음에 쏙 들어요. 여기서 살게 돼서 정말 기뻐요. 프린스에드워드 섬은 세상에서 가장 아름다운 섬이라고 들었어요. 이 섬에서 사는 상상을 많이 했는데, 정말 여기서 살게 될 줄은 꿈에도 몰랐어요. 상상이 현실이 되면 정말 기쁘잖아요. 그렇죠? 그런데 저 붉은 길들은 정말 신기하네요. 샬럿타운에서 기차를 탔는데 붉은 길이 옆으로 휙휙 지나가는 거예요. 그래서 스펜서 아주머니께 길이 왜 붉은색이냐고 물었더니 아주머니도 모르신다면서 제발 그만 좀 물어보라고 하시더라고요. 제가 질문을 천 번도 더 했다면서요. 제가 그런 거 같기는 하지만, 물어보지 않으면 모르는 걸 어떻게 알아요? 그런데 저 길은 왜 붉은 거예요?”

"글쎄다. 모르겠구나."

"음, 저것도 언젠간 꼭 알아낼 거예요. 앞으로 알아야 할 온갖 것을 생각하면 신나지 않으세요? 그럼 살아 있다는 게 정말 즐겁게 느껴지거든요. 세상에는 흥미로운 일이 가득하잖아요. 만약 우리가 모르는 게 없이 다 알고 있다면 재미가 반으로 뚝 줄어버릴 거예요. 그렇게 생각하지 않으세요? 상상할 여지가 없잖아요. 근데 제가 말이 너무 많나요? 사람들이 항상 제게 그러거든요. 조용히 하고 있을까요? 그러라시면 그럴게요. 마음만 먹으면 말을 안 할 수 있어요. 힘들기는 하지만요."

매슈는 자신도 놀랄 만큼 즐거워하고 있었다. 과묵한 사람들이 대개 그렇듯이 매슈는 자신에게 대꾸를 바라지만 않으면 상대방이 혼자 떠들어대는 것은 아무래도 괜찮았다. 하지만 어린 여자애와 함께 있는 게 즐거울 거라고는 한 번도 생각해 보지 못했다. 여자란 어떤 경우에도 기분 좋은 존재가 아니었고 어린 여자애들은 더했다. 여자아이들은 매슈에게 말을 걸었다가는 한입에 잡아먹히기라도 할 것처럼 겁먹은 얼굴로 힐끔거리며 슬슬 피해 다녔다. 매슈는 여자아이들의 그런 모습이 그렇게 싫을 수가 없었다. 에이번리에서 소위 교육을 잘 받았다는 여자아이들은 그런 식이었다. 그러나 이 주근깨투성이 꼬마 마녀는 전혀 달랐다. 더딘 이해력으로 아이의 발랄한 머릿속을 따라가기가 꽤 버거웠지만 '아이의 수다가 싫지 않아'라고 생각했다. 그래서 매슈는 평소처럼 쑥스러운 기색으로 말했다.

"아, 마음껏 말하려무나. 나는 괜찮다."

"와, 기뻐요. 아저씨랑은 잘 지낼 수 있을 줄 알았어요. 말하고 싶을 때 말할 수 있고, 아이는 어른들 눈에 보이게 있으되 소리는 내면 안 된다는 말을 듣지 않아도 돼서 정말 안심이에요. 그동안 그런 소리를 백만 번은 들었거든요. 전 말도 거창하게 한다고 사람들이 비웃어요. 하지만 머릿속에 거창한 생각들이 있으면 거창하게 말해야 제대로 표현할 수 있잖아요. 안 그런가요?"

"글쎄다. 일리 있는 말이구나."

"스펜서 아주머니는 제 혀가 입안에 떠 있는 것 같다고 하셨어요. 하지만 아니거든요. 제 혀도 끝이 입 안쪽에 딱 붙어 있거든요. 스펜서 아주머니는 아저씨 집 이름이 초록 지붕 집이라고 하셨어요. 제가 초록 지붕 집에 대해 궁금한 걸 다 여쭤봤더니, 주변에 나무가 많다고 하셨죠. 전 뛸 듯이 기뻤어요. 전 나무가 정말 좋아요. 고아원 근처에는 나무 같은 나무가 하나도 없었거든요. 하얗게 칠한 울 같은 걸 둘러놓은 작고 앙상한 볼품없는 나무들이 다였어요. 거기는 나무들도 꼭 고아 같아요. 그 나무들을 보면 울고 싶어져요. 전 나무들한테 이렇게 말하곤 했어요. '아, 작고 불쌍한 나무들아! 넓고 울창한 숲에서 다른 나무들과 어우러져 자라면, 작은 이끼와 6월의 방울꽃들이 뿌리 위를 덮고, 멀지 않은 곳에 개울이 흐르고, 새들이 너희 가지에 앉아 노래해 주면, 훨씬 더 크게 자랄 수 있을 텐데. 그렇지? 하지만 여기서는 그럴 수가 없구나. 나는 너희들 마음을 잘 알아, 작은 나무들아.' 오늘 아침은 그 나무들을 두고 떠나야 해서 슬펐어요. 아저씨도 그런 것들과 정든 적 있으시죠? 초록 지붕 집 근처에는 개울이 있나요? 깜빡 잊고 스펜서 아주머니께 여쭤보지 못했어요."

"글쎄다. 그래, 집 바로 아래 하나 있구나."

"와! 시냇가 근처에 사는 것도 제가 언제나 꿈꾸던 일이에요. 하지만 정말로 그런 곳에 살게 될 거라고는 생각도 못했어요. 꿈이 이루어지는 게 쉽지 않잖아요. 그러니 꿈이 이뤄지면 얼마나 기분이 좋겠어요? 전 지금 하나만 빼고 완전히 행복해요. 그 하나가 뭐냐면요…… 저,

이게 무슨 색으로 보이세요?"

아이는 윤기가 흐르는 양 갈래로 땋은 머리 한 가닥을 앙상한 어깨 위에서 홱 잡아채더니 매슈의 눈앞에 가져다댔다. 매슈는 여자들이 길게 기른 머리의 색을 판단하는 데 익숙지 않았지만 이 경우는 별로 생각할 필요가 없었다.

"빨간색이구나. 그렇지?"

아이는 땋은 머리를 등 뒤로 넘기며, 평생 마음속 깊숙이 박혀 있던 슬픔을 발끝에서부터 끌어올려 모두 토하내듯 한숨을 쉬었다. 그러고는 체념한 투로 말했다.

"맞아요. 빨간색이에요. 이제 제가 왜 완벽하게 행복할 수 없는지 아시겠죠. 머리가 빨간 사람은 행복할 수 없어요. 저는 다른 건 별로 신경 안 써요. 주근깨투성이인 것도, 눈동자가 초록색인 것도, 빼빼 마른 것도 말이에요. 그런 건 없다고 상상하면 되니까요. 제 얼굴빛이 장미꽃잎처럼 아름답고, 눈동자는 보라색 별빛처럼 반짝인다고 상상할 수 있어요. 하지만 빨강 머리는 다른 걸로 상상이 안 돼요. 온 힘을 다해 이렇게 생각해 봤죠. '이제부터 내 머리카락은 눈부신 까만색이다. 까마귀 날개처럼 까맣다.' 하지만 제 머리가 빨갛다는 생각이 잠시도 사라지지 않아서 가슴이 찢어져요. 이건 제 평생의 슬픔이 될 거예요. 언젠가 평생의 슬픔을 간직한 여자아이가 등장하는 소설을 읽었는데, 그 애가 슬픈 건 빨강 머리 때문은 아니었어요. 그 아이는 금발머리가 설화석고 같은 이마에서부터 등 뒤까지 찰랑였거든요. 그런데 설화석고 같은 이마가 뭐예요? 아무리 찾아봐도 모르겠더라고요. 아저씨는 아세요?"

"글쎄다. 나도 모르겠구나."

매슈는 약간 어질하니 얼떨떨했다. 철없던 어린 시절 소풍을 갔다가 한 아이의 꾐에 넘어가 회전목마를 탔던 때와 같은 기분이었다.

"그게 무슨 뜻이든 좋은 말일 거예요. 그 여자아이는 여신처럼 아름답다고 했거든요. 신처럼 아름다우면 기분이 어떨지 상상해 본 적 있으세요?"

"글쎄다. 그런 상상은 안 해봤구나."

매슈는 솔직하게 대답했다.

"전 자주 해봤어요. 만약 선택할 수 있다면 어떤 게 좋으세요? 신처럼 아름다운 거랑 천재처럼 똑똑한 거랑 천사처럼 착한 거 중에서요."

"글쎄다. 나는…… 잘 모르겠구나."

"저도 그래요. 어느 쪽도 선택을 못 하겠어요. 하지만 고르지 못해도 상관없어요. 어차피 제가 될 수 있는 게 없으니까요. 제가 천사처럼 착하지 않은 건 확실해요. 스펜서 아주머니가 그러시는데, 어어, 커스버트 아저씨! 아저씨! 어, 아저씨!"

스펜서 부인이 그렇게 말했다는 게 아니었다. 아이가 마차에서 굴러떨어진 것도, 매슈가 깜짝 놀랄 만한 행동을 한 것도 아니었다. 마차가 굽잇길을 돌아 가로수길로 들어섰을 뿐이었다.

뉴브리지 사람들이 '가로수길'이라고 부르는 그 길은 500미터 정도 길게 뻗어 있었다. 길 양쪽에 몇 년 전 나이 지긋한 한 괴짜 농부가 심어 놓은 사과나무들이 거목으로 자라 아치형으로 넓게 가지를 뻗어서, 머리 위로 눈처럼 하얗고 향기로운 꽃들이 차양처럼 길게 드리워졌다. 우거진 나뭇가지들 아래로 자줏빛 황혼이 가득 깃들었고 멀리 앞쪽으로는 노을이 짙게 물든 하늘이 마치 대성당 복도 끝의 커다란 장미 문양 창문처럼 언뜻언뜻 보였다.

그 아름다운 광경에 아이는 말문이 막힌 듯했다. 아이는 마차에 앉아 몸을 뒤로 젖히고 야윈 두 손을 꽉 움켜잡은 채 황홀한 얼굴로 하얗게 빛나는 장관을 마주했다. 마차가 가로수길을 벗어나 뉴브리지로 향하는 긴 비탈길을 내려가는 동안에도 아이는 미동도 없이 입을 다물고 있었다. 아직도 황홀경에서 빠져나오지 못한 얼굴로 서쪽 하늘의 노을을 아득히 응시했다. 아이의 두 눈은 붉게 타오르는 하늘을 수려하게 뒤덮고 지나가는 풍경들을 보고 있었다. 개들이 낯선 이들을 향해 짖고, 어린 소년들이 깔깔대고, 사람들이 잔뜩 궁금한 표정으로 창밖을 내다보는 부산스런 작은 마을 뉴브리지를 빠져나올 때까지도 마차 안은 조용했다. 그렇게 5킬로미터 정도를 더 가는 동안에도 아이는 아무 말도 꺼내지 않았다. 그토록 쉴 새 없이 떠들더니 무언가에 열중하니 조용해졌다.

결국 매슈가 용기를 내어 먼저 입을 열었다.

"많이 피곤하고 배도 고픈가 보구나."

아이의 침묵이 길어지는 이유가 그거라고 간신히 생각해 낸 매슈가 말했다.

"이제 얼마 남지 않았단다. 1.5킬로미터만 더 가면 돼."

몽상에서 깨어난 아이는 깊은 숨을 내쉬며,

별빛을 따라 먼 곳을 헤매다 온 사람처럼 꿈꾸는 눈빛으로 매슈를 바라봤다.

"아, 커스버트 아저씨. 지금 지나온 곳 말이에요. 그 하얀 길, 그게 뭐예요?"

매슈는 잠시 곰곰이 생각하다 대답했다.

"글쎄다. 가로수길을 말하는 게로구나. 예쁜 길이지."

"예쁘다고요? 예쁘다는 말로는 모자라요. 아름답다는 말도요. 그런 말로는 한참 부족해요. 아, 황홀하다, 황홀하다는 말이 좋겠어요. 여태껏 제가 뭔가를 보고 더 멋지게 상상할 수 없었던 건 그 길이 처음이에요. 여기가 가득 찬 느낌이었어요."

아이는 한 손을 가슴에 얹었다.

"여기가 좀 이상하게 아팠는데, 기분 좋게 아픈 거였어요. 아저씨도 기분 좋게 아팠던 적이 있나요?"

"글쎄다. 기억이 나지 않는구나."

"전 그런 적이 많아요. 굉장히 아름다운 걸 볼 때마다 그러거든요. 그런데 저렇게 예쁜 길을 가로수길이라고 부르면 안 될 거 같아요. 그런 이름에는 아무런 의미도 없잖아요. 저 길의 이름은…… 그러니까…… '기쁨의 하얀 길'이 어울려요. 이게 더 상상력이 들어간 멋진 이름 같지 않으세요? 전 어떤 사람이나 장소의 이름이 마음에 들지 않으면 늘 새로운 이름을 상상해서 붙여요. 고아원에 헵지바 젠킨스라는 여자아이가 있었는데, 전 그 애의 이름을 로잘리아 드비어라고 상상했어요. 다른 사람들은 가로수길이라고 불러도 저는 꼭 '기쁨의 하얀 길'이라고 부를래요. 정말로 집까지 1.5킬로미터밖에 안 남았어요? 기쁘기도 하지만 아쉬워요. 이 길을 오는 동안 정말 즐거웠거든요. 즐거운 일이 끝나는 건 언제나 아쉬워요. 더 즐거운 일이 일어날 수도 있지만 그럴 거라는 보장이 없잖아요. 그리고 사실 더 즐겁지 않을 때가 많고요. 어쨌든 저는 그랬어요. 그래도 집이 가까워진다고 생각하면 기뻐요. 지금까지 전 진짜 집에 살았던 적이 없거든요. 진짜 집에 가까워진다는 생각만으로도 기분 좋은 통증이 느껴져요. 와, 저거 예쁘지 않아요?"

마차는 언덕 마루를 넘어 달렸다. 아래로 연못이 보였는데, 길고 구불구불한 모양이 흡사 강처럼 보였다. 연못 중간 즈음에 다리 하나가 놓여 있었는데, 다리가 있는 곳부터 아래로 연못 끝까지 호박색 모래 언덕이 길게 이어져서 검푸른 바다가 들어오는 길을 막았다. 물은 다채로운 색조를 피워내며 찬란하게 일렁였다. 더없이 그윽한 진노랑빛, 장밋빛, 영묘한 초록빛 그리고 도저히 뭐라 이름 붙일 수 없는 여러 빛깔이 어우러졌다. 다리 위쪽으로는 연못이 전나무와 단풍나무 수풀 안으로 들어가 어둑한 그림자만 수면 위에서 흔들렸다. 둑 여기저기에서 연못 위로 몸을 내민 야생 자두나무는 마치 하얀 옷을 입은 소녀가 발꿈치를 든 채 물속 그림자를 들여다보는 것 같았다. 연못이 시작되는 늪에서는 구슬프도록 아름다운 개구리들의 합창 소리가 낭랑하게 울려 퍼졌다. 그 너머 비탈에는 회색 집 한 채가 하얀 사과꽃이 만발한 과수원에 둘러싸여 있었고, 아직 날이 완전히 저물지는 않았지만 창문 하나에서 불빛이 새어 나오고 있었다. 매슈가 입을 열었다.

"저건 '배리 연못'이란다."

"음, 그 이름도 마음에 들지 않아요. 저는 저 연못을, 그러니까 '반짝이는 호수'라고 부를래요. 그래요. 저 연못에 딱 맞는 이름이에요. 꼭 어울리는 이름이 떠오르면 기분이 짜릿해져요. 뭔가에 기분이 짜릿했던 적 있으세요?"

매슈는 곰곰이 생각했다.

"글쎄다. 그래. 오이밭 흙을 파헤치는 징그럽게 생긴 하얀 벌레를 보면 그런 기분이 들긴 하지. 그렇게 생긴 벌레는 싫더구나."

"에이, 그런 기분이랑은 다르죠. 아저씨는 같다고 생각하세요? 벌레하고 '반짝이는 호수'는 별로 관련이 없잖아요? 근데 왜 저 연못을 배리 연못이라고 부르는 거예요?"

"저 집에 배리 씨가 살아서 그럴 게다. '비탈길 과수원집'이라고 부르지. 저 뒤쪽에 덤불만 무성하지 않았어도 여기에서 초록 지붕 집이 보일 텐데. 하지만 우린 다리를 건너서 길을 돌아가야 하니까 반 마일쯤 더 가야겠구나."

"배리 아저씨네에 어린 여자애들이 있나요? 그러니까 너무 어린아이 말고요. 저 정도 되는 아이들요."

"다이애나라고 열한 살이 된 딸이 있지."

"와! 정말 예쁜 이름이에요!"

아이가 숨을 깊게 들이마시며 탄성을 질렀다.

"글쎄다. 난 모르겠는데. 뭔가 이교도적 냄새가 나서 말이다. 난 제인이나 메리, 뭐 그런

쉬운 이름이 좋더구나. 다이애나가 태어날 즈음 그 집에 학교 선생이 한 명 묵었는데, 그 선생이 지어줬다고 하더구나."

"제가 태어났을 때도 그런 선생님이 옆에 있었어야 했는데. 와, 다리에 다 왔어요. 전 눈을 꼭 감을래요. 다리를 건널 때면 항상 겁이 나서요. 다리 가운데쯤 지나는데 갑자기 다리가 잭나이프처럼 접히면서 그 사이에 끼어버리는 상상을 자꾸 하거든요. 그래서 눈을 꼭 감아요. 하지만 막상 다리 중간쯤 다다랐을 거 같으면 항상 눈을 뜨게 돼요. 다리가 진짜로 접힌다면 그 순간을 보고 싶잖아요. 다리가 접히면 엄청나게 큰 소리가 나겠죠! 전 그런 큰 소리가 좋아요. 세상에 좋아할 게 이렇게 많다니, 정말 신나지 않아요? 다 건넜어요. 이제 돌아볼게요. 잘 자요, '반짝이는 호수'님. 전 늘 제가 사랑하는 것들에게 잘 자라고 인사해요. 사람들한테 하는 것처럼요. 그러면 좋아할 것 같거든요. 저 호수가 제게 웃어 주는 것 같아요."

마차가 언덕길을 올라가 모퉁이를 돌 때 매슈가 말했다.

"이제 집에 거의 다 왔단다. 초록 지붕 집은 저쪽……."

"어, 말하지 마세요."

아이가 허겁지겁 말을 막으며, 매슈가 들어올리던 팔을 붙잡고는 가리키는 곳을 보지 않으려는 듯 눈까지 질끈 감았다.

"제가 맞춰볼게요. 맞출 자신 있어요."

아이는 눈을 뜨고 주위를 두리번거렸다. 두 사람은 언덕마루에 올라서 있었다. 해는 한참 전에 저물었지만 노을이 포근하게 내려앉은 풍경이 아직은 또렷이 보였다. 서쪽에 금잔화 빛 하늘을 배경으로 교회의 뾰족탑이 거무스름하게 솟아 있었다. 밑으로는 작은 골짜기가 있었고, 골짜기 너머로 완만하게 쭉 뻗은 비탈에 아담한 농장들이 드문드문 자리 잡았다. 아이는 동경과 염원이 가득 담긴 눈으로 농가를 하나하나 쓸어보았다. 마침내 아이의 눈이 길가에서 훌쩍 떨어진 왼쪽의 어느 한곳에 머물렀다. 황혼이 내린 수풀이 주변을 둘러쌌지만 그 속에서도 하얀 꽃이 활짝 핀 나무들이 어슴푸레 보였다. 구름 한 점 없이 맑은 남서쪽 하늘에 수정처럼 아름다운 크고 하얀 별 하나가 미래를 약속하는 길잡이의 등불처럼 반짝거렸다.

"저 집이죠, 맞죠?"

아이는 손가락으로 가리키며 말했다.

매슈는 기분 좋게 말 등을 고삐로 찰싹 쳤다.

"그래, 맞혔구나! 스펜서 부인이 말해 줘서 알아본 게로구나."

"아니에요. 아주머니가 설명해 주신 게 아니에요. 정말이에요. 아주머니는 어느 집에나 다 해당하는 얘기들만 해 주셨어요. 초록 지붕 집이 어떻게 생겼는지 전혀 몰랐어요. 그런데 보

자마자 저기가 우리 집이란 생각이 들어요. 다, 꿈꾸는 것 같아요. 있잖아요, 지금 제 팔꿈치부터 그 위로 온통 멍투성이일 거예요. 오늘 제가 몇 번이나 꼬집었는지 모르겠어요. 소름 끼칠 정도로 자꾸 끔찍한 기분이 들고, 전부 다 꿈일까 봐 불안했어요. 그럴 때마다 이게 꿈인지 아닌지 보려고 팔을 꼬집었거든요. 그러다 문득 이게 꿈이라면 깨지 말고 되도록 오래 꾸는 게 나을 것 같아서 그만뒀죠. 하지만 꿈이 아니라 진짜였어요. 이제 집에 거의 다 왔네요."

아이는 달뜬 한숨을 뱉어내곤 다시 침묵에 빠져들었다. 매슈는 불안해졌다. 그토록 그리던 집에서 끝내 살지 못할 이 깡마른 아이에게 자신이 아니라 마릴라가 진실을 말할 거라는 사실이 다행이었다. 마차는 린드 부인이 사는 골짜기를 지나갔다. 이미 날이 꽤 어두워졌지만, 린드 부인이 밖이 훤히 내다보이는 창가에 앉아서 두 사람을 보지 못할 정도는 아니었다. 마차는 언덕을 올라 초록 지붕 집 앞으로 난 좁고 긴 오솔길로 들어섰다. 집에 도착할 즈음 매슈는 곧 진실이 드러날 거라는 생각에 움츠러들면서도 알지 못할 힘이 났다. 그가 걱정하는 것은 이런 실수 때문에 마릴라나 자신이 겪게 될 어려움이 아니라 아이가 느낄 실망이었다. 아이의 눈에서 기쁨의 빛이 사라진다고 생각하니, 마치 뭔가를 죽이는 데 힘을 보태야 할 때처럼 거북했다. 새끼 양이나 송아지 같은 죄 없는 어린 생명을 죽여야 할 때와 아주 비슷한 기분이었다.

두 사람은 벌써 꽤 어두워진 뜰로 들어섰다. 포플러 잎사귀들이 부드럽게 살랑거렸다.

매슈가 아이를 마차에서 내려 주는데, 아이가 작게 소곤댔다.

"나무들이 자면서 하는 말 좀 들어 보세요. 멋진 꿈을 꾸고 있나 봐요!"

그러고는 '전 재산'이 담긴 낡은 여행 가방을 꽉 움켜쥐고 매슈를 따라 집으로 들어섰다.

3

마릴라 커스버트가 놀라다

마릴라는 문을 열고 들어오는 매슈에게 성큼성큼 다가갔다. 하지만 빳빳하고 볼품없는 원피스를 입고 빨강 머리를 길게 땋아 내린 채 절실해 보이는 눈을 반짝이는 이상한 여자아이를 보자, 깜짝 놀라 그 자리에 멈춰 섰다.

"매슈 오라버니, 저 아이는 대체 누구예요? 남자아이는 어디 있어요?"

마릴라가 버럭 소리쳤다.

"남자아이는 없었어. 이 아이뿐이던데."

매슈는 아이에게 고갯짓을 하다가 아이의 이름도 묻지 않았다는 사실을 깨달았다.

"남자아이가 없었다니요! 남자애가 오기로 했잖아요. 스펜서 부인한테 남자애를 보내달라고 했잖아요."

마릴라가 완고하게 말했다.

"글쎄다. 스펜서 부인이 이 아이를 데려왔던걸. 역장한테도 물어봤어. 아이는 집에 데려올 수밖에 없었어. 뭐가 잘못됐는지는 몰라도 거기에 혼자 둘 수는 없어서 말이야."

"아유, 이 일을 어째!"

마릴라가 외치듯 말했다.

두 사람을 번갈아보며 대화를 듣던 아이의 얼굴에서 생기가 싹 가셨다. 어떤 상황인지 깨달은 것이다. 아이는 소중한 여행 가방을 툭 떨어뜨리더니 한 걸음 성큼 내디디며 두 손을 꼭 맞잡았다.

"저를 원치 않으시는군요! 제가 남자아이가 아니라서 필요 없으신 거죠! 그 생각을 했어야 했는데. 이제껏 절 원한 사람은 아무도 없었어요. 이렇게 아름다운 일들이 오래갈 리 없다는 걸 알았어야 했는데. 절 정말로 원하는 사람은 아무도 없다는 걸 알았어야 했는데. 아, 어쩌죠? 눈물이 날 것 같아요!"

아이는 울음을 터뜨렸다. 식탁 옆 의자에 앉아 두 팔을 식탁 위에 털썩 얹고는 얼굴을 묻고 펑펑 울었다. 마릴라와 매슈는 난로를 사이에 두고 서로를 나무라는 눈빛을 보냈다. 두 사람 다 무슨 말을 해야 할지, 뭘 어떻게 해야 할지 몰랐다. 마지못해 마릴라가 어설프게 말문을 열었다.

"뭐, 이런 일로 그렇게까지 울 건 없단다."

"아니요. 있어요!"

아이가 불쑥 고개를 들자, 눈물로 얼룩진 얼굴과 떨리는 입술이 보였다.

"아주머니도 울 거예요. 아주머니가 고아고, 자기 집이 될 줄 알고 찾아간 곳에서 남자 아이가 아니니 필요 없다는 말을 듣는다고 생각해 보세요. 아, 이렇게 비극적인 일은 여태껏 한 번도 없었어요!"

오랫동안 웃어보지 않아서 어색해 보이기는 했지만, 떨떠름한 미소 같은 게 마릴라의 딱딱한 얼굴에 부드럽게 떠올랐다.

"자, 이제 그만 울거라. 오늘 밤 당장 여기서 나가라고 하진 않을 테니까. 일이 어쩌다 이렇게 되었는지 알아볼 때까진 여기서 지내게 될 게다. 이름은 뭐니?"

아이는 잠시 머뭇거리다 간절한 목소리로 말했다.

"코딜리어라고 불러 주시겠어요?"

"불러 주라니? 코딜리어가 네 이름이니?"

"아……뇨. 제 진짜 이름은 아니지만, 코딜리어라고 불러 주시면 좋을 거 같아요. 정말이지 우아한 이름이잖아요."

"도대체 무슨 소린지 모르겠구나. 코딜리어가 아니면, 진짜 이름이 뭐라는 거니?"

이름의 주인이 머뭇머뭇 입을 열었다.

"앤 셜리예요……. 하지만 제발 코딜리어라고 불러 주세요. 제가 여기 잠깐만 있을 거라면 절 뭐라고 부르든 아주머니께는 상관없잖아요. 앤이라는 이름은 하나도 낭만적이지 않단 말이에요."

"조금도 낭만적이지 않다니! 앤이야말로 정말 무난하고 부르기 쉬운 괜찮은 이름인데. 부끄러워할 것 없다."

마릴라가 매정하게 말했다.

"부끄러운 게 아녜요. 그냥 코딜리어라는 이름이 더 좋아서 그래요. 전 늘 제 이름이 코딜리어라고 상상했어요. 적어도 요 몇 년 동안은요. 어릴 땐 제 이름이 제럴딘이라고 상상하곤 했는데 지금은 코딜리어가 더 좋아요. 하지만 절 앤이라고 부르실 거면 꼭 뒤에 'e'를 발음해서 앤이라고 불러 주세요."

마릴라가 찻주전자를 들며 또다시 어색한

미소를 지었다.

“그렇게 부르면 뭐가 달라지는데?”

“에이, 완전히 다르죠. 훨씬 더 근사해 보이잖아요. 이름을 부를 때마다 마치 종이에 적힌 것처럼 마음속에 그 이름이 놓이지 않으세요? 저는 보여요. 그냥 ‘Ann’은 시시해 보이지만 ‘e’가 붙은 ‘Anne’은 훨씬 기품이 있어 보이거든요. ‘e’를 발음해서 앤이라고 불러 주시기만 하면 코딜리어라는 이름은 포기하도록 노력해 볼게요.”

“좋아. 그럼, ‘e’가 붙은 앤, 어떻게 이런 착오가 생긴 건지 알고 있니? 우리는 스펜서 부인에게 남자아이를 보내달라고 부탁했단다. 고아원에 남자아이가 없었니?”

“아뇨. 남자아이는 많았어요. 하지만 스펜서 아주머니는 분명히 열한 살 정도 되는 여자아이가 필요하다고 하셨어요. 그래서 원장 선생님이 제가 바로 그런 아이라고 말씀하셨고요. 제가 얼마나 기뻤는지 모르실 거예요. 기뻐서 지난밤에 잠도 오지 않았어요."

앤은 원망스러운 얼굴로 매슈를 쳐다봤다.

"역에서 왜 저한테 너는 필요 없으니 데려갈 수 없다고 말씀하지 않으셨어요? '기쁨의 하얀 길'과 '반짝이는 호수'만 보지 않았어도 이렇게 힘들지는 않았을 거예요."

"이 애가 도대체 무슨 소리를 하는 거예요?"

마릴라가 매슈를 노려보며 추궁하듯 물었다.

"그…… 그냥 오는 길에 나눴던 얘기들이야. 마릴라, 나는 얼른 나가서 말을 넣어 놔야겠다. 돌아올 때까지 차를 준비해 줘."

매슈는 허둥지둥 나가 버렸다. 마릴라는 한숨을 쉬었다.

"스펜서 부인하고 너 말고 다른 아이도 같이 왔니?"

"릴리 존스요. 그 애는 아주머니 댁으로 데려가신댔어요. 릴리는 이제 다섯 살이고 굉장히 예뻐요. 머리는 밤색이고요. 제가 그렇게 예쁘고 머리카락도 밤색이면 절 계속 데리고 계실 건가요?"

"아니다. 우리는 매슈 오라버니를 도와 밭일을 할 남자아이가 필요하단다. 우리한테 여자아이는 쓸모가 없어. 모자 벗어라. 모자와 네 가방은 현관 탁자 위에 올려 두마."

앤은 고분고분 모자를 벗었다. 곧 매슈가 돌아왔고, 세 사람은 저녁 식사를 위해 식탁에 앉았다. 그러나 앤은 음식이 넘어가지 않았다. 억지로 빵에 버터를 발라 먹는 시늉을 하고 물결 모양 유리그릇에 든 딸기잼을 앞 접시에 덜어 깨작거렸다. 앤 앞에 놓인 음식은 조금도 줄지 않았다.

"아무것도 먹지 않는구나."

마릴라가 톡 쏘아붙이듯 말하며, 그게 심각한 단점이라도 되는 양 쳐다봤다. 앤은 한숨을 내쉬었다.

"못 먹겠어요. 저는 깊은 절망의 구렁텅이에 빠졌어요. 아주머니는 그럴 때 음식을 먹을 수 있으세요?"

"절망의 구렁텅이에 빠져 본 적이 없어서 모르겠구나."

"그런 적이 없다고요? 그럼 깊은 절망에 빠졌다고 상상해 본 적은 있으세요?"

"아니, 없다."

"그럼 그게 어떤 기분인지 이해 못하실 거예요. 정말이지 마음이 너무 아프거든요. 뭘 먹으려고 해도 덩어리 같은 게 목에서 밀고 올라와서 아무것도 삼킬 수가 없는걸요. 초콜릿 캐러멜조차 먹을 수가 없어요. 초콜릿 캐러멜은 2년 전에 하나 먹어 봤는데 진짜 맛있었어요. 그때부터 가끔 초콜릿 캐러멜을 엄청나게 많이 갖고 있는 꿈을 꿨는데 먹으려고만 하면 꿈에서 깼어요. 제가 음식을 먹지 않은 것 때문에 제발 기분 상하지 않으셨으면 좋겠어요. 전부 다 정말정말 맛있지만 목에서 넘어가질 않아요."

"아이가 피곤할 거 같은데. 재우는 게 낫겠

어, 마릴라."

헛간에 다녀온 뒤로 줄곧 침묵을 지키던 매슈가 입을 열었다.

마릴라는 앤을 어디에 재워야 할지 고심 중이었다. 부엌방에 기다려 마지않던 남자아이가 잘 소파를 준비해 두었지만, 소파가 아무리 깨끗하고 말끔해도 여자아이를 재우기에는 알맞지 않았다. 그렇다고 고아 아이에게 손님방을 내줄 수는 없었다. 그러다 보니 남는 방은 동쪽 지붕 밑 다락방뿐이었다. 마릴라는 촛불을 켜고 앤에게 따라오라고 말했다. 앤은 힘없이 마릴라 뒤를 따라가다가 현관을 지날 때 탁자에 두었던 모자와 여행 가방을 집어 들었다. 복도도 놀랄 만큼 깨끗했지만, 곧이어 들어선 지붕 밑 작은 다락방은 그보다 더 깨끗했다.

마릴라는 다리가 세 개 달린 세모난 탁자에 촛불을 내려놓고는 이부자리를 내렸다.

"잠옷은 있지?"

앤은 고개를 끄덕였다.

"네. 두 벌 있어요. 고아원에서 원장 선생님이 만들어 주셨어요. 몸에 너무 꼭 끼긴 하지만요. 고아원에서는 뭐든 넉넉하게 나눠 가질 수가 없거든요. 그래서 항상 모든 게 빠듯해요. 어쨌든 제가 있던 곳처럼 가난한 고아원은 그래요. 꼭 끼는 잠옷 치마는 질색이지만, 그런 잠옷을 입어도 목에 프릴이 달리고 바닥을 끄는 예쁜 잠옷을 입었을 때랑 똑같은 꿈을 꿀 수 있으니까 괜찮아요. 그게 유일한 위안이에요."

"자, 얼른 옷을 갈아입고 자리에 눕거라. 촛불을 가지러 오마. 너한테 끄고 자라고 하진 못하겠구나. 불이라도 낼까 말이야."

마릴라가 나가자 앤은 아쉬운 눈으로 방을 두리번거렸다. 휑하니 하얗기만 한 벽이 유난히 눈길을 잡아당겼고 그 벽들마저 썰렁함에 몸부림치는 것 같았다. 바닥에도 처음 보는 모양의 둥근 매트만 덩그러니 깔려 있었다. 한쪽 구석에 검고 낮은 기둥에 높이가 높은 구식 침대가 있었다. 다른 쪽 구석에는 들어오면서 보았던 삼각 모양 탁자가 있는데, 아무리 단단한 바늘이라도 끝이 휘어져버릴 것 같은 단단하니 볼록한 빨강 벨벳 바늘꽂이가 장식처럼 놓였다. 탁자 위로는 폭이 15센티미터에 길이가 20센티미터 정도 되는 자그마한 거울이 걸려 있었다. 탁자와 침대 사이 중간 즈음에는 창문이 있는데, 창문 위에는 새하얀 모슬린 천으로 만든 주름 장식이 달렸고, 창 맞은편에 세면대가 있었다. 방 전체에 딱 꼬집어 말할 수 없는 엄숙한 기운이 돌아 앤은 뼛속까지 오싹했다. 앤은 흐느껴 울며 아무렇게나 옷을 벗어던지고 꽉 끼는 잠옷으로 갈아입은 뒤 침대로 몸을 던졌다. 그러고는 얼굴을 베개 깊숙이 파묻고 이불을 머리끝까지 뒤집어썼다. 마릴라가 촛불을 가지러 올라왔을 때는 바닥에 멋대로 널브러진 초라한 옷가지들과 침대 위에서 요란하게 들썩이는 이불만이 이 방에 누군가 있다는 사실을 알려 주었다.

마릴라는 천천히 앤의 옷들을 집어 들어 반듯하게 생긴 노란 의자에 가지런히 정리한 뒤 촛불을 들고 침대로 다가갔다. 그러고는 조금 어색하기는 해도 딱딱하지 않게 말했다.

"잘 자거라."

앤의 하얀 얼굴과 커다란 눈이 이불 밖으로 불쑥 나왔다.

"오늘 밤이 제 인생에서 최악의 밤인 걸 아시면서 어떻게 잘 자라고 할 수 있으세요?"

앤은 원망 섞인 목소리로 말하고는 다시 이불 속으로 사라졌다.

마릴라는 천천히 부엌으로 내려와 저녁 먹은 그릇들을 마저 설거지했다. 매슈는 담배를 물고 있었다. 마음이 어지럽다는 확실한 증거였다. 마릴라가 지저분한 습관이라며 매우 싫어했기 때문에 매슈는 담배를 거의 피우지 않았다.

하지만 담배가 강하게 당길 때가 있었고 그럴 때면 마릴라도 못 본 체했다. 남자들도 감정을 분출할 뭔가가 있어야 한다고 생각해서였다.

"정말 난처한 상황이네요. 우리가 직접 가지 않고 다른 사람한테 부탁한 결과예요. 리처드 스펜서네 식구들이 중간에서 말을 잘못 전한 것 같아요. 오라버니나 내가 내일 마차를 타고 스펜서 부인을 만나러 가야겠어요. 꼭요. 저 아이는 고아원으로 돌려보내야 하고요."

마릴라는 화를 삭이지 못하는 목소리로 말했다.

"그래. 그래야겠지."

매슈는 내키지 않는 소리로 말했다.

"그래야겠지라뇨! 당연히 그렇게 해야지요!"

"글쎄다. 저 애는 정말 착한 아이야, 마릴라. 그렇게 여기서 살고 싶어 하는데, 돌려보낸다고 하니 안됐잖니."

"매슈 오라버니, 저 애를 데리고 있자는 말

은 아니죠!"

마릴라는 매슈가 물구나무서기를 좋아한다고 말했어도 이렇게까지 놀라지 않았을 것이다.

자기 뜻을 정확히 전달해야 하는 불편한 궁지에 몰린 매슈가 더듬더듬 생각을 말했다.

"글쎄, 뭐, 아니…… 꼭 그렇다는 게 아니라. 그래, 우리가…… 저 애를 키우긴 어렵겠지."

"그럴 일은 절대 없을 거예요. 저 애를 키워서 우리한테 무슨 도움이 되겠어요?"

"우리가 저 애한테 도움을 줄 순 있지."

매슈가 불쑥 뜻밖의 말을 꺼냈다.

"오라버니, 저 애가 오라버니한테 마법이라도 걸었나 보군요! 오라버닌 저 애를 키우고 싶어 하는 게 훤히 보이네요."

"글쎄다. 저 애는 참 재미있는 아이야. 집에 오는 길에 아이가 한 말들을 너도 들었으면 좋았을걸."

매슈가 고집스럽게 말했다.

"아, 말은 정말 빠르더군요. 딱 보니 알겠던데요. 하지만 그게 장점은 아니죠. 너무 말 많은 애들은 싫어요. 난 여자아이를 원치도 않고 여자애를 데려온다 해도 저 앤 아니에요. 이해 안 가는 구석도 있고요. 안 돼요. 저 애는 있던 곳으로 당장 돌려보내야 해요."

"나는 프랑스에서 온 남자아이를 구하면 돼. 저 애는 네 말동무가 되어줄 거야."

"내가 말동무를 못 찾아서 고민하는 게 아니잖아요. 그리고 난 저 애를 데리고 있을 생각이 없어요."

마릴라가 퉁명스레 대답했다.

"글쎄, 물론 네 말이 맞겠지. 난 그만 자야겠다."

매슈가 일어나 담뱃대를 치우며 말했다.

매슈는 침실로 들어갔다. 마릴라도 그릇들을 치우고는 결심을 굳힌 듯 얼굴을 찌푸리며 침실로 갔다. 위층 동쪽 지붕 밑에서는 사랑에 굶주린 외롭고 쓸쓸한 아이가 울다 지쳐 잠이 들었다.

4

초록 지붕 집에서 맞은 아침

해가 중천에 떠서야 잠이 깬 앤은 자리에서 일어나 앉아 갈피를 잡지 못한 눈으로 창을 빤히 쳐다보았다. 창으로 청명한 햇살이 한가득 쏟아져 들어왔고, 밖에서 하얀 솜털 같은 무언가가 나부댔다. 그 뒤로 파란 하늘이 언뜻 눈에 들어왔다.

그제야 앤은 자신이 어디에 있는지 떠올랐다. 한순간 기쁨 가득한 설렘이 밀려왔다가 이내 비참한 기억이 되살아났다. 여긴 초록 지붕 집이야. 그리고 아저씨, 아주머니는 내가 남자아이가 아니라서 필요 없다고 하셨어!

하지만 지금은 아침이었다. 그래, 마당에 꽃이 활짝 핀 벚나무가 있었지. 앤은 침대에서 팔짝 뛰어내려 창가로 뛰어가서 창문을 밀어 올렸다. 창은 오랜 시간 굳게 닫혀 있었는지 삐걱거리면서 빡빡하게 열렸다. 어찌나 빠듯하게 끼어 올라가던지 뭔가를 받쳐 놓을 필요도 없었다.

앤은 무릎을 꿇고 앉아 6월의 아침을 물끄러미 바라봤다. 앤의 눈은 환희로 반짝였다. 아, 정말 아름다워! 이렇게 예쁜 곳이 또 있을까? 이런 곳에 살 수 없다니! 앤은 이곳에 사는 상상을 해 봤다. 이곳에는 상상할 거리가 가득했다.

창밖에 커다란 벚나무가 서 있는데, 무척 가까워서 벚나무 가지가 집을 톡톡 건드려 댔다. 꽃이 한가득 어찌나 흐드러지게 피었는지 나뭇잎이 하나도 보이지 않을 정도였다. 집 양옆에도 꽃나무들이 많았다. 한쪽은 사과나무 과수원이었고 다른 한쪽은 벚나무가 가득했는데, 여기도 꽃잎이 비처럼 쏟아졌다. 나무 아래 풀밭에는 민들레가 여기저기 피었다. 그리고 눈 아래 정원의 라일락 나무에는 보랏빛 꽃이 만발했고 아찔할 정도로 향기로운 라일락 향이 아침 바람을 타고 창문으로 흘러들었다. 정원 아래쪽으로는 클로버로 뒤덮인 초록 풀밭이 개울이 흐르는 골짜기까지 비탈져 내려갔고, 골짜기 안에는 하얀 자작나무들이 우거졌다. 그 밑 덤불 속에서 고사리와 이끼, 숲속에서 자라는 식물들이 소담스레 자라고 있을 것만 같았다. 골짜기 너머 언덕에는 가문비나무와 전나무가 초록빛 깃털처럼 자라 있었다. 나무들 사이로, '반짝이는 호수' 맞은편에서 보았던 작은 집의 회색 귀퉁이가 보였다.

왼쪽으로 조금 떨어진 곳에 커다란 헛간들이 있고, 헛간 너머 완만하게 경사진 초록 들판 아래로 반짝이는 푸른 바다가 언뜻언뜻 보였다.

아름다운 것을 사랑하는 앤은 그 모든 풍경

을 허기진 듯 바라보며 눈길을 거두지 못했다. 가엾게도 지금까지 아름답지 못한 곳들만 지겹도록 보며 살았는데, 이곳은 앤이 꿈꾸던 모습 그대로라 할 만큼 아름다웠다.

앤은 무릎을 꿇은 채로 주위의 아름다움에 취해 있다가 누군가 어깨에 손을 얹자 깜짝 놀랐다. 어린 몽상가가 눈치채지 못하는 사이에 마릴라가 들어와 있었다.

"아직 옷도 갈아입지 않았구나."

마릴라가 퉁명스럽게 말했다. 마릴라는 아이에게 어떻게 말을 걸어야 하는지 도통 알지 못해 생각과 달리 말이 딱딱하고 퉁명스럽게 나갔다.

앤은 일어나서 한참 숨을 고르더니, 아름다운 바깥세상 모두에게 손을 흔들며 말했다.

"아, 정말 눈부시지 않나요?"

"큰 나무지. 꽃도 멋지게 피고. 하지만 열매는 아무 데도 쓸모가 없어. 조그마한 데다 벌레도 먹고 말이야."

"아, 나무만 말씀드린 게 아니에요. 물론 나무도 멋져요. 맞아요. 눈이 부실 정도로 멋져요. 나무도 그럴 줄 알고 꽃을 피운 것 같아요. 하지만 제가 말씀드리는 건 여기 있는 전부 다예요. 정원이랑 과수원이랑 개울이랑 숲까지, 저 커다란 세상 전부요. 이런 아침이면 세상이 정말 사랑스럽단 생각 안 드세요? 전 개울이 여기까지 웃으면서 오는 소리가 들려요. 개울이 얼마나 명랑한지 느껴본 적 있으세요? 개울은 항상 웃어요. 겨울에도 말이에요. 겨울에는 얼음 밑에서 웃지요. 초록 지붕 집 가까이에 개울이 있어서 무척 기뻐요. 계속 여기서 살 것도 아닌데 그게 중요하냐고 하실지도 모르지만, 제게는 중요해요. 이곳을 다시는 보지 못한다 해도 초록 지붕 집에 개울이 있다는 걸 항상 기억할 거예요. 개울이 없었더라면 '저기 개울이 꼭 있어야 하는데' 하는 아쉬움을 떨치지 못했을 거예요. 오늘 아침은 절망의 구렁텅이에 빠진 기분이 아니에요. 아침엔 절대로 그런 기분이 들지 않아요. 아침이 있다는 건 정말 굉장한 일 아니에요? 하지만 정말 슬퍼요. 방금 아주머니가 찾던 아이가 바로 저고, 제가 여기 쭉 살게 되는 상상을 하고 있었거든요. 상상하는 동안은 마음이 정말 편했어요. 하지만 상상할 때 가장 나쁜 점은 언젠가는 깨어나야 하고 그때마다 마음이 아프다는 거예요."

"옷을 입고 내려오너라. 상상은 이제 그만하고. 아침 차려 놨다. 세수하고 머리도 빗으려무나. 창문을 열고 이불은 개서 침대 발치에 두거라. 되도록 부지런히 움직여."

마릴라는 간신히 말할 틈을 찾아 재빨리 말했다.

앤은 해야 할 일이 있으면 요령 있게 움직일 줄 아는 아이였다. 머리를 빗어 땋고 세수를 마치고 옷까지 단정하게 입고는 마릴라가 시킨 것을 다했다는 편안한 마음으로 내려왔다. 사실 이불 개는 건 깜박 잊었지만.

앤은 의자에 털썩 앉으며 씩씩하게 말했다.

"오늘 아침은 배가 많이 고파요. 오늘은 어젯밤처럼 바람 소리만 울어대는 황야 같지 않거든요. 화창한 아침이라 정말 기뻐요. 하지만 전 비 내리는 아침도 정말 좋아해요. 아침은 어떤 아침이든 다 신나지 않나요? 하루 동안 무슨 일이 생길지 모르지만 그만큼 상상할 게 많잖아요. 그래도 오늘은 비가 오지 않아서 다행이에요. 화창한 날이 고통을 견디고 기운을 내기에는 더 좋거든요. 전 견뎌야 할 일이 참 많은 거 같아요. 슬픈 이야기를 읽으면서 내가 여주인공이 돼서 그 슬픔을 겪으며 산다고 상상하는 건 참 재미있지만, 실제로 그런 일을 당하는 건 별로예요. 그렇죠?"

"제발 부탁이니 입 좀 다물어라. 조그만 아이가 정말이지 말이 너무 많구나."

앤은 곧바로 고분고분 입을 다물고 한 마디

도 하지 않았다. 아이가 조용해지자, 마릴라는 오히려 뭔가 자연스럽지 않은 기분이 들어 더 불편했다. 매슈도 말이 없었지만 그것은 자연스러운 일이었다. 아침 식탁에는 그렇게 정적이 감돌았다.

시간이 갈수록 앤은 점점 더 자기만의 세계로 빠져들었다. 기계적으로 음식을 먹으면서 커다란 두 눈은 창밖 하늘에 멍하니 못 박혀 있었다. 그 모습에 마릴라는 전보다 더 언짢아졌다. 이 유별난 아이가 몸은 식탁에 앉아 있지만 마음은 상상의 날개를 펼치며 저 멀리 하늘나라로 날아가 공상의 세계를 헤매고 있다는 생각에 마음이 언짢았다. 누가 이런 아이를 집에 두고 싶어 할까?

그런데도 매슈가 이 아이를 데리고 있고 싶어 하다니, 알다가도 모를 일이었다! 마릴라는 매슈가 지난밤의 마음 그대로 아이를 키우고 싶어 할 것을 알았다. 매슈는 항상 그랬다. 머릿속에 뭔가가 들어가 박히면 놀랄 만큼 입을 꾹 다물고 고집을 피웠다. 침묵은 말보다 열 배는 더 강력했다.

식사가 끝나자, 앤은 몽상에서 깨어나 자신이 설거지를 하겠다고 나섰다.

"설거지를 제대로 할 수 있겠니?"

마릴라가 미덥지 못한 말투로 물었다.

"저 잘해요. 아이들 돌보는 건 더 잘하지만요. 제가 그런 쪽으로 경험이 아주 많거든요. 여긴 제가 돌볼 아이들이 없어서 안됐지만요."

"돌봐야 할 아이는 지금 내 앞에 있는 너 하나로 충분한 거 같구나. 너 하나도 감당하기 힘드니까. 너를 어떻게 해야 할지 모르겠구나. 매슈 오라버니도 정말 황당하고."

"아저씨는 멋있으세요. 너그러우시고요. 제가 말을 많이 했는데도 괜찮다고 하셨어요. 아저씨는 제가 마음에 드시는 것 같아요. 저도 아저씨를 보자마자 마음이 통할 거라고 느꼈어요."

앤이 뾰로통하게 말했다. 마릴라는 콧방귀

를 뀌었다.

"둘 다 별나긴 하지. 네가 마음이 통한다고 한 게 그런 거라면 말이다. 그래, 설거지를 해 보거라. 뜨거운 물을 넉넉히 붓고 그릇은 꼭 잘 말리고. 오늘 아침엔 할 일이 너무 많구나. 화이트샌즈로 가서 스펜서 부인을 만나야 하니 말이다. 너도 같이 가자꾸나. 가서 네 일을 해결해야지. 설거지를 마치거든 2층에 올라가서 침대도 정돈하고."

앤은 능숙하게 그릇을 씻었다. 마릴라는 그 모습을 유심히 지켜보며 일솜씨가 야무지다고 생각했다. 앤은 침대 정리는 설거지만큼 잘하지는 못했다. 깃털 이불 정리법은 한 번도 배우지 못한 탓이었다. 하지만 나름대로 이불을 개고 이리저리 매만져 반듯하게 정리를 끝냈다. 그러자 마릴라는 앤에게서 벗어날 속셈으로 식사 시간 전까지 밖에 나가 놀아도 된다고 말했다.

앤은 환한 얼굴로 눈을 반짝이며 문으로 달

려갔다. 하지만 문 바로 앞에서 걸음을 멈추더니 빙글 돌아와 탁자 옆에 앉았다. 누가 찬물이라도 끼얹은 것처럼 환하게 빛나던 모습이 싹 사라지고 없었다.

"또 무슨 일이냐?"

"못 나가겠어요."

모든 속세의 즐거움을 몽땅 포기한 순교자 같은 목소리였다.

"여기서 계속 살 수 없다면 초록 지붕 집을 사랑해도 소용없잖아요. 지금 나갔다가 저 나무랑 꽃들, 과수원이랑 개울과 친해지면 어떻게 해요. 분명 사랑에 빠지고 말 텐데. 지금도 너무 힘들어요. 더 힘든 일은 안 만들래요. 저도 무척이나 밖에 나가고 싶다고요. 모두가 절 부르는 거 같아요. '앤, 앤, 이리 와. 앤, 우리랑 놀자' 하면서요. 하지만 나가지 않는 게 낫겠어요. 헤어질 수밖에 없다면 사랑해서 뭐하겠어요? 사랑하는 것들을 떠나는 건 너무 고통스럽잖아

요? 제가 여기서 살 줄 알고 뛸 듯이 기뻤던 이유도 그거였어요. 여긴 사랑할 게 정말 많고 아무 방해도 안 받을 거라고 생각했거든요. 그 짧은 꿈도 끝이네요. 제 운명이죠. 밖에 나가면 제 운명을 거스르게 될까 봐 안 나가려는 거예요. 창턱에 놓인 저 제라늄은 이름이 뭐예요?"

"사과 향이 나는 제라늄이란다."

"아니요. 그런 이름 말고요. 아주머니가 지어 주신 이름요. 이름을 지어 주지 않으셨어요? 그럼 제가 하나 지어 줘도 될까요? 저 꽃을 뭐라고 부르면 좋을까…… '보니'가 좋겠어요. 제가 여기 있는 동안 저 꽃을 보니라고 불러도 돼요? 네, 허락해 주세요!"

"세상에나. 그러든지. 제라늄에 이름은 붙여서 뭘 어쩌겠다는 거냐?"

"저는요, 아무리 제라늄이라고 해도 이름이 있으면 좋을 거 같아요. 그러면 물건도 사람 같잖아요. 그냥 제라늄이라고만 부르면 제라늄도 기분 나쁘지 않을까요? 아주머니도 누가 이름 말고 여자라고만 부르면 싫으실 거잖아요. 이제 이 제라늄을 '보니'라고 부를래요. 오늘 아침에 침실 창밖의 벚나무에게도 이름을 붙여줬어요. '눈의 여왕'이라고요. 벚나무가 아주 새하얗잖아요. 물론 꽃이 항상 피어 있는 건 아니지만 꽃이 피었다고 상상할 수도 있고요."

마릴라가 감자를 가지러 지하 창고로 내려가며 구시렁거렸다.

"저런 애는 평생 처음이네. 오라버니 말마따나 재미있기는 하네. 저 애가 또 무슨 말을 할까 벌써 궁금해지고 말이야. 내게도 마법을 건 건가. 오라버니가 나갈 때 나를 보던 표정에 지난밤에 비쳤던 속내가 고스란히 담겨 있었는데. 오라버니가 다른 남자들처럼 속 얘기를 하면 좋겠어. 그러면 말대꾸도 하고 요목조목 따져 보기라도 할 텐데. 멀뚱히 쳐다만 보는 사람이랑 뭘 어쩌겠어?"

앤은 다시 몽상에 빠져들었다. 마릴라가 창고 순례를 마치고 돌아왔을 때 앤은 두 손으로 턱을 괴고 하늘을 쳐다보고 있었다. 마릴라는 식탁에 이른 점심식사를 다 차릴 때까지 앤을 방해하지 않았다.

"오라버니, 오늘 오후에 내가 마차 좀 써도 되죠?"

마릴라가 물었다.

매슈는 고개를 끄덕이고는 딱한 눈으로 앤을 보았다. 마릴라는 그 눈길을 가로채며 단호하게 말했다.

"화이트샌즈에 가서 이번 일을 해결해야겠어요. 앤을 데려가면 스펜서 부인이 저 애를 당장 노바스코샤로 돌려보낼 준비를 하겠죠. 오라버니가 드실 차는 준비해 놓을게요. 젖소들 우유 짤 시간까지는 돌아올 거예요."

매슈는 여전히 아무 말이 없었다. 마릴라는 괜한 시간 낭비를 했다고 생각했다. 아무런 대꾸가 없는 남자만큼 약 오르는 것도 없었다. 대꾸가 없는 여자도 마찬가지지만.

나갈 시간에 맞춰 매슈가 말에 마차를 매달았고 마릴라는 앤과 함께 출발했다. 매슈는 마당 문을 열어 주고 마차가 천천히 빠져나가는 동안 혼잣말처럼 중얼거렸다.

"오늘 아침에 크리크에서 제리 부트라는 남자아이가 왔기에 여름에 여기서 일 좀 도우라고 말해 뒀다."

마릴라는 아무 대답도 하지 않았다. 하지만 채찍으로 애꿎은 밤색 말을 어찌나 사정없이 내리쳤는지, 그런 취급을 받아본 적 없는 살찐 말이 화들짝 놀라 성난 듯 오솔길을 불안할 정도로 빨리 달려 내려갔다. 마차가 덜컹거리며 달리자, 마릴라는 뒤를 돌아봤다. 마릴라의 화를 돋운 매슈는 문에 기대어 아쉬운 눈길로 두 사람을 쳐다보고 있었다.

5 앤의 이야기

앤이 비밀을 털어놓듯 입을 열었다.

"아주머니, 있잖아요. 저는 이 길을 즐겁게 달리기로 마음먹었어요. 경험상 그래야겠다고 마음만 굳게 먹으면 즐겁지 않은 일이 별로 없는 거 같아요. 물론 마음을 정말 단단히 다잡아야 하지만요. 이 길을 달리는 동안에는 고아원으로 돌아간다는 생각은 안 하려고요. 그냥 길만 생각할래요. 와, 보세요. 벌써 작은 들장미 송이가 피었어요! 예쁘죠? 장미꽃이 되면 신날 거 같지 않으세요? 장미가 말할 수 있다면 얼마나 멋질까요? 분명 우리에게 사랑스러운 얘기들을 들려줄 거예요. 또 분홍은 세상에서 가장 매혹적인 색 같지 않으세요? 전 분홍색이 정말 좋은데 분홍색 옷은 못 입어요. 머리가 빨간 사람들은 분홍색 옷은 입을 생각도 못해요. 혹시 어릴 때는 머리색이 빨갰는데 나중에 커서 다른 색이 됐다는 얘기 들어 보셨어요?"

"아니, 한 번도 없다. 너도 그럴 것 같지는 않구나."

마릴라가 냉정하게 대답했다.

앤이 한숨을 내쉬었다.

"휴, 희망이 또 하나 사라졌네요. '내 인생은 희망을 묻는 묘지다.' 예전에 읽었던 책에 나온 말인데, 전 실망스러운 일이 있을 때마다 이 말로 절 위로해요."

"그게 어떻게 위로가 된다는 건지 모르겠구나."

"그게, 아주 멋지고 낭만적으로 들리잖아요. 제가 꼭 책 속의 주인공이 된 것처럼요. 전 낭만적인 게 정말 좋아요. 그리고 희망이 가득 묻힌 묘지라니, 사람이 상상할 수 있는 말 중에 최고로 낭만적이지 않나요? 그런 묘지가 있다니, 전 오히려 더 기뻐요. 오늘도 '반짝이는 호수'를 지나가나요?"

"배리 연못으로는 안 간다. '반짝이는 호수'가 그 연못이라면 말이다. 우리는 바닷가 길로 갈 거야."

앤은 꿈꾸듯이 입을 열었다.

"바닷가 길이라니, 근사해요. 그 길은 이름처럼 멋있나요? 아주머니가 '바닷가 길'이라고 말씀하시는 순간 마음속에 그림이 하나 떠올랐어요! 화이트샌즈라는 이름도 예쁘지만 전 에이번리가 마음에 들어요. 에이번리는 정말 아름다운 이름이에요. 꼭 음악 소리 같아요. 화이트샌즈까지는 얼마나 멀어요?"

"8킬로미터쯤 된단다. 그렇게 말하는 데 힘 쓸 요량이면 차라리 네 이야기를 해 보렴."

"에이, 제 얘기는 별거 없어요. 그 대신 상상 속에서 제가 어떤 모습인지 말해도 좋다고 하시면, 훨씬 재미있으실 거예요."

앤이 간곡하게 말했다.

"아니, 네가 상상하는 모습 같은 건 필요 없다. 있는 그대로 말해보렴. 처음부터 시작해 봐. 태어난 곳은 어디고, 나이는 몇 살이니?"

앤은 작게 한숨을 내쉬더니 이야기를 시작했다.

"지난 3월에 열한 살이 됐어요. 노바스코샤 주에 있는 볼링브룩에서 태어났고요. 아빠 이름은 월터 셜리고 볼링브룩 고등학교 선생님이셨어요. 엄마 이름은 버사 셜리였고요. 월터와 버사 모두 멋진 이름이죠? 부모님 이름이 멋져서 정말 다행이에요. 아빠가, 그러니까 제데디어 같은 이름이었다면 정말 창피했을 거예요. 그렇죠?"

"예절만 바르다면 이름은 별로 중요하지 않지."

마릴라는 아이에게 바람직하고 유익한 교훈을 가르쳐야 한다는 생각으로 말했다.

앤은 생각에 잠긴 얼굴로 말을 이었다.

"음, 전 잘 모르겠어요. 어떤 책에서 장미는 다른 이름으로 불려도 향기로울 거라는 글을 읽었는데, 저는 절대 그렇게 생각하지 않아요. 엉겅퀴나 앉은부채라고 불러도 장미가 지금처럼 아름다울 거라고는 못 믿겠어요. 이름이 제데디어였어도 아빠는 좋은 분이셨겠지만, 뭔가 어울리지 않는 느낌이에요. 아, 엄마도 고등학교 선생님이셨는데 아빠와 결혼한 뒤에 학교를 그만두셨대요. 남편 내조만 해도 힘들잖아요. 토머스 아주머니 말씀으로는, 두 분 다 어린아이처럼 순진하기 짝이 없었고 시골 교회 쥐처럼 가난하셨대요. 두 분의 신혼집은 볼링브룩의 아주 작은 노란 집이었대요. 저는 그 집을 본 적이 없지만 상상은 수천 번도 더 했어요. 응접실 창문 위로 인동덩굴이 지나가고 앞뜰에는 라일락이, 울타리 문 바로 안쪽에는 은방울꽃이 피어 있었을 거예요. 맞다, 창문마다 모슬린 커튼이 달렸고요. 모슬린 커튼을 달면 집 안 분위기가 달라지잖아요. 그 집에서 제가 태어났어요. 토머스 아주머니는 그렇게 못생긴 아기는 처음 봤다고 하셨어요. 뼈만 앙상하고 자그마해서 눈밖에 안 보였는데, 그래도 엄마는 제가 무척 예쁘다고 하셨대요. 청소해 주러 오시던 아주머니보다는 엄마가 더 제대로 판단하셨겠죠? 어쨌든 엄마가 저를 예뻐하셨다니 기뻐요. 엄마를 실망시켰다면 무척 슬펐을 거예요. 저를 낳고 얼마 사시지 못했거든요. 엄마가 열병으로 돌아가셨을 때 저는 고작 세 살이었어요. 좀 더 오래 사셨으면 얼마나 좋았을까요. 제가 '엄마'라고 불렀던 기억이라도 간직할 수 있게요. '엄마'라고 부르면 기분이 정말 좋겠죠? 엄마가 돌아가시고 나흘 뒤에 아빠도 열병으로 돌아가셨어요. 그래서 전 고아가 됐고, 토머스 아주머니 말씀으로는 사람들이 저를 어떻게 해야 할지 고민했대요. 그러니까 아주머니, 그때도 저를 아무도 원치 않았던 거예요. 그게 제 운명인가 봐요. 아빠랑 엄마가 다 먼 외지 출신이었고 사람들이 알기론 살아 계신 친척도 없었대요. 결국 토머스 아주머니가 저를 맡으셨죠. 가난한 데다 아저씨는 술주정뱅이였는데도요. 아주머니는 손수 우유를 먹이며 저를 키우셨대요. 그런 보살핌을 받고 자란 아이는 다른 사람보다 더 착해야 하나요? 제가 말을 안 들을 때마다 손수 돌보며 키웠는데 어떻게 그리 나쁜 아이가 될 수 있냐고 못마땅해 하셨거든요.

토머스 아주머니네가 볼링브룩에서 메리스빌로 이사해서, 저는 거기서 여덟 살까지 살았어요. 아주머니를 도와 아이들을 돌봤죠. 저보다 어린 아이들이 넷이었는데, 정말 일일이 다 챙겨야 했어요. 그러다가 토머스 아저씨가 기차에서 떨어져 돌아가신 거예요. 아저씨의 어머니가 토머스 아주머니와 아이들을 데려가겠다고 하셨는데, 저까지는 데려갈 수 없다고 하셨어요. 아주머니도 저를 어찌해야 좋을지 난감했다고 하시더라고요. 그때 강 위쪽에 사시는 해먼드 아주머니가 저를 맡겠다고 하셨어요. 제가 아이들을 잘 돌보는 걸 아신 거죠. 그래서 저는 강 위쪽에 나무 그루터기만 남은 작은 개간지에서 해먼드 아주머니랑 살게 됐어요. 거긴 너무 쓸쓸한 곳이었어요. 상상력이 없었다면 견디지 못했을 거예요. 해먼드 아저씨는 작은 목재소에서 일하셨어요. 해먼드 아주머니는 아이가 여덟이나 됐어요. 쌍둥이를 세 번이나 낳으셨거든요. 저도 아기들을 좋아해요. 하지만 세 번 연달아 쌍둥이라니 너무 많잖아요! 마지막 쌍둥이가 태어났을 때 해먼드 아주머니께 제 생각을 분명히 말씀드렸어요. 아이들을 쫓아다니다가 정말 녹초가 되었거든요.

거기서 해먼드 아주머니랑 2년 넘게 살았어요. 그러다가 해먼드 아저씨가 돌아가시자 아주머니가 집안일을 아예 포기하더니, 아이들을 여기저기 친척집에 맡기고 미국으로 가 버리셨죠. 저도 호프턴의 고아원으로 가야 했고요. 아무도 절 데려가려 하지 않았거든요. 저를 원치 않는 건 고아원도 마찬가지였어요. 자리가 없다고 하더라고요. 하지만 절 받을 수밖에 없었고, 저는 스펜서 아주머니가 오시기까지 넉 달 동안 거기서 지냈어요."

앤은 안도의 한숨을 내쉬며 이야기를 마쳤다. 아무도 자기를 원하지 않는 세상에서 겪었던 일을 말하기가 싫었던 게 분명했다.

마릴라가 바닷가 길 쪽으로 말을 몰며 물었다.

"학교는 다녔니?"

"얼마 못 다녔어요. 토머스 아주머니네에서 살던 마지막 해에 잠깐 다녔어요. 강 위쪽에서 살 때는 학교가 너무 멀어서 겨울엔 걸어 다니기 힘들었고 여름엔 방학이 있어서 봄이랑 가을에만 다녔고요. 고아원에 있을 때도 당연히 학교에 갔죠. 저는 책도 꽤 잘 읽고 외우는 시도 아주 많아요. 〈호엔린덴의 전투〉하고 〈플로든 전투 후의 에든버러〉 그리고 〈라인 강변의 빙엔〉이랑 〈호수의 여인〉도 외우고, 제임스 톰슨의 〈사계〉도 거의 외워요. 등골이 오싹해지는 시를 읽으면 정말 좋지 않나요? 5학년 교과서에서 본 〈폴란드의 멸망〉은 소름이 돋아요. 전 물론 5학년이 아니라 4학년이었지만, 언니들이 책을 빌려주곤 했어요."

"그 사람들, 그러니까 토머스 아주머니나 해먼드 아주머니는 잘해 주셨니?"

마릴라가 곁눈으로 앤을 보며 물었다.

"아, 네……."

앤이 기어들어가는 목소리로 대답했다. 감정을 고스라니 드러낸 작은 얼굴이 갑자기 빨개지며 당황한 기색이 역력했다.

"네, 두 분 다 잘해 주려고 하셨어요. 될 수 있는 한 친절하고 다정하게 대해 주려고 하셨을 거예요. 잘해 주려고 한다는 걸 알고 있으면 그 사람이 항상 잘해 주지 못해도 괜찮잖아요. 두 분은 나 말고도 걱정거리가 많았으니까요. 술주정뱅이 남편을 둔 것도 정말 괴로운 일인데, 세 번이나 연달아 쌍둥이를 낳았으니 얼마나 힘드셨겠어요. 아주머니도 그렇게 생각하시죠? 그래도 두 분은 제게 잘해 주려 하셨던 게 확실해요."

앤은 바닷가 길을 보며 황홀감에 빠져 조용해졌다. 마릴라도 더는 묻지 않고 밤색 말을 건성으로 몰며 깊은 생각에 잠겼다. 아이가 가엾다는 생각이 불쑥 마릴라의 마음을 뒤

흔들었다. 사랑받지 못한 채 얼마나 굶주린 삶을 살았을까. 고되고 가난하며 무시받는 삶이었을 것이다. 눈치 빠른 마릴라는 앤의 이야기에서 행간을 읽고 진실을 파악했다. 진짜 집이 생겼다며 그토록 기뻐한 것도 이해가 갔다. 고아원으로 돌아가야 한다니, 앤에게는 딱한 일이었다. 매슈의 설명하기 힘든 변덕을 받아들여 아이를 키우면 어떨까? 매슈는 이미 마음을 정했고, 아이는 착해 보이는 데다 가르치는 맛도 있을 듯했다.

'말이 너무 많긴 하지만 가르치면 고칠 수도 있지. 버릇없거나 말이 거칠거나 하지도 않고. 얌전하기도 하고. 부모는 좋은 사람들이었는지도 모르지.'

바닷가 길은 '사람 손을 타지 않은 듯 나무가 우거지고 적막했다.' 오른쪽에는 전나무들이 긴 세월 세찬 바닷바람에 꿋꿋이 맞서며 울창한 숲을 이루고 있었다. 왼쪽으로는 깎아지른 듯한 붉은 사암 절벽이 있었는데, 달리는 길 곳곳이 절벽에 바짝 붙어 있어서 밤색 말처럼 침착한 말이 아니었다면 마차를 탄 사람들은 온 신경이 쭈뼛거렸을 것이다. 절벽 아래에는 파도에 깎인 바위들과, 자갈들이 바다의 보석처럼 박힌 모래밭이 있었다. 그 너머로 빛을 받아 일렁이는 푸른 바다가 펼쳐졌고, 갈매기들이 햇빛을 받아 은빛 날개를 반짝이며 하늘 높이 날아올랐다.

눈만 동그랗게 뜨고 한참 말이 없던 앤이 긴 침묵을 깼다.

"바다는 정말 경이롭지 않아요? 언젠가 메리스빌에 살 때였는데 토머스 아저씨가 화물차를 빌려와서 우리를 전부 태우고 16킬로미터 정도 떨어진 바닷가로 놀러갔어요. 그날도 내내 아이들을 쫓아다녀야 했지만, 그래도 한순간 한순간이 모두 즐거웠어요. 그 뒤로 몇 년 동안은 그날을 꿈꾸며 행복했어요. 그런데 여기 바닷가가 메리스빌의 바닷가보다 더 멋있어요. 저 갈매기들도 정말 멋지죠? 아주머니는 갈매기가 되고 싶으세요? 전 되고 싶은 것 같아요. 그러니까 사람으로 태어나지 않았다면 말이에요. 동이 틀 때 깨어나 물 위로 곤두박질치기도 하고 푸른 바다 위를 온종일 날고, 그러다가 밤이 되면 둥지로 돌아오고, 그러면 좋을 것 같지 않으세요? 와, 제가 그렇게 사는 모습이 상상이 돼요. 저 앞의 큰 집은 뭐예요?"

"화이트샌즈 호텔이란다. 커크 씨가 운영하는데 아직 붐빌 철은 아니야. 여름에 미국인들이 몰려들지. 여기 바닷가가 마음에 드나 보더구나."

"스펜서 아주머니가 계시는 곳인 줄 알고 걱정했어요. 그곳에 도착하지 않았으면 좋겠어요. 왜인지 그 순간 모든 게 끝나버릴 것 같거든요."

앤이 슬픔에 잠긴 목소리로 말했다.

6

마릴라가 결심하다

두 사람은 머지않아 목적지에 도착했다. 스펜서 부인은 화이트샌즈 만에 있는 커다란 노란색 집에 살았다. 인자해 보이는 스펜서 부인은 놀라움과 반가움이 뒤섞인 얼굴을 하고 현관으로 나오며 외쳤다.

"어머나, 세상에, 오늘 올 줄은 생각도 못했어요. 이렇게 보니 정말 반가워요. 말은 들여놨어요? 잘 지냈니, 앤?"

"덕분에 잘 있었어요. 고맙습니다."

앤이 웃음기 없는 얼굴로 대답했다. 얼굴에는 어두운 그림자가 드리워져 있었다.

마릴라가 말했다.

"말이 쉬는 동안만 잠깐 실례할게요. 오라버니에게 얼른 다녀오겠다고 약속했거든요. 스펜서 부인, 뭔가 착오가 생겨서 어떻게 된 일인지 여쭈러 왔어요. 오라버니와 제가 부인께 부탁드린 건 남자아이였거든요. 동생 분에게 열 살에서 열한 살쯤 된 남자아이가 필요하다고, 그렇게 전해 달라고 했답니다."

"마릴라 커스버트, 그럴 리가요! 로버트가 딸 낸시를 보내서 두 분이 여자아이를 원한다고 하던걸요. 낸시가 그렇게 말했지, 플로라 제인?"

스펜서 부인이 난처한 얼굴로 말하더니, 계단으로 나온 딸에게 도움을 청하듯이 물었다.

"맞아요. 그랬어요, 커스버트 아주머니."

플로라 제인은 숨기는 기색 없이 사실을 확

인해 주었다.

"일이 이렇게 돼서 정말이지 유감이에요. 너무 딱하게 됐네요. 하지만 커스버트 부인, 제 잘못은 아니랍니다. 저는 최선을 다했고 틀림없이 부탁받은 대로 했는데. 낸시가 좀 말도 못하게 덜렁거려요. 침착하라고 저도 매번 따끔하게 혼내곤 한답니다."

"우리 잘못이에요. 중요한 부탁이었는데, 그런 식으로 건너건너 전할 게 아니라 직접 부인을 찾아왔어야 했어요. 어쨌든 이미 이렇게 됐으니 바로잡아야겠죠. 아이를 고아원으로 돌려보내도 될까요? 고아원에서 다시 받아주겠죠, 아닐까요?"

마릴라는 어쩔 수 없다는 듯 말했다.

"받아주기는 할 거예요. 하지만 굳이 돌려보내지 않아도 돼요. 어제 피터 블루엣 부인이 오셔서 일을 도와줄 어린 여자아이를 알아봐 달라고 부탁했거든요. 블루엣 부인 댁이 워낙 대가족이라 일할 사람을 구하기가 쉽지 않잖아요. 앤이 그 집에 딱 맞겠네요. 하늘의 뜻인가 봐요."

스펜서 부인은 생각에 잠긴 얼굴로 대답했다.

마릴라는 이 일이 그다지 하늘의 뜻이라고 생각하는 표정은 아니었다. 반갑지 않은 고아 아이를 내보낼 수 있는 뜻밖의 기회가 찾아왔는데도 반가운 마음이 들지 않았다.

마릴라도 피터 블루엣 부인을 본 적이 있었는데, 살집이라곤 하나 없는 자그마한 체구에 잔소리가 심할 것처럼 생긴 여자였다. '억척스레 일하고 일꾼을 모질게 부리는 사람'이라는 게 피터 블루엣 부인에 대한 세간의 평이었다. 그 집에서 일하다가 쫓겨난 하녀들은 블루엣 부인이 성미가 고약하고 인색하기 짝이 없으며, 아이들은 버릇없고 툭하면 싸움질이라면서 혀를 내둘렀다. 마릴라는 앤을 그런 고약한 여자에게 보내려니 마음이 편치 않았다.

"글쎄요. 들어가서 얘기를 좀 더 나눠 보죠."

"어머, 마침 블루엣 부인이 저기 오시네요!"

스펜서 부인이 반갑게 소리치며 복도 안쪽의 응접실로 부산스레 손님들을 안내했다. 응접실에는 오싹한 냉기가 돌았다. 짙은 초록색 블라인드를 빛이 새어들지 않게 한참 동안 쳐 놓아서 온기가 하나도 없이 다 식어 버린 듯했다.

"정말 운이 좋네요. 문제가 바로 해결되겠어요. 커스버트 부인, 저기 팔걸이의자에 앉으세요. 앤, 너는 이 수납 의자에 앉으렴. 꼼지락거리지 말고. 모자는 다들 저한테 주세요. 플로라 제인, 가서 주전자 좀 올려놓거라. 어서 오세요, 블루엣 부인. 부인이 때맞춰 오셔서 잘됐다는 얘기를 하던 중이었어요. 두 분 인사 나누세요. 이쪽은 블루엣 부인이고, 이쪽은 커스버트 부인이랍니다. 잠깐만 실례할게요. 플로라 제인에게 오븐에서 빵을 꺼내라고 말하는 걸 깜박 잊었네요."

스펜서 부인이 블라인드를 올리고는 급히 나갔다. 앤은 작은 수납 의자에 말없이 앉아, 꽉 움켜쥔 두 손을 무릎 위에 올린 채 넋을 빼앗긴 듯 블루엣 부인을 바라보았다. 매서운 얼굴에 날카로운 눈을 한 이 여자의 집에 가야 하는 걸까? 앤은 목에서 뭔가가 치밀어 오르고 눈이 욱신거리는 느낌이었다. 눈물이 나오면 어쩌지 하는데, 스펜서 부인이 발갛게 화색이 도는 얼굴로 돌아왔다. 육체적인 문제든 정신적인 문제든 영혼의 문제든 어떤 어려움도 잘 헤아려서 해결할 수 있다는 얼굴이었다.

"이 아이 일에 착오가 생긴 것 같아요, 블루엣 부인. 커스버트 씨 댁에서 어린 여자아이를 입양하고 싶어 하는 줄 알았거든요. 분명히 그렇게 들었는데 이분들은 남자아이가 필요했나 봐요. 그러니 부인께서 어제와 같은 마음이시라면 이 아이가 부인께 딱 맞을 듯한데요."

블루엣 부인이 앤에게 눈길을 휙 던져 머리부터 발끝까지 훑어보며 캐물었다.

"나이는 몇 살이고 이름은 뭐지?"

"앤 셜리예요. 열한 살이고요."

앤은 철자에 주의해 달라는 당부도 잊은 채 겁 먹어 움츠러든 목소리로 머뭇머뭇 대답했다.

"흠! 뭘 할 줄 알 것 같진 않지만 강단은 있어 보이는구나. 이러나저러나 결국엔 강단 있는 게 제일이지. 자, 나랑 같이 가면 착한 아이가 되어야 한다. 착하고 야무지고 예의 바르게 굴어야 해. 네 밥값은 확실히 해야 하고. 커스버트 부인, 좋아요. 내가 이 애를 데려갈게요. 갓난아기가 얼마나 보채는지, 애 보느라 진이 다 빠졌어요. 괜찮으시면 지금 바로 데려가고 싶은데요."

마릴라는 앤을 보았다. 창백해져서 입도 뻥끗 못하고 있는 아이가 보였다. 앤은 도망쳐 나온 덫에 또다시 걸려든 무기력한 어린 짐승처럼 서글퍼 보였다. 그냥 모른 체했다가는 그 간절한 표정이 죽는 날까지 머릿속을 떠나지 않을 것 같았다. 게다가 마릴라는 블루엣 부인이 마음에 들지 않았다. 감수성 넘치고 '들뜨기 잘하는' 이 아이를 저런 여자한테 보낸다고! 아니, 그런 짓은 할 수 없었다!

마릴라가 천천히 말했다.

"글쎄요. 잘 모르겠군요. 오라버니와 제가 이 아이를 확실히 보내기로 결정했다고 말하진 않았는데요. 사실 오라버니는 아이를 데리고 있을 마음도 없지 않아요. 제가 온 건 단지 왜 일이 이렇게 되었는지 알아보고 싶어서였어요. 아이는 제가 다시 집으로 데려가서 오라버니와 상의해 보는 게 좋겠어요. 오라버니와 의논하지 않고 혼자 결정하면 안 될 것 같네요. 아이를 보내기로 결정하면 내일 밤에 아이만 보내거나 직접 데리고 올게요. 아이를 보내지 않으면 우리가 데리고 있기로 했다고 생각하시면 돼요. 그래도 괜찮으시겠어요, 블루엣 부인?"

마릴라의 말을 들으면서 앤의 얼굴은 새해가 돋는 아침처럼 점점 밝아졌다. 절망스러운 표정이 조금씩 가시면서 희망의 빛이 발그스름 올라왔고, 눈빛이 깊어지며 샛별처럼 환히 빛났다. 조금 전과 완전히 다른 모습이었다. 잠시 후, 블루엣 부인이 원래 빌리러 왔던 요리책을 찾으러 스펜서 부인과 함께 나가자 앤이 자리에서 벌떡 일어나 마릴라에게 달려갔다.

"아, 커스버트 아주머니, 정말로 제가 초록 지붕 집에서 지낼 수도 있는 거예요?"

앤은 크게 말하면 이 믿기지 않는 기적이 산산이 부서지기라도 할 듯 가쁜 목소리로 숨죽여 물었다.

"정말로 그렇게 말씀하셨어요? 아니면 그렇게 말씀하셨다고 제가 상상한 건가요?"

"현실인지 아닌지도 구분 못할 정도라면 그 상상력을 조절하는 법부터 배워야겠구나, 앤. 그래, 정확히 들었다. 하지만 아직 결정한 건 아무것도 없어. 어쩌면 블루엣 부인한테 널 보낼 수도 있지. 나보다는 그 부인이 네가 훨씬 더 필요하다고 하니까 말이다."

마릴라가 심사가 편치 못한 목소리로 말했다.

"그 아주머니와 같이 사느니 고아원으로 돌아가는 게 나아요. 그 아주머니는 꼭…… 꼭 송곳처럼 생겼단 말이에요."

앤이 격정적으로 말했다.

마릴라는 웃음이 나오려 했지만 그런 말은 꾸짖어야 한다는 생각에 꾹 참고 엄하게 말했다.

"너 같은 어린애가 아주머니나 낯선 사람을 보고 그렇게 말하는 건 부끄러운 일이야. 자리

에 얌전히 앉아서 입 다물고 착한 아이처럼 행동하거라."

"노력할게요. 뭐든 하라시는 대로 하도록 노력할게요. 절 보내지만 않으시면요."

앤은 원래 앉았던 의자로 순순히 돌아가 앉았다.

그날 저녁 초록 지붕 집으로 돌아오니 매슈가 오솔길까지 나와 서성거리고 있었다. 마릴라는 멀리서부터 매슈를 알아봤고 그 이유도 짐작했다. 일단 앤을 데리고 돌아온 것을 보면 매슈가 안도의 표정을 지을 게 뻔했다. 하지만 마릴라는 아무 말도 꺼내지 않다가, 매슈와 같이 헛간 뒤뜰에서 우유를 짤 때에야 앤이 살아온 이야기며 스펜서 부인과 나눈 대화 등을 간단하게 들려주었다.

"그 블루엣이라는 여자한테는 아끼는 개 한 마리도 주지 않을 거야."

매슈가 평소와 달리 활기찬 목소리로 말했다.

마릴라도 그 부분은 인정했다.

"나도 그 여자가 마음에 들지 않아요. 하지만 오라버니, 그 애를 보내든지 아니면 우리가 키우든지 결정해야 해요. 어쨌든 오라버니는 아이를 데리고 있고 싶어 하는 것 같은데, 저도 못 키울 건 없다고 생각해요. 아니, 그래야 할 듯해요. 하도 그 생각만 해서 그런지 꼭 그래야 할 것 같아요. 의무감마저 든다니까요. 난 아이는, 그것도 여자아이는 한 번도 키워본 적이 없어요. 아마 엉망진창이 될지도 몰라요. 하지만 할 수 있는 만큼은 할게요. 그러니까 내 생각에는, 아이가 여기서 지내도 괜찮을 것 같아요, 오라버니."

매슈의 수줍은 얼굴이 기쁨으로 빛났다.

"그래, 그렇게 생각할 줄 알았다, 마릴라. 저 애는 정말 재미있는 아이야."

"오라버니가 저 애를 쓸모 있는 아이라고 말했다면 더 간단했을 거예요. 내가 그렇게 되도록 교육할 거예요. 그러니 오라버닌 내 방식에 간섭하지 마세요. 노처녀라 아이 키우는 법은 잘 모르지만, 노총각보다야 낫겠죠. 오라버니는 내게 그냥 맡겨요. 내가 하다하다 안 되면 그때 참견해도 늦지 않을 테니까."

마릴라가 쏘아붙였다.

"그래그래, 마릴라. 네 방식대로 해. 다만 아이 버릇이 나빠지지 않을 정도로만 잘 대해줘. 내가 보기에 저 아이는 일단 널 사랑할 수 있게만 해 주면 무슨 일이든 잘 따라할 게야."

매슈가 마릴라를 안심시키듯 말했다.

마릴라는 매슈가 여자들 일에 이러쿵저러쿵하자, 콧방귀를 뀌고는 우유통을 들고 나갔다. 그러고는 우유를 크림 만드는 통에 부으며 생각했다.

'오늘 밤에는 앤에게 여기서 같이 지내자는 말을 말아야겠어. 너무 들떠서 한잠도 못 잘 거야. 마릴라 커스버트, 이제 골머리 좀 앓겠어. 고아 여자애를 입양할 날이 올지 생각이나 했나? 이것만으로도 놀라운데 오라버니가 먼저 앤을 키우자고 하니 더 놀랍지, 뭐. 여자애들이라면 질색하더니. 어쨌든 모험을 해 보기로 했으니, 어떻게 될지는 두고 보면 알겠지.'

7

앤이 기도하다

마릴라는 앤을 어제 묵었던 다락방으로 데리고 올라가며 무뚝뚝하게 말했다.

"앤. 어젯밤에 옷을 벗어서 바닥에 아무렇게나 던져 놨더구나. 정리 정돈 습관이 안 됐다는 건데, 난 절대 그런 행동을 봐줄 수 없단다. 양말 한 짝이라도 벗으면 그 즉시 단정하게 개어 의자에 올려 두거라. 단정치 못한 여자애는 우리 집에 아무 필요가 없다."

"어젯밤에는 너무 괴로워서 옷에 신경을 못

썼어요. 오늘은 예쁘게 개어 놓을게요. 고아원에서도 항상 그렇게 하라고 시켰거든요. 깜빡잊을 때도 많았지만요. 빨리 침대에 누워서 조용히 상상하고 싶어서요."

"여기서 지내려면 기억을 좀 더 잘해야 할게다. 자, 그런대로 잘 갰구나. 이제 기도하고 잠자리에 들거라."

마릴라가 타이르듯 말했다.

"전 기도를 해 본 적이 없는데요."

마릴라는 깜짝 놀라 기가 막혔다.

"아니, 앤, 그게 무슨 소리냐? 기도하는 법을 배운 적이 없어? 하느님은 늘 어린아이들이 기도하는 소리를 듣고 싶어 하신단다. 하느님이 누군지는 아니?"

질문이 떨어지기 무섭게 앤은 암송하듯 대답했다.

"하느님은 영靈이시고 무한하시고 영원하시며 불변하세요. 존재하심에 있어 현명하시고 전능하시며 거룩하시고 공의하시고 선하시며 진리인 분이세요."

마릴라의 표정이 안도감으로 누그러졌다.

"뭐라도 알긴 아니 다행이구나! 이교도는 아닌 것 같으니 말이다. 그건 어디에서 배웠니?"

"고아원 주일학교에서요. 교리문답을 통째로 외게 했거든요. 전 그 시간이 참 좋았어요. 멋진 말들이 많이 나오잖아요. '무한하시고 영원하시며 불변하시다.' 웅장하지 않나요? 이 말들엔 어떤 울림 같은 게 있어요. 커다란 오르간을 연주할 때처럼요. 시가 아닌데, 꼭 시처럼 들려요. 그렇지 않나요?"

"앤, 지금 시 얘기를 하는 게 아니란다. 기도에 대해 말하는 중이야. 매일 밤 기도를 하지 않는 게 얼마나 나쁜 짓인지 모르니? 네가 정말 나쁜 아이가 아닌지 걱정이구나."

"아주머니도 빨강 머리라면 착한 아이보다

는 나쁜 아이가 되기 더 쉽다는 걸 아실 거예요. 빨강 머리가 아닌 사람은 그게 얼마나 괴로운 일인지 몰라요. 토머스 아주머니는 하느님이 뜻하신 바가 있어서 제 머리를 빨갛게 만드셨다는데, 전 그때부터 하느님이 좋지 않았어요. 게다가 너무 지쳐서 밤이면 기도할 정신도 없었고요. 쌍둥이들을 돌보는 사람한테 기도까지 하라는 건 너무해요. 솔직히 아주머니도 그렇게 생각하시죠?"

앤이 원망 섞인 목소리로 얘기했다.

마릴라는 앤에게 당장 종교 교육을 시켜야겠다고 결심했다. 망설일 시간이 없었다.

"앤, 여기서 사는 동안에는 반드시 기도를 해야 한다."

"그럼요. 당연히 그럴게요. 아주머니가 원하신다면요. 아주머니를 위해서라면 뭐든지 할게요. 하지만 아주머니가 기도하는 법을 알려 주세요. 잠자리에 누워서 매일 아주 근사한 기도를 하는 상상을 해 볼래요. 생각해 보니 정말 재미있을 거 같아요."

앤은 씩씩하게 응했다.

"무릎을 꿇어야지."

마릴라가 당혹스러워하며 말했다.

앤은 마릴라의 무릎 앞에 꿇어앉아 진지한 얼굴로 올려다봤다.

"왜 기도할 때 무릎을 꿇어요? 저라면 정말 기도하고 싶을 때 이렇게 하겠어요. 혼자서 넓디넓은 들판이나 깊고 깊은 숲속에 들어가서, 한없이 푸르른 아름다운 파란 하늘을 높이높이 올려다보는 거예요. 그러면 정말 기도하는 느낌이 들 거 같아요. 음, 이제 준비됐어요. 뭐라고 말하면 돼요?"

마릴라는 당혹스럽기만 했다. 처음에는 앤에게 '하느님, 이제 잠자리에 듭니다'라는 아이들이 주로 하는 기도문을 가르칠 생각이었다. 그러나 앞서 얘기했듯이 마릴라는 어렴풋

하나마 유머 감각이 꿈틀대는 사람이었고, 그것은 곧 상황에 맞게 대처할 만큼은 지각이 있다는 뜻이었다. 하얀 잠옷을 입고 어머니의 무릎에 앉아 혀짤배기소리로 하는 어린아이들의 단순하고 짧은 기도문은, 하느님의 사랑을 알지도 못하고 관심도 없는 이 주근깨투성이 꼬마 마녀에게는 전혀 어울리지 않는다는 생각이 문득 들었다. 아이는 인간의 사랑을 통해 전달되는 하느님의 사랑을 결코 느껴 본 적이 없었기 때문이다.

마침내 마릴라가 말했다.

"앤, 넌 어린애가 아니니 스스로 해 보거라. 하느님이 네게 베풀어 주신 은혜에 감사드리고 네가 원하는 걸 겸손하게 말씀드리면 된단다."

앤은 마릴라의 무릎에 얼굴을 묻으며 약속했다.

"네, 최선을 다해 볼게요. 하늘에 계신 자애로우신 아버지, 교회에서 목사님들이 이렇게 하시던데 제가 기도드릴 때도 똑같이 하면 되는 거죠?"

앤이 잠시 고개를 들어 묻더니, 다시 얼굴을 무릎에 묻었다.

"하늘에 계신 자애로우신 아버지, '기쁨의 하얀 길'과 '반짝이는 호수'와 '보니'와 '눈의 여왕'을 만나게 해 주셔서 감사합니다. 그 점은 정말로 더없이 감사드려요. 그리고 지금은 감사드릴 수 있는 게 그것밖에 없어요. 제가 원하는 걸 말씀드릴게요. 셀 수 없을 만큼 많아서 하나하나 다 말씀드리면 시간이 너무 많이 걸릴 테니, 가장 중요한 것 두 가지만 말씀드릴게요. 제발 초록 지붕 집에서 살게 해 주세요. 그리고 이다음에 커서 예뻐지게 해 주세요. 하느님 아버지를 존경하는 앤 셜리 올림."

앤이 몸을 일으키며 잔뜩 기대하는 얼굴로 물었다.

"저 잘했나요? 생각할 시간만 더 있었어도

훨씬 더 근사하게 할 수 있었을 거예요."

가엾은 마릴라는 까무러칠 정도로 놀랐지만, 이처럼 엉뚱한 간청도 앤이 불경해서라기보다 종교적으로 무지해서라고 생각했다. 마릴라는 아이를 침대에 눕히면서 내일 당장 기도하는 법부터 가르치겠다고 속으로 다짐했다. 그러고는 촛불을 들고 방을 나서는데 앤이 마릴라를 불렀다.

"이제 생각났어요. 마지막에 '아멘'을 해야 했는데. 그렇죠? 목사님들이 그렇게 하셨거든요. 깜박 잊었어요. 어떻게든 기도를 끝내야 한다고 생각하다가 다른 말을 해 버렸어요. 그래도 상관없나요?"

"뭐…… 상관없을 게다. 이제 착한 아이답게 자리에 눕거라. 잘 자라."

"오늘 밤은 진심으로 '좋은 밤Good Night!'이라고 말할 수 있어요."

앤이 베개를 한껏 껴안으며 말했다.

마릴라는 부엌으로 내려와 식탁 위에 촛불이 넘어지지 않도록 단단히 세운 뒤에 매슈를 똑바로 쳐다보았다.

“매슈 오라버니. 이제 오라버니나 내가 저 아이를 입양해서 뭐든 가르쳐야 해요. 지금은 이교도나 다름없다니까요. 기도를 한 게 오늘 밤이 처음이라니 믿어지세요? 내일은 목사관에 보내서 ‘새벽’ 성경 공부 책을 빌려 오라고 해야겠어요. 그리고 적당히 입을 옷들을 만드는 대로 주일학교에도 보내고요. 눈코 뜰 새 없이 바빠지겠어요. 하긴 뭐, 이 세상 살다 보면 누구나 제 몫의 역경을 헤쳐 나가야 하니까요. 그런 점에서 난 지금까지 꽤 편히 살았는데, 마침내 내 몫을 해야 할 때가 왔네요. 그저 최선을 다할밖에요.”

8

앤의 교육이 시작되다

마릴라는 생각하는 바가 있어 다음 날 오후까지 앤에게 '초록 지붕 집에서 살게 되었다'고 말해 주지 않았다. 그 대신 오전 내내 앤에게 이것저것 시키면서 일하는 모습을 유심히 지켜보았다. 그리고 정오쯤 되어, 앤이 영리하고 말을 잘 들으며 무슨 일이든 즐겁게 하고 빨리 배운다고 결론을 내렸다. 가장 큰 단점은 한번 몽상에 빠지면 하던 일을 까맣게 잊고 사고를 치거나 호되게 꾸짖는 소리를 듣고서야 현실 세계로 돌아온다는 점이었다.

점심 설거지를 마친 앤은 어떤 나쁜 소식도 들을 각오가 되어 있다는 표정으로 불쑥 마릴라 앞을 막아섰다. 작고 야윈 몸이 머리끝부터 발끝까지 떨렸고, 얼굴은 붉게 상기된 채 동공이 팽창되어 눈동자가 까맣게 보일 지경이었다. 앤은 두 손을 꽉 움켜잡고 애원하는 말투로 입을 열었다.

"커스버트 아주머니. 아아, 제발 저를 돌려보낼지 말지 말씀해 주시면 안 될까요? 아침 내내 참고 기다리려고 애썼지만 더는 못 하겠어요. 너무 끔찍한 기분이에요. 제발 말씀해 주세요."

"뜨거운 물로 행주를 소독하라고 했는데 안 했더구나. 그 일부터 끝내고 와서 궁금한 걸 물어라, 앤."

마릴라는 눈썹도 꿈쩍하지 않았다.

앤은 부엌으로 가서 뜨거운 물로 행주를 헹구더니, 다시 돌아와 간절한 눈빛으로 마릴라를 올려다 보았다. 더는 미룰 핑계가 없었다.

"그래. 이제 말해 주는 게 좋겠구나. 매슈 오라버니와 나는 너를 데리고 있기로 결정했단다. 그러니까 네가 착한 아이가 되려고 노력하고 감사하는 마음을 가진다면 말이야. 아니, 얘야. 왜 그러니?"

"눈물이 나요. 왜 눈물이 나는지 모르겠어요. 지금 이 이상 기쁠 수 없을 만큼 기뻐요. 아니, 기쁘다는 말로는 부족해요. '기쁨의 하얀 길'을 봤을 때 기뻤으니까요. 그런데 이건! 이건 그렇게 기쁜 거랑은 좀 달라요. 너무 행복해요. 정말 착한 아이가 되도록 노력할게요. 아마 힘들긴 할 거예요. 토머스 아주머니는 제가 구제불능의 못된 아이라고 하셨지만, 정말 최선을 다할게요. 그런데 왜 자꾸 눈물이 날까요?"

"너무 흥분하고 감정이 북받쳐서 그렇겠지. 의자에 앉아 마음을 좀 가라앉히거라. 너무 쉽게 울고 웃어서 걱정이구나. 그래. 넌 여기서 살 거고 우린 우리가 해야 할 도리를 다할 거야. 학교도 가야 할 텐데, 2주 뒤면 방학이니까 9월 새 학기부터 다니는 걸로 하자꾸나."

마릴라가 마뜩잖은 기색으로 말했다.

"아주머니를 어떻게 부를까요? 커스버트 부인이라고 불러야 하나요? 마릴라 이모님이라고 할까요?"

"아니다. 그냥 마릴라 아주머니라고 부르거라. 커스버트 부인은 익숙지 않아서 나도 불편하구나."

"마릴라 아주머니라고 하면 예의 없어 보일 거 같아요."

"말만 예의 바르면 그렇게 불러도 예의 없어 보이진 않을 거다. 에이번리 사람들 중에 목사님 말고 아이든 어른이든 다 날 그렇게 부른단다. 목사님은 커스버트 부인이라고 부르긴 하는데, 그것도 한 번씩 생각날 때만 그러시지."

"마릴라 이모님이라고 부르고 싶어요. 전 이모님이나 다른 친척이 한 명도 없어요. 할머니도 안 계신걸요. 그렇게 부르면 제가 정말로 아주머니 가족이 된 기분이 들 거예요. 마릴라 이모님이라고 부르면 안 돼요?"

앤이 간절함이 담긴 눈길을 보냈다.

"안 된다. 난 네 이모가 아니니까. 누구든 진짜가 아닌 이름으로 불려서는 안 된단다."

"아주머니가 제 이모님이라고 상상하면 되잖아요."

"난 못한다."

마릴라가 냉정하게 말했다.

"정말로 무언가를 사실과 다르게 상상해 본 적이 한 번도 없으신가요?"

앤이 눈을 동그랗게 뜨고 물었다.

"없다."

"아! 커스버트…… 아니, 마릴라 아주머니, 그럼 너무 재미가 없잖아요!"

앤이 한숨을 길게 내쉬었다. 마릴라가 엄하게 반박했다.

"난 사실과 다르게 상상하는 걸 좋아하지 않아. 하느님이 우리를 어떤 상황에 놓이게 하신 뜻은, 우리에게 그 상황을 부정하고 다른 상상을 하라는 게 아니야. 그러고 보니 생각나는구나. 앤, 거실로 가서 벽난로 위 선반에 있는 그림 카드를 가져오너라. 발 깨끗이 씻는 거 잊지 말고 파리 들어가지 않도록 조심하고. 주기도문이 적힌 카드란다. 오후에 시간 날 때마다 읽고 외우거라. 어젯밤처럼 기도하는 일은 앞으로 없도록 말이다."

"저도 무척 서툴렀다고 생각해요. 하지만 전 기도를 처음 해 본걸요. 한 번도 기도를 안 해 본 사람한테 처음부터 완벽하길 바랄 순 없잖아요. 어제 아주머니 말씀대로 자리에 누운 뒤에 정말 멋진 기도문을 생각해 냈어요. 목사님들이 하는 것처럼 길고 시적인 기도였다니까요. 그런데 어떻게 된 줄 아세요? 아침에 눈을 뜨니까 한 마디도 기억이 안 났어요. 그렇게 멋진 기도문은 다시 만들기 힘들 거예요. 왜 그런지 두 번째로 뭔가를 할 때는 첫 번째만큼 좋은 게 나오질 않더라고요. 아주머니는 그런 적 없으세요?"

앤이 변명조로 말했다.

"앤, 명심할 게 있다. 내가 뭘 시키면 당장 그걸 하거라. 이렇게 꼼짝도 않고 서서 말만 늘어놓지 말고. 어서 가서 시킨 대로 해라."

앤이 재빨리 복도를 지나 거실로 갔다. 하지만 돌아오지는 않았다. 10분이 지나자 마릴라는 뜨개질거리를 내려놓고 굳은 표정으로 거실로 갔다. 앤은 두 창문 사이에 걸린 그림 앞에서 꿈꾸는 듯한 눈을 한 채 미동도 없이 서 있었다. 하얀빛과 초록빛이 창밖 사과꽃과 포도송이들 틈을 비집고 들어와 넋이 나간 작은 형체 위로 오묘한 광채를 드리웠다.

"앤, 도대체 무슨 생각을 그렇게 하고 있는

게냐?"

마릴라가 날이 선 목소리로 물었다.

앤은 깜짝 놀라 몽상에서 깨어났다.

"저거요."

앤은 〈어린아이들을 축복하는 그리스도〉라는 제목이 달린, 생동감 넘치는 채색 석판화를 손으로 가리켰다.

"제가 저 그림 속 아이들 중 한 명이라고 상상했어요. 저기 파란 옷의 여자아이 말이에요. 구석에 혼자 떨어져 서 있는 게 저처럼 가족이 없어 보여요. 외롭고 슬퍼 보이지 않나요? 저 아이는 아버지도, 어머니도 안 계실 거예요. 하지만 자기도 축복받고 싶어서 망설이다가 수줍게 사람들 밖으로 나온 거죠. 예수님 말고는 아무도 자기를 보지 못하길 바라면서요. 전 저 아이 기분이 어떨지 잘 알아요. 심장은 쿵쾅쿵쾅 뛰고 긴장해서 손에서는 식은땀이 났겠죠. 제가 아주머니께 여기서 살아도 되냐고 여쭤

볼 때랑 똑같이요. 아이는 예수님이 자기를 보지 못할까 봐 불안해 하고 있어요. 하지만 예수님은 알아보신 거 같아요. 그렇죠? 상상해 보세요. 아이가 조금씩 조금씩 다가가 예수님 옆까지 가는 거예요. 그럼 예수님이 아이를 보고는 머리에 손을 얹고, 아, 아이는 기쁨에 온몸이 떨릴 거예요! 그런데 화가가 예수님 얼굴을 저렇게 슬프게 그리지 않았으면 좋았을 텐데. 아실지 모르지만 예수님 그림은 전부 저래요. 하지만 전 예수님이 정말로 저렇게 슬픈 얼굴을 하진 않았을 것 같아요. 그랬으면 아이들이 예수님을 무서워했을 테니까요."

"앤, 그런 식으로 말하면 못쓴다. 그건 불경스러운 짓이야. 아주 불경스런 짓."

마릴라는 이 긴 이야기를 왜 진즉에 끊지 않고 듣고 있었던지 스스로 의아했다. 앤이 두 눈을 동그랗게 떴다.

"아니, 전 더없이 경건한 마음으로 생각했어

요. 불경한 뜻으로 말씀드린 건 절대 아니에요."

"그래. 나도 그럴 거라고 생각한다만, 그런 얘기를 그렇게 아무렇지 않게 하는 게 옳게 들리진 않구나. 또 한 가지, 앤, 내가 너에게 뭔가를 시키면 곧장 그 일을 해야지. 그럼 앞에 멍하니 서서 상상에 빠지면 안 된다. 명심하거라. 카드를 가지고 곧바로 부엌으로 와. 자, 끝에 앉아서 기도문을 외우도록 해."

앤은 사과꽃을 한아름 꽂아 놓은 단지에 카드를 기대 세웠다. 사과꽃은 앤이 식탁을 장식하려고 꺾어온 것이었다. 마릴라는 마음에 들지 않는 눈으로 꽃 장식을 쳐다봤지만 아무 소리도 하지 않았다. 앤은 양손으로 턱을 괴고 몇 분 동안 조용히 주기도문만 열심히 외웠다.

앤이 마침내 말했다.

"마음에 들어요. 아름다워요. 주기도문은 전에 들어본 적 있어요. 고아원 주일학교에서 교장 선생님이 외우시는 걸 한 번 들었거든요. 그런데 그때는 별로였어요. 교장 선생님 목소리도 너무 갈라졌고 기도문도 너무 구슬펐거든요. 하기 싫은데 의무감에 억지로 하시는 느낌이었어요. 하지만 이건 시는 아니지만 시를 읽는 기분이에요. '하늘에 계신 우리 아버지, 아버지의 이름이 거룩히 여김을 받으시오며.' 마치 음악의 한 소절 같아요. 주기도문을 알게 해 주셔서 정말 기뻐요, 커스버…… 마릴라 아주머니."

"그래, 그럼 잠자코 외우렴."

마릴라가 퉁명스레 말했다.

앤은 사과꽃이 꽂힌 꽃병을 살짝 기울여 봉긋 올라온 분홍 꽃눈에 입을 맞추고는 다시 얼마간 열심히 기도문을 외웠다.

이윽고 앤이 입을 열었다.

"마릴라 아주머니. 제가 에이번리에서 마음의 친구를 만날 수 있을까요?"

"뭐, 무슨 친구라고?"

"마음의 친구요. 친한 친구 말이에요. 마음

속 깊은 얘기까지 모두 털어놓을 수 있는, 진짜 마음이 통하는 친구 있잖아요. 그런 친구를 만나는 게 평생 꿈이었어요. 정말 그런 친구를 만날 수 있을 거라고 한 번도 생각해 본 적 없지만, 제 가장 소중한 꿈들이 한꺼번에 이루어졌으니 어쩌면 이 꿈도 이루어질 수 있잖아요. 그럴 수 있을까요?"

"언덕 과수원집에 사는 다이애나 배리라고, 아마 네 또래일 게다. 아주 착한 아이인데, 집에 돌아오면 같이 놀 친구가 될 수도 있겠구나. 지금은 카모디에 있는 이모네 다니러 갔단다. 하지만 행동을 조심해야 할 거다. 배리 부인은 무척 까다로운 사람이거든. 다이애나가 착하고 얌전하지 않은 친구와 어울리도록 놔두지 않을 거야."

앤은 사과꽃 사이로 마릴라를 바라보며 호기심 어린 눈을 반짝였다.

"다이애나는 어떻게 생겼어요? 머리가 빨

간색은 아니겠죠? 아, 아니었으면 좋겠어요. 내가 빨강 머리인 것도 괴로운데, 마음의 친구까지 빨강 머리면 분명 견디기 힘들 거예요."

"다이애나는 아주 예쁜 아이란다. 눈하고 머리는 까맣고 볼은 장밋빛이지. 게다가 착하고 싹싹하기까지 하니, 그게 예쁜 것보다 더 좋은 점이란다."

마릴라는 《이상한 나라의 앨리스》에 나오는 공작부인처럼 교훈을 좋아했고, 아이를 키울 때는 말끝마다 교훈을 덧붙여야 한다고 굳게 믿었다. 하지만 앤은 교훈 따위는 대수롭지 않게 흘려버리고 기분 좋은 얘기들에만 흠뻑 빠져들었다.

"와, 다이애나가 예쁘다니 정말 기뻐요. 제가 예쁜 것 다음으로 좋아요. 저야 예뻐질 가능성이 없으니까 예쁜 마음의 친구가 생기는 게 최고인 것 같아요. 토머스 아주머니 댁에서 살 때, 거실에 유리문이 달린 책장이 있었거든요. 책장 안에 책은 한 권도 없었지만요. 아주머니는 그 안에 가장 아끼는 도자기랑 잼 같은 것을 넣어 두셨어요. 잼이 있을 때는 그러셨단 뜻이에요. 유리문 한쪽은 깨져 있었어요. 언젠가 밤에 토머스 아저씨가 취해서 부숴 버렸거든요. 하지만 나머지 한쪽 문은 말짱했어요. 저는 그 유리에 비친 제 모습을 책장 안에 사는 다른 아이라고 생각했죠. 전 그 애를 케이티 모리스라고 불렀고 우린 굉장히 친했어요. 한 시간씩 이야기를 나누곤 했는데, 일요일에는 더 했고요. 전 그 애한테 모든 걸 숨김없이 말했어요. 케이티는 내 삶의 위로였고 위안이었어요. 우린 책장이 마법에 걸렸다고 상상했어요. 제가 주문만 알면 잼과 도자기를 올려 둔 선반이 아니라 케이티 모리스의 방으로 들어갈 수 있고, 그러면 케이티 모리스가 제 손을 잡고 꽃과 햇빛과 요정들이 가득한 멋진 곳으로 데려가는 거죠. 거기서 오래오래 행복하게 사는 거예요. 해먼드 아주머니 댁으로 갈 땐 케이티 모리스와 헤어져야 해서 가슴이 찢어지는 것 같았어요. 케이티 모리스도 같은 마음이었고요. 어떻게 아냐면, 책장 유리문을 사이에 두고 작별의 입맞춤을 할 때 그 애도 울고 있었거든요. 해먼드 아주머니 댁에는 책장이 없었어요. 하지만 집에서 강을 따라 조금 위로 올라가면 작고 푸른 긴 골짜기가 있었는데, 거기에 정말 멋진 메아리가 살았어요. 별로 크게 소리치지 않아도 내가 하는 말이 그대로 되돌아왔어요. 그래서 전 그게 비올레타라고 상상했죠. 우리는 둘도 없는 친구가 됐고, 전 케이티 모리스만큼 비올레타를 사랑했어요. 완전히 그만큼은 아니었고 비슷하게 말이에요. 고아원에 가기 전날 밤, 전 비올레타에게 '안녕' 하고 작별 인사를 했어요. 그랬더니, 아아, 비올레타가 '안녕'이라고 대답하는데, 목소리가 너무, 너무나 슬펐어요. 그 애랑 정이 푹 들어서 고아원에 가서는 마음의 친구 같은 건 더는 상상하고 싶지 않았어요. 상상할 거리도 별로 없긴 했지만요."

"상상할 게 없어서 오히려 잘된 것 같구나. 난 그런 행동은 허용 못한다. 넌 네가 상상하는 것들을 반쯤은 진짜라고 생각하는 것 같구나. 네 머릿속에서 그 말도 안 되는 상상을 지우기 위해서라도 진짜 친구를 사귀는 게 좋겠다. 하지만 배리 부인 앞에서 케이티 모리스니 비올레타니 하는 친구 이야기는 꺼내지 말거라. 배리 부인은 네가 거짓말을 한다고 생각할 게다."

마릴라가 무미건조한 목소리로 말했다.

"아, 그런 말은 안 할 거예요. 그 애들과의 추억이 제게 얼마나 소중한데요. 그런 이야기를 아무한테나 하진 않아요. 하지만 아주머니는 그 애들을 아셨으면 좋겠다고 생각했어요. 와, 보세요. 큰 벌 한 마리가 사과꽃에서 굴러 떨어졌어요. 사과꽃 안이 얼마나 살기 좋겠어요! 꽃이 바람에 흔들릴 때 그 안에서 잠든다고 생각해 보세요. 제가 사람으로 태어나지 않았다면 벌이 돼서 꽃밭에서 살고 싶어요."

"어제는 갈매기가 되고 싶다더니. 변덕이 죽 끓듯 하는구나. 떠들지 말고 주기도문을 외우라고 했잖니. 아무래도 넌 네 얘기를 들어줄 사람만 있으면 입을 다물고 있을 수가 없나 보구나. 네 방에 올라가서 외우거라."

마릴라가 코웃음을 쳤다.

"아, 거의 다 외웠어요. 마지막 한 줄만 외우면 돼요."

"그래, 그렇더라도 말 들어. 네 방에 올라가서 마저 암송하고, 내가 식사 준비할 때 도와달라고 부르면 그때 내려오거라."

"사과꽃을 가져가도 돼요?"

"안 돼. 꽃 때문에 방이 어질러지는 꼴은 보고 싶지 않다. 처음부터 나뭇가지에서 꺾으면 안 되는 거였어."

"저도 그런 생각이 약간 들긴 했어요. 꽃을 꺾어서 소중한 생명을 죽여서는 안 될 것 같더라고요. 제가 사과꽃이었더라도 꺾이고 싶지 않았을 거예요. 하지만 유혹을 뿌리치기 어려웠어요. 아주머니는 참기 힘든 유혹을 느낄 때 어떻게 하세요?"

"앤, 방으로 가라는 소리 못 들었니?"

앤은 한숨을 쉬며 동쪽 지붕 밑 다락방으로 올라가 창가 의자에 앉았다.

"자, 다 외웠다. 방으로 올라오며 마지막 한 구절을 외웠거든. 지금부터는 상상으로 이 방을 꾸며야지. 늘 같은 모습으로 상상할 수 있도록 말이야. 바닥에는 분홍 장미 무늬가 있는 하얀 벨벳 카펫이 깔렸고, 창에 분홍 실크 커튼이 드리워졌어. 벽에는 금색, 은색 비단실로 짠 벽걸이 그림이 걸려 있고. 가구는 마호가니야. 마호가니는 한 번도 본 적이 없지만 이름만 들어도 엄청 호화로울 거 같거든. 이건 소파고 분홍색, 파랑색, 진홍색, 황금색의 휘황찬란한 실크 쿠션이 가득 놓여 있지. 난 그 위에 우아하게 기대어 앉아 있는 거야. 벽에 걸린 크고 근사한 거울에 그런 내 모습이 보이고. 나는 키가 크고 위엄이 넘쳐. 하얀 레이스가 달린, 길게 끌리는 드레스를 입었는데 가슴에 진주 십자가를 드리웠고 머리에도 진주 장식을 달았어. 머리칼은 칠흑같이 검고 피부는 투명하고 창백한 상아색이지. 내 이름은 코딜리어 피츠제럴드 아가씨야. 아니, 아니야……. 진짜처럼 상상이 안 돼."

앤은 작은 거울 앞으로 춤추듯 뛰어가 거울을 가만히 들여다봤다. 갸름한 주근깨투성이 얼굴과 숙연한 잿빛 눈동자가 자신을 마주 보고 있었다.

"넌 그냥 초록 지붕 집의 앤이야. 내가 코딜리어 아가씨라고 상상할 때마다 지금 이 모습 그대로인 네가 보여. 하지만 집 없는 앤보다 초

록 지붕 집의 앤이 백만 배는 더 좋지 않니?"

앤이 진지하게 말했다. 앤은 앞으로 몸을 숙여 거울 속에 비친 자신에게 다정하게 입을 맞추고 나서 열려 있는 창문 앞으로 돌아갔다.

"안녕, '눈의 여왕'님. 골짜기 아래 자작나무들도 안녕. 언덕 위 회색 집도 반가워. 다이애나가 내게 마음의 친구가 되어 줄까? 그러면 좋겠어. 난 그 애를 아주 많이 좋아할 텐데. 하지만 난 절대 케이티 모리스와 비올레타를 잊지 않겠어. 만약 내가 잊어버리면 그 애들이 큰 상처를 받을 테니까. 나는 누구에게도 상처를 주고 싶지 않아. 책장 속 친구든, 메아리 친구든 말이야. 그 애들을 잊지 않고 매일매일 입맞춤을 보낼 거야."

앤은 손가락 끝에 두 번 입을 맞춰 벚꽃 너머로 날려 보내고는, 양손으로 턱을 괸 채 화려한 공상의 세계로 빠져들었다.

(2권에 계속)

옮긴이 **박혜원**

심리학을 전공하고, 현재는 전문번역가로 활동 중이다. 옮긴 책으로 《컨(40주년 공식 컬렉션)》, 《곰돌이 푸1 : 위니 더 푸》, 《곰돌이 푸2 : 푸 모퉁이에 있는 집》, 《빨강 머리 앤》, 《소공녀 세라》, 《문명 이야기 4》, 《젊은 소설가의 고백》, 《벤 버냉키의 선택》, 《본능의 경제학》 등이 있다.

빨강 머리 앤 1

초판 1쇄 2019년 9월 2일
초판 3쇄 2024년 5월 20일

지은이 루시 모드 몽고메리
옮긴이 박혜원

펴낸곳 더모던
전 화 02-3141-4421
팩 스 0505-333-4428
등 록 2012년 3월 16일(제313-2012-81호)
주 소 서울시 마포구 성미산로32길 12, 2층 (우 03983)
E-mail sanhonjinju@naver.com
카 페 cafe.naver.com/mirbookcompany
S N S instagram.com/mirbooks

ISBN 979-11-6445-092-3 00840

빨강 머리 앤 2

Anne of Green Gables

빨강 머리 앤 2

Anne of Green Gables

루시 모드 몽고메리 지음 | 박혜원 옮김

더모던
Themodern

차례

Anne of
Green Gables

9

레이철 린드 부인이 제대로 충격을 받다

앤이 초록 지붕 집에 온 지 2주만에 린드 부인이 찾아왔다. 린드 부인이 이렇게 늦은 건 엄밀히 말해 부인의 잘못은 아니었다. 이 선량한 부인은 지난 번 초록 지붕 집의 방문 이후 때아닌 독감을 호되게 앓아서 꼼짝없이 집에만 있어야 했다. 린드 부인은 병치레가 잦은 편이 아니라서 자주 아픈 사람들을 보란 듯이 비웃었는데, 독감만큼은 이 세상의 여느 병과 달리 하늘이 내린 특별한 재앙이라고밖에 설명할 길이 없다고 주장했다. 매슈와 마릴라가 데려온 고아 아이에 대한 궁금증을 주체할 수 없었던 린드 부인은, 외출해도 좋다는 의사의 말이 떨어지기 무섭게 초록 지붕 집으로 달려온 것이다. 에이번리에는 이미 세 사람을 둘러싼 온갖 이야기와 추측이 무성했다.

앤은 지난 2주 동안 깨어 있는 시간을 알차게 보냈다. 주변의 크고 작은 나무들과는 벌써 친해졌다. 오솔길이 사과 과수원 아래로 내려가면서 점점 넓어지다가 삼림 지대를 지난다는 것도 알아냈다. 앤은 예기치 못한 변화들이 황홀하게 펼쳐지는 그 길을 끝까지 탐색하며, 개울과 다리를 건너고 전나무 숲을 지나고 야생 벚나무 터널 아래도 걸었다. 고사리 같은 식물들이 땅을 뒤덮은 길모퉁이며, 단풍나무와 마가목이 울창한 샛길도 있었다.

앤은 골짜기 아래의 샘과도 친구가 되었다. 아주 깊고 맑은, 얼음처럼 차가운 샘이었다. 매끈한 붉은 사암과 손바닥같이 생긴 물고사리 잎들이 샘을 둘러쌌고, 샘 너머에는 개울을 건너는 통나무 다리가 있었다.

날아갈 듯한 앤의 걸음은 통나무 다리를 건너 나무가 우거진 언덕으로 이어졌다. 그곳은 쭉쭉 뻗은 전나무와 가문비나무가 울창해서 늘 땅거미가 내린 듯 어스레했다. 주변에는 숲에서 피는 꽃들 중에서도 가장 수줍음 많고 사랑스러운 여린 방울꽃들이 지천에 피어 있었고, 작년에 피었던 꽃들의 영혼인 양 빛깔이 엷고 고결한 별 모양 꽃들도 드문드문 눈에 띄었다. 거미줄은 나무들 사이에서 은빛 실처럼 반짝였고, 긴 전나무 가지와 술 같은 잎들은 오순도순 이야기라도 나누는 것 같았다.

앤은 이따금씩 놀아도 된다고 허락받은 30여 분 동안 이렇게 온갖 황홀한 탐험을 했다. 앤이 새로 발견한 것들을 매슈와 마릴라에게 들려주면 두 사람은 듣는 둥 마는 둥 했다.

그렇다고 매슈가 귀찮아한 것은 아니었다. 매슈는 얼굴 가득 즐거운 미소를 띠고 앤의 이야기에 말없이 귀를 기울였다. 마릴라는 이 수다를 듣다가 자신도 모르게 너무 빠져들었다 싶으면 입 좀 다물라고 얼른 한소리 하며 앤의 입을 막아 버렸다.

린드 부인이 찾아왔을 때 앤은 쏟아지는 발간 저녁 햇살을 받으며 과수원에서 살랑살랑 나부끼는 무성한 풀밭을 발길 가는 대로 마음껏 돌아다니고 있었다. 이 선량한 부인에게는 그동안 아팠던 이야기를 시시콜콜 늘어놓을 수 있는 절호의 기회였다. 어디가 어떻게 아팠는지, 맥박은 어떻게 뛰었는지 린드 부인이 어찌나 신나게 얘기하던지 마릴라는 독감도 걸릴 만하겠다는 생각이 들 정도였다. 이야깃거리가 바닥나자 린드 부인은 초록 지붕 집을 찾아온 진짜 이유를 꺼냈다.

"당신과 매슈에 대해 놀라운 이야기를 들었

어요."

"나보다 더 놀랐을까요. 놀란 마음이 이제야 좀 진정되고 있답니다."

"그런 착오가 있었다니 너무 딱하게 됐어요. 돌려보낼 수는 없었나요?"

린드 부인이 동정심을 보였다. 하지만 표정에는 못마땅한 기색이 역력했고, 이것을 읽어낸 마릴라는 애초에 의도했던 것보다 훨씬 많은 말들을 쏟아냈다.

"보낼 수 있었지만 그러지 않았어요. 매슈 오라버니가 아이한테 마음이 갔나 보더라고요. 솔직히 나도 그 애가 마음에 들어요. 결점이 없는 건 아니지만요. 집 안 분위기가 벌써 달라진 것 같아요. 아이가 정말 밝더라고요."

"엄청난 책임을 자청해서 떠맡았네요. 더군다나 마릴라는 아이를 키운 경험도 없잖아요. 그 아이가 어떤 아이인지, 성격이 어떤지 잘 알지도 못할 테고, 앞으로 어떤 사람이 될지도 알 길이 없고요. 물론 상심하라고 하는 말은 아니에요, 마릴라."

린드 부인은 걱정을 내비쳤다.

"상심하지 않아요. 나는 일단 마음먹으면 잘 흔들리지 않으니까요. 앤을 보고 싶으실 텐데, 들어오라고 할게요."

마릴라는 무덤덤하게 대답했다.

그때 과수원 나들이를 마친 앤이 생기 넘치는 얼굴로 집으로 뛰어들어오다가, 뜻밖의 낯선 사람을 보고 당황해서 문 앞에서 머뭇거렸다. 고아원에서 입던 꽉 끼는 짧은 혼방 원피스 아래로 길쭉하니 볼품없는 깡마른 다리를 한 앤은 확실히 어딘가 묘하고 이상한 모습이었다. 얼굴의 주근깨는 오늘따라 유난히 더 도드라져 보였고, 모자를 쓰지 않은 머리는 바람에 헝클어져 그야말로 엉망에다 어느 때보다 더 빨갛게 물든 듯했다.

"이런, 확실히 두 사람이 얼굴을 보고 결정

한 것은 아니구나."

린드 부인이 힘주어 말했다. 린드 부인은 마음속 말을 거리낌이나 치우침 없이 하는 데 자부심을 느꼈고, 또 그 때문에 사람들을 즐겁게 하고 인기도 있었다.

"마릴라, 깡마르고 못생긴 아이로군요. 얘야, 이리 와 봐라. 어디 한번 보자. 이런, 주근깨가 어쩜 이렇게 많니? 게다가 머리는 홍당무처럼 빨갛고! 얘야, 이리 오라니까."

앤은 '그리로 가긴' 했지만 린드 부인이 바라던 대로는 아니었다. 앤은 부엌 바닥을 한 번에 껑충 뛰어 린드 부인 앞에 다가섰다. 얼굴은 분노로 빨갛게 달아오르고 입술은 파르르 떨렸으며, 가녀린 몸은 머리부터 발끝까지 부들부들 떨고 있었다.

앤은 발까지 구르며 감정이 북받치는 소리로 울부짖었다.

"저는 아주머니가 싫어요. 아주머니 같은

사람 싫어요. 싫어요. 싫다고요!"

증오에 못 이긴 말 한 마디 한 마디가 나올 때마다 발을 구르는 소리도 점점 커졌다.

"깡마르고 못생겼다는 말을 어떻게 그렇게 함부로 하세요? 주근깨가 많고 머리가 빨갛다니요? 아주머니는 예의 없고 무례하고 인정도 없는 사람이에요!"

"앤!"

마릴라가 깜짝 놀라 소리 질렀다.

그러나 앤은 주먹을 꽉 쥔 채 당돌하게 고개를 치켜들고 이글거리는 눈으로 린드 부인을 마주 봤다. 격렬한 분노가 증기처럼 뿜어져 나왔다. 앤은 씩씩대며 같은 말을 되뇌었다.

"어떻게 제게 그런 말을 하실 수 있죠? 아주머니라면 좋으시겠어요? 뚱뚱하고 둔하고 상상력이라고는 요만큼도 없다는 말을 들으면 좋으시겠냐고요! 이런 말 때문에 아주머니 기분이 상했대도 전 상관 안 해요! 아주머니 기분이 상했으면 좋겠어요. 아주머니는 주정뱅이 토머스 아저씨보다 더 큰 상처를 제게 주셨어요. 전 아주머니를 절대 용서하지 않을 거예요. 절대, 절대로!"

쾅! 쾅!

"이런 성질머리를 봤나!"

린드 부인이 질겁한 얼굴로 소리쳤다.

"앤, 내가 갈 때까지 네 방에 가서 기다려라."

마릴라가 간신히 입을 떼며 말했다.

앤은 눈물을 터뜨리며 복도 문을 확 열어젖혔다. 현관 바깥벽 위의 함석들이 덜거덕거리며 울어댈 정도로 문을 '쾅' 닫은 다음, 회오리바람처럼 복도를 지나 계단을 뛰어올라갔다. 위에서 '쾅' 소리가 묵직하게 들린 것으로 보아 동쪽 다락방 문도 같은 기세로 닫은 모양이었다.

"세상에, 저런 아이를 키우는 마릴라 당신

이 전혀 부럽지는 않네요."

린드 부인이 잔뜩 굳은 얼굴로 말했다.

마릴라는 어떻게 사과를 하고 용서를 구해야 할지 모르겠다는 말을 하려고 입을 열었다. 하지만 입에서 나온 말은 그때도 놀라웠지만 나중에 돌이켜 봐도 기가 막힐 만한 것이었다.

"외모를 가지고 아이를 비웃으면 안 되죠, 레이철."

"마릴라 커스버트, 설마 저렇게 성미 고약한 아이를 역성드는 건 아니죠? 방금 봤잖아요."

린드 부인이 언짢은 목소리로 말했다.

"아니에요. 아이를 두둔할 생각은 없어요. 아이가 몹시 버릇없이 굴었고, 나중에 따로 얘기도 할 거예요. 하지만 우리도 아이를 너그럽게 대해야 해요. 저 애는 옳고 그른 게 어떤 건지 배운 적이 없어요. 그리고 레이철 당신도 아이한테 너무 심했어요."

마릴라가 천천히 말했다. 마릴라는 마지막

말을 담아두지 못해 덧붙이면서 다시 한번 스스로에게 깜짝 놀랐다. 린드 부인은 자존심이 상한 얼굴로 일어섰다.

"그래요, 앞으로는 꼭 말조심을 하죠. 어디서 왔는지도 모르는 고아의 기분을 가장 먼저 생각해야 하니까요. 아, 아뇨. 화난 거 아니에요. 염려 마세요. 당신이 너무 딱해서 화낼 여력도 없네요. 아무튼 저 아이 때문에 고생 좀 하겠어요. 내 말은 들을 것 같지도 않지만, 아이를 열이나 키우고 두 명을 먼저 보낸 내가 굳이 충고 한마디 하자면, 아이랑 그 '얘기'란 걸 할 때 굵직한 자작나무 회초리를 쓰세요. 저런 아이한테는 그게 제일 알아듣기 쉬운 말이거든요. 성미를 보니 머리색하고 딱 어울리는 것 같군요. 어쨌든 잘 지내요, 마릴라. 전처럼 가끔 우리 집에도 들르고요. 하지만 이런 식으로 봉변을 당하고 모욕을 받아서는 내가 여기 오는 건 당분간 힘들 것 같네요. 정말이지 이런 일은 생전 처음이에요."

말을 마친 린드 부인은 휭하니 나가 버렸다. 늘 뒤뚱뒤뚱 걷는 뚱보 부인에게 휭하니 나갔다는 표현이 과연 어울리는지는 모르겠지만 말이다. 마릴라는 딱딱하게 굳은 얼굴로 동쪽 다락방으로 올라갔다.

계단을 오르며 마릴라는 무엇을 어떻게 해야 할지 곰곰이 생각했다. 방금 전 일로 마릴라도 적잖이 당황했다. 하고 많은 사람 중에 하필이면 린드 부인 앞에서 그런 성질을 부리다니, 참으로 운도 없지! 그러다 문득 마릴라는 앤의 성격에서 심각한 단점을 알게 돼서 마음이 아프다기보다는 창피해 했다는 사실에 불편한 기분을 느끼며 스스로를 책망했다. 앤에게는 어떤 벌을 주어야 하지? 린드 부인이 친절하게 조언한 자작나무 회초리는 그 집 아이들에게 효과가 있었는지는 몰라도, 마릴라는 마음이 내키지 않았다. 아이에게 매를 든다는 것은 생각도 할 수 없었다. 그렇게 발끈하는 게 얼마나 큰 잘못인지 앤이 제대로 깨우칠 수 있도록 뭔가 다른 벌을 찾아야 했다.

앤은 침대에 엎드려 얼굴을 파묻은 채 펑펑 울고 있었다. 깨끗한 침대보에 진흙투성이 장화를 벗지도 않고 올라간 사실조차 모르는 것 같았다.

"앤."

마릴라가 조금 온화한 목소리로 앤을 불렀다.

대답이 없었다.

"앤. 당장 침대에서 나와 내 얘기를 듣거라."

이번에는 훨씬 엄한 목소리였다.

앤이 꼼지락꼼지락 침대에서 내려와 옆에 놓인 의자에 똑바로 앉았다. 얼굴은 퉁퉁 부어 눈물로 얼룩졌는데 두 눈은 고집스레 바닥만 쳐다봤다.

"잘하는 짓이구나, 앤! 부끄럽지도 않니?"

"그 아주머니는 저한테 못생긴 빨강 머리라고 말할 권리가 없어요."

앤이 말대꾸처럼 어정쩡하게 항변했다.

"앤, 너도 아주머니께 그런 식으로 화내며 말할 권리는 없다. 난 너 때문에 부끄러웠다. 너무 부끄러웠어. 네가 린드 부인에게 예의 바르게 행동하길 바랐는데, 오히려 날 망신시켰다. 린드 부인이 네 머리가 빨갛고 못생겼다고 말한 게 그렇게까지 화낼 일이었는지 잘 모르겠구나. 너도 네 스스로 그렇게 말하곤 했잖니?"

"제가 그렇게 말하는 거랑 다른 사람이 말하는 거랑은 하늘과 땅 차이예요. 제가 그렇다는 걸 안다고 해서 다른 사람들까지 그렇게 생각하길 바라는 건 아니거든요. 제 성격이 못됐다고 생각하실 수도 있어요. 하지만 저도 어쩔 수 없었어요. 아주머니가 그런 말씀을 하시는 순간 마음속에서 뭔가가 치밀어 오르면서 숨이 콱 막혔단 말이에요. 아주머니께 화를 낼 수밖에 없었어요."

앤이 훌쩍거리며 대답했다.

"아무튼 오늘 네 소개 한번 제대로 했구나. 린드 부인은 좋은 이야깃거리가 생겼으니 어딜 가든 네 얘길 하고 다닐 테고. 그렇게 흥분해서 화를 낸 건 옳지 못한 행동이었다, 앤."

"아주머니도 빼빼 마르고 못생겼다는 말을 들으면 기분이 어떨지 생각해 보세요."

앤이 눈물을 글썽이며 애원하듯 말했다.

문득 오래된 기억 하나가 마릴라의 머릿속에 떠올랐다. 아주 어렸을 때 친척 아주머니 한 분이 마릴라를 보고 어떤 사람에게 "어쩜 저렇게 까맣고 못생겼는지 가엾기도 하지"라고 말한 적이 있었다. 그날 입은 마음의 상처가 아물기까지 꼬박 50년이 걸렸다.

마릴라는 앤의 말을 수긍하며 목소리를 누

그러뜨렸다.

"앤, 나도 린드 부인이 네게 했던 말이 다 옳다고는 생각하지 않는다. 린드 부인은 워낙 말을 거침없이 한단다. 하지만 그렇다고 해서 네 잘못이 없어지는 건 아니야. 린드 부인은 네가 오늘 처음 본 사람이고 어른이야. 나를 찾아온 손님이었고. 이 세 가지 이유만으로도 넌 린드 부인에게 공손해야 했어. 오늘은 너도 예의 없고 건방지게 행동했으니까……."

말하던 중에 현명한 방법이라고 생각되는 벌이 마릴라의 머릿속에 떠올랐다.

"린드 부인께 찾아가서 화를 내서 무척 죄송하다고 말하고 용서를 구하거라."

"전 절대로 그럴 수 없어요. 마릴라 아주머니, 아주머니가 주시는 벌은 어떤 벌이라도 받을게요. 뱀과 두꺼비가 있는 어둡고 축축한 지하 감옥에 저를 가두고 빵과 물만 주셔도 불평하지 않을게요. 하지만 린드 아주머니한테 용서를 구하진 않겠어요."

앤이 울적한 목소리로 단호하게 대답했다.

"어둡고 축축한 지하 감옥에 사람을 가두는 일은 없단다. 게다가 에이번리에 그런 지하 감옥도 없고. 하지만 린드 부인에게 사과는 반드시 해야 해. 사과할 마음이 들 때까지 네 방에서 한 발짝도 나오지 말거라."

마릴라가 딱딱하게 말했다.

"그럼 영원히 방에서 살아야겠네요. 린드 아주머니께 그렇게 말해서 죄송하다고는 말할 수 없으니까요. 제가 어떻게 그래요? 전 미안한 마음이 안 들어요. 마릴라 아주머니를 속상하게 한 건 죄송하지만, 린드 아주머니한테 그렇게 말한 건 잘했다고 생각해요. 속이 후련했거든요. 미안한 마음도 없는데 미안하다고 할 순 없잖아요? 그건 상상조차 안 되는 일이라고요."

앤이 애처롭게 말했다.

마릴라가 몸을 일으켰다.

"아마 내일 아침이면 상상하기가 한결 쉬워질 게다. 밤새 네가 한 행동을 생각해 보면 마음가짐도 좀 달라질 거고. 초록 지붕 집에 살게 해 주면 착한 아이가 되도록 노력하겠다더니, 오늘 저녁에는 전혀 그래 보이지 않는구나."

마릴라는 분노로 출렁이는 앤의 가슴에 묵

직한 한마디를 던지고는 복잡하고 괴로운 심정으로 부엌으로 내려갔다. 앤에게 화가 난 것만큼 자신에게도 화가 났다. 말문이 막힌 린드 부인의 표정이 떠오를 때마다 웃음이 나와 입이 씰룩거렸고, 그러면 안 된다는 것을 알면서도 크게 한바탕 웃고 싶었기 때문이다.

10

앤의 사과

그날 저녁 마릴라는 낮에 린드 부인과 있었던 일에 대해 매슈에게 말하지 않았다. 하지만 다음 날 아침에도 앤이 아침 식사를 하러 내려오지 않자 이유를 설명할 수밖에 없었다. 마릴라는 앤이 했던 행동의 심각성을 제대로 전달하려고 갖은 애를 쓰며 매슈에게 자초지종을 들려주었다.

"린드 부인이 오지 않는다니 잘됐군. 그 여자는 말 많고 참견하기 좋아하는 할망구라고."

매슈는 위안이랍시고 거들었다.

"매슈 오라버니, 정말 놀랍군요. 앤이 얼마나 못되게 굴었는지 알면서 그 애 편을 들다니요! 이젠 앤에게 벌을 줄 필요도 없다고 하시겠지요!"

"글쎄다. 아니, 뭐…… 꼭 그렇다는 건 아니야. 벌은 조금 받아야지. 그래도 너무 심한 벌은 주지 마라, 마릴라. 잘잘못을 배울 기회조차 없었던 아이잖니. 그런데…… 앤한테 뭐라도 먹을 걸 가져다주긴 할 거지?"

매슈가 멋쩍어하며 말했다.

"내가 버릇 고치겠다고 누구 굶긴 적 있어요? 끼니는 때맞춰서 직접 들고 올라갈 거예요. 하지만 린드 부인한테 사과하겠다고 스스로 말하기 전까지는 방에서 나올 수 없어요. 이 일에 참견 마세요, 오라버니."

마릴라가 화를 내며 쏘아붙였다.

아침도, 점심도, 저녁도 식탁은 아주 조용

했다. 앤이 계속 고집을 꺾지 않았기 때문이다. 식사를 마치면 마릴라는 쟁반 가득 먹을 것을 담아 동쪽 다락방으로 올라갔고, 시간이 지나면 거의 그대로 남은 음식들을 들고 내려왔다. 매슈는 앤이 조금이라도 먹었을까 하면서 걱정스러운 눈으로 마릴라가 들고 내려오는 그릇을 쳐다봤다.

그날 저녁 마릴라가 소를 몰아오려고 방목장으로 나간 사이, 헛간 주변을 어슬렁거리며 눈치를 살피던 매슈가 도둑처럼 몰래 집으로 들어가 2층으로 살금살금 올라갔다. 보통 매슈는 부엌과 복도 끝 침실만 오갔고, 가끔 목사가 차를 마시러 방문할 때나 한 번씩 어색한 듯 거실이나 응접실로 나왔다. 게다가 2층은 언젠가 봄에 마릴라를 도와 손님방 벽지를 바르러 올라간 뒤로 가 본 적이 없었다. 그게 벌써 4년 전이었다.

발꿈치를 들고 살금살금 복도를 지난 매슈

는 동쪽 다락방 앞에서 몇 분이나 서 있다가 용기를 내어 문을 두드리고 빠끔히 안을 들여다봤다.

앤은 창가 노란 의자에 앉아 애처롭게 정원을 내다보고 있었다. 그 모습이 어찌나 작고 가엾던지 심장을 한 대 얻어맞은 것 같았다. 매슈는 살며시 문을 닫고 살금살금 앤에게 다가갔다.

"앤."

누가 들을 새라 매슈는 나지막이 말했다.

"좀 어떠니, 앤?"

앤이 힘없이 웃었다.

"괜찮아요. 상상을 많이 하고 있어요. 그러면 시간을 보내는 데 도움이 되거든요. 물론 외롭긴 해요. 하지만 이런 데 익숙해지는 편이 나아요."

앤은 자기 앞에 놓인 길고도 외로운 유폐 생활을 씩씩하게 받아들이겠다는 듯 다시 웃었다.

마릴라가 금방 돌아올지 몰라 매슈는 다락방에 올라온 이유를 앤에게 얼른 말해 줘야겠다고 생각했다.

"글쎄다, 앤. 시키는 대로 하고 얼른 끝내는 게 낫지 않겠니? 언제 해도 해야 할 일이잖니. 마릴라는 한번 마음먹으면 절대로 물러서는 법이 없단다. 절대 고집을 꺾지 않는다니까. 앤, 얼른 하고 끝내버리렴."

"린드 아주머니한테 사과하라는 말씀이세요?"

"그래, 사과…… 사과 말이다. 그냥 원만하게 잘 마무리하자는 거야. 내가 하려던 말이 그거란다."

매슈가 간절하게 말했다.

앤은 생각에 잠긴 듯 말했다.

"아저씨를 위해서라면 할 수 있을 거 같아요. 미안하다고 말해도 이젠 거짓말이 아니고

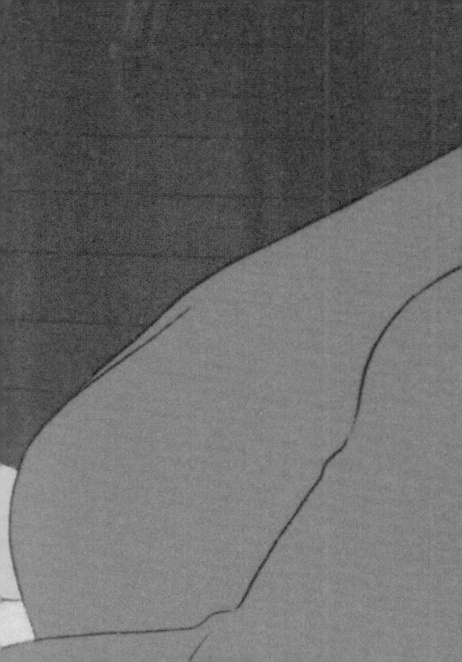

요. 지금은 미안하기도 하거든요. 어젯밤에는 조금도 미안하지 않았어요. 어젠 정말 화가 났고 밤새 화가 나서 미칠 거 같았어요. 밤에 세 번이나 깼는데 그때마다 화가 치밀어 오른 걸요. 그런데 오늘 아침에는 그렇지 않더라고요. 더는 화가 안 나는 거예요. 그저 지칠 대로 지친 느낌만 있었어요. 제 스스로가 너무 부끄러웠어요. 하지만 린드 아주머니를 찾아가 그렇게 말하자는 생각은 안 들었어요. 너무 창피하잖아요. 그러느니 이 방에서 영원히 나가지 않겠다고 결심했죠. 하지만 그래도⋯⋯ 아저씨를 위해서라면 뭐든 할게요. 정말로 제가 그러길 바라신다면⋯⋯."

"그럼, 바라고말고. 네가 없으니 아래층이 여간 쓸쓸한 게 아니야. 어서 가서 좋게 해결하자꾸나. 그래야 착한 아이지."

"좋아요. 마릴라 아주머니가 돌아오시는 대로 뉘우쳤다고 말씀드릴게요."

앤이 체념한 듯 말했다.

"그래, 그래야지, 앤. 하지만 마릴라에게 내가 이런 소릴 했다는 말은 하지 말거라. 참견하지 않겠다고 약속했는데, 내가 약속을 어겼다고 생각할지도 모르니까."

"야생마가 아무리 잡아끈대도 저한테서 비밀을 꺼내가지는 못할 거예요."

앤이 엄숙하게 약속했다.

"근데 야생마가 사람한테서 비밀을 꺼내갈 수 있나요?"

하지만 매슈는 앤을 쉽게 설득한 자신에게 놀라면서 이미 자리를 뜬 뒤였다. 매슈는 자신이 2층에 올라가서 뭘 했는지 마릴라가 의심하지 않도록 방목장에서 가장 먼 구석으로 황급히 달려갔다. 집으로 돌아온 마릴라는 계단 난간에서 "마릴라 아주머니" 하고 부르는 애처로운 목소리에 놀라면서도 반가운 마음이 들었다.

마릴라가 복도로 들어서며 물었다.

"무슨 일이니?"

"화내고 무례하게 말해서 죄송해요. 린드 부인한테 가서 그렇게 말씀드리겠어요."

"그렇게 하렴."

마릴라는 안도하는 기색도 없이 뭉툭하게 대답했다. 앤이 마음을 굽히지 않으면 어떻게 해야 하나 고심하던 차였다.

"우유를 짠 다음에 데려다주마."

우유를 짠 뒤에 마릴라와 앤은 오솔길을 내려갔다. 마릴라는 가슴을 쫙 펴고 의기양양하게 걸었지만 앤은 고개를 푹 숙이고 시무룩한 모습이었다. 하지만 반쯤 내려가자 누가 마법이라도 건 듯 무기력하던 모습은 흔적도 없이 사라졌다. 앤은 고개를 들고 가벼운 걸음으로 길을 따라 내려가며 저녁노을이 번진 하늘을 두 눈 가득 담았다. 내색은 안 했지만 마음이 들뜬 듯했다. 마릴라는 그런 앤을 탐탁잖은 눈으로 지켜봤다. 그건 순순히 잘못을 뉘우치고 용서를 구하러 가는 사람의 모습이 아니었다.

"앤, 무슨 생각을 하는 게냐?"

마릴라가 날카롭게 물었다.

"린드 부인께 해야 할 말들을 떠올리고 있었어요."

앤이 꿈꾸듯이 대답했다.

대답은 흡족했다. 아니, 흡족하다는 기분이 들어야 마땅했다. 하지만 마릴라는 앤에게 벌을 주며 생각했던 계획이 어딘가 어긋나고 있다는 느낌을 떨칠 수가 없었다. 아이가 저렇게 들뜨고 즐거운 표정을 지어서는 안 되는 거였다.

들뜨고 즐거운 앤의 모습은 부엌 창 앞에 앉아 뜨개질을 하던 린드 부인의 코앞에 다다른 순간 감쪽같이 사라졌다. 그리고 애처롭게 반성하는 태도로 싹 뒤바뀌었다. 뭐라고 말할 새도 없이 앤은 깜짝 놀란 린드 부인 앞에 무릎을 꿇고 앉아 애원하듯이 두 손을 내밀었다.

그리고 떨리는 목소리로 말을 시작했다.

"아, 린드 아주머니. 정말 너무 죄송합니다. 사전에 있는 단어를 다 쓴대도 제 슬픔을 모두 표현할 수 없을 거예요. 아주머니께 정말 못되게 굴고, 제가 남자아이가 아닌데도 초록 지붕 집에 살게 해 주신 친절하신 매슈 아저씨와 마릴라 아주머니를 부끄럽게 만들었어요. 저는 굉장히 나쁘고 감사할 줄 모르는 아이라서, 훌륭하신 분들에게 벌 받고 영원히 쫓겨난다 해도 할 말이 없어요. 아주머니께서 있는 그대로 말씀하셨다고 해서 버럭 화를 내다니 정말 못된 행동이었어요. 아주머니는 사실대로 말씀하셨고, 그 말씀이 다 맞아요. 전 머리카락이 빨갛고 주근깨투성이에 삐삐 마르고 못생겼어요. 저도 아주머니께 사실대로 말씀드린 거지만 전 그렇게 말하면 안 되는 거였어요. 아, 린드 아주머니. 제발 저를 용서해 주세요. 만약 용서해 주지 않으시면, 어리고 가여운 고아에게 평생 지워지지 않는 슬픔이 될 거예요. 제 성질이 아무리 고약하다 해도 제가 평생을 슬퍼하길 바라는 건 아니시죠? 아, 그러지 않으실 거라고 믿어요. 제발 용서한다고 말씀해 주세요, 린드 아주머니."

앤은 두 손을 부여잡고 고개를 숙인 채 처분을 기다렸다.

앤이 진심인 것은 틀림이 없었다. 한 마디 한 마디에 진심이 묻어났다. 마릴라와 린드 부인도 의심할 나위 없이 진실한 울림을 알아차렸다. 그러나 마릴라는 앤이 실제로는 이 굴욕의 골짜기를 즐기고 있음을 깨닫고 당혹감을 느꼈다. 앤은 자신을 비하하는 상황에 열심히 몰입해 있었다. 마릴라가 뿌듯해 했던 그 건전한 방식의 벌은 도대체 어디로 가버렸단 말인가? 앤은 그것을 즐거운 놀이로 뒤바꿔 버렸다.

마음씨 좋은 린드 부인은 통찰력이 그다지 뛰어나지 않아 이를 눈치채지 못했다. 앤이 진심으로 사과했다고만 생각했고, 조금 거들먹거리기는 하나 친절한 사람인지라 노했던 마음을 모두 풀었다.

"자, 자, 일어나거라, 얘야. 용서하고말고. 나도 네게 조금 심했던 것 같구나. 내가 워낙 속에 있는 말을 다하는 성격이란다. 내 말에 너무 신경 쓰지 말거라. 네 머리가 새빨간 건 부인할 수 없지만, 내가 아는 사람도 어릴 때는 너만큼이나 머리가 빨갰단다. 같은 학교 친구였는데 크면서 머리색이 점점 짙어지더니 정말 멋진 적갈색으로 변했지. 네 머리색이 변한다 해도 놀랄 일이 아니지. 그럼, 전혀 놀랍지 않지."

앤은 길게 숨을 들이쉬며 일어났다.

"와, 린드 아주머니! 제게 희망을 주셨어요. 앞으로 아주머니를 은인이라고 생각할 거예요. 아, 나중에 커서 머리색이 멋진 적갈색이 될 거라는 생각만 해도 뭐든 견딜 수 있어요. 머리색이 멋진 적갈색이라면 착해지기가 훨씬 쉬워지겠죠? 저, 마릴라 아주머니랑 이야기 나누시는 동안 정원에 나가서 사과나무 아래 벤치에 앉아 있어도 될까요? 밖에는 상상할 게 굉장히 많거든요."

"그럼, 그럼. 어서 가 보렴, 얘야. 모퉁이에 새하얀 나리꽃이 피어 있는데, 마음에 들면 꽃다발을 만들어도 된단다."

앤이 나가고 문이 닫히자, 린드 부인은 활기 넘치게 일어나 램프를 켰다.

"정말 별난 아이군요. 이 의자에 앉아요, 마릴라. 이게 더 편할 거예요. 그건 일꾼 아이 앉으라고 둔 의자거든요. 그래요, 확실히 유별나긴 하지만 어쨌든 사람 마음을 끄는 구석이 있는 아이네요. 지금은 당신이나 매슈가 저 아이를 키운다는 게 처음처럼 놀랍지 않아요. 당신이 딱하단 생각도 안 하고요. 저 애는 잘 자랄 것 같아요. 물론 표현이 이상한 게 조금, 뭐랄까 너무 억지스러운 느낌은 있지만, 이제 교양 있는 사람들과 살게 되었으니 고쳐지겠죠. 그리고 성미가 꽤 불같아서 발끈했다가도 금세 풀어지는 아이 같아요. 그런 아이들은 절대 남을 속이거나 엉큼한 짓은 하지 않거든요. 엉큼한 아이는 가까이 두는 게 아니에요. 아무튼 저 애가 마음에 드는군요, 마릴라."

마릴라가 집으로 돌아가려고 나오자, 땅거미가 내려앉은 향기로운 과수원에서 앤이 두 손에 하얀 수선화 다발을 든 채 걸어 나왔다.

오솔길을 내려가며 앤이 뿌듯하게 말했다.

"저 사과 꽤 잘했죠? 어차피 해야 할 거면 완벽하게 하는 게 낫다고 생각했거든요."

"그래, 정말 완벽하더구나."

마릴라는 앤이 사과하던 장면을 떠올리면 자꾸만 웃음이 나오려는 통에 낭패감마저 들었다. 앤이 사과를 완벽하게 한 것에 대해 꾸짖어야 한다는 생각에도 마음이 불편했다. 생각해 보면, 어처구니없는 일 아닌가! 마릴라는 엄하게 타이르는 것으로 자신의 양심과 타협점을 찾았다.

"이렇게 사과하는 일이 더는 없었으면 좋겠구나. 앞으로 감정을 잘 다스리도록 노력하거라, 앤."

앤이 한숨을 쉬었다.

"사람들이 제 외모를 비웃지만 않으면 그럴 수 있어요. 다른 거로는 화가 안 나거든요. 하지만 머리 때문에 비웃음을 당하는 건 이제 질렸어요. 그런 말을 듣는 순간 부글부글 끓는단 말이에요. 아주머니, 정말로 제 머리가 멋진 적갈색으로 변할까요?"

"외모에 너무 신경 쓰는 건 좋지 않아, 앤. 허영심이 많은 건 아닌지 걱정이구나."

"제가 못생겼다는 걸 아는데 어떻게 허영심이 생기겠어요? 전 예쁜 게 좋아요. 거울에 예쁘지 않은 제 모습이 비치는 게 싫어요. 다른 못생긴 것들을 볼 때처럼 너무 슬픈 기분이 들

거든요. 아름답지 않은 것들은 불쌍해요."

앤이 억울하다는 듯이 말했다.

"행동이 예쁘면 얼굴도 예뻐 보인단다."

마릴라는 머릿속에 떠오르는 격언을 들려주었다. 하지만 앤이 수선화 향기를 맡으며 믿지 못하겠다는 듯이 말했다.

"그 말은 전에도 들은 적이 있는데, 정말 그럴까 싶어요. 아, 이 꽃들 정말 예쁘지 않아요? 이런 꽃을 주시다니 린드 아주머니는 정말 친절하세요. 이제 린드 아주머니에게 나쁜 감정은 요만큼도 없어요. 사과하고 용서를 받으니 마음이 정말 행복하고 편안해요! 오늘 밤은 별들이 유난히 반짝거리는 것 같죠? 별이 될 수 있다면 어떤 별이 되고 싶으세요? 전 저쪽 어두운 언덕 위에 높이 뜬 맑고 아름다운 큰 별이 될래요."

"앤, 제발 입 좀 다물어라."

마릴라가 어디로 튈지 모를 앤의 생각을 좇느라 지칠 대로 지쳐 말했다.

앤은 초록 지붕 집으로 이어진 오솔길로 들어설 때까지 아무 말도 하지 않았다. 이슬에 젖은 어린 고사리의 알싸한 향을 싣고 떠돌던 산들바람이 두 사람을 마중했다. 저 멀리 위쪽

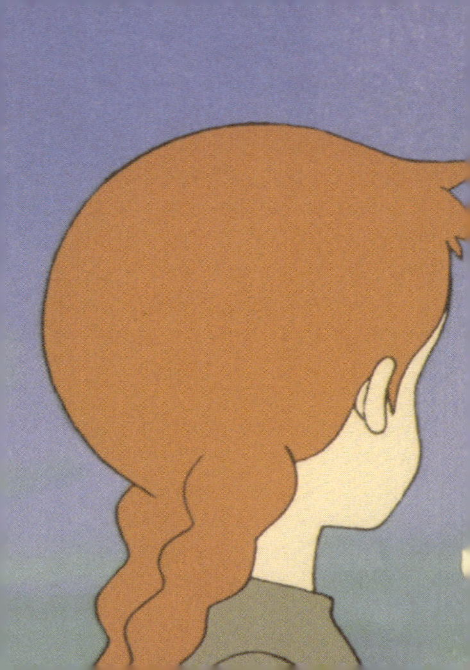

에서 어둠에 싸인 나뭇가지들 틈으로 초록 지붕 집의 부엌에서 나오는 낭랑한 불빛이 환하게 반짝였다. 앤이 불쑥 마릴라의 굳은살 박인 손바닥에 제 손을 쏙 밀어 넣었다.

"저게 집이라는 걸 알고 돌아간다는 건 참 멋진 일이에요. 벌써 초록 지붕 집이 좋아졌어요. 전에는 어디도 좋아한 적이 없었거든요. 집처럼 느껴진 곳은 한 군데도 없었으니까요. 아, 아주머니, 전 정말 행복해요. 지금 당장이라도 기도할 수 있을 것 같아요. 어렵다는 생각도 전혀 들지 않아요."

손안에 작고 야윈 손이 닿자, 마릴라의 가슴에서 뭔가 따뜻하고 기분 좋은 기운이 샘솟았다. 어쩌면 지금까지 잊고 살았던 모성이 꿈틀거리며 되살아난 것인지도 몰랐다. 그 낯선 포근함에 마릴라는 마음이 어수선했다. 마릴라는 서둘러 평소의 침착함을 되찾으려 교훈이 될 만한 말을 생각했다.

"착한 아이가 되면 언제나 그렇게 행복할 게다, 앤. 그리고 기도하는 걸 어려워해선 안 돼."

"소리 내서 기도를 하는 거랑 제가 바라는 걸 마음속으로 비는 거랑은 조금 다른 거 같아요. 그런데 지금 전 나무 꼭대기에서 부는 바람이라고 상상할래요. 나무가 싫증나면 여기 고사리 사이로 살랑살랑 내려오고요. 그런 다음 린드 아주머니 댁 정원으로 날아가서 꽃들도 춤추게 할 거예요. 토끼풀이 가득 핀 들판에 곤두박질쳐서 휘잉 쓸고도 지나가고 '반짝이는 호수'에서 반짝반짝 빛나는 물결도 일으키고 말이에요. 와, 바람에는 정말 상상할 거리가 많네요! 그래서 지금은 더 이상 얘기를 못하겠어요, 마릴라 아주머니."

앤이 곰곰이 생각하는 얼굴로 말했다.

"그거 참 고마운 일이구나."

마릴라가 깊은 안도감을 느끼며 나직이 읊조렸다.

11

앤의 주일학교에 대한 인상

"그래, 마음에 드니?"

마릴라가 물었다.

앤은 다락방 침대에 펼쳐 놓은 원피스 세 벌을 진지하게 쳐다보고 있었다. 하나는 색이 우중충한 체크무늬 면 원피스로, 마릴라가 지난해 여름에 튼튼하고 쓸 만해 보이는 데 홀딱 넘어가 행상에서 산 옷감으로 만든 거였다. 다른 하나는 겨울에 할인 매장에서 고른 흑백 체크무늬 새틴으로 만들었고, 나머지 하나는 탁한 파란색으로 염색한 뻣뻣한 천으로 만들었는데 며칠 전 카모디의 한 상점에서 구입한 것이었다.

셋 다 마릴라가 직접 만들었는데 모양이 전부 비슷했다. 넓은 치맛자락은 올이 촘촘했고 허리선은 밋밋했다. 소매는 허리나 치맛자락 못지않게 단순한 데다 팔만 겨우 들어갈 정도로 통이 좁았다.

"마음에 든다고 상상할게요."

앤이 침착하게 대답했다.

"상상하라는 게 아니야. 아, 마음에 들지 않는 게로구나! 이 옷들이 어디가 어때서 그러니? 깔끔하고 단정한 새 옷들 아니냐?"

마릴라는 기분이 상했다.

"맞아요."

"그럼 왜 싫다는 게냐?"

"옷이…… 그러니까…… 안 예쁘잖아요."

마릴라가 콧방귀를 뀌었다.

"안 예쁘다고! 난 네게 예쁜 원피스를 만들어 주려고 한 게 아니야. 난 네 허영심을 채워 줄 마음이 없단다, 앤. 똑똑히 들어라. 이건 주름이나 화려한 장식 같은 건 없는, 실용적이고 튼튼하고 편한 옷들이고, 올여름에 입을 수 있는 옷은 이게 전부야. 갈색 체크무늬 면 원피스와 파란색 나염 원피스는 나중에 학교에 갈 때 입으면 딱 좋을 게다. 새틴 원피스는 교회하고 주일학교에 입고 가거라. 망가뜨리지 말고 깨끗하고 단정하게 잘 간수하면 좋겠구나. 난 네가 여태 입던 그 조막만 한 옷들만 아니면 어떤 옷이든 감사할 줄 알았다."

"아, 감사하게 생각해요. 하지만 만약…… 만약 저 중에 하나라도 볼록 소매로 만들어 주셨다면 훨씬 더 감사했을 거예요. 요즘은 볼록 소매가 유행이거든요. 볼록 소매 옷을 입어 보기만 해도, 아주머니, 전 너무 설렐 것 같아요."

앤이 항의하듯 말했다.

"그럼 설렐 일은 없겠구나. 난 퍼프 소매 따위를 만드는 데 낭비할 옷감은 없으니까. 또 내 눈에는 우스꽝스러워 보이기도 하고 말이야. 난 평범하고 실용적인 소매가 더 낫더구나."

"그래도 전 혼자 평범하고 실용적인 것보다 다른 사람들과 똑같이 우스꽝스러워 보이는 게 더 좋아요."

앤이 애처로운 목소리로 고집을 부렸다.

"너야 그렇게 생각하겠지! 옷들을 옷장에 잘 걸어 두고, 앉아서 주일학교에서 배울 것들 좀 보거라. 너 보라고 벨 장로님에게 교리문답집을 한 권 얻어 왔으니까. 내일부터 주일학교에 가거라."

마릴라는 화가 단단히 나서 아래층으로 내려갔다.

앤은 두 손을 꼭 맞잡고 옷들을 쳐다보며 서글픈 목소리로 나지막이 읊조렸다.

"하얀 볼록 소매 원피스 한 벌만 있으면 좋

겠다고 생각했는데. 꼭 한 벌만 갖게 해달라고 기도도 했는데. 사실 별로 기대도 안 했어. 하느님은 나 같은 고아가 입을 옷을 고민할 시간은 없을 테니까. 마릴라 아주머니가 하시는 대로 따라야지. 그래도 다행히 난 상상력이 있잖아. 저 옷들 중 하나가 아름다운 레이스 주름 장식이 있고 삼단으로 부푼 볼록 소매가 달린, 눈처럼 하얀 모슬린 원피스라고 상상하면 돼."

다음 날 아침, 당장이라도 극심한 두통이 몰려올 조짐 때문에 마릴라는 앤과 함께 주일학교에 갈 수가 없었다.

"내려가서 린드 부인 댁에 들러야 한다, 앤. 네가 무슨 반으로 가야 하는지 아주머니가 알고 계실 게다. 자, 행동 조심하고. 공부가 끝나면 설교 시간까지 기다렸다가 린드 부인한테 우리 자리가 어딘지 여쭙거라. 여기 1센트를 줄 테니 헌금을 하고. 다른 사람들 빤히 쳐다보지 말고, 부산스럽게 굴지도 말고. 집에 돌아

오거든 오늘 들은 성경 구절을 들려다오."

앤은 빳빳한 흑백 새틴 원피스를 차려입고 나무랄 데 없는 모습으로 집을 나섰다. 옷은 길이도 적당하고 분명히 몸에 꽉 끼지도 않았는데, 신기하게도 앤의 마른 몸이 더욱 도드라져 보였다. 모자는 작고 납작한 데다 반질반질 윤이 나는 딱딱한 밀짚모자였다. 게다가 얼마나 밋밋하게 생겼는지, 리본과 꽃 장식이 달렸을 거라 상상하던 앤은 실망이 이만저만이 아니었다. 하지만 꽃이야 큰길로 가기도 전에 얼마든지 있었다. 앤은 오솔길을 반쯤 내려가다 바람에 흔들리는 금빛 미나리아재비와 눈부시게 아름다운 들장미를 발견했고, 조금의 망설임도 없이 맘껏 꽃들을 모아 둥근 화관을 만들어 모자를 장식했다. 다른 사람들이 그것을 보고 어떻게 생각하든, 앤은 제 솜씨가 마음에 들어 분홍색과 노란색으로 꾸민 빨강 머리를 의기양양하게 치켜든 채 경쾌한 걸음으로 큰

길로 나갔다.

앤이 린드 부인 집에 도착했을 때 린드 부인은 이미 나가고 없었다. 앤은 조금도 기죽지 않고 혼자서 교회로 향했다. 교회 정문 앞에 어린 여자아이들이 모여 있었다. 하얀색, 파란색, 분홍색 옷들을 입은 아이들은 남다른 머리 장식을 하고 그들 사이로 뛰어든 이 낯선 소녀를 호기심 어린 눈으로 빤히 쳐다봤다. 에이번리의 여자아이들은 앤에 대해 떠도는 희한한 소문을 벌써 들어 알고 있었다. 린드 부인은 앤에 대해 성미가 고약하다고 했고, 초록 지붕 집에서 일하는 제리 부트는 앤이 미친 여자처럼 하루 종일 혼자 중얼거리거나 나무나 꽃들이랑 얘기를 나눈다고 말했다. 아이들은 앤을 보며 책으로 얼굴을 가리고 숙덕거렸다. 앤에게 다정하게 다가오는 사람은 아무도 없었다. 개회 예배가 끝나고 로저슨 선생님 반에 들어갔을 때도 마찬가지였다.

로저슨 선생님은 주일학교에서 20년 동안 아이들을 가르친 중년 여자였다. 로저슨 선생님의 교육 방식은 교리문답집에 나오는 질문을 하고는, 한 아이를 콕 짚어 책 너머로 엄한 눈길을 던지며 대답을 기다리는 식이었다. 선생님은 유독 앤을 자주 봤는데, 앤은 마릴라가 붙잡고 연습을 시킨 덕에 척척 대답했다. 그러나 앤이 질문이나 대답을 제대로 이해했는지는 알 수 없었다.

앤은 로저슨 선생님도 별로 마음에 들지 않았고, 기분도 비참했다. 같이 수업을 듣는 다른 여자아이들은 전부 볼록 소매 옷을 입고 있었기 때문이다. 볼록 소매 옷을 입지 않으면 살 가치도 없는 것처럼 느껴질 정도였다.

"그래, 주일학교는 어땠니?"

앤이 집으로 돌아오자 마릴라가 궁금해 했다. 모자를 장식했던 화관은 시들어서 오솔길에 버리고 온 탓에 마릴라는 그 사실을 까맣게 몰랐다.

"별로였어요. 끔찍했어요."

"앤 셜리!"

마릴라가 꾸짖는 목소리로 소리쳤다.

앤은 한숨을 푹 쉬며 흔들의자에 앉아 '보니'의 잎에 입을 맞추고는 꽃이 핀 후크시아에 손을 흔들었다.

"제가 없는 동안 외로웠을 거예요. 주일학교에서는요, 아주머니가 일러주신 대로 예의 바르게 행동했어요. 린드 아주머니는 벌써 가고 안 계셨지만 저 혼자 잘 찾아갔고요. 교회로 들어가니 다른 여자아이들이 많더라고요. 저는 개회 예배 시간에 구석 창가 옆 신도석에 앉았어요. 벨 장로님 기도는 정말이지 너무 길었어요. 창가에 앉지 않았다면 벨 장로님의 기도가 끝나기도 전에 지쳤을 거예요. 하지만 창밖에 바로 '반짝이는 호수'가 보이더라고요. 전 호수를 보면서 온갖 멋진 상상을 했어요."

"그러면 안 돼. 벨 장로님의 기도를 들었어야지."

"하지만 벨 장로님은 제게 말을 건 게 아니었어요. 장로님은 하느님께 말하고 있었는데, 기도하는 게 그렇게 좋은 것 같진 않았어요. 하느님이 너무 멀리 계셔서 기도를 드려도 소용없다고 생각하신 것 같아요. 호수 옆에 하얀 자작나무가 길게 늘어서 있는데 그 사이로 햇살이 비집고 들어와 물속 깊고 깊은 곳까지 비추었어요. 아, 마릴라 아주머니, 아름다운 꿈을 꾸는 것 같았어요! 전 그 광경에 가슴이 두근거려서, '감사합니다, 하느님. 감사합니다' 하고 두세 번 말씀을 드렸는걸요."

앤이 항변하듯 말했다.

"큰 소리로 말한 건 아니겠지?"

마릴라가 걱정스럽게 말했다.

"아, 아니에요. 숨소리만큼 작게 했죠. 음, 드디어 벨 장로님 기도가 끝나고 사람들이 제

게 로저슨 선생님 반으로 가라고 하더라고요. 저 말고 여자애들이 아홉 명 더 있는 반이었어요. 그 애들은 전부 볼록 소매 옷을 입었고요. 전 제 옷도 볼록 소매라고 상상하려고 애썼지만 잘 안 됐어요. 왜 안 됐을까요? 동쪽 다락방에 혼자 있을 때는 제 옷들이 볼록 소매라고 상상하는 게 굉장히 쉬웠는데, 진짜 볼록 소매 옷을 입은 아이들 옆에 있으니까 잘 안 되더라고요."

"주일학교에서 소매 따위를 생각해선 안 돼. 수업에 집중했어야지. 수업은 잘 들었겠지."

"아, 그럼요. 질문에 대답도 많이 했는걸요. 로저슨 선생님은 질문을 정말 많이 하셨어요. 선생님이 그렇게 전부 묻기만 해도 되는 건지 잘 모르겠어요. 저도 질문하고 싶은 게 많았는데, 선생님은 저랑 마음이 잘 통하지 않는 것 같아서 가만있었어요. 나중에는 다른 아이들이 모두 어떤 구절을 암송했어요. 선생님이 저한테 조금이라도 아느냐고 물으셔서, 그건 모르지만 〈주인 무덤가의 개〉도 괜찮으시면 외워 보겠다고 말씀드렸어요. 3학년 교과서에 나오는 시예요. 종교적인 시는 아니지만 너무 슬프고 우울해서 종교시라고 해도 괜찮을 거예요. 선생님은 그건 안 된다고, 다음에 주일학교에 올 때까지 열아홉 번째 구절을 외워 오라고 하셨어요. 그 구절을 수업이 끝난 다음에 교회에서 읽어봤는데 정말 아름다웠어요. 특히 제 가슴이 뛰었던 부분은 이 두 줄이에요.

살육당한 기병대가 쓰러지듯 순식간에 무너졌나니
미디안 재앙의 날이여

'기병대'나 '미디안'이 무슨 뜻인지 모르지만 너무 비극적으로 들리거든요. 이 시를 암송할 생각을 하니 다음 주까지 어떻게 기다려야 할지 모르겠어요. 주일학교를 마치고 로저슨 선생님께 마릴라 아주머니 자리가 어딘지 여쭤봤어요. 아, 린드 아주머니가 너무 멀리 떨어져 계셨거든요. 저는 할 수 있는 한 얌전히 앉아 있었어요. 오늘의 성경 말씀은《요한계시록》3장 2절과 3절이었어요. 굉장히 길더라고요. 제가 목사님이었다면 짧고 멋진 구절을 골랐을 거예요. 설교도 무지무지 길었어요. 설교도 성경 말씀에 맞게 길게 하셔야 했나 봐요. 목사님 설교도 정말 재미없었어요. 상상력이 부족한 게 문제 같아요. 전 설교를 열심히 듣지는 않았어요. 딴생각도 자꾸 들고 진짜 멋진 상상도 하고 그랬어요."

마릴라는 앤을 엄하게 꾸짖어야 한다는 생각이 들긴 했지만, 앤의 말 중에 몇 가지는 부인할 수 없는 사실이라 선뜻 입을 열지 못했다. 특히 벨 장로의 기도와 목사님의 설교에 대해서는 마릴라도 수년간 속으로만 생각했지

입 밖에 내어본 적이 없었다. 마음속에만 몰래 갖고 있던 비판적인 생각들이 이 솔직하고 소외당했던 아이의 입을 통해 비난의 모양새로 튀어나온 기분이었다.

12

엄숙한 맹세와 약속

마릴라가 꽃 모자 이야기를 들은 건 그 다음 주 금요일이 되어서였다. 린드 부인의 집에서 돌아오자마자 마릴라가 앤을 불렀다.

"앤, 린드 부인 얘기로는 지난 주일에 네가 장미하고 미나리아재비를 우스꽝스럽게 매단 모자를 쓰고 교회에 갔다더구나. 도대체 어째서 그렇게 멋대로 구는 게냐? 정말 좋은 구경거리가 됐겠구나!"

"아, 분홍색이랑 노란색이 저랑 안 어울리는

건 알아요."

"허튼소리! 무슨 색이든 모자에 꽃을 다는 게 우스꽝스럽다는 얘기야. 참 갈수록 태산이구나!"

"옷에는 꽃을 달면서 왜 모자에 달면 우스꽝스럽다는 건지 모르겠어요. 옷에 꽃을 다발로 단 아이들이 얼마나 많았는데요. 그거랑 뭐가 달라요?"

앤이 항의했다. 하지만 마릴라는 모호하고 추상적인 샛길로 끌려 들어가지 않고, 확실한 입장을 단단히 지켰다.

"그런 식으로 되묻지 마라. 되잖은 짓이야. 다시는 내 앞에서 그런 꾀부리지도 말고. 네가 그런 꼴로 들어오는 걸 보고 린드 부인은 바닥이 푹 꺼져 버리는 줄 알았다더구나. 너무 멀리 앉아 있어서 꽃을 떼라고 말도 못 해줬고 나중엔 이미 때가 늦었다고 말이다. 그 일로 사람들이 별소릴 다했다고 하더구나. 보나마나 그런 꼴을 하도록 놔둔 나도 생각 없는 사람이라고 했겠지."

앤은 눈물을 글썽였다.

"아, 죄송해요. 아주머니가 싫어하실 거라고는 생각도 못했어요. 장미하고 미나리아재비꽃이 너무 예쁘고 귀여워서 모자에 꽂으면 근사할 것 같았거든요. 다른 여자애들도 모자에 조화를 달고 다니잖아요. 제가 아주머니께 끔찍한 골칫거리가 되면 어쩌죠. 절 고아원으로 돌려보내는 게 더 나을지도 모르겠어요. 물론 저한텐 끔찍하겠지만요. 제가 견딜 수 있을지 모르겠어요. 아마 폐결핵에 걸릴지도 몰라요. 전 비쩍 말랐잖아요. 하지만 아주머니께 골칫덩이가 되느니 차라리 그게 낫겠어요."

마릴라는 아이를 울린 게 속상했다.

"말도 안 되는 소리 마라. 널 고아원으로 돌려보내고 싶은 게 아니야. 내가 바라는 건 네가 너 스스로를 우스꽝스럽게 만들지 말고 다른 여자애들처럼 행동했으면 좋겠다는 거다. 그만 눈물 그치거라. 네게 들려줄 소식이 있단다. 오늘 오후에 다이애나 배리가 집으로 돌아왔다는구나. 배리 부인에게 치마 견본을 빌리러 갈 건데, 너도 같이 가서 다이애나와 인사하려무나."

앤은 두 손을 맞잡고 벌떡 일어섰다. 그 바람에 단을 감침질하던 행주가 바닥으로 떨어졌다. 볼은 아직 눈물 자국으로 반들거렸다.

"아, 마릴라 아주머니. 두려워요. 진짜로 때가 되었다고 생각하니 정말 겁이 나요. 그 애가 날 싫어하면 어쩌죠? 그럼 제 평생에 가장 비극적이고 절망적인 일이 될 거예요."

"허둥대지 말거라. 그렇게 장황하게 말하지도 말고. 어린아이가 그러면 좀 이상해 보인단다. 다이애나는 널 좋아할 게다. 네가 조심해야 할 사람은 그 애 어머니야. 배리 부인이 널 마음에 들어 하지 않으면 다이애나가 널 좋아해도 아무 소용없단다. 네가 린드 부인에게 대들었던 일과 모자에 미나리아재비꽃을 달고 교회에 간 얘기를 이미 들었다면, 배리 부인이 널 어떻게 생각할지 모르겠구나. 얌전히 예의 바르게 행동하고, 엉뚱한 소리는 하지 말고. 세상에, 얘가 정말로 떨고 있잖아!"

앤은 바들바들 떨었다. 얼굴은 하얗게 질려서 잔뜩 굳어 있었다.

"아, 마릴라 아주머니, 아주머니도 마음의 친구가 되고 싶은 아이를 만나게 됐는데 그 아이의 어머니가 나를 싫어할지도 모른다고 생각하면 저처럼 떨리실 거예요."

앤은 서두르며 모자를 집었다.

앤과 마릴라는 개울을 건너고 전나무 수풀이 우거진 언덕 지름길을 따라 과수원집으로 갔다. 마릴라가 문을 두드리자 배리 부인이 부엌문으로 나왔다. 배리 부인은 키가 크고 눈동자와 머리가 검었는데, 입매가 매우 다부져 보였다. 배리 부인은 자녀들에게 매우 엄하다고 소문이 나 있었다.

배리 부인이 반갑게 맞으며 인사했다.

"안녕하세요, 마릴라. 어서 들어오세요. 이 아이가 입양했다는 아이군요?"

"네, 앤 셜리라고 해요."

"끝에 'e'가 붙어요."

몸이 떨리고 마음은 들떴지만 이 중요한 문제에 오해가 생겨서는 안 된다는 생각에 앤이 가쁜 목소리로 덧붙였다.

배리 부인은 못 들은 건지, 이해하지 못한 건지 그저 악수를 하며 상냥하게 인사했다.

"잘 지내니?"

"마음은 복잡하지만 몸은 잘 지내요. 감사합니다."

앤이 진지한 얼굴로 말하고는 마릴라에게 다 들리는 귓속말로 물었다.

"아주머니, 저 엉뚱한 말 하지 않았죠?"

다이애나는 소파에 앉아 있다가 손님이 들어오자, 읽던 책을 내려놓았다. 다이애나는 무척 예쁜 아이였다. 어머니를 닮아 눈동자와 머리가 까맣고 뺨은 장미처럼 붉었다. 명랑한 표정은 아버지에게서 물려받은 것이었다.

"내 딸 다이애나란다. 다이애나, 앤을 데리고 정원에 나가서 꽃을 보여 주렴. 책만 읽으면 눈이 나빠질 수 있으니 나가는 게 더 나을 거야. 저 아이는 정말이지 책을 너무 많이 봐요."

배리 부인은 아이들이 나가자 마릴라에게 말을 이었다.

"아이 아버지까지 거드는 덕에 제가 말릴 수가 없어요. 늘 책만 들여다본다니까요. 같이 놀 친구가 생긴다니 좋네요. 밖에서 보내는 시간이 이제 좀 많아지겠죠."

정원 가득 서쪽 하늘의 저녁노을빛이 오래된 전나무들 사이로 부드럽게 쏟아졌다. 앤과 다이애나는 화려한 참나무 덤불을 사이에 두고 서로를 수줍게 바라보았다.

배리 씨네 정원에는 나무 그늘이 많고 꽃이 만발했다. 지금과 같은 운명의 순간이 아니었다면 앤은 무척 들떴을 것이다. 커다란 버드나무 고목과 키 큰 전나무들이 정원 주변을 둘러쌌고, 나무 아래에는 그늘을 좋아하는 꽃들이 소담스레 모여 있었다. 조개껍데기로 깔끔하게 가장자리를 두른 반듯한 작은 길들이 촉촉한 빨간 리본처럼 직각으로 교차했고, 길 사이사이 흙밭에는 옛 정취를 물씬 풍기는 꽃들이 흐드러지게 피었다. 장밋빛 금낭화와 눈부시게 아름다운 진홍빛 작약, 향기로운 새하얀 수선화, 가시가 많고 아름다운 스코틀랜드 장미, 분홍색과 파랑색, 하얀색이 어우러진 매발톱꽃, 연보랏빛 비누풀꽃, 무성하게 자란 개사철쑥과 갈풀과 박하, 난초 종류인 보랏빛 아담과 이브, 수선화, 솜털같이 여리고 향기로운 가지를 지닌 하얗고 귀여운 클로버 무리, 하얗고 반듯한 사향꽃과 그 위로 불타는 창을 겨눈 모습의 진홍색 노티아가 고루 눈에 띄었다. 햇살이 꾸물거리고 벌들이 윙윙 노래했으며, 바람도 이끌려 와 바스락바스락 서성이는 정원이었다.

이윽고 앤이 두 손을 꼭 마주 잡고 거의 속삭이다시피 입을 열었다.

"아아, 다이애나. 그러니까 넌…… 나를 조금이라도 좋아할 수 있을 것 같니? 마음의 친구가 될 만큼?"

다이애나가 웃었다. 다이애나는 말하기 전에 늘 웃었다.

"그런 것 같아. 네가 초록 지붕 집에 살게 돼서 얼마나 기쁜지 몰라. 친구가 있으면 정말 즐거울 거야. 여긴 가까이에 같이 놀 여자아이들이 없거든. 여동생도 아직 어리고 말이야."

다이애나는 솔직하게 대답했다.

"영원히 내 친구가 되어 준다고 맹세해 줄래?"

앤이 간절하게 말했다.

"그건 아주 나쁜 거야."*

다이애나는 깜짝 놀란 얼굴로 나무랐다.

"아, 아니. 그게 아니야. 두 가지 뜻이 있잖아."

"난 한 가지밖에 몰라."

다이애나가 미심쩍어 했다.

"정말 한 가지가 더 있어. 이건 전혀 나쁜 게 아니야. 그냥 엄숙히 서약하고 약속한다는 뜻이야."

다이애나가 안심이라는 듯 말했다.

"그래, 그런 거라면 괜찮아. 어떻게 하는 건데?"

앤이 엄숙하게 말했다.

"손을 잡아야 돼. 이렇게. 원래는 흐르는 물 위에서 해야 하는데, 우린 그냥 이 길에 물이

---

* 다이애나가 'swear(맹세 또는 저주)'를 '저주'의 의미로 받아들였다.

흐른다고 상상하자. 내가 먼저 맹세할게. 나는 해와 달이 사라지지 않는 한 마음의 친구인 다이애나 배리에게 충실할 것을 엄숙히 맹세합니다! 자, 이제 네가 내 이름을 넣어 말하면 돼."

다이애나가 웃으며 '맹세'를 했고 맹세를 마치고 또 웃었다.

"넌 참 이상한 애야, 앤. 네가 이상하다는 소린 들었어. 그렇지만 난 네가 정말 좋아질 것 같아."

마릴라와 앤이 집으로 돌아갈 때 다이애나가 통나무 다리까지 배웅했다. 두 아이는 서로 팔짱을 끼고 걸었다. 개울에 다다라 헤어질 때는 다음 날 오후에 다시 만나자는 약속을 수없이 주고받았다.

마릴라가 초록 지붕 집의 정원으로 들어서며 물었다.

"그래, 다이애나랑은 마음이 통할 것 같든?"

"네, 그럼요."

앤은 행복에 겨워 마릴라가 비꼬는 말투라는

것도 알아채지 못하고 한숨을 쉬며 대답했다.

"마릴라 아주머니, 지금 이 순간은 제가 프린스에드워드 섬에서 가장 행복한 아이일 거예요. 오늘 밤은 정말 진심으로 기도를 드릴 수 있을 것 같아요. 내일은 다이애나하고 윌리엄 벨 아저씨의 자작나무 숲에 놀이집을 만들기로 했어요. 장작 창고에 있는 깨진 그릇들을 가져가도 돼요? 다이애나는 생일이 2월이고 제 생일은 3월이에요. 정말 신기한 우연의 일치 같지 않으세요? 다이애나가 제게 읽을 책도 빌려준댔어요. 다이애나가 그러는데 정말 놀랍고 흥미진진한 책이래요. 숲 뒤에 검은 백합이 있는 곳도 보여 준댔어요. 다이애나 눈을 보면 감정이 참 풍부한 것 같지 않으세요? 제 눈도 그랬으면 좋겠어요. 〈개암나무 골짜기의 넬리〉라는 노래도 가르쳐 준대요. 제 방에 걸어둘 그림도 준다고 했어요. 굉장히 아름다운 그림이래요. 예쁜 여자가 하늘색 실크 드레스를 입고 있는 그림인데, 재봉틀 가게에서 선물로 받았대요. 저도 다이애나에게 줄 게 있다면 얼마나 좋을까요. 키는 제가 다이애나보다 2센티미터에서 3센티미터 정도 더 크지만 다이애나가 저보다 훨씬 더 통통해요. 그 애는 마른 게 훨씬 더 우아해 보인다면서 살이 빠졌으면 좋겠다고 하는데, 그냥 제 기분을 달래주려고 한 말 같아요. 다음에 바닷가로 조개껍데기도 주우러 갈 거예요. 우린 통나무 다리 아래서 솟는 샘을 '드라이어드 샘'이라고 부르기로 했어요. 정말 우아한 이름이죠? 그런 이름의 샘이 나오는 책을 읽은 적이 있어요. 드라이어드는 그러니까 어른 요정 같은 게 아닐까 해요."

"글쎄다. 다이애나한테는 그렇게 쉴 새 없이 떠들어대지 않는 게 좋겠구나. 앞으로 뭘 하든 이거 하나만은 명심해라, 앤. 온종일 놀기만 할 수는 없어. 먼저 네가 할 일을 해놓고 그 다음에 놀아야 해."

마릴라가 말했다.

앤의 마음속에 가득 담겨 있던 행복감은 매슈 덕분에 밖으로 넘쳐흘렀다. 매슈는 카모디의 한 가게에 들렀다 이제 막 집에 도착한 참이었는데, 마릴라의 눈치를 살피며 주머니에서 작은 꾸러미를 하나 꺼내 멋쩍어 하며 앤에게 건넸다.

"네가 초콜릿을 좋아한다기에 조금 가져왔다."

마릴라가 콧방귀를 뀌었다.

"허, 이 썩고 속만 상한다고요. 자, 자, 얘야. 그렇게 울상을 지을 필요는 없다. 매슈 오라버니가 일부러 사 온 것이니 조금 먹으려무나. 박하사탕을 샀으면 더 좋았을 것을. 그게 더 몸에 좋으니까 말이다. 몸에 안 좋으니 한 번에 다 먹지 마라."

"그럼요. 지금 다 먹진 않을 거예요. 오늘 밤은 한 개만 먹을게요, 아주머니. 반은 다이애나에게 줘도 될까요? 그렇게 하면 나머지 반이 두 배로 더 달콤할 것 같아요. 다이애나한테 뭔가 줄 수 있다고 생각하니 기뻐요."

앤이 꼭 허락해 달라는 얼굴로 말했다.

앤이 다락방으로 올라간 뒤에 마릴라가 말했다.

"저건 좋은 점 같아요. 인색하게 굴지 않는 거요. 다행이죠. 하고 많은 단점 중에서 아이가 인색한 건 질색이거든요. 이것 참, 저 애가 온 지 3주밖에 안 됐는데 마치 처음부터 같이 살았던 것 같아요. 저 애가 없는 집은 상상이 안 되네요. 그것 보란 듯이 쳐다보지 말아요, 오라버니. 여자가 그래도 기분 나쁜데, 남자가 그러는 건 참고 봐줄 수가 없네요. 솔직히 나도 인정해요. 오라버니가 하자는 대로 저 애를 키우기로 한 건 잘한 것 같아요. 저 애가 점점 좋아지기도 하고요. 그렇다고 그걸 자꾸 들먹이며 으스댈 생각은 말아요, 매슈 오라버니."

13

기대하는 즐거움

“지금쯤이면 들어와서 바느질할 시간인데.”

마릴라가 시계를 흘끗 보고 밖으로 시선을 돌렸다. 나른한 8월 오후의 열기에 모든 것이 꾸벅꾸벅 조는 듯했다.

“다이애나랑 노느라 돌아오라고 한 시간보다 30분이나 늦게 와서는, 할 일이 있다는 걸 뻔히 알면서 장작더미 위에 앉아 오라버니한테 쉴 새 없이 떠들어 대고 있으니. 또 오라버니는 실없이 듣고만 있고. 저렇게 얼빠진 남자는 평생 본 적이 없다니까. 이상한 얘기들을 지껄이면 지껄이는 대로 더 즐거워한단 말이야. 앤 셜리, 당장 이리 오거라, 내 말 안 들리니?"

계속해서 서쪽 창을 똑똑 두드리자, 마당에 앉아 있던 앤이 한걸음에 달려왔다. 눈은 반짝거렸고 두 볼은 연한 분홍빛으로 물들었으며, 풀어 헤친 머리는 등 뒤에서 눈부시게 물결쳤다.

앤이 숨을 가쁘게 몰아쉬며 소리쳤다.

"와, 마릴라 아주머니. 다음 주에 주일학교에서 소풍을 간대요. '반짝이는 호수' 가까이에 있는 하먼 앤드루스 씨네 들판으로요. 벨 아주머니와 린드 아주머니가 아이스크림을 만드실 거래요. 아주머니, 아이스크림 말이에요! 아, 마릴라 아주머니, 저도 가도 되나요?"

"제발 시계 좀 보거라, 앤. 내가 몇 시에 들어오랬지?"

"2시요. 하지만 소풍이라니 너무 신나지 않아요, 아주머니? 저도 가도 되죠? 제발요. 한 번도 소풍을 가 본 적이 없단 말이에요. 꿈을 꾼 적은 있지만 가 본 적은……."

"그래, 2시까지 들어오라고 했다. 그런데 지금은 2시 45분이구나. 왜 내 말을 어겼는지 듣고 싶구나, 앤."

"그게, 저도 될 수 있으면 지키려고 했어요. 하지만 '한적한 숲'이 얼마나 아름다운지 모르실 거예요. 그리고 매슈 아저씨께도 소풍 얘기를 해야 했고요. 매슈 아저씨는 얘기를 정말 잘 들어주세요. 저 가도 되죠?"

"넌 그 한적한 뭔가 하는 게 아름다워도 참는 법을 배워야 해. 내가 몇 시에 들어오라고 하면, 그건 30분 늦게 오라는 게 아니라 그 시간에 맞춰 오라는 얘기다. 그리고 오는 길에 말 잘 들어주는 사람한테 가서 떠들어서도 안 되고. 소풍이라면 물론 가도 좋아. 넌 주일학교 학생이고, 다른 아이들도 다 가는데 너만 못 가게 하진 않을 테니까."

"하지만…… 하지만……."

앤이 머뭇거리다 말했다.

"다이애나가 그러는데 다른 아이들은 전부 바구니에 먹을 것을 담아온대요. 전 요리를 못 하잖아요, 마릴라 아주머니. 그리고…… 그리고…… 볼록 소매 옷을 안 입고 가는 건 괜찮은데, 바구니 없이 소풍에 가면 창피해서 견딜 수 없을 거 같아요. 다이애나한테 그 얘기를 들은 뒤로 계속 마음에 걸렸어요."

"그거라면 더 걱정할 필요 없다. 음식은 내가 만들어 주마."

"아, 고맙습니다, 아주머니. 아, 아주머니는 제게 참 잘해 주세요. 아, 정말 고맙습니다."

'아'를 연발하던 앤이 마릴라의 품에 뛰어들더니 뛸 듯이 기뻐하며 윤기 없는 마릴라의 뺨에 마구 입을 맞추었다. 어린아이가 먼저 다가와 마릴라의 얼굴에 입을 맞춘 것은 평생 처음 있는 일이었다. 놀랍도록 따뜻한 기분이 마릴라의 가슴에 순식간에 퍼졌다. 마릴라는 앤의 충동적 입맞춤이 말할 수 없이 즐거웠지만, 아무 내색도 하지 않고 무뚝뚝하게 말했다.

"자, 자, 이러지 않아도 된다. 그보다 시킨 일이나 제대로 했으면 좋겠구나. 요리라면 조만간 내가 가르쳐 주려고 했단다. 하지만 네가 하도 덤벙대서 가르치기 전에 네가 좀 차분해지고 꾸준해지기를 기다리고 있었지. 요리할 때는 긴장해야 한다. 머릿속으로 온갖 것에 정신이 팔려서 중간에 손을 놔서도 안 되고. 이제 바느질거리를 가져와서 저녁 먹기 전까지 조각보 깁는 걸 끝내거라."

"전 조각보 만드는 게 싫어요."

앤이 우울하게 말하고는 반짇고리를 가져와 빨갛고 하얀 마름모 모양 천 무더기 앞에 한숨을 쉬며 앉았다.

"바느질이 재미있을 때도 있겠죠. 하지만 조각보에는 상상할 수 있는 게 하나도 없어요. 하나를 잇고 나면 또 잇고, 그렇게 해서 무슨 소용이 있는지 잘 모르겠어요. 하지만 아무것도 안 하고 놀기만 하는 다른 집의 앤보다 조각보를 만드는 초록 지붕 집의 앤이 되는 게 낫긴 해요. 바느질할 때도 다이애나랑 놀 때만큼 시간이 빨리 갔으면 좋겠지만요. 저희는 정말 멋지게 시간을 보내요, 아주머니. 상상은 대부분 제가 해야 하지만 제가 상상은 또 잘하잖아요. 다이애나는 상상하는 거 빼고 모든 걸 다 잘해요. 개울 너머에 작은 땅이 있잖아요. 우리 농장이랑 배리 아저씨네 농장 사이로 흐르는 개울 말이에요. 그게 윌리엄 벨 아저씨네 땅인데, 그 땅 한쪽에 하얀 자작나무가 동그랗게 에워싼 곳이 있거든요. 정말 낭만적인 곳이에요, 아주머니. 다이애나랑 전 거기에 장난감 집을 지었어요. 그곳이 '한적한 숲'이에요. 정말 시적인 이름이죠? 그 이름을 생각하는 데 시간이 좀 걸렸어요. 밤을 꼬박 샐 뻔했다니까요. 그러다가 막 잠이 들려는 순간, 그 이름이 번쩍 떠오른 거예요. 그 이름을 듣고 다이애나는 홀딱 반했어요. 우린 집을 우아하게 꾸몄어요. 꼭 와서 한번 보세요, 아주머니. 이끼로 덮인 커다란 돌을 의자 대신 갖다 놓고, 나무 사이에 판자를 얹어서 선반을 만들었어요. 선반 위에는 접시들을 올려놨고요. 물론 전부 깨진 그릇이지만 깨지지 않았다고 상상하는 건 하나도 어렵지 않아요. 특히 빨갛고 노란 담쟁이 그림이 있는 접시가 정말 예뻐요. 그 접시하고 요정의 거울은 거실에 두었어요. 요정의 거울은 꿈에 나오는 것처럼 아름다워요. 다이애나가 집에 있는 닭장 뒤 숲에서 찾았대요. 거울에 무지개가 잔뜩 그려져 있는데, 아직 다 자라지 못한 어린 무지개들 같아요. 다이애나의 어머니는 그게 예전에 집에 있던 벽걸이 등이 깨진 조각이라고 하셨대요. 하지만 무도회가 열린 어느 날 밤에 요정들이 거울을 잃어버렸다고 상상하면 멋지잖아요. 그래서 우리는 그걸 '요정의 거울'이라고 불러요. 매슈 아저씨가 식탁을 만들어 주시기로 했어요. 아, 배리 아저씨네 농장 너머에 있는 작고 동그란 연못은 '버드나무 연못'이에요. 이 이름은 다이애나가 빌려준 책에서 봤어요. 그 책은 정말 감동적이었어요, 아주머니. 주인공 여자는 애인이 다섯 명이나 됐어요. 난 한 명이면 만족할 거 같은데. 여자는 아주 아름답지만 온갖 엄청난 시련을 겪어요. 그 여자는 기절도 아주 잘해요. 저도 기절할 수 있으면 좋겠어요, 아주머니. 정말 낭만적이잖아요. 하지만 전 이렇게 말랐는데도 진짜 건강하거든요. 그래도 조금 살이 붙은 거 같아요. 그래 보이나요? 전 아침에 일어나면 매일 팔꿈치를 보면서 혹시 옴폭 들어가지 않았는지 확인해요. 다이애나는 이번에 반소매 옷을 새로 만든대요. 이번 소풍에 입고 갈 거랬어요. 아, 다음 주 수요일엔 날씨가 맑아야 할 텐데. 소풍을 못 가게 되면 그 실망감을 견디기 힘들 거예요. 그래도 이겨내기야 하겠지만, 분명 제 평생의 슬픔으로 남겠죠. 앞으로 소풍을 백 번 더 가더라도 소용없어요. 이번에 못 가는 한 번을 대신할 수 없으니까요. 이번에 소풍을 가면 '반짝이는 호수'에서 배도 타고, 아이스크림도 먹는다고 말씀드렸죠. 전 아직 한 번도 아이스크림을 못 먹어봤단 말이에요. 다이애나가 어떤 맛인지 설명해주려고 애썼는데, 상상만으로 아이스크림 맛을 알기는 힘든 거 같아요."

"앤, 시계를 보니 10분 동안 계속 떠들었구나. 궁금해서 그러는데 10분 동안 조용히 있을 수도 있는지 한번 보자꾸나."

앤은 마릴라가 바라는 대로 입을 다물었다. 하지만 그 주 내내 앤은 소풍 얘기를 하고 소풍 생각을 하고 소풍 꿈을 꿨다. 토요일에 비가 내리자, 수요일까지 비가 계속 올까 봐 걱정하느라 어찌나 안달을 하는지 마릴라는 앤을 진정시키려고 평소보다 조각보 깁는 일을 더 시켰다.

일요일에 교회에서 돌아오는 길에 앤은 목사님이 설교단에서 소풍을 간다고 발표했을 때 흥분으로 온몸에 전율이 흘렀다고 마릴라에게 털어놨다.

"짜릿짜릿한 기분이 등을 타고 오르내렸어요, 아주머니! 그때까지도 정말 소풍을 갈 거라고는 믿고 있지 않았나 봐요. 저 혼자 상상한 걸까 봐 겁이 났거든요. 하지만 목사님이 설교단에서 그렇게 말씀하셨으니 이제 믿을 수 있어요."

"앤, 넌 무슨 일이든 그렇게 온 마음을 다 쏟는구나. 앞으로 살면서 실망할 일이 많을까 봐 걱정이다."

마릴라가 한숨을 쉬며 말했다.

"아, 마릴라 아주머니, 뭔가를 기대하는 건 그 자체로 즐겁잖아요. 어쩌면 바라던 결과를 얻지 못할 수도 있지만, 그래도 기대할 때의 즐거움은 아무도 못 막을걸요. 린드 아주머니는 '아무것도 기대하지 않는 자 복 받을지어다. 왜냐하면 결코 실망할 일도 없으니'라고 말씀하시지만, 전 실망하는 것보다 아무 기대도 하지 않는 게 더 나쁜 거 같아요."

그날도 마릴라는 여느 때처럼 자수정 브로치를 꽂고 교회에 갔다. 마릴라는 교회에 갈 때면 언제나 자수정 브로치를 달았다. 브로치를 달지 않으면 성경책이나 헌금으로 낼 10센트를 잊고 가는 것만큼이나 큰 죄라고 생각하는 듯했다. 자수정 브로치는 마릴라가 가장 소중히 여기는 물건이었다. 배를 탔던 삼촌이 마릴라의 어머니에게 준 것을 마릴라가 물려받은 것이었다. 꽤 질 좋은 자수정이 가장자리에

박혀 있는 타원형의 구식 브로치 안에는 어머니의 머리카락이 들어 있었다. 마릴라는 보석에 대해 별로 아는 게 없어서 그 자수정이 실제로 얼마나 좋은 건지는 알지 못했다. 하지만 브로치가 무척 아름답다고 생각했고, 자신의 고상한 밤색 새틴 드레스에 달면 눈에 보이지는 않아도 목 부분에서 보랏빛으로 은은하게 반짝일 거라는 생각에 언제나 기분이 좋았다.

앤은 그 브로치를 처음 보자마자 홀딱 반해서 감탄을 쏟아냈다.

“아, 마릴라 아주머니. 정말 우아한 브로치예요. 그런 브로치를 달고 어떻게 설교에 귀를 기울이고 기도를 하시는지 모르겠어요. 전 그렇게 못할 거예요. 자수정은 정말 아름다운 것 같아요. 다이아몬드를 본 적 없던 아주 오래전에 머릿속으로 다이아몬드를 상상했는데 그거랑 비슷하게 생겼어요. 전 다이아몬드를 아름답고 은은하게 빛나는 보랏빛 보석으로 떠올

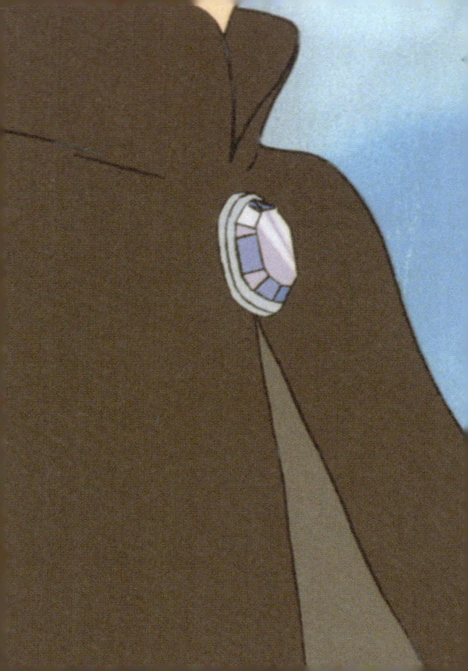

렸거든요. 그런데 어느 날 한 부인이 낀 진짜 다이아몬드 반지를 보고 너무 실망해서 울어버렸어요. 물론 굉장히 예쁘긴 했지만 제 상상 속의 다이아몬드와 달랐거든요. 잠깐 만져봐도 되나요? 자수정이 착한 제비꽃들의 영혼은 아닐까요?"

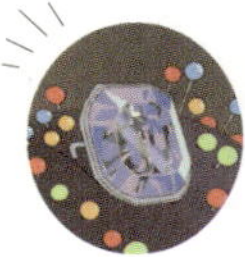

14

앤의 고백

소풍을 앞둔 월요일 저녁, 마릴라가 불편한 얼굴로 자기 방에서 내려왔다.

"앤."

마릴라는 말끔히 치운 식탁 앞에 앉아 콩깍지를 까고 있는 앤을 불렀다. 앤은 콩깍지를 까면서 다이애나가 가르쳐 준 대로 감정을 한껏 실어 〈개암나무 골짜기의 넬리〉를 부르고 있었다.

"내 자수정 브로치 못 봤니? 어제저녁 교회

에 다녀와서 바늘꽂이에 꽂아 둔 것 같은데 온데간데없구나."

"아까…… 아까 오후에 아주머니가 봉사회에 가셨을 때 봤어요. 아주머니 방 앞을 지나가는데 바늘꽂이에 있는 게 보여서 들어가서 봤어요."

앤이 조금 뜸을 들이며 말했다.

"브로치를 만졌니?"

마릴라가 엄하게 물었다.

"아…… 네. 어때 보일까 궁금해서 가슴에 달아 봤어요."

앤이 머뭇거리며 시인했다.

"그런 짓을 하면 안 되지. 남의 물건에 손대는 건 아주 나쁜 행동이야. 내 방에 들어간 것부터가 잘못이고, 네 것도 아닌 브로치를 만진 것도 잘못이다. 그래, 브로치는 어디에 뒀니?"

"탁자 위에 다시 올려놨어요. 일 분도 안 꽂고 있었어요. 정말로 만질 생각은 아니었는데.

아주머니 방에 들어가고 브로치를 달아 보는 게 나쁜 행동인지 몰랐어요. 하지만 이제 알았으니까 다음부터는 절대 안 그럴게요. 그게 제 장점 중 하나거든요. 전 같은 잘못은 두 번 다시 저지르지 않아요."

"제자리에 돌려놓지 않았잖아. 아무리 찾아봐도 탁자에 브로치는 없었다. 앤, 네가 가지고 나갔거나 어떻게 한 게지."

"틀림없이 그 자리에 뒀어요. 브로치를 바늘꽂이에 다시 꽂았는지, 도자기 접시에 올려놨는지는 정확히 기억나지 않아요. 하지만 그 자리에 둔 건 확실해요."

앤이 다급하게 말했고, 마릴라의 눈에는 그 행동이 버릇없게만 보였다. 마릴라는 분명히 해두어야겠다고 생각했다.

"가서 다시 찾아보마. 네가 제자리에 뒀다면 지금도 그 자리에 있겠지. 만약 탁자 위에 브로치가 없다면 네가 제자리에 두지 않았다는 뜻이고!"

하지만 탁자 위는 물론이고 브로치가 있을 만한 곳을 모조리 뒤져 봐도 브로치는 보이지 않았다. 마릴라는 부엌으로 돌아왔다.

"앤, 브로치는 없다. 네 말대로 브로치를 마지막으로 만진 사람은 너야. 자, 브로치를 어떻게 했니? 당장 사실대로 말하거라. 가지고 나갔다가 잃어버렸니?"

"아니에요. 절대로 방에서 브로치를 가지고 나가지 않았어요. 진짜예요. 단두대로 끌려간다고 해도요. 단두대가 뭔지는 잘 모르지만요. 그게 다라니깐요, 아주머니."

앤은 화난 마릴라의 눈을 똑바로 보면서 말했다. 그리고 자기 말이 사실이라는 것을 확실히 하려고 "그게 다라니깐요"라고 했지만, 마릴라는 그 말이 반항하는 것으로 들렸다.

"앤, 거짓말을 하고 있구나. 난 다 알아. 그래, 사실대로 전부 털어놓을 생각이 아니면 더는 아무 말도 하지 말거라. 네 방에 올라가서 솔직하게 말할 마음이 들 때까지 나오지 마라."

마릴라가 날카롭게 말했다.

"콩은 가져갈까요?"

앤이 순순히 말했다.

"아니다. 나머지는 내가 까마. 넌 시키는 대로 해."

앤이 방으로 올라간 뒤 마릴라는 저녁 준비를 하는 내내 마음이 어수선했다. 소중한 브로치라 걱정이 이만저만이 아니었다. 앤이 잃어버렸으면 어쩌지? 누가 봐도 저 애 짓이 분명한데, 저렇게 아니라고 잡아떼다니 정말 못됐어! 그것도 저리 아무렇지도 않은 얼굴로!

마릴라는 어지러운 마음으로 콩깍지를 까며 생각했다.

'내가 잘한 건지 모르겠군. 물론 저 애도 훔치려던 건 아닐 텐데. 그냥 나가서 가지고 놀거나 그걸 보며 으레 하던 그런 상상들을 하려던 거겠지. 어쨌거나 가지고 나간 건 확실해. 앤이 말한 대로라면 오늘 저녁에 내가 들어갈 때까지 내 방에 들어온 사람은 저 애뿐이니까. 그러고 나서 브로치가 없어졌으니 더 확인할 필요도 없지. 그걸 잃어버리고는 벌 받을까 무서워서 실토하지 못하는 게지. 아이가 거짓말을 한다고 생각하니 끔찍해. 이건 버럭 하는 성미보다 훨씬 나빠. 믿을 수 없는 아이를 집에 들인 책임이란 게 참으로 무섭군. 앤은 교활하고 정직하지 못한 모습을 보여 줬어. 브로치를 잃어버린 것보다 그게 더 속상해. 솔직하게만 말했어도 이렇게까지 마음이 상하지는 않았을 텐데.'

마릴라는 저녁내 틈틈이 방에 가서 브로치를 찾았지만 헛수고였다. 잠자리에 들 시간에 동쪽 다락방에 가 봤지만 별 소득이 없었다. 앤은 브로치의 행방에 대해 아는 게 없다는 주장을 굽히지 않았고, 그럴수록 마릴라는 앤의 짓이 틀림없다고 확신했다.

다음 날 아침에 마릴라는 매슈에게 이 이야기를 들려주었다. 매슈는 난처하고 당황스러웠다. 앤을 믿는 마음이 한순간에 사라진 건 아니지만 모든 정황이 앤에게 불리하다는 것을 인정해야 했다.

"탁자 뒤로 떨어진 건 확실히 아니라는 거지?"

매슈가 할 수 있는 말은 이게 전부였다.

"탁자도 옮기고, 서랍도 빼 보고, 틈이란 틈은 다 샅샅이 찾았어요. 브로치는 없어요. 아이가 가져갔다가 잃어버리고는 거짓말을 하는 거예요. 믿고 싶지 않지만 분명해요, 매슈 오라버니. 그렇다고 인정하는 게 나아요."

마릴라가 확신에 차서 대답했다.

"글쎄다. 넌 어쩔 생각이니?"

상황을 해결할 사람이 마릴라라는 사실에 남몰래 안도하며 매슈는 스산한 심정으로 물었다. 이번 일에는 간섭하고 싶은 마음이 전혀 없었다.

"스스로 말할 때까지 방에서 못 나오게 할 거예요. 어디 보자고요. 어디에 가져갔는지만 말하면 브로치를 찾을 수 있을지도 몰라요. 하지만 어쨌든 앤은 단단히 벌을 받아야 해요, 오라버니."

마릴라는 먼젓번에도 이 방법이 효과가 있었던 것을 떠올리며 단호하게 말했다.

"글쎄다. 벌은 받아야겠지. 나는 모른 척하마. 간섭하지 말라고 네가 그랬으니까."

매슈가 모자를 집어 들며 말했다.

마릴라는 모두에게 버림받은 기분이었다. 린드 부인에게 조언을 구할 수도 없었다. 마릴라는 아주 심각한 얼굴을 하고 동쪽 다락방에 올라갔다가 더 심각한 얼굴로 방을 나왔다. 앤은 고백하기를 고집스레 거부했다. 브로치를 가지고 나가지 않았다는 주장만 거듭했다. 울고 있었던 게 분명한 아이의 얼굴을 보자 연민이 심장을 옥죄었지만 그런 마음을 단호히 억눌렀다. 밤이 되자 마릴라는 자기 말마따나 '녹초'가 되었다.

"솔직히 말할 때까지 방에서 나오지 못할 거다, 앤. 어떻게 할지는 네가 정하는 거야."

마릴라가 단호하게 말했다.

"하지만 내일은 소풍날이에요, 아주머니. 소풍도 못 가게 하진 않으실 거죠? 낮에는 잠깐 나가게 해주실 거죠? 그럼 다녀와서 아주머니가 있으라고 하실 때까지 즐겁게 여기 있을게요. 하지만 소풍은 꼭 가야 해요."

앤이 울음을 터뜨렸다.

"사실대로 말할 때까지 소풍이고 뭐고 아무데도 못 간다."

"아, 아주머니."

앤이 울먹였다. 그러나 마릴라는 문을 닫고 나가 버렸다.

수요일 아침은 마치 소풍을 위해 만든 날처럼 눈부시게 맑았다. 새들이 초록 지붕 집 주위에서 노래했고, 정원에 핀 새하얀 백합의 꽃향기가 보이지 않는 바람을 타고 문과 창으로 들어와 축복의 영처럼 온 방과 복도를 거닐었다. 골짜기의 자작나무는 동쪽 다락방의 앤이 여느 아침처럼 인사를 건네기를 기다리는 듯 반갑게 손을 흔들었다. 하지만 앤은 창가에 모습을 드러내지 않았다. 마릴라가 아침 식사를 들고 다락방에 올라가자, 앤은 창백하지만 단호한 얼굴로, 입술은 꽉 다문 채 눈을 반짝이며 침대에 똑바로 앉아 있었다.

"아주머니, 사실대로 말할게요."

"그래! 그럼 무슨 말인지 들어 보자, 앤."

마릴라가 쟁반을 내려놓았다. 이번에도 자신의 방법이 통한 것이었다. 하지만 이 성공이 마릴라에게는 무척 씁쓸했다.

"제가 자수정 브로치를 가져갔어요. 아주

머니 말씀대로 제가 가져갔어요. 그걸 가져가려고 방에 들어간 건 아니었어요. 하지만 가슴에 달아 보니 너무 아름다워서 유혹을 뿌리칠 수가 없었어요, 아주머니. 전 이 브로치를 '한적한 숲'에 가져가서 코딜리어 피츠제럴드 아가씨 놀이를 하면 얼마나 짜릿할까 상상했어요. 진짜 자수정 브로치가 있으면 코딜리어 피츠제럴드 아가씨라고 상상하기가 훨씬 쉬울 것 같았거든요. 다이애나랑 산딸기로 목걸이도 만들어 봤지만 산딸기가 자수정이랑 비교나 되나요? 그래서 브로치를 가지고 나갔어요. 아주머니가 돌아오시기 전까지 되돌려 놓을 생각이었거든요. 전 브로치를 오래하고 싶어서 큰길로 빙 돌아갔어요. 그러다가 한 번 더 보고 싶어서 '반짝이는 호수' 위 다리에서 브로치를 뺐어요. 아, 햇빛을 받아 얼마나 영롱하게 빛나던지! 그런데 제가 다리에 몸을 기대는 순간, 브로치가 손에서 미끄러졌어요. 그렇게 아래로, 아래로, 보랏빛을 반짝거리면서 영원히 '반짝이는 호수' 바닥에 가라앉아 버렸어요. 이게 제가 최선을 다해 할 수 있는 고백이에요, 아주머니."

앤은 수업 시간에 배운 내용을 외우듯이 말했다.

마릴라의 가슴에 다시금 화가 치밀어 올랐다. 아이는 마릴라가 소중히 여기는 브로치를 가지고 나가 잃어버리고는 누가 봐도 죄책감이나 뉘우침 같은 게 전혀 느껴지지 않는 얼굴로 태연히 자초지종을 요목조목 상세히도 외워 대고 있었다.

"앤, 정말 어처구니가 없구나. 너같이 못된 아이는 처음 봤다."

마릴라는 침착하게 말하려고 노력했다.

"네, 저도 그렇게 생각해요. 그리고 벌을 받아야 한다는 것도 알아요. 아주머니가 저를 벌주시는 것도 당연하고요. 그런데 지금 바로 벌을 주시면 안 될까요? 소풍은 가벼운 마음으로 가고 싶거든요."

앤이 담담히 인정하며 말했다.

"소풍이라고! 앤 셜리, 넌 오늘 소풍 못 간다. 그게 네가 받을 벌이야. 네가 한 짓을 생각하면 이건 심한 벌도 아니지!"

"소풍을 못 간다고요! 하지만 보내 주신다고 약속하셨잖아요! 아, 마릴라 아주머니, 전 소풍을 꼭 가야 해요. 그래서 고백도 했잖아요. 그것만 빼고 원하시는 벌은 다 받을게요. 아주머니, 제발요, 제발 소풍을 보내 주세요. 아이스크림은요! 어쩌면 평생 다시는 아이스크림을 못 먹을지도 모르잖아요."

앤이 벌떡 일어나더니 마릴라의 손을 붙잡았다. 하지만 마릴라는 매달리는 앤의 손을 냉정하게 뿌리쳤다.

"애원해도 소용없다, 앤. 넌 소풍에 못 가니 그렇게 알아. 소풍은 못 가. 더는 아무 말 말거라."

앤은 마릴라의 마음이 바뀌지 않으리라는 것을 깨달았다. 앤은 양손을 움켜쥐고 날카로운 비명을 지르며 침대에 얼굴을 묻고, 실망과 좌절감에 완전히 자포자기해서 몸부림치며 엉엉 울었다.

마릴라는 몹시 놀라서 서둘러 방을 나오며 중얼거렸다.

"세상에! 저 아이가 미쳤나 봐. 제정신이라면 저렇게 행동하진 않을 거야. 미친 게 아니면 정말 나쁜 아이인 게지. 아, 이런. 린드 부인이 처음 한 말이 맞았나. 그래도 어렵게 시작했으니까 뒤돌아보진 말아야지."

우울한 아침이었다. 마릴라는 일에만 매달렸다. 그러다 달리 할 일이 없어지자, 현관 바닥과 우유 짜는 곳 선반까지 벅벅 문질러 닦았다. 선반도 현관도 그렇게 닦을 필요가 없었지만, 마릴라는 그렇게 했다. 그런 다음 밖으로 나가 갈퀴로 뜰을 청소했다.

점심 준비를 끝낸 마릴라는 계단참에서 앤을 불렀다. 앤은 온통 눈물로 얼룩진 얼굴에, 비참한 표정으로 난간 아래를 내려다봤다.

"내려와 점심 먹어라, 앤."

"먹고 싶지 않아요, 아주머니. 아무것도 먹을 수가 없어요. 마음이 너무 아파요. 제 마음을 아프게 하셨으니 아주머니도 언젠가 양심의 가책을 느끼실 날이 올 거예요. 하지만 아주머니를 용서할게요. 때가 되면 아주머니를 용서해 드릴게요. 하지만 제발 제게 뭘 먹으라고, 특히 삶은 돼지고기랑 데친 채소를 먹으라고는 하지 마세요. 삶은 돼지고기랑 채소는 고통에 빠졌을 때 먹기에 너무 낭만적이지 않잖아요."

앤이 훌쩍거리며 대답했다.

몹시 화가 난 마릴라는 부엌으로 돌아가 매슈에게 하소연을 늘어놓았다. 매슈는 공정해야 한다는 생각과 측은한 마음 사이에서 어찌

할 바를 몰라 곤혹스러웠다.

"글쎄다. 저 애가 브로치를 가져가고 거짓말을 한 건 잘못이지. 하지만 아직 어린애잖니. 엉뚱한 구석도 있고. 그렇게 가고 싶어 하는데 소풍을 못 가게 하는 건 너무 가혹하다고 생각하지 않니?"

매슈는 자기 접시에 담긴 낭만적이지 않은 돼지고기와 채소가 앤의 말처럼 마음이 힘들 때 어울리지 않는 음식이라도 되는 양 쓸쓸히 내려다봤다.

"매슈 오라버니, 정말 놀랍군요. 전 저 애를 너무 쉽게 봐줬다고 생각해요. 게다가 저 애는 자기가 얼마나 나쁜 짓을 했는지 전혀 깨닫지도 못하고 있다고요. 전 그게 제일 걱정이에요. 진심으로 뉘우치고 있다면 그나마 조금 나았겠죠. 깨달은 게 없기는 오라버니도 마찬가지네요. 아직도 저 애 편에서만 생각하잖아요. 전 알아요."

"글쎄, 아직 어리니까. 그러니 봐줄 때도 있어야 하고 말이야, 마릴라. 저 애는 교육 같은 걸 받아 본 적이 없잖니."

매슈가 힘없이 같은 말을 되풀이했다.

"그래서 지금 교육을 받고 있잖아요."

마릴라가 쏘아붙였다.

가시 돋친 말에 매슈는 입을 다물었지만 마릴라의 말을 받아들인 것은 아니었다. 점심 식탁은 침울했다. 식탁에서 신이 난 사람은 일꾼인 제리 부트뿐이었다. 마릴라는 그런 제리 부트의 태도가 자기를 놀리는 것처럼 여겨져 화가 치밀었다.

설거지를 하고 빵 반죽을 만들고 닭 모이를 주고 난 마릴라는 문득 떠오르는 게 있었다. 월요일 오후에 부녀자 봉사회에서 돌아와 가장 좋아하는 검정 레이스 숄을 벗어 놓다가 조금 찢어진 곳을 발견했던 게 기억났다.

마릴라는 숄을 수선할 생각으로 방으로 올

라갔다. 숄은 트렁크 가방 안 상자에 들어 있었다. 마릴라가 숄을 꺼내 들자, 창가의 무성한 포도나무 덩굴을 비집고 들어온 햇빛 사이로 숄에 매달린 뭔가가 반짝였다. 깎아낸 듯 반질거리고 반짝반짝한 보랏빛 물체였다. 마릴라는 숨도 못 쉬고 그것을 움켜잡았다. 레이스 올에 걸린 채 매달려 있는 것은 바로 자수정 브로치였다!

마릴라는 머릿속이 멍해졌다.

"세상에, 이게 뭐야? 배리 연못 바닥에 가라앉아 있어야 할 브로치가 여기 멀쩡히 있잖아. 그럼 저 애는 도대체 왜 이걸 가지고 나가서 잃어버렸다고 한 거지? 초록 지붕 집이 뭔가에 홀린 게 틀림없어. 그래, 이제야 기억이 나네. 월요일 오후에 숄을 벗어서 탁자 위에 잠깐 뒀었지. 그때 브로치가 숄에 걸렸구나. 이런!"

마릴라는 브로치를 들고 동쪽 다락방으로 갔다. 앤은 한바탕 울고 난 뒤에 맥없이 창가

에 앉아 있었다.

마릴라가 엄하게 앤을 불렀다.

"앤 셜리. 방금 내 검정 레이스 숄에 걸려 있는 브로치를 찾았단다. 자, 이제 네가 오늘 아침에 왜 그런 이야기를 장황하게 꾸며냈는지 말해 보렴."

앤이 지친 듯 입을 열었다.

"제가 고백할 때까지 이 방에서 나오지 못한다고 하셨잖아요. 그래서 고백하기로 결심한 거예요. 소풍만은 꼭 가고 싶었으니까요. 어젯밤에 자리에 누워서 고백할 말을 생각했어요. 할 수 있는 한 재미있게요. 그러고는 잊어버리지 않으려고 몇 번이고 되뇌었어요. 하지만 결국 소풍을 못 가게 하셨으니, 제 노력이 모두 헛되게 되었지만요."

마릴라는 자신도 모르게 웃음이 나왔다. 하지만 양심의 가책도 느꼈다.

"앤, 넌 정말 사람을 놀라게 하는구나. 하지

만 내가 잘못했다. 이제 알겠어. 넌 한 번도 거짓말을 하지 않았는데 내가 널 믿지 못했구나. 물론 하지도 않은 일을 했다고 고백하는 것도 옳지 않단다. 그것도 아주 큰 잘못이야. 하지만 내가 그렇게 몰아간 거지. 그러니 앤, 네가 날 용서한다면 나도 널 용서하마. 그리고 서로 앙금은 털고 다시 잘 지내보자꾸나. 그럼 이제 소풍 갈 준비를 해야지."

앤이 뛰어오를 듯 자리에서 일어났다.

"아, 아주머니, 너무 늦지 않았을까요?"

"아니다. 이제 2시인걸. 아직 다 모이지도 않았을 테고, 한 시간은 더 있어야 간식도 먹을 게다. 세수하고 머리 빗고 체크무늬 면 원피스를 입거라. 난 바구니에 먹을 걸 챙기마. 집에 구워 놓은 게 많단다. 그리고 제리한테 밤색 말을 내와서 마차로 소풍 장소까지 태워다 주라고 이르마."

"아, 마릴라 아주머니. 5분 전만 해도 너무

비참해서 태어나지 말걸 하고 생각했는데, 지금은 천사도 부럽지 않아요!"

앤이 세면대까지 한달음에 뛰어가며 외쳤다.

그날 밤 앤은 잔뜩 피곤한 모습으로 초록 지붕 집에 돌아왔지만, 말로 표현할 수 없는 축복을 받은 듯 행복해 보였다.

"아, 아주머니. 정말 기막힌 시간을 보냈어요. 기막히다는 건 오늘 처음 배운 말이에요. 메리 앨리스 벨이 그렇게 말하는 걸 들었거든요. 정말 딱 맞는 표현이죠? 모든 게 아름다웠어요. 맛있는 차를 마신 다음 하먼 앤드루스 아저씨가 '반짝이는 호수'로 우릴 다 데리고 가서 노를 저으며 배를 태워 주셨어요. 우리 여섯 명을 한꺼번에요. 제인 앤드루스는 물에 빠질 뻔했어요. 제인이 수련을 꺾으려고 배 밖으로 몸을 숙였는데, 앤드루스 아저씨가 바로 제인의 허리띠를 잡지 않았더라면 아마 물에 빠져 죽었을지도 몰라요. 그게 나였으면 좋았을 텐데. 물에 빠져 죽을 뻔했다는 건 굉장히 낭만적이잖아요. 이야깃거리로도 짜릿하고요. 우린 아이스크림도 먹었어요. 아이스크림은 말로 표현을 못 하겠어요. 마릴라 아주머니, 천상의 맛이었다는 건 확실해요."

그날 저녁 마릴라는 양말 바구니를 앞에 두고 매슈에게 모든 이야기를 들려주었다.

마릴라는 솔직하게 털어놓았다.

"제가 실수했다는 거 인정해요. 이번 일로 저도 하나 배운 거죠. 앤의 '고백'을 생각하면 웃음이 나와요. 실은 그것도 거짓말이니까 웃으면 안 되겠죠. 그래도 보통 거짓말만큼 나쁜 거짓말은 아닌 것 같아요. 그리고 어쨌든 제게도 책임이 있으니까요. 저 애는 어떤 면에서는 이해가 안 되기도 해요. 그래도 지금까지 본 바로는 썩 괜찮은 아이 같아요. 한 가지 분명한 건, 저 애가 있는 한 따분할 틈이 없을 거라는 거예요."

15

학교에서 일어난 대소동

“정말 멋진 날이야! 이런 날은 살아 있다는 것만으로도 행복하지 않니? 아직 태어나지 않아서 이런 날을 보지 못하는 사람들이 불쌍해. 물론 그들도 멋진 날들을 보기야 하겠지만 오늘 하루는 영영 볼 수 없잖아. 그리고 학교에 갈 때 이런 아름다운 길이 있다는 건 더 멋진 거 같아, 안 그래?”

앤이 숨을 깊이 들이마시며 말했다.

“큰길로 돌아가는 것보단 훨씬 좋지. 큰길

은 먼지도 너무 많고 덥잖아."

다이애나는 있는 사실만 그대로 얘기하면서 점심 바구니를 슬그머니 들여다봤다. 군침이 돌 만큼 먹음직스러운 라즈베리 파이 세 조각이 들어 있었다. 다이애나는 여자아이 열 명이 나눠 먹으면 모두 몇 입씩 먹을 수 있을지 속으로 계산해 봤다. 에이번리 여학생들은 항상 점심을 같이 먹었기 때문에, 라즈베리 파이 세 조각을 혼자 다 먹거나 친한 친구하고만 나눠 먹으면 '치사하다'라는 꼬리표를 평생 달고 살아야 했다. 하지만 파이 세 조각을 열 명이 나눠 먹었다가는 감질만 나고 말 터였다.

앤과 다이애나가 학교로 걸어가는 길은 예뻤다. 앤은 다이애나와 함께 학교를 오가며 걷는 그 길이 상상 속에서도 이보다 더 멋지지 않을 거라고 생각했다. 큰길을 따라 돌아갔다면 이렇게 낭만적이지 않았겠지만 '연인의 오솔길'과 '버드나무 연못', '제비꽃 골짜기', '자작나무 길'은 어디를 가도 낭만적이었다.

'연인의 오솔길'은 초록 지붕 집의 과수원 아래에서 커스버트 농장의 끄트머리와 맞닿은 숲속까지 이어졌다. 이 길로 소들을 뒤편 목초지로 몰고 갔고, 겨울이면 장작을 패서 집으로 싣고 왔다. 앤이 이 길에 '연인의 오솔길'이라는 이름을 붙인 건 초록 지붕 집에 온 지 한 달이 채 되지 않았을 때였다.

앤은 마릴라에게 이렇게 설명했다.

"정말로 연인들이 걸어 다닌다는 얘기는 아니에요. 다이애나하고 같이 정말 아름다운 책을 읽었는데, 거기에 '연인의 오솔길'이 나오거든요. 우리도 그런 길이 하나 있으면 좋겠다고 생각했어요. 이름도 참 예쁘잖아요. 무척 낭만적이고요! 연인은 있다고 상상하면 되고요. 전 그 길이 좋아요. 거기선 상상하는 걸 큰 소리로 떠들어도 절 보고 미쳤다고 말하는 사람도 없거든요."

앤은 아침이면 혼자 '연인의 오솔길'로 나가 개울까지 내려갔다. 그곳에서 다이애나를 만나면, 두 꼬마 숙녀는 무성한 단풍나무 잎들이 아치 모양으로 뻗어 있는 오솔길을 올라가 통나무 다리가 나올 때까지 걸었다. 그 길을 걸으며 앤은 말했다.

"단풍나무는 정말 다정한 나무야. 언제나 바스락거리고 소곤대며 말을 건네잖아."

오솔길을 벗어난 두 아이는 배리 씨네 뒷마당을 지나 '버드나무 연못'을 지나갔다. '버드나무 연못'을 지나면 '제비꽃 골짜기'가 나왔다. '제비꽃 골짜기'는 앤드루 벨 씨네 너른 산그늘 아래 옴폭 패어 들어간 초록빛 골짜기였다.

"물론 지금은 제비꽃이 없어요. 하지만 봄이 오면 온통 제비꽃으로 뒤덮인다고 다이애나가 그랬어요. 아, 아주머니, 제비꽃에 뒤덮인 벌판이 눈앞에 펼쳐진다고 상상해 보세요.

정말 숨이 멎을 것 같아요. '제비꽃 골짜기'라는 이름은 제가 지었어요. 다이애나는 어떤 장소에 저보다 더 멋진 이름을 생각해 내는 사람을 본 적이 없대요. 뭔가를 잘한다는 건 좋은 일이죠? 그런데 '자작나무 길'이란 이름은 다이애나가 지었어요. 그렇게 부르고 싶다고 해서 저도 그러자고 했거든요. 하지만 저라면 평범한 '자작나무 길'보다는 더 시적인 이름을 생각해냈을 거예요. 그런 이름은 아무나 생각할 수 있잖아요. 아무튼 '자작나무 길'도 세상에서 가장 아름다운 장소에 들어갈 거예요, 아주머니."

앤이 마릴라에게 말했다.

정말 그랬다. 앤만 그런 게 아니라 우연히 그 길로 들어선 사람은 누구나 그렇게 생각했다. 살짝 좁고 구불구불한 '자작나무 길'은 긴 언덕을 감아 오르다 벨 씨네 숲이 시작되는 지점에서 끝이 났다. 에메랄드빛 장막처럼 펼쳐진 나무들 사이로 쏟아져 내리는 햇살은 다이아몬드의 심장처럼 작은 티끌 하나 없이 맑고 깨끗했다. 길가에는 아직 어린 호리호리한 자작나무들이 하얀 줄기에 여린 가지를 달고 줄지어 서 있었다. 고사리와 별을 닮은 꽃들, 야생 은방울꽃, 진홍색 미국자리공 덤불 등도 길을 따라 무성했다. 그리고 언제나 기분 좋은 향긋한 내음이 공기 중에 스며 있었고, 새들의 노랫소리와 머리 위에서 나무를 스치는 바람의 속살거림과 웃음소리가 그치지 않았다. 조용히 걷다 보면 가끔 깡충거리며 길을 건너는 토끼가 눈에 띌 때도 있었지만, 앤과 다이애나도 흔히 볼 수 있는 모습은 아니었다. 길을 따라 계곡 아래로 내려가면 큰길이 나왔고, 그 길로 곧장 가문비나무 언덕을 지나면 학교에 도착했다.

에이번리 학교는 처마가 낮고 창이 넓은 하얀색 건물이었다. 교실에는 편하고 튼튼한 구식 책상이 있었는데, 여닫이식 책상 뚜껑은 3대에 걸쳐 학생들이 남긴 이름의 첫 글자와 상형문자처럼 보이는 낙서들로 온통 뒤덮여 있었다. 학교 건물은 길에서 안으로 들어간 곳에 자리했고, 건물 뒤편에는 어둑한 전나무 숲이 있고 개울이 흘렀다. 아이들은 이 개울물에 우유병을 담가 점심시간까지 우유를 시원하고 맛있는 상태로 보관했다.

마릴라는 9월 첫째 날 처음으로 학교로 향하는 앤을 보며 속으로 걱정이 이만저만이 아니었다. 앤은 유별난 아이였다. 다른 아이들과 잘 지낼 수 있으려나? 수업 시간에는 또 어떻게 입을 다물고 있을지?

하지만 학교에 간 앤의 첫날은 마릴라가 걱정한 것보다 순탄했다. 그날 저녁 앤은 기분 좋게 집으로 돌아왔다.

"여기 학교를 좋아하게 될 거 같아요. 선생님은 별로지만요. 선생님은 하루 종일 콧수염만 비비 꼬면서 프리시 앤드루스만 쳐다보세요. 프리시는 나이가 많잖아요. 열여섯 살인데, 내년에 샬럿타운에 있는 퀸스 학교 입학시험을 준비하고 있어요. 틸리 볼터 말로는 선생님이 프리시한테 푹 빠졌대요. 프리시는 피부색이 곱고 머리는 곱슬곱슬한 갈색이에요. 올림머리를 했는데 굉장히 우아해 보여요. 교실 뒤쪽의 긴 의자가 프리시 자리인데, 선생님은 수업 시간 내내 거의 거기 앉아 계세요. 프리시한테 공부를 가르치신다고요. 하지만 루비 길리스가 봤는데, 선생님이 프리시의 석판에 뭔가를 적으니까 프리시가 얼굴이 새빨개져서는 킥킥거렸대요. 루비 길리스는 분명히 수업과 상관없는 내용일 거라고 했어요."

"앤 셜리, 다시는 선생님에 대해 그런 식으로 말하지 말거라. 학교는 선생님을 흉보러 가는 곳이 아니야. 선생님은 네게 뭔가를 가르치고, 넌 배우면 되는 거지. 그러니 앞으로 집에 와서 그런 식으로 선생님 얘기를 늘어놓지 않았으면 좋겠구나. 올바른 행동이 아니야. 학교에서는 별일 없었겠지?"

마릴라가 엄하게 말했다.

"그럼요. 아주머니가 상상하시는 것처럼 어려운 일도 없었어요. 전 다이애나 옆에 앉았어요. 바로 창 옆이어서 '반짝이는 호수'가 내려다 보였어요. 학교엔 좋은 아이들이 많아요. 점심시간에는 같이 기막히게 재밌는 놀이도 했는걸요. 같이 놀 수 있는 여자애들이 많아서 참 좋았어요. 그래도 당연히 다이애나가 제일 좋고, 언제까지나 그럴 거예요. 전 다이애나가 정말, 정말 좋아요. 그런데 전 다른 애들보다 수업 내용이 한참 뒤처져 있어요. 모두 5학년 과정을 배우는데 저만 4학년 과정이거든요. 조금 창피했어요. 하지만 저만큼 상상력이 뛰어난 아이는 없었어요. 금방 알겠던데요. 오늘은 읽기랑 지리, 캐나다 역사, 받아쓰기를 했어요. 필립스 선생님이 제 맞춤법이 부끄러운 수준이라며 아이들이 다 볼 수 있게 제 석판을 높이 들어 올렸어요. 틀린 걸 온통 고쳐 놓은 석판을요. 너무 분했어요, 아주머니. 선생님은 처음 온 학생한테 좀 더 예의 바르게 대해야 한다고 생각해요. 루비 길리스는 사과를 한 개 줬고, 소피아 슬론은 '집에 바래다줄까요?'라고 적힌 예쁜 분홍색 카드를 빌려줬어요. 카드는 내일 돌려주기로 했어요. 틸리 볼터는 자기 구슬 반지를 오후 내내 끼게 해 줬어요. 다락방에 있는 낡은 바늘꽂이에서 진주 구슬 몇 개만 빼서 반지를 만들어도 돼요? 참, 마릴라 아주머니, 제인 앤드루스한테 들었는데, 미니 맥퍼슨이 그랬대요. 프리시 앤드루스가 사라 길리스한테 제 코가 정말 예쁘다고 말하는 걸 들었다고요. 마릴라 아주머니, 그런 칭찬은 태어나서 처음 들어봤어요. 그 말을 듣고 기분이 얼마나 묘했는지 모르실 거예요. 아주머니, 제

코가 정말 예뻐요? 아주머니는 거짓말을 안 하시잖아요."

앤이 기분 좋게 말했다.

"그런대로 괜찮지."

마릴라가 무뚝뚝하게 대꾸했다. 속으로는 앤의 코가 감탄스러울 정도로 예쁘다고 생각했지만, 그렇게 말해 주지는 않을 작정이었다.

그게 벌써 3주 전이었고 아직까지는 모든 게 순탄했다. 그리고 싱그러운 9월 그날 아침, 에이번리에서 가장 행복한 두 아이, 앤과 다이애나는 발걸음도 경쾌하게 '자작나무 길'을 따라 걸었다.

"길버트 블라이드가 오늘 학교에 와. 길버트는 여름 내내 뉴브런즈윅에 있는 사촌 집에서 지내다가 토요일 밤에서야 집에 왔대. 그 애는 정말 잘생겼어, 앤. 그리고 여자애들한테 못된 장난도 잘 치고, 얼마나 못살게 괴롭힌다고."

하지만 다이애나는 못살게 괴롭힘을 당하

더라도 오히려 좋다는 듯한 목소리였다.

"길버트 블라이드? 현관 벽에 줄리아 벨이랑 같이 이름이 적혀 있는 애? 위에 큼지막하게 '주목'이라고 쓰인 거기?"

"맞아. 하지만 줄리아 벨을 별로 좋아하지 않는 거 같아. 전에 줄리아의 주근깨를 세면서 구구단 공부를 한다고 말하는 걸 들었거든."

다이애나가 고개를 살짝 들면서 말했다.

앤이 애원하는 목소리로 말했다.

"아, 내 앞에서 주근깨 얘기는 하지 말아 줄래. 나처럼 주근깨투성이인 사람한테 그런 말은 상처야. 하지만 벽에다 여자애랑 남자애 이름을 적어 놓고 주목이니 하는 건 정말 바보 같은 짓이야. 누구든 감히 내 이름 옆에 남자애 이름을 써넣기만 해 봐."

앤은 얼른 덧붙여 말했다.

"그럴 사람은 물론 없겠지만."

앤이 한숨을 쉬었다. 이름이 적히는 건 싫었

다. 하지만 이름이 적힐 일도 없다고 생각하니 약간 굴욕감이 들었다.

"말도 안 돼."

다이애나가 말했다. 다이애나는 새까만 두 눈과 윤기 흐르는 머릿결로 에이번리 남학생들의 마음을 뒤흔든 덕에, 현관 벽을 장식한 '주목'에 대여섯 번 이름을 올렸다.

"그건 그냥 장난이야. 그리고 네 이름이 안 적힐 거라고 장담하진 마. 찰리 슬론이 너한테 완전히 반했잖아. 그 애가 자기 엄마한테 그랬대. 네가 학교에서 제일 똑똑한 여자애라고. 예쁘다는 것보다 더 좋은 말이잖아."

"아냐, 그렇지 않아. 난 똑똑한 것보다 예쁜 게 더 좋아. 그리고 찰리 슬론은 싫어. 딱부리 눈을 한 남자애는 꼴도 보기 싫어. 만약 누가 내 이름을 찰리 슬론이랑 같이 벽에 적으면 가만 안 있을 거야, 다이애나 배리. 하지만 계속 1등을 하는 게 아주 기분 좋기는 해."

앤이 뼛속까지 여성스러운 사람처럼 말했다.

"오늘부터 길버트도 한 반이야. 그동안 길버트가 반에서 1등을 도맡았어. 길버트는 조금 있으면 열네 살이 되는데 이제 겨우 4학년 과정을 배우고 있어. 4년 전에 길버트 아버지가 건강이 안 좋아서 앨버타에서 요양을 하셨는데, 그때 길버트도 아버지를 따라갔거든. 앨버타에서 3년 동안 있으면서 학교는 거의 안 다녔대. 그러니까 이제부터 1등 하기가 쉽지는 않을걸, 앤."

다이애나가 말했다. 앤은 다이애나의 얘기가 끝나기 무섭게 말했다.

"잘됐다. 아홉 살, 열 살짜리들 사이에서 1등을 하는 게 사실 그렇게 자랑스럽지는 않으니까. 어제 일어서서 '비등(ebullition)'의 철자를 말했어. 조시 파이가 먼저 말했는데, 글쎄, 그 애가 책을 훔쳐보는 거야. 필립스 선생님은 프리시 앤드루스를 쳐다보느라 못 봤지만 나는 봤어. 경멸하는 눈으로 차갑게 쳐다봤더니 얼굴이 홍당무처럼 빨개져서는 결국 철자를 틀리더라고."

그때 둘은 큰길로 나가는 울타리를 넘고 있었는데, 다이애나가 분통을 터뜨렸다.

"파이네 여자애들은 전부 속임수 천재들이야. 어제는 거티 파이가 개울에서 자기 우유를 내 자리에 담가둔 거야. 어떻게 그럴 수가 있니? 이제 걔랑은 말도 안 할 거야."

필립스 선생님이 교실 뒤편에서 프리시 앤드루스의 라틴어를 듣고 있을 때 다이애나가 앤에게 속삭였다.

"앤, 네 자리에서 통로 바로 건너편에 앉은 애가 길버트 블라이드야. 봐봐, 네가 보기에도 잘생겼는지."

앤이 다이애나가 가리킨 자리를 보았다. 길버트 블라이드라는 아이는 앞자리에 앉은 루비 길리스의 길게 땋은 금발머리를 의자 등받이에 몰래 핀으로 꽂아 놓느라 정신이 팔려 있었다. 그래서 앤이 마음 놓고 살펴보기에 딱 좋았다. 길버트는 키가 컸고 머리카락은 구불거리는 갈색이었다. 담갈색 눈에 장난기가 가득했고 입술을 비틀어 올리며 웃으면 짓궂어 보였다. 이내 루비 길리스가 선생님께 셈의 답을 말하려고 일어나려다 머리카락이 뿌리째 뽑히는 느낌에 조그맣게 비명을 지르며 도로 의자에 주저앉았다. 아이들의 시선이 전부 루비에게 쏠렸고, 필립스 선생님이 엄한 눈으로 쳐다보자 루비는 울음을 터뜨렸다. 길버트는 재빨리 핀을 감추고는 세상에서 가장 진지한 얼굴로 역사책을 읽었다. 그러나 소란이 가라앉자 앤을 쳐다보며 장난기 가득한 얼굴로 윙크를 했다.

앤은 다이애나에게 솔직히 말했다.

"길버트 블라이드가 잘생긴 건 맞아. 하지만 너무 뻔뻔한 거 같아. 잘 모르는 여자애한테 윙크를 하는 건 예의가 없는 거지."

하지만 진짜 사건은 그날 오후에 터지고 말았다.

필립스 선생님이 교실 뒤쪽 구석에서 프리시 앤드루스에게 대수학 문제를 설명하고 있어서, 학생들은 각자 하고 싶은 대로 초록 사과를 먹거나 재잘거리거나 석판에 그림을 그리거나 귀뚜라미를 실로 묶어 통로에서 왔다 갔다 경주를 시키며 놀았다. 길버트 블라이드는 앤 셜리를 자기 쪽으로 돌아보게 만들려고 애썼지만 번번이 실패했다. 그 순간 앤은 길버트 블라이드뿐 아니라 에이번리 학교에 있는 그 누구도 전혀 안중에 없었기 때문이다. 양손으로 턱을 괸 앤의 눈은 '반짝이는 호수'가 언뜻언뜻 푸른빛을 드러내는 서쪽 창에 못 박혀 있었다. 앤은 저 먼 환상의 세계로 떠나 있어서 자기 머릿속의 황홀한 그림 말고는 아무것도 들리지도, 보이지도 않았다.

길버트 블라이드는 여자아이의 시선을 끌어야 하는 입장이 되어본 적도 없었고, 또 시선 끌기에 실패한 경우도 거의 없었다. 갸름한 턱에 커다란 두 눈을 가진 빨강 머리 여자아이 셜리. 에이번리의 여느 여학생들과는 다른 그 아이도 자신을 쳐다봐야 했다.

길버트는 통로를 가로질러 팔을 뻗더니 길게 땋은 앤의 빨강 머리 끝을 잡고 쭉 잡아당기며 날카롭게 속삭였다.

"홍당무! 홍당무!"

그때서야 앤이 활활 타오르는 눈으로 길버트를 쳐다봤다!

쳐다보기만 한 게 아니었다. 앤은 튀어 오르듯 일어났다. 상상의 세계는 돌이킬 수 없이 산산조각이 났다. 앤은 분노로 이글거리는 눈길을 길버트에게 던졌고, 화가 난 나머지 눈물까지 글썽였다.

"이 비열한 나쁜 놈아! 어떻게 그런 말을!"

앤이 격한 목소리로 외쳤다.

그다음 '퍽' 하는 소리가 났다. 앤이 석판으로 길버트의 머리를 내리쳤고 깔끔하게 두 동강이 났다. 머리가 아니라 석판이.

에이번리 학생들은 늘 이런 소동을 좋아했다. 이번 소동은 특히나 재미있는 사건이었다. 모두가 놀라면서도 신나서 "와!" 하고 탄성을 질렀다. 다이애나는 너무 놀라서 숨도 못 쉴 지경이었다. 워낙 감정 조절이 안 되는 루비 길리스는 울음을 터뜨렸다. 토미 슬론은 경주를 하던 귀뚜라미들이 모두 도망을 가든 말든 입을 떡 벌린 채 마치 시간이 멈춰 버린 듯 멍하니 그 광경을 바라봤다.

필립스 선생님이 성큼성큼 통로를 걸어오더니 한 손을 앤의 어깨에 털썩 얹었다.

"앤 셜리, 이게 무슨 짓이냐?"

선생님이 화난 목소리로 물었다. 앤은 아무 대답도 하지 않았다. '홍당무'라는 소리를 들

었다고 전교생 앞에서 말할 수가 없었다. 길버트가 용기를 내서 말했다.

"제 잘못입니다, 필립스 선생님. 제가 앤을 놀렸어요."

필립스 선생님은 길버트의 말에는 신경도 쓰지 않았다.

"내 학생 중에 이렇게 고약하고 옹졸한 아이가 있다니 안타깝구나. 앤, 나머지 오후 시간 동안 칠판 앞 교단에 서 있거라."

필립스 선생님이 근엄한 목소리로 말했다. 마치 자기 학생이라면 누구든 그 어리고 불완전한 마음속에서 악하고 나쁜 감정들을 모두 뿌리 뽑아 주겠다는 듯한 목소리였다.

앤은 차라리 매라면 백 대도 더 맞을 수 있을 것 같았다. 섬세한 앤의 영혼은 채찍을 맞은 것처럼 바르르 떨렸다. 앤은 하얗게 질려 굳은 얼굴로 선생님의 말에 따랐다. 필립스 선생님은 앤의 머리 위 칠판에 분필로 이렇게 적었다.

"앤 셜리는 성질이 고약합니다. 앤 셜리는 화를 참는 법을 배워야 합니다."

그러고는 읽을 줄은 모르지만 무슨 뜻인지는 알아들을 어린 학생들까지 들을 수 있도록 큰 소리로 읽었다.

앤은 오후 내내 그 글씨 아래에 서 있었다. 울거나 고개를 푹 숙이거나 하지는 않았다. 여전히 화가 뜨겁게 솟구쳐서 지독한 굴욕감을 이기고 버틸 수 있었다. 화 때문에 이글거리는 눈과 빨갛게 달아오른 뺨을 하고 앤은 다이애나의 동정 어린 눈빛과 찰리 슬론의 분개한 끄덕임과 조시 파이의 밉살스런 웃음을 똑바로 마주했다. 그러나 길버트 블라이드에게는 눈길 한 번 주지 않았다. 다시는 그 애를 거들떠보지 않을 생각이었다! 말도 걸지 않을 것이다!

수업이 끝나자 앤은 빨강 머리를 꼿꼿이 치

켜들고 당당히 학교를 걸어 나왔다. 길버트 블라이드가 현관문 앞에서 앤을 막아서려 하면서, 깊이 뉘우치는 목소리로 속삭이듯 말했다.

"머리를 가지고 놀려서 정말 미안해, 앤. 진심이야. 이제 그만 화 풀어."

앤은 들은 척도 않고 쳐다보지도 않은 채 무시하고 획 지나갔다.

"아, 어떻게 그럴 수 있었어, 앤?"

큰길을 걸어 내려오면서 다이애나가 반은 책망하듯, 반은 감탄하듯 소리 죽여 물었다. 다이애나는 길버트가 애원하면 도저히 외면할 수 없을 것 같았다.

앤은 단단히 결심한 듯 말했다.

"절대로 길버트 블라이드를 용서하지 않을 거야. 필립스 선생님도 내 이름 끝에 'e'를 빠뜨렸어. 내 영혼은 고난에 빠졌어, 다이애나."

다이애나는 앤의 말뜻을 조금도 알아듣지 못했지만 뭔가 끔찍한 뜻임은 느꼈다. 다이애나는 앤의 마음을 풀어 주려고 했다.

"길버트가 네 머리를 놀린 건 신경 쓸 거 없어. 길버트는 여자애들을 전부 다 그렇게 놀려. 내 머리가 까맣다고 얼마나 비웃는데. 까마귀라고 열 번도 넘게 그랬어. 더구나 길버트가 사과하는 건 한 번도 본 적이 없어."

"까마귀와 홍당무는 엄연히 달라. 길버트 블라이드는 내게 참을 수 없이 고통스러운 상처를 줬어, 다이애나."

앤이 무게를 잡으며 말했다.

별다른 사건이 더 일어나지 않았다면 문제는 더 크게 불거지지 않고 그대로 지나갔을 것이다. 그러나 원래 일이란 게 꼬리를 물고 찾아드는 법이다.

에이번리의 학생들은 점심시간에 종종 언덕 너머 벨 씨네 넓은 목초지 건너에 있는 가문비나무 숲에서 송진을 모으며 시간을 보내곤 했다. 그곳에서는 선생님이 하숙하는 이븐

라이트 씨네 집이 바로 내려다보였다. 그래서 필립스 선생님이 집을 나서는 모습이 보이면 아이들은 학교를 향해 내달렸다. 하지만 아이들이 달리는 길은 라이트 씨네 집에서 학교까지 난 오솔길보다 세 배는 더 길어서, 숨이 차서 헐떡거리기 일쑤고 어떤 아이들은 3분쯤 늦기도 했다.

다음 날 필립스 선생님은 불현듯 반 분위기를 다잡아야겠다는 생각이 들어, 점심을 먹으러 교실을 나서면서 자기가 돌아올 때까지 모두 자리에 앉아 있으라고 말했다. 늦게 오는 사람에게는 벌을 주겠다고 했다.

남자아이들 전부와 여자아이들 몇 명은 '한 번 씹을 만큼'만 송진을 모아 오겠다고 마음을 단단히 먹고 여느 때처럼 벨 씨네 가문비나무 숲으로 향했다. 하지만 아이들은 이내 가문비나무 숲에 마음을 빼앗겼고 노란 송진 덩어리를 모으는 일에 푹 빠졌다. 아이들은 송진을 모으며 이곳저곳을 어슬렁거렸다. 그러다가 평소처럼 우람한 늙은 가문비나무 위에서 지미 글로버가 "선생님이 오신다"라고 외쳤을 때에야 시간이 그렇게 많이 흘렀다는 사실을 깨달았다.

땅 위에 있던 여자아이들이 먼저 달리기 시작해 간당간당하게 학교에 도착했다. 허겁지겁 나무에서 내려와야 했던 남자아이들은 그보다 조금 늦었다. 그리고 송진 같은 것은 모으지 않았지만 숲속 깊숙이까지 들어가 행복하게 거닐던 앤이 가장 늦었다. 앤은 허리까지 올라오는 고사리들 사이에서 마치 그늘진 땅의 여신이라도 된 양 백합으로 화관을 만들어 쓰고 혼자 가만히 노래를 부르며 거닐었다. 하지만 앤은 사슴처럼 달려, 꼬마 도깨비처럼 문 앞에서 남자아이들을 앞질러 교실로 미끄러져 들어갔다. 필립스 선생님은 모자를 걸고 있었다.

분위기를 다잡겠다던 필립스 선생님의 열의는 금세 사그라들었다. 십여 명이나 되는 학생들을 혼내려니 귀찮기도 했다. 하지만 말을 뱉었으니 지키는 모양새라도 취해야 했다. 희생양을 찾아 교실을 둘러보던 필립스 선생님의 눈에 이제 막 자리에 앉아 가쁜 숨을 고르는 앤의 모습이 들어왔다. 미처 벗지 못한 백합 화관이 한쪽 귀 위로 삐딱하게 걸쳐 있었고 머리는 헝클어져 유난히 불량해 보였다.

"앤 셜리, 넌 남자아이들과 몰려다니는 걸 참 좋아하는 거 같구나. 오늘 오후에는 네가 좋아하는 대로 해 주마. 머리에 그 꽃들 치우고 길버트 블라이드 옆자리에 가서 앉아라."

선생님이 비아냥거리듯 말했다.

남자아이들이 킥킥거렸다. 동정심에 얼굴이 하얗게 질린 다이애나는 앤의 머리에서 화관을 벗겨 내고 손을 꽉 잡아 주었다. 앤은 돌처럼 굳어서 선생님을 빤히 쳐다봤다.

필립스 선생님이 엄하게 다그쳤다.

"내 말 못 들었니, 앤?"

"아뇨, 들었어요. 하지만 그냥 하신 말씀이라고 생각했습니다."

앤이 어릿어릿 입을 열었다.

"그냥 한 얘기가 아니다. 당장 시키는 대로 해."

여전히 비아냥거리는 말투였다. 다른 아이들은 물론이고 특히 앤이 질색하는 말투였다. 아픈 상처를 한 번 더 찔리는 기분이었다.

잠깐 동안 앤은 그 말에 따를 생각이 없는 것처럼 보였다. 그러나 앤은 어쩔 수 없다는 사실을 깨닫고 일어나서 길버트 블라이드 옆자리에 가 앉더니 팔에 얼굴을 묻고 책상에 엎드렸다. 그 모습을 힐끗 보던 루비 길리스는 하굣길에 다른 아이들에게 이렇게 말했다.

"그런 얼굴은 정말 처음 봤어. 새하얀 얼굴에 깨알 같은 빨간 점들이 엄청나더라니까."

앤은 모든 게 끝난 기분이었다. 열 명이 넘는 아이들이 똑같이 잘못을 저질렀는데 혼자만 벌을 받는 것도 억울한데 남자아이와 짝이 되다니 기가 막혔다. 게다가 길버트 블라이드라니! 앤은 참을 수도 없었고, 참으려고 해 봐야 아무 소용도 없었다. 온몸과 마음이 수치심과 분노와 굴욕감으로 부글거렸다.

처음에는 아이들도 쳐다보고 수군거리고 팔꿈치로 서로를 쿡쿡 찌르며 킥킥거렸다. 하지만 앤은 절대 고개를 들지 않았다. 곧 길버트도 분수 공부에만 정신이 팔린 듯 집중했고 아이들도 곧 각자 할 일을 하며 앤의 일을 잊었다. 필립스 선생님이 역사 수업 시간이라고 소리쳤을 때 앤도 나가야 했다. 그러나 앤은 꼼짝도 하지 않았다. 역사 시간 전부터 〈프리시에게〉라는 시를 쓰고 있던 필립스 선생님은 잘 풀리지 않는 시구를 생각하느라 앤이 없는 것도 알아채지 못했다. 아무도 보지 않을 때 길버트는 금색 글씨로 '너는 달콤해'라고 적힌 하트 모양의 작은 분홍색 사탕을 책상에서 꺼내 앤의 팔꿈치 밑으로 슬쩍 밀어 넣었다. 그러자 앤이 일어서서 손끝으로 조심스레 사탕을 집어 바닥에 떨어뜨리더니 가루가 되도록 발꿈치로 뭉개 버린 뒤, 길버트에게는 눈길 한 번 건넬 가치조차 없다는 듯이 다시 책상에 엎드렸다.

수업이 다 끝나자 앤은 원래 자리로 성큼성큼 걸어가 책과 필기판, 펜과 잉크, 성경책과 산수책 등 책상 안의 물건들을 보란 듯이 몽땅 꺼내더니 깨진 석판 위에 가지런히 올렸다.

"그건 다 집에 가져가서 뭐하려고, 앤?"

다이애나가 학교를 벗어나자마자 물었다. 학교 안에서는 물어볼 엄두도 나지 않았던 것이다.

"내일부터 학교에 안 갈 거야."

앤의 대답에 다이애나는 숨이 멎을 듯 놀라

진심인지 확인하려는 듯 앤을 빤히 쳐다봤다.

"마릴라 아주머니가 허락하실까?"

"그러셔야 할 거야. 난 그 선생님이 있는 학교는 절대 가지 않을 거니까."

"아, 앤! 그건 너무해. 난 어떻게 해? 필립스 선생님이 날 그 못된 거티 파이랑 같이 앉으라고 하실 거야. 그 애가 지금 혼자 앉아 있으니 당연히 그렇게 되겠지. 제발 학교에 와 줘, 앤."

다이애나는 금방이라도 울음을 터뜨릴 것 같았다.

"너를 위해서라면 뭐든지 할 수 있어, 다이애나. 너한테 조금이라도 도움이 된다면 내 몸이 갈기갈기 찢긴대도 괜찮아. 하지만 이건 안 돼. 그러니까 제발 나한테 그런 부탁은 하지 말아 줘. 그러면 내가 너무 힘들어."

앤이 슬픈 목소리로 말했다.

다이애나는 너무나 침울해졌다.

"재밌는 일들을 이제 못한다고 생각해 봐.

우린 개울가에 새집도 진짜 예쁘게 지을 거야. 다음 주엔 공놀이도 할 건데, 넌 한 번도 안 해 봤잖아, 앤. 정말 굉장히 재밌어. 그리고 새로운 노래도 배울 거야. 제인 앤드루스가 지금 연습하고 있어. 또 다음 주에 앨리스 앤드루스가 팬지 작가가 새로 쓴 책도 갖고 올 거랬어. 다 같이 개울가에 가서 한 장씩 낭독할 거야. 너도 낭독하는 거 좋아하잖아, 앤."

앤은 조금도 흔들리지 않았다. 앤은 마음을 단단히 먹고 있었다. 다시는 필립스 선생님이 있는 학교에 가지 않을 작정이었다. 집으로 돌아온 앤은 마릴라에게 그렇게 말했다.

"말도 안 되는 소리."

마릴라가 말했다.

앤은 원망하는 눈빛을 하고는 마릴라를 진지하게 마주 보았다.

"말도 안 되는 소리가 아니에요. 이해 못하시겠어요, 아주머니? 전 모욕을 당했다고요."

"무슨 모욕을 당해! 내일도 평소와 다름없이 학교에 가야 한다."

앤이 가만히 고개를 저었다.

"아니요, 안 가요. 학교에 안 갈 거예요, 아주머니. 집에서 공부도 하고 최대한 착한 아이가 될게요. 할 수만 있다면 하루 종일 입도 다물고 있을게요. 하지만 학교는 절대로 안 갈 거예요."

마릴라는 앤의 작은 얼굴에서 완강한 고집을 고스란히 읽어냈다. 그리고 그 고집을 꺾기가 쉽지 않으리란 사실도 깨달았다. 마릴라는 지혜롭게도 더 이상 아무 말도 하지 않는 쪽을 택했다.

'이 문제는 저녁에 린드 부인을 만나 상의해 봐야겠어. 지금은 앤한테 아무리 말해 봐야 소용없겠어. 워낙 흥분한 상태기도 하고 한번 마음먹으면 보통 고집이 아니니까. 저 아이 말을 들어보면 필립스 선생님도 너무 독선적인 거 같군. 그래도 애한테 그렇게 얘기할 수는 없지. 일단 린드 부인과 상의해 보자. 아이를 열이나 학교에 보냈으니 이런 문제도 아는 게 있겠지. 지금쯤이면 벌써 소식을 다 들었겠군.'

마릴라가 찾아갔을 때 린드 부인은 여느 때처럼 활기차고 부지런하게 침대보를 누비고 있었다.

"제가 왜 왔는지 알죠?"

마릴라가 약간 겸연쩍은 얼굴로 말했다.

린드 부인은 고개를 끄덕였다.

"학교에서 앤이 벌인 소동 때문이겠죠. 틸리 볼터가 집에 가는 길에 여기 들러 얘기해 주더군요."

"그 아이를 어떻게 해야 좋을지 모르겠어요. 다시는 학교에 가지 않겠대요. 애가 그렇게 흥분하는 건 처음 봐요. 학교에 보낼 때 문제를 일으킬 수도 있겠다고 줄곧 생각은 했죠. 그동안 아무 일이 없어서 곧 터질 것 같기도

했어요. 지금은 앤이 너무 예민해져 있어요. 어떻게 하면 좋을까요, 레이철?"

"글쎄요, 내 생각을 물어보니 말인데요, 마릴라. 난 처음엔 살짝 기분을 맞춰 주겠어요. 나라면 그럴 거예요. 내 생각에는 필립스 선생님이 잘못을 했어요. 물론 아이들한테는 그렇게 말하면 안 되겠지만요. 어제 앤이 화를 못 이겨서 벌을 준 건 당연하다고 생각해요. 하지만 오늘 일은 다르죠. 늦게 온 다른 학생들에게도 앤하고 똑같이 벌을 줬어야죠. 게다가 벌로 여자아이를 남자아이와 같이 앉히다니 그건 옳지 않아요. 좋은 방법이 아니죠. 틸리 볼터도 단단히 화가 났더라고요. 그 앤 완전히 앤 편이었어요. 다른 학생들도 자기와 같다고 하더군요. 어쨌거나 앤이 아이들 사이에서 인기는 좋은가 봐요. 앤이 아이들과 그렇게 잘 지낼 줄은 정말 몰랐어요."

린드 부인이 상냥하게 대답해 줬다. 린드

부인은 다른 사람이 자신에게 조언을 구하는 것을 꽤나 좋아했다.

"그럼 앤을 학교에 보내지 않는 게 낫다는 말이에요?"

마릴라가 놀라서 물었다.

"그래요. 그러니까 나라면 앤이 먼저 말을 꺼낼 때까지 학교 얘기는 하지 않겠어요. 그렇게 하면 마릴라, 그 애는 일주일 정도 지나면 마음을 가라앉히고 스스로 학교에 돌아갈 마음이 들 거예요. 반면에 앤을 당장 억지로 학교에 보내려고 하면, 또 무슨 성질을 부리고 엉뚱한 짓을 해서 더 큰 문제를 만들지 아무도 몰라요. 그러니까 제 생각에는 별일 아닌 듯 넘기는 게 더 좋을 거 같아요. 지금 같아서는 앤이 학교에 안 가도 크게 잃을 게 없어요. 어쨌든 필립스 선생님은 교사로서 자질이 전혀 없어요. 수업 방식을 두고도 얼마나 말들이 많다고요. 어린애들은 신경도 안 쓰고 퀸스에 들어갈 큰 애들하고만 온종일 붙어 있고 말이에요. 삼촌이 학교 이사가 아니었으면 학교에서 일하지도 못했을 거예요. 그 삼촌이 다른 이사 두 명을 완전히 쥐고 흔들어 댄다니까요. 정말 이 섬은 교육이 어떻게 되어가고 있는 건지 모르겠어요."

린드 부인은 마치 자기가 이 지역 교육 책임자였다면 훨씬 더 관리를 잘할 수 있었다는 듯이 고개를 절레절레 저었다.

마릴라는 린드 부인의 충고를 받아들여 앤에게 학교에 가라는 말을 더는 꺼내지 않았다. 앤은 집에서 공부하면서 집안일을 거들었고, 자줏빛 가을 노을이 내리는 쌀쌀한 저녁이 되면 다이애나를 만나 놀았다. 하지만 큰길이나 주일학교에서 길버트 블라이드를 마주치면 얼음장처럼 차갑게 휑하니 지나쳤다. 길버트는 앤의 기분을 풀어 주려는 기색이 역력했지만 앤의 태도는 조금도 누그러지지 않았다. 가운

데서 두 사람을 화해시키려는 다이애나의 노력도 소용이 없었다. 앤은 길버트 블라이드를 죽을 때까지 미워하기로 마음을 굳힌 게 분명해 보였다.

하지만 길버트를 미워하는 만큼 앤은 작은 가슴 한가득 열정을 담아 다이애나를 사랑했다. 길버트가 미운 마음이나 다이애나가 좋은 마음이나 똑같이 불길처럼 뜨거웠다. 어느 날 저녁, 마릴라는 사과가 담긴 바구니를 들고 과수원에서 돌아오다가 앤이 노을에 물든 다락방 창가에 앉아 엉엉 우는 모습을 봤다.

"도대체 왜 그러니, 앤?"

앤이 요란하게 훌쩍거렸다.

"다이애나 때문에요. 전 다이애나가 정말 좋아요, 아주머니. 다이애나가 없으면 한시도 못 살 거예요. 하지만 어른이 되면 다이애나는 결혼해서 먼 곳으로 떠날 거잖아요. 그러면, 아, 전 어떻게 해야 하죠? 전 다이애나의 남편이 미워요. 죽도록 미워요. 이런 상상을 하고 있었어요. 결혼하는 모습이랑 이런저런 일들을요. 다이애나가 눈처럼 새하얀 드레스를 입고 면사포를 쓴 모습이 여왕처럼 기품 있고 아름다운 거예요. 저도 신부 들러리가 돼서 볼록 소매가 달린 예쁜 드레스를 입었는데, 얼굴은 웃고 있지만 마음은 찢어질 듯이 아픈 거죠. 그리고 다이애나에게 '안녕'이라고 하는데에에……."

여기까지 말한 앤은 슬픔을 주체하지 못하고 점점 더 서럽게 울어댔다.

마릴라는 터져 나오는 웃음을 보이지 않으려고 얼른 얼굴을 돌렸다. 하지만 그런 노력은 곧 수포로 돌아갔다. 마릴라는 옆의 의자에 쓰러지다시피 앉아서 평소답지 않게 한바탕 큰 웃음을 터뜨렸다. 마당을 지나가던 매슈가 놀라서 걸음을 멈췄다. 마릴라가 그렇게 웃는 소리를 들었던 게 언제였던가?

마릴라는 간신히 웃음을 가라앉히고 말했다.

"그래, 앤 셜리. 그렇게 없는 일도 만들어서 걱정을 해야겠거든 집안일이나 걱정하렴. 상상력이 많다는 건 알고 있었다만 정말 못 말리겠구나."

(3권에 계속)

옮긴이 **박혜원**

심리학을 전공하고, 현재는 전문번역가로 활동 중이다. 옮긴 책으로 《빨강 머리 앤》, 《에이번리의 앤》, 《곰돌이 푸》 시리즈, 《소공녀 세라》, 《검마 찾아 삼만 리》, 《시크릿 가든》, 《퀸 : 불멸의 록밴드 퀸의 40주년 공식 컬렉션》, 《브라이언 메이 레드 스페셜》, 《부케북》 시리즈 등이 있다.

빨강 머리 앤 2

초판 1쇄 2026년 1월 15일

지은이 루시 모드 몽고메리
옮긴이 박혜원

펴낸곳 더모던
전 화 02-3141-4421
팩 스 0505-333-4428
등 록 2012년 3월 16일(제313-2012-81호)
주 소 서울시 마포구 성미산로32길 12, 2층 (우 03983)
E-mail sanhonjinju@naver.com
카 페 cafe.naver.com/mirbookcompany
S N S instagram.com/mirbooks

· (주)미르북컴퍼니는 독자 여러분의 의견에 항상 귀 기울이고 있습니다.
· 파본은 책을 구입하신 서점에서 교환해 드립니다.
· 책값은 뒤표지에 있습니다.

빨강 머리 앤 3

Anne of Green Gables

빨강 머리 앤 3

Anne of Green Gables

루시 모드 몽고메리 지음 | 박혜원 옮김

더모던
Themodern

Anne of
Green Gables

차례

Anne of
Green Gables

16

다이애나를 초대했지만 비극으로 끝나다

초록 지붕 집의 10월은 아름다웠다. 골짜기의 자작나무들은 햇살을 닮은 금빛으로 물들었고, 과수원 뒤편의 단풍나무는 화려한 진홍색을 띠었다. 오솔길을 따라 늘어선 벚나무는 검붉은색과 청동빛 초록색으로 더없이 아름다운 색을 걸쳤다. 추수가 끝난 들판도 햇볕을 쬐고 있었다.

앤은 자신을 둘러싼 빛깔의 세계에 마음껏 빠져들었다.

어느 토요일 아침, 앤이 멋진 나뭇가지를 한아름 들고 춤추듯 들어오며 외쳤다.

"아, 아주머니. 세상에 10월이 있다는 것만으로도 정말 기뻐요. 9월에서 11월로 바로 넘어가 버리면 정말 끔찍하겠죠? 이 단풍나무 가지들 좀 보세요. 막 가슴이 설레지 않으세요? 이 나뭇가지들로 제 방을 꾸밀 거예요."

미적 감각이라곤 그다지 타고나지 못한 마릴라가 말했다.

"지저분하게. 네 방은 온통 밖에서 주워온 것투성이더구나. 침실은 잠자는 곳이야."

"아, 또 꿈을 꾸는 곳이고요, 아주머니. 방에 예쁜 물건이 많으면 훨씬 좋은 꿈을 꿀 수 있잖아요. 이 나뭇가지들은 오래된 파란 항아리에 꽂아서 탁자 위에 둘 거예요."

"그럼 계단 여기저기에 나뭇잎이 떨어지지 않게 조심해라. 난 봉사회 모임이 있어서 오후에 카모디에 갈 거란다. 해가 진 뒤에나 돌아올 거 같구나. 네가 매슈 아저씨와 제리의 저녁을 챙겨야 하니까, 지난번처럼 까먹지 말고 식탁에 앉기 전에 차부터 끓이거라."

"그땐 잊어버려서 저도 덜컹했어요. 하지만 그날 오후엔 '제비꽃 골짜기'의 이름을 생각하느라 정신이 없어서 다른 생각을 할 수가 없었어요. 매슈 아저씨께 참 고마웠어요. 조금도 혼내지 않으셔서요. 혼만 안 내신 게 아니라 차까지 직접 내리면서 잠깐 기다리면 된다고 하셨어요. 그래서 기다리는 동안 아저씨께 예쁜 요정 이야기를 해 드렸더니 기다리는 시간이 하나도 지루하지 않으시대요. 아름다운 이야기였거든요, 아주머니. 이야기가 어떻게 끝나는지 생각이 안 나서 마지막은 제가 지어냈는데, 매슈 아저씨는 어디까지가 진짜 이야기고 어디서부터 지어낸 이야긴지 모르겠다고 하셨어요."

앤이 변명조로 말했다.

"매슈 오라버니는 네가 한밤중에 일어나 점심을 먹자 해도 괜찮다고 하실 게다. 그래도 이번에는 정신 잘 차리거라. 그리고 말이다, 내가 잘하는 건지 모르겠는데…… 이 얘길 들으면 더 정신 팔리지 않을까 싶다만, 아무튼 낮에 다이애나를 불러서 같이 차를 마시며 놀아도 된단다."

앤이 두 손을 꼭 맞잡았다.

"와, 아주머니! 너무 좋아요! 역시 아주머니도 상상력이 있으셨군요. 그게 아니면 제가 그걸 얼마나 바랐는지 절대 모르셨을 테니까요. 신나기도 하고 어른이 된 기분도 들어요. 손님이 오면 차를 준비하는 걸 잊을 일도 없겠어요. 아, 아주머니. 장미꽃무늬 찻잔 세트를 써도 되나요?"

"그건 안 된다! 장미꽃무늬 찻잔 세트라니! 어디까지 갈 셈이냐? 그건 나도 목사님이 오시거나 봉사회 모임이 있을 때만 쓴다는 걸 알잖니. 갈색 찻잔을 쓰거라. 대신 노란색 단지에 있는 체리잼은 먹어도 된단다. 얼추 먹을 때가 됐어. 맛이 들었을 게야. 과일 케이크도 덜어서 내고 쿠키와 생강 비스킷도 같이 먹으렴."

앤이 황홀한 얼굴로 눈을 감았다.

"탁자 상석에 앉아서 차를 따르는 제 모습이 상상이 돼요. 그러고는 다이애나에게 설탕을 넣겠냐고 묻는 거예요! 당연히 설탕은 넣지 않는다는 걸 알지만, 마치 모르는 것처럼요. 과일 케이크를 한 조각 더 먹으라고 접시를 밀어주고 잼도 더 권하고요. 아, 아주머니, 생각만으로도 신나요. 다이애나가 오면 손님방으로 데려가 모자를 벗으라고 해도 되나요? 그런 다음에 응접실에 앉아도 돼요?"

"안 된다. 너랑 네 손님은 거실이면 되지. 요 전날 밤에 교회 사람들을 대접했던 산딸기 주스가 반병 남았단다. 거실 벽장 두 번째 선반에 있으니까 먹고 싶으면 과자도 내서 오후에 다이애나랑 같이 먹거라. 매슈 오라버니는 배에 실을 감자를 나르느라 아마 차 마시러 느지막이 올 게다."

앤은 골짜기로 한달음에 달려갔다. '드라이어드 샘'을 지나고 가문비나무 숲을 달려 과수원집에 도착한 앤은 다이애나를 초대했다. 마릴라가 카모디로 떠나자마자, 다이애나는 두 번째로 좋은 옷을 입고 초대받은 차 모임에 가기에 딱 좋은 모습으로 찾아왔다. 평소라면 문도 두드리지 않고 부엌으로 뛰어들었겠지만, 이번만큼은 점잔을 빼며 현관문을 두드렸다. 그러자 두 번째로 좋은 옷을 차려입은 앤이 거드름을 피우며 문을 열었고, 두 꼬마 숙녀는 처음 만난 사이처럼 정중하게 악수를 나누었다. 이 어색한 엄숙함은 다이애나가 동쪽 다락방에 모자를 벗어 놓고 거실로 내려와 발을 가지런히 모은 채 10분여 앉아 있는 동안에도 계속됐다.

"어머님은 안녕하시지요?"

앤이 그날 아침 아주 건강하고 활기찬 모습으로 사과를 따던 배리 부인을 만났으면서도 모르는 듯이 예의를 갖춰 물었다.

"네, 아주 잘 지내세요. 고마워요. 커스버트 씨는 오늘 오후에 감자를 싣고 릴리샌즈에 가신다고요?"

그날 아침 매슈의 마차를 타고 하몬 앤드루스의 집에 다녀온 다이애나가 말했다.

"네, 올해는 감자 농사가 아주 잘됐어요. 아버님이 하시는 농사도 잘되길 빌게요."

"저희도 꽤 좋아요. 고마워요. 사과는 많이 따셨나요?"

앤이 점잔 빼는 것도 잊고 자리에서 벌떡 일어났다.

"맞아, 정말 많이 땄어. 우리 과수원에 빨간 사과 따러 가자, 다이애나. 마릴라 아주머니가 나무에 남은 사과는 다 따 먹어도 된다고 하셨어. 아주머니는 정말 너그러우셔. 차를 마실 땐 과일 케이크하고 체리잼도 같이 먹으라고 하셨다니까. 하지만 손님에게 어떤 음식을 내겠다고 미리 말하는 건 예의가 아니니까, 아주머니가 마셔도 좋다고 하신 음료가 뭔지는 안 알려줄 거야. '산' 자로 시작하고, 밝은 빨간색이라는 것만 가르쳐 줄게. 밝은 빨간색 음료는 정말 먹음직스럽지 않니? 다른 색보다 두 배는 더 맛있어."

굵은 나뭇가지들이 땅 위로 늘어질 만큼 열매가 소담스레 열린 과수원이 얼마나 기분 좋은 곳이던지, 두 꼬마 숙녀는 오후 시간 대부분을 그곳에서 보냈다. 두 아이는 포근한 가을 햇살이 따스하게 머물며 서리를 녹여낸 과수원 한쪽, 초록빛 잔디가 드러난 곳에 앉아 사과를 먹으며 맘껏 떠들었다. 다이애나는 학교에서 있었던 일들을 줄줄이 얘기했다.

"거티 파이와 결국 같이 앉게 됐는데 너무

싫어. 거티가 내내 연필로 끽끽 소리를 내서 그 소리를 들을 때마다 소름이 끼쳐. 루비 길리스는 크리크에 사는 메리 조 할머니가 준 마법의 조약돌로 사마귀를 싹 없앤 거 있지. 초승달이 뜰 때 그 돌로 사마귀를 문지른 다음 왼쪽 어깨 너머로 던졌더니 사마귀가 사라졌대. 찰리 슬론이랑 엠 화이트 이름이 현관 벽에 나란히 적혔어. 그 일로 엠 화이트는 엄청나게 화를 냈어. 샘 볼터가 교실에서 필립스 선생님한테 버릇없이 굴어서 회초리를 맞았는데, 샘의 아버지가 학교에 와서 자기 아들한테 한 번만 더 손찌검을 해 보라며 으름장을 놓고 갔어. 매티 앤드루스가 새로 산 빨간 모자를 쓰고 술이 달린 파란색 옷을 입고 와서는 얼마나 뽐내고 다니는지 몰라. 참, 리지 라이트랑 메이미 윌슨은 서로 말을 안 해. 메이미 윌슨의 언니가 남자친구 때문에 리지 라이트네 언니랑 절교했거든. 모두 널 아주 많이 보고 싶어 하고, 네가 학교에 다시 나오길 바라고 있어. 그리고 길버트 블라이드는……."

하지만 앤은 길버트 블라이드 얘기는 듣고 싶지 않았다. 앤은 자리에서 벌떡 일어나 들어가서 산딸기 주스를 마시자고 말했다.

앤은 거실 벽장을 열어 두 번째 선반을 확인했지만 산딸기 주스병은 없었다. 이리저리 찾아 보니 주스병이 선반 맨 위의 저 안쪽에 있었다. 앤은 주스병을 쟁반에 받쳐 큰 컵과 함께 식탁에 놓고는, 예의를 차리며 말했다.

"자, 많이 드세요, 다이애나. 전 지금은 못 마실 것 같아요. 사과를 많이 먹어서 그런지 마시고 싶은 마음이 없네요."

다이애나는 큰 컵 가득 주스를 따른 뒤 밝은 빨간색 음료를 감탄스럽게 쳐다보고는 우아하게 한 모금 마셨다.

"앤, 정말 맛있는 산딸기 주스예요. 산딸기 주스가 이렇게 맛있는 줄 몰랐어요."

"맛있다니 다행이에요. 마음껏 드세요. 전 나가서 불을 살펴봐야 해요. 살림을 하면 정말 할 일이 많답니다. 그렇지 않나요?"

앤이 부엌에서 돌아왔을 때 다이애나는 컵을 가득 채운 주스를 두 잔째 마시고 있었다. 앤이 더 마시라고 하자, 다이애나도 사양하지 않고 세 잔째 주스를 마셨다. 한 컵 가득 따른 양이 제법 많았는데, 산딸기 주스가 확실히 맛있는 모양이었다.

"내가 마셔 본 것 중에 최고야. 린드 아주머니가 아무리 자랑스레 말씀하셔도, 아주머니네 주스보다 이게 훨씬 더 맛있어. 맛이 전혀 달라."

앤이 당연하다는 듯이 말했다.

"마릴라 아주머니가 만든 산딸기 주스가 린드 아주머니가 만든 것보다 훨씬 더 맛있다니까. 마릴라 아주머니 요리 솜씨는 유명하잖아. 요즘 내게 요리를 가르쳐 주시는데, 솔직히 말

하면 다이애나, 너무 어려워. 요리에는 상상할 수 있는 게 거의 없어. 정해진 대로 해야 하니까. 지난번에 케이크를 만들 땐 밀가루 넣는 걸 깜박했지 뭐야. 너랑 내가 나오는 아름다운 이야기를 생각하고 있었거든. 네가 천연두에 걸려 생명이 위태로운데 모두가 널 버리고 떠난 거야. 하지만 난 용감하게 네 옆에 남아서 널 간호하고, 너는 살아나. 그런데 이번엔 내가 천연두에 옮아서 죽고 말아. 난 포플러나무 아래 묘지에 묻히고, 넌 내 무덤가에 장미나무를 심고 눈물로 물을 주는 거야. 그리고 너를 위해 목숨을 바친 어린 시절의 친구를 영영 잊지 못하지. 아, 정말 슬픈 이야기야, 다이애나. 케이크 반죽을 만드는 동안 눈물이 비 오듯 쏟아지더라고. 그러다 밀가루 넣는 걸 깜박해서 케이크를 완전히 망쳤어. 밀가루는 케이크 만들 때 기본이잖아. 마릴라 아주머니는 화가 많이 나셨고 나도 아주머니가 그럴 만하다고 생각해. 아주머니에게 난 골칫덩어리야. 지난주에는 푸딩 소스 때문에 크게 망신을 당하셨어. 화요일 점심에 자두 푸딩을 먹고 나서 푸딩 절반이랑 소스가 한 단지 가득 남았었거든. 아주머니가 나중에 한 번 더 먹을 수 있겠다면서 뚜껑을 덮어서 벽장 선반에 올려놓으라고 하셨어. 다이애나, 나도 뚜껑을 잘 덮으려고 했지. 그런데 단지를 들고 벽장으로 가다가, 수녀가 된 내 모습이 상상이 되는 거야. 물론 난 기독교지만 상상 속에서는 천주교였어. 상처 받은 마음을 감추려고 베일을 쓰고 수도원에 은둔한 거지. 그러다가 푸딩 소스를 덮는 걸 까맣게 잊은 거야. 다음 날 아침에야 그 생각이 나서 벽장으로 달려갔다니까. 근데 다이애나, 푸딩 소스에 쥐가 한 마리 빠져 죽어 있는 거야. 내가 얼마나 놀랐는지 상상도 못할걸! 난 숟가락으로 쥐를 건져서 뜰에 내다 버린 다음에 그 숟가락을 물로 세 번이나 닦았어. 마릴라 아주머니는 우유를 짜느라 밖에 나가 계셔서, 아주머니가 들어오시면 그 소스를 돼지에게 줘도 되는지 물어볼 참이었어. 하지만 아주머니가 들어오셨을 때 난 서리의 요정이 돼서 숲을 지나가며 나무가 원하는 색으로 빨갛고 노랗게 물들여 주는 상상 중이었어. 그 바람에 또 푸딩 소스 일을 까맣게 잊었고, 마릴라 아주머니가 내게 사과를 따오라고 하셨어. 글쎄, 스펜서베일에서 오신 체스터 로스 씨 내외분이 그날 아침에 우리 집에 오셨거든. 그분들은 정말 멋쟁이시잖아. 특히 체스터 로스 아주머니 말이야. 마릴라 아주머니가 점심시간에 나를 부르셨을 땐 식탁을 다 차린 뒤였고, 사람들도 전부 자리에 앉아 있었어. 나는 되도록 예의 바르고 기품 있게 행동하려고 노력했어. 체스터 로스 아주머니가 날 예쁘진 않아도 여자답다고 생각해 주시길 바랐거든. 모든 게 순조로웠어. 그런데 마릴라 아주머니가 한 손에 자두 푸딩을, 다른 한 손에는 따뜻하게 데운 푸딩 소스 단지를 들고 오시는 거야. 다이애나, 그 순간이 얼마나 끔찍하던지. 모든 기억이 떠오르면서 난 자리에서 벌떡 일어났어. 그러고는 아주머니에게 그 푸딩 소스는 먹으면 안 된다고, 쥐가 그 안에 빠졌었는데 말씀드린다는 걸 깜박 잊었다고 소리치고 말았어. 아, 다이애나, 백 살까지 산다고 해도 그 끔찍했던 순간을 잊지 못할 거야. 체스터 로스 아주머니가 그냥 날 쳐다보기만 한 건데도 너무 창피해서 몸이 마루 밑으로 꺼지는 기분이었어. 그 아주머니는 진짜 완벽한 가정주부인데 우리를 어떻게 생각했겠어. 마릴라 아주머니는 얼굴이 불타오르듯이 새빨개지셨지만 그 자리에선 한 마디도 하지 않으셨어. 푸딩이랑 소스는 그냥 들고 나가시고 딸기잼을 가져오셨더라고. 내 그릇에도 조금 덜어 주셨지만 난 요만큼도 목으로 넘어가지 않았어. 머리 위에 불붙은 석탄 더미를 얹고 있는 느낌이었거든. 체스터 로스 아주머니가 가신 뒤에 마릴라 아주머니한테 꾸중을 심하게 들었어. 어, 다이애나, 너 왜 그래?"

다이애나가 비틀비틀하며 일어섰다. 그러고는 다시 자리에 앉아 두 손으로 머리를 감싸며 잠긴 목소리로 말했다.

"나…… 속이 너무 안 좋아. 집에…… 집에 가야겠어."

"아, 차도 마시지 않고 집에 갈 순 없어. 지금 당장 가져올게. 가서 바로 차를 내릴게."

앤이 비명을 지르듯 얘기했다.

"나 집에 갈래."

다이애나가 멍하니 고집스럽게 같은 말을 되풀이했다.

"그래도 점심은 먹고 가. 과일 케이크랑 체리잼을 가져올게. 소파에 잠깐 누워 있으면 괜찮아질 거야. 어디가 안 좋은 거야?"

앤이 애원했다.

"나 집에 갈래."

다이애나는 오로지 가겠다는 말뿐이었다. 앤이 매달려도 소용없었다.

"차도 안 마시고 가는 손님이 어디 있어. 아, 다이애나, 진짜로 천연두에 걸린 게 아닐까? 만약 그렇다면 내가 널 돌봐 줄게. 정말이야. 난 널 버리지 않아. 하지만 제발 차는 마시고 가면 좋겠어. 어디가 아파?"

"너무 어지러워."

아닌 게 아니라 다이애나는 정말 비틀비틀 걸었다. 앤은 실망감에 눈물을 글썽이며 다이애나에게 모자를 가져다주고 배리 씨네 마당 울타리까지 바래다 주었다. 그러고는 눈물을 흘리며 초록 지붕 집으로 돌아와, 슬픔에 잠겨 남은 산딸기 주스를 벽장 제자리에 넣고는 시무룩하게 매슈와 제리가 마실 차를 준비했다.

이튿날은 일요일이었고, 아침부터 저녁까지 비가 억수같이 쏟아졌기 때문에 앤은 초록 지붕 집에서 한 발짝도 나가지 못했다. 월요일 오후에 마릴라는 앤에게 린드 부인의 집에 다녀오라고 심부름을 보냈다. 얼마 되지 않아 앤은 두 뺨에 눈물을 흘리며 오솔길을 달려 집으로 돌아왔다. 부엌으로 들어온 앤은 소파 위로 쓰러져 얼굴을 묻었다.

마릴라가 깜짝 놀라 혹시나 하며 물었다.

"이번엔 대체 무슨 일이니, 앤? 또 린드 부인에게 버릇없이 군 건 아니겠지?"

앤이 더 큰 소리로 서럽게 울었다.

"앤 셜리, 질문을 하면 대답을 해야지. 당장 바로 앉아서 왜 우는지 말하거라."

앤이 몸을 일으켜 앉았다. 앤은 비극 그 자체인 모습으로 울먹였다.

“린드 아주머니가 오늘 배리 아주머니를 만나셨는데, 배리 아주머니가 굉장히 화가 나셨대요. 토요일에 제가 다이애나를 취하게 만들어서 남부끄러운 모습으로 집에 보냈다면서요. 제가 천하에 몹쓸 아이라고, 다이애나와 절대로 다시는 못 놀게 하겠다고 하셨대요. 아, 마릴라 아주머니, 너무 괴롭고 슬퍼요.”

마릴라가 놀라서 멍하니 앤을 쳐다보다가, 간신히 목소리를 가다듬고 물었다.

“다이애나를 취하게 하다니! 앤, 네가 정신이 나간 거니, 배리 부인이 이상한 거니? 도대체 다이애나한테 뭘 준 게야?”

“산딸기 주스밖에 안 줬어요. 전 산딸기 주스가 사람을 취하게 하는 줄 정말 몰랐어요, 아주머니. 다이애나가 큰 컵으로 세 잔 가득 마시긴 했는데. 아, 마치…… 마치…… 토머스

아저씨 같았어요! 하지만 전 다이애나를 취하게 하려던 게 아니었단 말이에요."

앤이 흐느껴 울었다.

"취하다니, 말도 안 돼!"

마릴라가 거실 벽장으로 걸어갔다. 그런데 선반에 3년쯤 전에 마릴라가 직접 담근 포도주병이 있었다. 에이번리에서 마릴라는 포도주를 잘 담그기로 유명했는데, 배리 부인처럼 종교적으로 엄격한 몇몇 사람들은 집에서 포도주 담그는 것을 강력하게 반대했다. 포도주병이 눈에 들어온 순간, 마릴라는 산딸기 주스를 벽장이 아니라 지하실에 가져다 놓은 사실이 떠올랐다.

마릴라는 포도주병을 들고 부엌으로 돌아왔다. 자기도 모르게 웃음이 나와 얼굴이 실룩거렸다.

"앤, 아무래도 넌 말썽을 일으키는 데 천재로구나. 다이애나한테 산딸기 주스가 아니라 포도주를 줬어. 맛이 다르지 않든?"

"저는 마시지 않았어요. 전 그게 주스인 줄 알았어요. 전 정말…… 정말 대접을 잘하고 싶었어요. 그런데 다이애나가 너무 아파해서 집에 갈 수밖에 없었어요. 배리 아주머니는 다이애나가 형편없이 취했다고 그러셨대요. 다이애나한테 왜 그러냐고 물어보니까 바보처럼 실실 웃기만 하다가 잠이 들어서는 몇 시간 동안 일어나지도 못했다는 거예요. 숨 쉴 때 냄새를 맡아 보고 술을 마신 줄 아셨대요. 다이애나는 어제 하루 종일 머리가 깨질 듯이 아팠대요. 배리 아주머니는 화가 단단히 나셨고요. 아주머니는 제가 일부러 그랬다고 생각하실 거예요."

"욕심 부려서 세 잔이나 마신 다이애나도 벌을 좀 받아야겠구나. 주스라도 큰 컵으로 세 잔이나 마셨다면 탈이 났을 게다. 아무튼 포도주를 만든다고 나를 못마땅해 하던 사람들한테는 좋은 얘깃거리가 되겠구나. 목사님이 반대하셔서 지난 3년간 만들지도 않았는데 말이다. 그 포도주는 아플 때 쓰려고 보관하던 거였어. 자, 자, 얘야, 울지 마라. 일이 이렇게 돼서 안됐지만 네 탓이 아니야."

마릴라가 퉁명스럽게 말했다.

"울지 않을 수가 없어요. 마음이 너무 아파요. 저 하늘에 떠 있는 별들도 제가 행복한 게 싫은가 봐요, 아주머니. 다이애나와 저는 영영 이별이에요. 아, 아주머니, 처음 우정의 맹세를 할 땐 이런 일이 있을 거라곤 상상도 못했어요."

"바보 같은 소리 마라, 앤. 배리 부인도 네 잘못이 아니란 걸 알면 생각이 바뀔 게다. 지금 배리 부인은 네가 유치한 장난 같은 걸 쳤다고 생각하는 게지. 오늘 저녁에 네가 직접 가서 자초지종을 설명하는 게 좋겠구나."

"화가 많이 났을 다이애나 어머니를 만날

용기가 안 나요. 아주머니가 대신 가 주시면 좋겠는데. 아주머니가 저보다 훨씬 위엄 있잖아요. 제 말보다 아주머니 이야기를 더 잘 들어 주실 거예요."

앤이 한숨을 쉬었다.

마릴라도 그게 더 현명한 방법일 것 같았다.

"그래, 그러마. 이제 그만 울어라, 앤. 잘 해결될 거야."

그러나 과수원집에 다녀오는 길에, 다 괜찮을 거라던 마릴라의 생각은 바뀌어 있었다. 앤은 현관문 앞까지 뛰어나와 마릴라를 맞았지만, 마릴라의 표정을 보고 슬픔에 젖은 목소리로 말했다.

“아, 아주머니, 아무 소용이 없었던 거군요. 배리 아주머니가 절 용서하지 못하시겠대요?”

“배리 부인도 그렇지! 그렇게 말이 안 통하는 사람은 내 평생 처음이다. 내가 찾아가서 전부 실수였고 네 탓이 아니라고 그렇게 말했는데도 믿지 않더구나. 게다가 내 포도주까지 계속 들먹이지 않겠니. 포도주가 몸에 해로운 게 아니라고 그렇게 얘기를 해도 말이다. 뭐든 큰 컵으로 한 번에 세 잔씩이나 마시는 게 아니라고, 나라면 어린애가 그렇게 식탐을 부리면 볼기짝이라도 때려서 정신 들게 만들었을 거라고 분명히 말해 줬다.”

마릴라가 톡 쏘듯 내뱉고는, 여전히 마음이

가라앉지 않은 듯 부엌으로 쑥 들어가 버렸다. 현관에는 어쩔 줄 몰라 하는 어린 영혼만 덩그러니 남았다. 앤은 이내 모자도 쓰지 않고 쌀쌀한 가을 황혼 속으로 걸어갔다. 마음을 단단히 먹은 듯 쉬지 않고 걸어, 클로버가 시든 들판을 지나 통나무 다리를 건너 서쪽 숲 위에 나지막이 걸린 창백한 달빛을 받으며 가문비나무 숲을 올랐다. 배리 부인은 조심스러운 노크 소리에 문을 열었고, 문 앞에는 파랗게 질린 입술에 간절한 눈빛을 한 앤이 서 있었다.

배리 부인의 얼굴이 딱딱하게 굳어졌다. 배리 부인은 선입견이 강하고 싫은 게 분명한 사람이었고, 화가 나면 차갑고 무뚝뚝하게 변해서 좀처럼 화를 풀지 않았다. 배리 부인은 앤이 악의를 갖고 순전히 고의로 다이애나를 취하게 만들었다고 진심으로 믿었다. 그래서 자신의 어린 딸이 그런 아이와 더 가까이 지내다 물들까 봐 걱정이 이만저만이 아니었다.

"무슨 일이니?"

배리 부인이 쌀쌀맞게 물었다. 앤은 두 손을 꼭 모아 쥐었다.

"아, 배리 아주머니, 제발 저를 용서해 주세요. 다이애나를 취하게 하려던 건 아니었어요. 제가 어떻게 그러겠어요? 아주머니가 친절한 분들에게 입양된 고아인데 세상에서 단 하나밖에 없는 마음의 친구를 만났다고 생각해 보세요. 그 애를 일부러 취하게 만드시겠어요? 전 그게 산딸기 주스인 줄 알았어요. 산딸기 주스라고 철석같이 믿었다고요. 아, 제발 다이애나랑 놀지 말라는 말씀은 더는 하지 말아 주세요. 그렇지 않으면 제 인생은 고통이란 먹구름에 뒤덮이고 말 거예요."

마음씨 좋은 린드 부인이라면 눈 깜짝할 새에 마음이 누그러졌을 이 연설은 배리 부인을 더 자극할 뿐이었다. 배리 부인은 앤의 과장된 표현과 극적인 몸짓을 의심스럽게 바라보며 아이가 자기를 놀린다고 생각했다. 배리 부인은 인정머리 없이 차갑게 말했다.

“넌 다이애나에게 어울리는 친구가 아닌 것 같구나. 집에 돌아가거라. 앞으로는 문제 일으키지 말고.”

앤의 입술이 파르르 떨렸다.

“다이애나와 마지막으로 만나서 작별 인사를 하는 것도 안 되나요?”

앤이 애원했다.

“다이애나는 아버지를 따라 카모디에 갔다.”

배리 부인은 안으로 들어가며 문을 닫아 버렸다.

앤은 절망감에 푹 가라앉아 초록 지붕 집으로 돌아왔다.

“제 마지막 희망이 사라졌어요. 제가 가서 배리 아주머니를 직접 만났는데, 아주머니는 절 굉장히 무례하게 대하셨어요. 아주머니, 배리 아주머니는 예의를 아는 분이 아닌 것 같아요. 이제 제가 할 수 있는 일은 기도뿐이에요. 기도를 해도 별 소용은 없을 것 같지만요. 하느님이라 해도 배리 아주머니처럼 고집불통인 사람은 어쩌지 못할 거 같거든요."

"앤, 그런 말을 하면 안 된다."

마릴라는 앤을 꾸짖으며 웃음이 터져 나오려는 것을 겨우 꾹 참았지만 좀처럼 웃음기가 가시지 않아 곤혹스러웠다. 그러고는 그날 밤 매슈에게 앤이 겪고 있는 시련에 대해 이야기할 때에야 실컷 웃을 수 있었다.

하지만 잠자리에 들기 전 동쪽 다락방에 슬쩍 들어가 울다 잠든 앤을 들여다보는 마릴라의 얼굴에는 전에 없던 다정함이 묻어났다.

"가여운 것."

마릴라는 눈물로 얼룩진 아이의 얼굴에서 머리카락을 떼어 주며 중얼거렸다. 그러고는 베개 위로 몸을 숙여 발그레한 뺨에 입을 맞추었다.

17

인생의 새로운 재미

다음 날 오후, 부엌 창가에서 몸을 숙이고 조각보를 깁던 앤은 우연히 창밖을 내다보다가 다이애나가 알 수 없는 손짓을 하며 '드라이어드 샘' 옆을 내려오는 모습을 보았다. 자리를 박차고 일어나 골짜기를 향해 달음박질치는 앤의 눈에는 희망과 놀라움이 고스란히 담겨 있었다. 그러나 풀이 죽은 다이애나의 얼굴을 보자 희망은 사라져 버렸다.

앤이 목멘 소리로 말했다.

"어머니가 아직 화가 풀리지 않으셨구나?"

다이애나가 슬픈 얼굴로 고개를 끄덕였다.

"응. 그리고 앤, 너랑 다시는 놀지 말래. 네 잘못이 아니라고 울며불며 말했지만 아무 소용이 없었어. 여기 온 것도 너한테 마지막 인사를 할 시간은 달라고 사정사정해서 겨우 허락을 받은 거야. 딱 10분만 주겠다고 하셨고, 지금 시간을 재고 계셔."

"10분이면 영원한 작별 인사를 하기에는 너무 짧아. 아, 다이애나, 더 좋은 친구가 생겨서 너와 함께하게 되더라도 네 어린 날의 친구인 나를 잊지 않겠다고 진심을 다해 약속해 줄래?"

앤이 울먹였다. 다이애나도 흐느껴 울었다.

"꼭 그렇게 할게. 그리고 마음의 친구는 이제 사귀지 않을 거야. 사귀고 싶지 않아. 너만큼 사랑하는 친구는 만날 수 없을 거야."

"아, 다이애나. 너 나를 사랑하니?"

앤이 두 손을 모아 잡으며 소리쳤다.

"그럼, 당연히 사랑하지. 몰랐단 말이야?"

앤이 길게 숨을 골랐다.

"몰랐어. 좋아한다고는 물론 생각했지만 나를 사랑할 줄은 꿈에도 몰랐어. 어머, 다이애나, 누군가가 나를 사랑할 거란 생각은 한 번도 안 해봤어. 내 기억 속엔 누가 나를 사랑한 적이 없었거든. 아, 정말 멋져! 이건 네가 없는 캄캄한 길을 영원히 비춰 줄 한 줄기 빛이야, 다이애나. 아, 한 번 더 말해 줄래?"

"나는 너를 진심으로 사랑해, 앤. 앞으로도 항상 그럴 거고, 그건 믿어도 돼."

다이애나가 마음을 다해 말했다.

앤이 엄숙하게 손을 내밀었다.

"나도 그대를 영원히 사랑하겠소, 다이애나. 이 시간 뒤로 그대와의 추억은 우리가 마지막으로 함께 읽은 책처럼 나의 외로운 인생에 별처럼 빛날 것이오. 다이애나, 내가 영원토록 소중히 간직할 수 있도록 이별에 앞서 그대의 칠흑 같은 긴 머리카락 몇 올을 주시겠소?"

감정을 자극하는 앤의 말투에 다이애나는 다시금 눈물을 흘렸다. 그러다가 눈물을 훔치면서 현실로 돌아와 물었다.

"뭐 자를 만한 거 있니?"

"응. 마침 앞치마 주머니에 조각보를 만들 때 쓰던 가위가 있어."

앤은 엄숙한 자세로 곱슬곱슬한 다이애나의 머리칼을 조금 잘랐다.

"잘 지내시오, 내 사랑하는 친구여. 이후로 우리는 곁에 있으면서도 낯선 이처럼 살아야 하오. 그러나 나의 마음은 영원히 변치 않을 것이오."

앤은 그 자리에 서서 멀어지는 다이애나를 지켜보며 다이애나가 뒤를 돌아볼 때마다 손을 흔들었다. 그러고는 집으로 돌아왔다. 이 낭만적인 이별은 한동안 적잖이 위안이 되었다.

앤이 마릴라에게 전했다.

"다 끝났어요. 전 다른 친구는 절대 사귀지 않을 거예요. 전 지금 어느 때보다 더 비참해요. 여긴 케이티 모리스도, 비올레타도 없으니까요. 그 애들이 있다 해도 예전 같진 않아요. 진짜 친구를 사귀고 나니 왠지 상상 속의 친구들에겐 만족이 안 되나 봐요. 다이애나와 전 샘 옆에서 정말 감동적인 작별을 나눴어요. 저에겐 영원히 경건한 기억으로 남을 거예요. 제 생각에 가장 슬프고 애처로운 표현들을 고르고 골라 다이애나를 '그대'라고 불렀어요. '그대'라고 하면 '너'라고 하는 것보다 훨씬 더 낭만적으로 들리는 것 같아요. 다이애나가 제게 머리카락을 조금 잘라서 줬는데, 전 그걸 작은 주머니에 꿰매어 넣고 평생 목에 걸고 다닐 거예요. 머리카락은 저와 함께 묻어 주세요. 전 그렇게 오래 못 살 거 같거든요. 제가 싸늘하게 죽어서 누워 있는 걸 보시면 어쩌면 배리 아주머니도 후회하시고 다이애나를 제 장례식에 보내 주실지도 몰라요."

"그렇게 재잘대는 걸 보니 슬퍼서 죽을 걱정은 없겠구나, 앤."

마릴라가 야박하게 말했다.

다음 월요일, 앤은 책이 든 바구니를 한 팔에 끼고 입술을 일자로 다문 얼굴로 방에서 내려와 마릴라를 놀라게 했다.

앤은 망설임 없이 딱 잘라 말했다.

"다시 학교에 가겠어요. 친구와 그렇게 가혹하게 갈라지고 나니, 이제 제 인생에 남은 건 그것밖에 없어요. 학교에 가면 다이애나도 볼 수 있고 지난날도 혼자 생각할 수 있잖아요."

마릴라는 상황이 이렇게 전개되어 기뻤지만 기쁜 마음을 감추며 말했다.

"수업 내용이나 셈을 생각하는 게 더 나을 게다. 다시 학교에 가면 석판으로 남의 머리를 때리거나 딴짓하다 혼났단 소리는 더 듣지 않게 해 다오. 얌전히 행동하고 선생님 말씀 잘 듣고."

"모범생이 되도록 노력할게요. 별로 재미는 없을 거 같지만요. 필립스 선생님이 미디 앤드루스는 모범생이라고 하셨는데, 그 애는 생기나 상상력 같은 게 하나도 없거든요. 그냥 멍하고 굼떠 보이는 데다 뭘 즐겁게 하는 걸 못 봤어요. 하지만 저도 기분이 우울해서 지금은 그렇게 될 거 같아요. 길을 빙 둘러 가야겠어요. '자작나무 길'을 혼자 걷는 건 견디기 힘들 거예요. 그 길을 혼자 걸으면 마음이 아파서 펑펑 울고 말 거예요."

앤이 시무룩하게 대답했다.

앤이 학교로 돌아오자, 친구들은 두 팔 벌려 반갑게 맞았다. 아이들은 놀 때는 앤의 상상력을, 노래할 때는 앤의 목소리를, 점심시간에 큰 소리로 책을 읽을 때는 앤의 연극적인 재능을 많이 그리워했다.

루비 길리스는 성서 낭독 시간에 앤에게 파란 자두 세 개를 몰래 건넸고, 엘라 메이 맥퍼슨은 꽃 장식 카탈로그 표지에서 오린 커다란 노란 팬지 사진을 주었다. 에이번리 학교에서 책상을 꾸미는 용도로 인기가 많은 것이었다. 소피아 슬론은 앞치마 가장자리 장식에 꼭 맞는, 새롭고 우아한 레이스 문양을 뜨개질하는 법을 가르쳐 주겠다고 나섰다. 케이티 볼터는 석판용 물통으로 쓸 수 있는 향수병을 주었고, 줄리아 벨은 가장자리가 물결 모양인 연분홍색 종이에 시를 정성 들여 적어 주었다.

앤에게

황혼의 커튼이 내리고
별 하나 그 위에 걸릴 때
기억하라, 너에게는 친구가 있음을
비록 먼 길을 방랑하고 있을지라도

"인정받는 건 정말 기분 좋은 일이에요."

그날 밤 앤은 마릴라에게 기쁨에 들떠 탄성을 질렀다.

앤을 '인정'한 사람은 여학생들만이 아니었다. 필립스 선생님의 지시대로 모범생 미니 앤드루스 옆자리에 앉게 된 앤이 점심시간이 끝난 뒤 자리로 돌아가자, 책상 위에 크고 먹음직스러운 '스트로베리종 사과'가 있었다. 앤이 사과를 집어 한 입 베어 먹으려던 찰나, 에이번리에서 그런 종의 사과가 열리는 곳은 '반짝이는 호수' 맞은편에 있는 블라이드 씨네 오래된 과수원뿐이란 생각이 떠올랐다. 앤은 뜨겁게 달아오른 석탄 조각이라도 만진 듯 사과를 떨어뜨리더니 손수건을 꺼내 보란 듯이 손가락을 닦았다. 사과는 다음 날 아침까지도 앤의 책상 위에 그대로 있다가, 학교를 청소하고 불 지피는 일을 하는 어린 티머시 앤드루스가 부수입으로 챙겨 갔다.

찰리 슬론은 점심시간이 지난 뒤 빨갛고 노란 줄무늬 종이로 화려하게 장식한 석필을 주었다. 보통 연필은 1센트였지만 그 석필은 2센트였다. 앤은 그 석필을 사과보다는 고맙게 받아들였다. 앤이 선물을 정중히 반기며 미소로 화답하자, 앤에게 푹 빠져 있던 소년은 순식간에 천상의 기쁨을 맛보았고, 그 때문에 받아쓰기에서 연거푸 실수를 하는 바람에 필립스 선생님으로부터 방과 후에 남아 다시 쓰라는 벌을 받았다.

카이사르의 행렬은 브루투스의 일격에 스러졌으나
로마 최고의 아들은 더더욱 로마를 기억되게 하리니*

---

* 바이런(영국 시인)의 시 〈차일드 해럴드의 순례〉 중에서

그러나 위의 시처럼, 거티 파이 옆에 앉아 아무런 인사나 환영의 말도 건네지 않는 다이애나의 빈자리가 더욱 크게 다가와서 앤은 이런 작은 환희들이 쓰라리게 느껴졌다.

"다이애나도 한 번은 저를 보며 웃었을지 몰라요."

그날 밤 앤은 마릴라에게 애처롭게 말했다. 그러나 다음 날 아침 꼬깃꼬깃 꼼꼼하게도 접힌 쪽지와 작은 꾸러미가 앤 앞으로 전달되었다. 앞에 '앤에게'라고 적혀 있었다.

앤에게

엄마가 학교에서도 너랑 놀거나 말하지 말래. 내 뜻이 아니니까 날 원망하지는 말아 줘. 난 너를 변함없이 사랑해. 네게 내 비밀 얘기들을 모두 털어놓을 수 있으면 좋겠어. 그리고 거티 파이는 정말 마음에 들지 않아. 널 주려고 얇은 빨간 종이로 책갈피를 만들었어. 지금 엄청나게 유행인데, 학교에서 이걸 만들 줄 아는 여자애는 세 명밖에 없어. 이걸 볼 때마다 나를 기억해 줘.

너의 진정한 친구
다이애나 배리

앤은 쪽지를 읽고 책갈피에 입을 맞춘 뒤에 재빨리 답장을 써서 맞은편에 앉은 다이애나에게 전달했다.

나의 사랑하는 다이애나에게

당연히 난 널 원망하지 않아. 어머니 말씀을 잘 들어야 하잖아. 그래도 우리의 영혼은 함께할 수 있으니까. 네가 준 소중한 선물은 영원히 간직할게. 미니 앤드루스는 상상력은 없지만 아주 좋은 애야. 하지만 난 다이애나와 '마음의 친구'였기 때문에 미니의 '마음의 친구'가 되진 않을 거야. 맞춤법이 틀렸더라도 이해해 줘. 아직 내가 맞춤법에 서투르잖아. 그래도 많이 좋아졌어.
죽음이 우리를 갈라놓을 때까지 너의 친구 .
앤 또는 코딜리어 셜리

추신 : 오늘 밤 네 편지를 베개 밑에 넣고 잘 거야.
A. 또는 C. S.

마릴라는 앤이 다시 학교에 나가면 또 문제를 일으킬 거라고 비관적으로 생각했는데, 아무 일도 일어나지 않았다. 아마도 미니 앤드루스에게서 '모범생의 기운' 같은 게 앤에게 옮아간 모양이었다. 적어도 그 뒤로 필립스 선생님과는 아주 잘 지냈다. 앤은 열성을 다해 공부에 매진했고, 어떤 과목에서도 길버트 블라이드에게 지지 않겠다고 결심했다. 둘 사이의 경쟁은 누가 봐도 알 수 있는 정도였다. 길버트 쪽에서는 전적으로 선의의 경쟁이었지만, 앤도 그렇다고 하기에는 다분히 염려스러운 측면이 있었다. 앤은 아직도 고집스럽게 억울한 마음을 부여잡고 있었다. 앤은 증오도 사랑만큼 격렬했다.

앤은 길버트를 경쟁 상대로 인정하려 들지 않았다. 자신이 끈덕지게 무시해 온 길버트의 존재를 인정하는 꼴이 되기 때문이었다. 그러나 두 사람은 경쟁했고, 엎치락뒤치락하며 1등 자리를 다투었다. 받아쓰기 수업에서 길버트가 한 번 1등을 하면, 다음번에는 앤이 길게 땋은 빨강 머리를 휘날리며 길버트를 꺾었다. 길버트가 수학 문제를 모두 맞혀 칠판에 이름을 올리면, 다음 날에는 밤새 소수와 씨름을 한 앤의 이름이 쓰였다. 둘이 동점을 받아 이름이 나란히 적히는 끔찍한 날도 있었다. 그건 '주목'에 적히

는 것만큼이나 싫었기 때문에 앤은 굴욕감을 숨기지 않았지만, 길버트는 흐뭇한 표정이 역력했다. 매달 말에 필기시험을 볼 때면 숨 막히는 긴장감이 감돌았다. 첫 달은 길버트가 3점 앞섰다. 그다음 달에는 앤이 5점 차로 이겼다. 그러나 전교생이 보는 앞에서 길버트가 진심으로 축하해 주는 바람에 앤의 승리감은 엉망이 되어 버렸다. 길버트가 패배를 쓰라리게 받아들였다면 앤의 승리는 훨씬 더 달콤했을 텐데.

필립스 선생님은 그다지 좋은 교사가 아니었지만, 앤같이 배움의 열의가 넘치는 학생이라면 선생님이 누구든 실력이 좋아질 수밖에 없었다. 학기 말이 되었을 즈음 앤과 길버트는 나란히 5학년 과정으로 진급하여 라틴어, 기하학, 프랑스어, 대수학 같은 기초 과목을 배우게 되었다. 기하학에서 고전을 면치 못하던 앤이 마릴라에게 하소연했다.

"기하학은 정말 끔찍해요, 아주머니. 도무

지 이해가 안 되고 앞으로도 잘할 수 있을지 모르겠어요. 상상의 여지라곤 조금도 없다니까요. 필립스 선생님이 저같이 못 따라오는 아이는 처음 봤대요. 하지만 길…… 그러니까 다른 아이들은 정말 잘하거든요. 너무 속상해요, 아주머니. 다이애나도 저보다는 잘해요. 하지만 다이애나보다 못하는 건 상관없어요. 비록 지금은 서로 모르는 사이처럼 지내긴 해도, 다이애나는 제게 여전히 사그라지지 않는 사랑이니까요. 가끔 다이애나를 생각하면 아주 슬퍼져요. 하지만 아주머니, 너무 오래 슬픔에 빠져 있기엔 세상이 참 흥미롭지 않나요?"

18

앤이 생명을 구하다

큰 사건에는 언제나 작은 여파들이 뒤따른다. 캐나다 총리가 프린스에드워드 섬을 정치 순방 일정에 넣는 결정은 초록 지붕 집에 사는 어린 앤의 운명과는 아무 상관이 없어 보였다. 하지만 상관이 있었다.

1월 어느 날, 총리가 자신의 충실한 지지자들과, 지지자는 아니어도 주지사를 보러 올 사람들에게 연설을 하려고 샬럿타운에서 대규모 대중 집회를 열었다. 에이번리 사람들은 대부분 정치적으로 총리 편이어서, 집회가 열리는 밤에 거의 모든 남자들과 꽤 많은 여자들이 40킬로미터나 떨어진 샬럿타운으로 갔다. 린드 부인도 그중 하나였다. 린드 부인은 정치에 무척 관심이 많았고, 정치적으로는 총리의 반대편이었지만 자신이 빠진 정치 모임은 있을 수 없다고 생각했다. 그래서 말을 돌봐 줄 남편 토머스를 대동하고 마릴라 커스버트와 함께 길을 나섰다. 마릴라도 내심 정치에 관심이 있었고, 이번이 현직 총리를 볼 처음이자 마지막 기회일지 모른다는 생각에 다음 날까지 집은 앤과 매슈에게 맡기고 길을 나섰다.

마릴라와 린드 부인이 대규모 정치 집회에서 즐거운 시간을 보내는 동안, 앤과 매슈도 초록 지붕 집 부엌에서 유쾌한 한때를 보내고 있었다. 구식 워털루 난로에서 밝은 불이 타올랐고, 파르라니 하얀 서리 결정들이 창에서 반짝거렸다. 매슈는 소파에 앉아 《농민의 지지

자》라는 잡지를 펼쳐 놓고 꾸벅꾸벅 졸았고, 앤은 마음을 단단히 먹고 식탁에 앉아 공부를 하는 듯했지만 자꾸만 시계 선반 위를 힐끔거렸다. 거기에는 그날 제인 앤드루스가 새로 빌려준 책이 놓여 있었다. 제인이 책을 읽는 동안 몇 번이나 손에 땀을 쥐었는지 모르며 멋진 말들도 많이 나온다고 장담한 터라 앤은 얼른 책을 집어 들고 싶어 손가락이 근질거렸다. 하지만 그건 곧 다음 날 길버트 블라이드의 승리를 의미했다. 앤은 시계 선반을 등지고 앉아 책이 그 자리에 없다고 상상하려고 애썼다.

"아저씨도 학교 다닐 때 기하학을 배우셨어요?"

"글쎄다. 아니, 배우지 않았어."

매슈가 깜짝 놀라 선잠에서 깨며 대답했다. 앤이 한숨을 쉬었다.

"배우셨으면 좋았을 텐데. 그럼 제 마음을 이해하셨을 텐데. 배우지 않으셨다면 공감 못

하실 거예요. 기하학 때문에 제 인생은 먹구름으로 뒤덮였어요. 전 기하학을 정말 못해요, 아저씨."

매슈가 앤을 달랬다.

"글쎄다. 난 모르겠구나. 난 네가 어떤 일이든 잘한다고 믿는다. 지난 주에 카모디의 블레어네 가게에 갔을 때 필립스 선생님이 그러더구나. 넌 학교에서 가장 똑똑한 학생이고 급속도로 성장하고 있다고 말이야. '급속도로 성장하고 있다'고 선생님이 그렇게 말씀하셨단다. 테디 필립스 선생님이 별로라는 사람들도 있고 교사로서 자질이 부족하다는 말도 있더라만, 난 괜찮아 보이더구나."

매슈는 앤을 칭찬하는 사람이면 누구든 '괜찮은' 사람으로 보았을 것이다. 하지만 앤은 투덜거렸다.

"선생님이 기호만 바꿔 쓰지 않아도 더 잘할 수 있어요. 제가 명제를 외워도 선생님이 칠판에 책이랑은 다른 기호를 쓰시니까 외운 걸 몽땅 헷갈리거든요. 아무리 선생님이라도 그렇게 마음대로 하면 안 되는 거 아니에요? 요즘은 농업을 배우는데, 덕분에 길이 왜 빨간 색인지 이제 알게 됐어요. 참 다행이에요. 마릴라 아주머니랑 린드 아주머니는 즐거운 시간을 보내고 계실까요? 린드 아주머니는 상황이 오타와처럼 굴러가면 캐나다가 엉망이 될 거라고, 유권자들이 경각심을 가져야 한다고 하세요. 여자들에게도 투표권이 생기면 세상이 더 좋아질 거라면서요. 아저씨는 어디에 투표하실 거예요?"

"보수당이지."

매슈가 곧바로 대답했다. 보수당에 투표하는 것은 매슈에게 종교와도 같은 문제였다.

앤이 단호히 말했다.

"그럼 저도 아저씨를 따라 보수당 할래요. 정말 다행이에요. 길…… 아니 학교 남자애들

몇 명은 자유당 편이거든요. 필립스 선생님도 자유당일 거 같아요. 프리시 앤드루스의 아버지가 자유당이거든요. 루비 길리스가 그러는데, 남자가 구혼할 때 종교는 여자의 엄마 쪽을 따르고 정치는 여자의 아빠 쪽을 따라야 한대요. 정말이에요, 아저씨?"

"글쎄다. 난 잘 모르겠다."

"아저씨도 구혼하신 적이 있으세요?"

"글쎄다. 아니, 그런 적이 있었는지 어땠는지 모르겠구나."

매슈는 평생 그런 일은 생각해 본 적도 없었다.

앤은 두 손으로 턱을 괴고 곰곰이 생각했다.

"아주 재밌을 거 같지 않나요, 아저씨? 루비 길리스는 어른이 되면 남자친구를 여럿 두고 마음대로 조종해서 전부 자기한테 푹 빠지게 만들 거래요. 그렇지만 전 그건 너무 극단적인 것 같아요. 전 마음이 바른 사람 한 명이면 돼요. 루비 길리스는 언니들이 많아서 그런 문제들에 대해 훤히 알아요. 린드 아주머니도 길리스 씨 댁 딸들은 남자들이 서로 데려가려고 했대요. 필립스 선생님은 거의 매일 저녁 프리시 앤드루스를 만나러 가세요. 선생님은 프리시가 공부하는 걸 도와주러 가는 거라고 하시지만, 미랜더 슬론도 퀸스를 준비하고 있는걸요. 게다가 미랜더 슬론은 프리시보다 머리가 나빠서 도움이 훨씬 더 많이 필요할 텐데, 선생님은 미랜더에게는 한 번도 가질 않으세요. 세상엔 이해가 잘되지 않는 일들이 참 많아요, 아저씨."

"글쎄다. 나도 전부 이해한다고는 할 수 없단다."

매슈도 그 말에 동의했다.

"아무튼 저는 공부를 마저 끝내야 해요. 공부를 다할 때까지는 제인이 새로 빌려준 책을 보지 않을 거예요. 하지만 정말 유혹을 뿌리치기가 힘들어요, 아저씨. 이렇게 등을 돌리고 앉았는데도 저기 책이 있다는 게 생생하게 보여요. 제인은 저 책을 읽고 엄청 울었대요. 전 눈물이 나는 책이 좋아요. 저 책을 잼이 든 거실 벽장에 넣고 열쇠로 잠가야겠어요. 열쇠는 아저씨를 드릴게요. 아저씨, 절대로 제게 열쇠를 주지 마세요. 제가 공부를 다할 때까지요. 무릎 꿇고 사정해도 절대 주면 안 돼요. 그냥 유혹을 이겨내는 게 그럴듯하고 좋지만 열쇠가 없어야 유혹을 이기기가 훨씬 쉽잖아요. 지하실에 내려가서 러셋 사과*를 좀 가져올까요, 아저씨? 드실래요?"

"글쎄다. 잘 모르겠지만 먹어 보자꾸나."

매슈는 러셋 사과를 먹지 않지만 앤이 좋아한다는 것을 알았다.

앤이 한 접시 가득 사과를 담아 기분 좋게 지하실에서 올라오는데, 밖에서 얼어붙은 판

---

* 영국 및 북미 등지에서 많이 재배하는 사과 품종의 하나

자 위를 뛰어오는 발소리가 들렸다. 다음 순간 부엌문이 홱 열리면서 머리에 숄만 대충 두른 다이애나가 하얗게 질린 얼굴로 뛰어들어왔다. 앤은 깜짝 놀라 손에 들고 있던 촛불과 쟁반을 떨어뜨렸고, 쟁반과 초와 사과는 사다리 밑으로 요란하게 굴러떨어졌다. 다음 날 마릴라가 지하실 바닥의 끈적하게 녹아내린 기름 속에 박혀 있는 쟁반과 초와 사과를 찾아냈고, 그것들을 주워 담으며 집에 불이 나지 않은 게 다행이라고 안도의 한숨을 내쉬었다.

앤이 소리쳤다.

"무슨 일이야, 다이애나? 어머니가 드디어 마음을 푸신 거야?"

"아, 앤, 미니 메이가 많이 아파. 후두염이래. 메리 조가 그랬어. 엄마랑 아빠는 샬럿타운에 가셔서 의사를 부르러 갈 사람이 없어. 미니 메이는 너무 아파 보이는데 메리 조는 아무것도 할 줄 모른대. 아, 앤, 나 너무 무서워!"

다이애나가 벌벌 떨며 애원했다.

매슈는 아무 말 없이 모자와 외투를 챙겨 들고 다이애나를 지나쳐 어두운 뜰로 나갔다.

"매슈 아저씨는 마차를 타고 카모디에 의사를 부르러 가신 거야. 말씀 안 하셔도 난 알아. 매슈 아저씨와 난 마음이 잘 통해서 아저씨가 아무 말씀 안 하셔도 아저씨의 생각을 알 수 있어."

앤이 모자와 재킷을 허겁지겁 걸치며 말했다.

"카모디에 가도 의사는 없을 거야. 블레어 선생님도 샬럿타운에 가셨고, 아마 스펜서 선생님도 가셨을 거야. 메리 조는 후두염에 걸린 사람은 본 적도 없대고, 린드 아주머니도 안 계셔. 아, 앤!"

다이애나가 흐느꼈다.

"울지 마, 다이애나. 후두염이라면 내가 잘 알아. 해먼드 아주머니네에 세쌍둥이가 있었다고 말했지? 세쌍둥이를 돌보다 보면 이런 일

저런 일 다 겪게 되어 있어. 그 애들도 돌아가면서 후두염을 앓았거든. 너희 집엔 없을지 모르니까 토근*즙을 가져올게. 기다려. 자, 이제 가자."

앤은 씩씩하게 말하며 다이애나를 달랬다.

두 아이는 손을 맞잡고 서둘러 집을 나와 '연인의 오솔길'을 지나 얼어붙은 들판을 가로질렀다. 숲속 지름길은 눈이 너무 많이 쌓여 갈 수가 없었다. 앤은 진심으로 미니 메이가 걱정되면서도 이 낭만적인 상황을 마음에 담았다. 그리고 다시 한번 마음의 친구와 이 낭만을 함께 나눌 수 있어서 기뻤다.

서리가 내린 맑고 추운 밤이었다. 눈 쌓인 비탈만이 온통 새까만 어둠 속에서 하얀 은빛이었고, 고요한 들판 위에서 커다란 별들이 반짝였다. 나뭇가지에 눈가루가 흩뿌려진 뾰족

---

* 땀을 내고 가래를 없애는 약효를 가진 식물

뾰족한 전나무들이 검은 그림자처럼 곳곳에 솟아 있었고, 바람은 휙휙 휘파람을 불며 전나무 사이를 스쳐 지나갔다. 이 모든 신비롭고 아름다운 공간을 오랫동안 떨어져 지낸 마음의 친구와 함께 걷는다는 사실이 앤은 참으로 기뻤다.

세 살배기 미니 메이는 정말 많이 아팠다. 열에 들떠 잠들지 못하고 부엌 소파에 누워 있었는데, 그르렁거리는 숨소리가 온 집 안에 울렸다. 크리크 출신의 통통하고 얼굴이 넓적한 프랑스 소녀 메리 조는 배리 부인이 집을 비운 동안 아이들을 돌보기로 했지만, 너무 당황해서 뭘 어떻게 해야 할지 아무런 생각도 못하고 있었다.

앤은 신속하고 능숙하게 일을 시작했다.

"미니 메이는 후두염이 맞아. 지금 상태가 꽤 안 좋지만 난 더 나쁜 경우도 봤어. 우선 더운 물이 많이 필요해. 이런, 다이애나, 주전자에 물이 한 컵 정도밖에 없어! 자, 내가 물을 가득 채웠으니까, 메리 조, 난로에 장작 좀 넣어 줘요. 기분 나쁘게 하고 싶진 않지만, 조금만 생각했어도 이런 일은 미리 할 수 있었을 텐데. 이제 미니 메이의 옷을 벗기고 침대에 눕힐 거니까, 다이애나, 넌 부드러운 천을 찾아 봐. 난 일단 미니 메이한테 토근즙을 먹일게."

미니 메이는 토근즙을 순순히 먹으려고 하지 않았지만 세쌍둥이를 돌본 앤에게 그쯤은 아무것도 아니었다. 불안한 긴 밤을 보내며 앤은 몇 번이고 아이에게 약을 떠먹였고, 앤과 다이애나는 힘들어 하는 미니 메이 곁을 참을성 있게 지키며 아이를 돌봤다. 메리 조도 자신이 할 수 있는 일은 다하고 싶어서, 계속해서 난로에 불을 지피면서 후두염에 걸린 아이들이 입원한 병원에서 쓰는 것보다도 훨씬 더 많은 양의 물을 데웠다.

매슈가 의사와 함께 온 시각은 새벽 3시였

다. 스펜서베일까지 가서야 의사 한 명을 간신히 찾았던 것이다. 그러나 위급한 상황은 지나간 뒤였다. 미니 메이는 상태가 훨씬 좋아져서 곤히 잠들어 있었다. 앤이 의사에게 설명했다.

"너무 절망적이어서 포기할 뻔했어요. 상태가 점점 나빠지더니 해먼드 아주머니네 막내 쌍둥이보다 더 심해졌거든요. 숨이 막혀 죽는 게 아닌가 하는 생각까지 들었어요. 저 병의 토근즙을 한 방울도 남기지 않고 다 먹였어요. 다이애나나 메리 조를 더 걱정시키고 싶지 않아서 말하진 않았지만, 마지막 한 입을 먹이면서 제 마음을 달래느라 혼자 생각했어요. '이게 마지막 남은 희망인데 아무런 소용이 없을까 봐 두려워'라고요. 그런데 3분쯤 지나니까 미니 메이가 기침을 하면서 가래를 뱉어 내더니 좋아졌어요. 얼마나 안심이 됐는지 선생님은 이해하실 거예요. 그때 심정은 말로 다 표현을 못하겠어요. 말로는 표현이 안 되는 것들도 있잖아요."

"그래, 나도 알지."

의사가 고개를 끄덕였다. 의사는 말로 표현이 안 되는 무언가가 있는 것처럼 앤을 쳐다봤다. 하지만 나중에 배리 부부에게 그것을 말로 표현했다.

"커스버트 씨 댁에 있는 빨강 머리 여자아이가 굉장히 영리하더군요. 정말이지 그 애가 아이의 생명을 구했어요. 내가 도착했을 때는 이미 너무 늦을 뻔했거든요. 나이답지 않게 놀랄 만큼 침착하고 재주 있는 아이예요. 아이가 내게 상황을 설명해 주는데, 그런 눈빛은 지금까지 어디서도 본 적이 없다니까요."

앤은 하얗게 서리가 내린 아름다운 겨울 아침에 집으로 돌아왔다. 잠을 못 자 눈꺼풀이 무거웠지만, 멀리 뻗은 하얀 들판을 지나고 동화처럼 반짝반짝 빛나는 단풍나무 터널을 따라 '연인의 오솔길'을 걸으면서 피곤함도 잊은 채 매슈에게 재잘거렸다.

"아, 매슈 아저씨, 정말 근사한 아침이죠? 마치 하느님이 상상한 모습 그대로 세상을 만들어 놓은 거 같지 않으세요? 하느님이 혼자 즐기려고 말이에요. 저 나무들은 꼭 제가 불어서 날려 보낼 수 있을 것 같아요. 후! 하얀 서리가 있는 세상에 살아서 정말 기뻐요. 해먼드 아주머니가 세쌍둥이나 낳은 건 결국 참 잘된 일이었어요. 그 쌍둥이들이 아니었으면 저도 미니 메이를 어떻게 해야 할지 몰랐을 거예요. 해먼드 아주머니가 세쌍둥이를 낳으셨다고 투덜거렸던 게 너무 죄송해요. 그런데 아, 아저씨, 너무 졸려요. 오늘은 학교에 못 가겠어요. 눈이 막 감기는 걸 이제야 알았으니 저도 참 둔하죠. 그래도 집에 있긴 싫어요. 그럼 길…… 다른 아이가 반에서 1등을 차지할 테고, 그걸 따라잡긴 정말 힘들거든요. 물론 힘들면 힘들수록 따라잡았을 때 만족감도 그만큼 크지만요. 그렇죠?"

"글쎄다. 난 네가 잘해낼 거라고 믿는다. 얼른 침대에 가서 푹 자렴. 집안일은 내가 하마."

매슈가 앤의 작고 하얀 얼굴과 눈 밑에 검게 내려온 그림자를 보며 말했다.

앤은 매슈의 말대로 침대로 가서 오래도록 깊이 잠들었다. 눈을 떴을 때는 하얀 눈 위에 장밋빛이 물드는 오후였다. 앤이 부엌에 내려가자, 그사이에 집에 돌아온 마릴라가 뜨개질을 하며 앉아 있었다.

마릴라를 보자마자 앤이 외쳤다.

"총리는 보셨어요? 어떻게 생겼어요, 아주머니?"

"글쎄다. 얼굴만 봐서는 총리처럼 보이지 않더구나. 어떻게 코가 그렇게 생겼는지! 하지만 연설은 잘하더구나. 내가 보수당인 게 자랑스러웠어. 물론 린드 부인은 자유당 쪽이라 총리한테는 도움 될 게 없었지. 네 점심은 오븐

안에 있으니, 앤, 벽장에서 파란 자두잼을 가져다가 같이 먹든지 하려무나. 배도 고프겠구나. 오라버니에게서 지난밤 이야기는 들었다. 네가 방법을 알고 있어서 운이 좋았어. 나라도 어찌해야 할지 몰랐을 거야. 나도 후두염 환자는 본 적이 없거든. 자, 점심을 다 먹기 전에는 아무 말도 마라. 얼굴을 보아하니 하고 싶은 말이 산더미인 모양인데, 조금만 참아라."

마릴라는 앤에게 해 줄 이야기가 있었지만 나중으로 미루었다. 지금 말했다가는 너무 흥분해서 배고픔이나 점심 같은 중요한 문제를 싹 잊어버릴 게 뻔했기 때문이었다. 앤이 파란 자두잼을 비우고 나서야 마릴라가 입을 열었다.

"아까 오후에 배리 부인이 다녀갔단다. 너를 만나고 싶어 했는데 네가 자고 있어서 안 깨웠단다. 네가 미니 메이의 생명을 구했다면서, 포도주 사건 때 네게 그런 식으로 행동해서 몹시 미안하다고 하더구나. 이제는 네가 일부러 다이애나를 취하게 만든 게 아니라는 걸 잘 안다고, 자기를 용서하고 다이애나와 다시 좋은 친구로 지내달라고 했단다. 가고 싶거든 오늘 저녁에 다녀오너라. 다이애나는 어젯밤 감기에 심하게 걸려서 밖에 나오질 못한다는구나. 저런, 앤 셜리, 그렇게 흥분하지 말고."

마릴라는 주의를 주지 않을 수가 없었다. 앤이 행복에 겨워 하늘로 날아오를 듯한 표정과 몸짓으로 자리에서 벌떡 일어났기 때문이다. 얼굴이 마치 불꽃처럼 환하게 빛났다.

"아아, 마릴라 아주머니, 지금 가도 돼요? 설거지는 나중에 할게요. 다녀와서 할게요. 이렇게 가슴 벅찬 순간에 설거지처럼 낭만적이지 않은 일은 못하겠어요."

"아무렴, 되고말고. 어서 가거라. 앤 셜리, 제정신이냐? 당장 와서 뭐라도 걸치고 가야지. 바람을 붙들고 얘기하는 게 낫지. 모자도 쓰지 않고 외투도 없이 갔네. 머리카락 휘날리며 과수원을 쏜살같이 빠져나가는 것 좀 봐. 감기라도 호되게 걸리지 않으면 다행이지."

앤은 눈 덮인 들판을 지나 자줏빛 겨울 노을을 맞으며 발걸음도 가볍게 집으로 돌아왔다. 하얗게 눈 내린 대지와 어두운 가문비나무 협곡 너머 저녁 하늘은 은은한 금빛과 영묘한 장밋빛으로 물들었고, 저 멀리 남서쪽 하늘에는 샛별이 진주처럼 반짝이며 아른거렸다. 눈 덮인 언덕에서 썰매 방울이 딸랑거리는 소리가 마치 요정의 종소리처럼 차가운 대기를 뚫고 날아왔다. 하지만 그런 소리들도 앤의 마음과 입술에서 흘러나오는 노랫소리만큼 달콤하지는 못했다.

"아주머니, 지금 아주머니 앞에 서 있는 저는 정말 완벽하게 행복한 사람이에요. 네, 머리가 빨간색이어도요. 지금만큼은 빨강 머리도 상관없어요. 배리 아주머니가 제게 입을 맞추고 울면서 너무 미안하다고 하셨어요. 제게 어떻게 은혜를 갚아야 할지 모르겠다고요. 전 당황해서 어찌할 바를 몰랐지만, 최대한 예의 바르게 대답했어요, 아주머니. 배리 아주머니를 원망하지 않는다고요. 제가 일부러 다이애나를 취하게 만든 게 아니라는 걸 마지막으로 한 번 더 확실히 말씀드렸어요. 그리고 이제 과거는 망각의 장막으로 덮어 두겠다고 말씀드렸어요. 저 품위 있게 말 잘했죠, 아주머니? 제가 원수를 은혜로 갚아 배리 아주머니를 부끄럽게 만든 기분이었어요. 그리고 다이애나랑 즐거운 오후를 보냈어요. 다이애나가 카모디의 숙모에게 배운 덩굴무늬 뜨개질법을 보여 줬어요. 이 뜨개질법을 아는 사람은 에이번리에서 우리 둘뿐이래요. 우린 이걸 아무에게도 알려 주지 않기로 엄숙히 약속했어요. 다이애나는 장미 화관 그림에 시도 한 구절 적힌 예쁜 카드도 주었어요.

내가 당신을 사랑하듯 당신이 날 사랑한다면
죽음이 아니고는 우리를 갈라놓지 못하리라

이 말은 사실이에요, 아주머니. 우린 학교에서도 다시 옆자리에 앉게 해 달라고 필립스 선생님께 부탁할 거예요. 거티 파이는 미니 앤드

루스랑 앉으면 되니까요. 우린 우아하게 차도 마셨어요. 배리 아주머니가 제일 좋은 찻잔을 꺼내신 거예요, 아주머니. 꼭 제가 진짜 손님이 된 기분이었어요. 얼마나 심장이 두근거렸는지 몰라요. 지금까지 저를 위해서 제일 좋은 찻잔을 내준 사람이 아무도 없었거든요. 과일

케이크하고 파운드케이크랑 도넛도 먹고 잼도 두 종류나 먹었어요. 그러고는 배리 아주머니가 제게 차를 더 마실 건지 물으시더니 '여보, 앤에게 비스킷 좀 건네주실래요?'라고 말씀하셨어요. 어른이 된다는 건 틀림없이 근사한 일일 거예요. 어른처럼 대접받았을 뿐인데 이렇게 기분이 좋은 걸 보면 말이에요."

"그건 모르겠구나."

마릴라가 한숨을 짧게 내쉬었다.

"음, 아무튼 제가 어른이 되면 여자아이들을 늘 어른처럼 대해줄 거예요. 아이들이 과장되게 말해도 절대 웃지 않을 거고요. 제가 슬픈 일을 겪어 보니 그게 얼마나 상처가 되는지 알겠더라고요. 차를 마신 뒤에 다이애나랑 저는 사탕을 만들었어요. 잘 만들지는 못했어요. 다이애나나 저나 처음이라서 그런 것 같아요. 다이애나가 제게 사탕을 저으라고 하고는 접시에 버터를 발랐는데, 제가 젓는 걸 깜박해서 태워 버렸거든요. 그러고는 접시를 받침에 올려 놓고 식히고 있는데, 고양이가 그 위로 지나가는 바람에 그건 버릴 수밖에 없었어요. 하지만 사탕을 만드는 건 정말 재미있었어요. 그러다가 집에 올 때 배리 아주머니가 앞으로도 자주 놀러 오라고 하셨고 다이애나는 창 앞에 서서 제가 '연인의 오솔길'로 내려가는 내내 입맞춤을 날려 줬어요. 아주머니, 오늘 밤은 기도가 무척 하고 싶어요. 그리고 축하하는 의미에서 특별히 새로운 기도를 떠올려야겠어요."

앤이 단호히 말했다.

19

발표회와 불행한 사건 그리고 고백

"아주머니, 잠깐 다이애나 좀 만나고 와도 될까요?"

2월의 어느 저녁, 동쪽 다락방에서 앤이 헐레벌떡 뛰어내려왔다.

"날도 어두운데 뭐 하러 돌아다니려는 건지 모르겠구나. 다이애나와는 학교 마치고 집까지 같이 와서는, 눈밭에서도 30분은 더 서서 재잘재잘 마음껏 떠들었지 않니. 그러고도 또 무슨 일로 그 애를 만난다는 건지 모르겠다."

마릴라가 무뚝뚝하게 말했다.

"하지만 다이애나가 절 부르는걸요. 아주 중요하게 할 말이 있는 거예요."

"그걸 어떻게 아니?"

"다이애나가 창문에서 신호를 보냈어요. 촛불이랑 판자로 신호를 보내기로 약속했거든요. 촛불을 창턱에 올려놓고 그 앞으로 판자를 넣었다 뺐다 해서 불빛이 깜박거리게 만드는 거예요. 깜박거리는 횟수가 많을수록 중요한 일이 있는 거고요. 제가 생각한 거예요, 아주머니."

"네 생각일 줄 알았다. 그 말도 안 되는 신호를 보내다가 커튼을 태우지나 않을지, 원."

"아, 조심조심하고 있으니 걱정 마세요, 아주머니. 그건 정말 재밌어요. 불빛이 두 번 비추면 보고 있느냐는 뜻이고, 세 번이면 '그래', 네 번이면 '아니'에요. 다섯 번은 꼭 해야 할 말이 있으니 얼른 오라는 뜻이고요. 다이애나가 지금 막 불빛 다섯 번을 보냈어요. 무슨 일인지 궁금해 죽겠어요."

"그래, 죽어서야 되겠니. 다녀오려무나. 하지만 10분 안에 돌아와야 한다. 명심하렴."

마릴라가 비꼬는 투로 말했다.

앤은 마릴라의 말을 명심하고 정해진 시간 안에 돌아왔다. 다이애나와 중요한 이야기를 10분 만에 끝내고 온다는 것은 너무 어려운 일이었지만, 앤은 용케도 10분을 잘 활용했다.

"마릴라 아주머니. 무슨 일인지 아세요? 있잖아요, 내일이 다이애나의 생일이래요. 다이애나네 어머니가 학교 끝나고 나랑 같이 집에 와서 밤새 놀 수 있는지 물어보라고 하셨대요. 다이애나의 사촌들도 뉴브리지에서 말이 끄는 썰매를 타고 온대요. 내일 밤 회관에서 열리는 토론 클럽 발표회에 가려고요. 저랑 다이애나도 데려가고요. 아주머니가 허락해 주시면요. 허락해 주실 거죠, 아주머니? 아, 너무 설레요."

"진정하거라. 그리고 거긴 갈 수 없다. 집에

서 얌전히 자는 편이 나을 거다. 클럽 발표회라는 것도 다 쓸데없는 짓이고, 여자애들이 그런 데 다니면 못쓴다."

"토론 클럽은 아주 교양 있는 모임이에요."

앤이 애원했다.

"모임이 나쁘다는 게 아니야. 발표회나 쫓아다니며 밤까지 쏘다니면 안 된다는 거지. 애들이 그러면 못쓴다. 배리 부인이 다이애나를 보낸다니, 놀랍구나."

"이번은 특별한 경우잖아요. 다이애나 생일은 일 년에 단 한 번뿐이에요. 생일이 흔히 오는 날이 아니잖아요, 아주머니. 프리시 앤드루스가 〈오늘 밤에는 종을 울리지 마세요〉를 암송한대요. 아주 도덕적인 시예요. 그 시를 들으면 제게도 도움이 많이 될 거예요. 그리고 합창단이 찬송가나 다름없는 슬프고 아름다운 노래를 네 곡이나 부른대요. 참, 목사님도 참석하실 거예요. 맞아요, 정말이에요. 목사님이 연설을 하신댔어요. 그럼 설교를 듣는 거나 마찬가지잖아요. 제발요. 가면 안 되나요, 아주머니?"

앤이 울먹거리며 애처롭게 말했다.

"내 말 못 들었니, 앤? 신발 벗고 올라가 자거라. 8시가 넘었구나."

"한 가지 더 있어요, 아주머니. 배리 아주머니가 손님용 침실에서 자도 된다고 하셨대요. 아주머니와 사는 어린 앤이 손님방 침대에 눕는 명예를 얻는다고 생각해 보세요."

앤이 비장의 무기라도 꺼내는 얼굴로 말했다.

"그런 거 없이도 잘 지내는 게 명예란다. 가서 자라, 앤. 더는 아무 소리 하지 말고."

앤이 눈물을 흘리며 슬픔에 잠겨 다락방으로 올라가자, 두 사람이 얘기하는 동안 거실 의자에서 잠든 줄로만 알았던 매슈가 눈을 뜨며 단호한 말투로 얘기했다.

"글쎄, 마릴라. 앤을 보내 주는 게 좋겠어."

"안 돼요. 누가 저 애를 키우죠? 오라버닌가

요, 난가요?"

마릴라가 쏘아붙였다.

"그거야, 너지."

"그러면 참견하지 마세요."

"글쎄다. 참견은 안 하마. 의견을 말하는 건 참견이 아니니까. 내 의견은 앤을 보내 줘야 한다는 거다."

"앤이 가고 싶다면 달나라에라도 보내 줘야 한다고 하시겠죠. 다이애나의 집에서 하룻밤 자는 것뿐이면 보내 줬을지 모르죠. 하지만 발표회까지는 안 돼요. 거기 갔다가는 틀림없이 감기에 걸릴 거라고요. 머리는 쓸데없는 생각들이랑 흥분으로 꽉 차서 올 거고요. 기분이 붕 떠서는 가라앉을 때까지 일주일은 가겠죠. 저 애 성격을 잘 알아요. 그러니 어떻게 하는 게 좋을지도 내가 더 잘 안다고요, 오라버니."

마릴라가 못 말리겠다는 듯이 대꾸했다.

"난 앤을 보내 줘야 한다고 생각한다."

매슈가 흔들리지 않고 반복해서 말했다. 매슈는 논쟁에는 약했지만 의견을 굽히지 않는 데는 확실히 발군의 실력이 있었다. 그런 매슈를 감당할 재간이 없자, 마릴라는 차라리 입을 닫아 버렸다. 다음 날 아침 앤이 부엌에서 아침 먹은 그릇들을 씻고 있을 때, 매슈가 헛간으로 나가다 말고 다시 마릴라에게 말했다.

"난 앤을 보내 줘야 한다고 생각한다, 마릴라."

한동안 마릴라는 험한 말이라도 내뱉을 것 같은 표정을 지었다. 그러다가 어쩔 수 없이 항복하고는 톡 쏘아붙였다.

"좋아요. 보낼게요. 그래야 만족을 하실 테니까요."

앤이 물이 뚝뚝 떨어지는 행주를 손에 든 채 부엌에서 뛰쳐나왔다.

"아주머니, 아주머니. 방금 하신 그 행복한 말씀 다시 한번 해 주세요."

"들었으면 됐다. 이건 오라버니의 뜻이고 나랑은 상관없다. 남의 집 침대에서 자다가, 아니면 후끈한 회관에서 한밤중에 나오다가 폐렴에라도 걸리거든 나 말고 오라버니를 원망하거라. 앤 셜리, 기름기 섞인 물이 사방에 떨어지잖니. 너처럼 조심성 없는 아이는 처음 봤다."

앤이 풀이 죽어 말했다.

"제가 아주머니께 큰 골칫거리라는 거 알아요. 전 실수투성이예요. 하지만 제가 실수하지 않은 것들도 생각해 주세요. 앞으로 또 할지도 모르지만요. 물 흘린 건 학교에 가기 전에 깨끗이 닦을게요. 아, 아주머니, 제 마음은 벌써 발표회 생각뿐이에요. 여태까지 발표회는 한 번도 못 가 봐서, 학교에서 다른 여자애들이 발표회 얘기를 할 때마다 소외되는 기분이었거든요. 그런 기분이 어떤 건지 아주머니는 모르셨겠지만, 아저씨는 알아주셨어요. 아저씨는 절 이해하세요. 누군가에게 이해받는 건 참 기분 좋은 일이에요, 아주머니."

앤은 너무 들떠서 학교에 가서도 공부를 제대로 할 수가 없었다. 길버트 블라이드가 받아쓰기에서 앤을 이겼고, 암산은 아예 멀찌감치 앞서 나가 버렸다. 하지만 앤은 발표회에 가고 손님방에서 잘 생각에 평소처럼 크게 굴욕스럽지 않았다. 앤과 다이애나는 하루 종일 그 얘기만 했다. 필립스 선생님보다 더 엄한 선생님이었다면 두 아이는 크게 혼이 났을 것이다.

앤은 발표회에 못 가게 됐다면 정말 견디기 힘들었을 거라고 생각했다. 정말이지 그날은 학교의 모든 아이들이 발표회 이야기만 했기 때문이다. 겨울 내내 격주로 한 번씩 모임을 갖는 에이번리 토론 클럽은 작은 규모로 무료 공연도 몇 차례 열었다. 하지만 이번 발표회는 도서관을 후원하는 특별한 대공연이어서 10센트씩 입장료도 받았다. 에이번리 청년들이 발표회에 나가려고 몇 주씩 연습을 했고,

학생들도 자신의 언니오빠가 참가했기 때문에 큰 관심을 보였다. 학교에서도 아홉 살이 넘은 아이들은 캐리 슬론만 빼고 전부 가기로 했다. 캐리 슬론은 마릴라처럼 여자애들이 밤에 열리는 콘서트에 나다니면 못쓴다고 생각하는 아버지 때문에 갈 수가 없었다. 캐리 슬론은 오후 내내 문법책 위에 엎드려 울었고, 인생은 살 가치가 없다고 생각했다.

수업이 끝나자 앤은 점점 더 들떴다. 갈수록 흥분이 고조되더니 발표회 시작 시간이 임박하자 아예 황홀경에 이를 지경이었다. 앤과 다이애나는 '더없이 우아하게 차를 마신' 다음, 위층에 있는 다이애나의 작은 방으로 올라가 즐겁게 몸단장을 했다. 다이애나는 앤의 앞머리를 볼록하게 빗어 올려 새로운 퐁파도르 스타일*로 만들었고, 앤은 특별히 솜씨를 부려 다이애나에게 리본을 매어주었다. 뒷머리 모양도 대여섯 가지를 새롭게 시도해 본 끝에,

드디어 두 아이는 준비를 끝냈다. 뺨은 빨갛게 물들었고 눈은 설렘으로 반짝였다.

다이애나는 가벼운 털모자와 귀엽고 산뜻한 재킷을 입었다. 그래서 사실 앤은 밋밋한 검은 모자와 집에서 만들어 볼품없는 소매가 딱 달라붙는 회색 외투 등을 다이애나의 것과 비교하며 어쩔 수 없이 마음이 쓰렸다. 하지만 곧 상상력을 발휘하기로 했다.

그때 뉴브리지의 다이애나 사촌들인 머레이 씨네 가족들이 도착했다. 모두 밀짚과 모피 망토 같은 것을 덮고 상자처럼 생긴 커다란 썰매에 빽빽하게 앉아 있었다. 앤은 썰매를 타고 회관까지 가는 것이 무척 즐거웠다. 썰매는 새틴처럼 매끈한 눈길을 사각거리며 달렸다. 저녁놀은 눈부셨고, 눈 내린 언덕들과 세인트로렌

---

* pompadour style. 18세기 프랑스 궁정의 막후 세력이었던 퐁파도르 후작부인이 즐겨 하던 머리 모양을 말한다.

스 만의 짙푸른 바다가 저녁놀을 감싸 안았다. 마치 진주와 사파이어로 만든 커다란 잔에 포도주와 불이 가득 담긴 것 같았다. 딸랑거리는 썰매 종소리와 멀리서 숲속 요정들이 웃는 소리인 듯 희미한 웃음소리가 사방에서 들렸다.

앤이 모피 망토 밑으로 엄지장갑을 낀 다이애나의 손을 꽉 움켜쥐며 나지막이 말했다.

"아, 다이애나. 전부 다 아름다운 꿈같지 않니? 나 평소랑 똑같아 보여? 평소랑 기분이 너무 달라서 내 모습도 달라졌을 것만 같아."

"너 최고로 예뻐. 얼굴빛도 어느 때보다 아름다워."

다이애나가 말했다. 사촌에게 금방 칭찬을 들어서인지 자기도 누군가를 칭찬해 주고 싶었다.

그날 밤 프로그램은 적어도 한 명의 청중에게는 '감동의 연속'이었다. 다이애나에게 장담했듯이 앤은 공연이 계속될수록 감동도 점점 커졌다. 프리시 앤드루스는 새로 산 분홍 실크 블라우스를 입고 희고 매끄러운 목에 진주 목걸이를 걸었다. 머리에는 진짜 카네이션을 꽂았는데, 필립스 선생님이 프리시에게 주려고 시내까지 사람을 보내서 구해 왔다고들 수군댔다. 앤은 프리시가 '한 줄기 빛도 없는 어둠 속에서 매끈한 사다리를 올라갈 때' 마치 그게 자기 자신인 듯 행복한 상상에 몸을 떨었다. 합창단이 〈고결한 데이지는 저 높은 곳으로〉를 노래할 때는 천사들이 그려진 프레스코화가 보이기라도 하듯 천장을 응시했다. 이어서 샘 슬론이 〈소커리는 어떻게 암탉에게 알을 품게 했는가〉라는 이야기를 몸짓까지 동원하여 설명할 때는 앤이 너무 웃어서 가까이에 앉은 사람들도 따라 웃었다. 에이번리에서는 이미 한물간 이야기여서 재미는 없었지만 앤이 어찌나 웃어대는지 덩달아 같이 웃은 것이다. 필립스 선생님은 심금을 울리는 목소리로 마르쿠스 안토니우스가 카이사르의 주검 앞에서 했던 연설을 읊었고, 한 문장이 끝날 때마다 프리시 앤드루스를 바라봤다. 앤은 마음을 흔드는 필립스 선생님의 목소리에 로마 시민 한 사람만 앞장서 준다면 당장에라도 일어나 폭동에 가담할 마음이 들었다.

프로그램에서 앤의 관심을 끌지 못한 참가자는 단 한 명이었다. 길버트 블라이드가 〈라인 강변의 빙엔〉을 암송하자, 앤은 로다 머레이가 도서관에서 빌려 온 책을 펼쳐 들고 읽었다. 길버트의 암송이 끝났을 때는 손바닥이 얼얼하도록 박수를 치는 다이애나 옆에서 꼿꼿이 앉아 손끝 하나 움직이지 않았다.

집으로 돌아온 시간은 11시였다. 둘은 녹초가 되었지만 아직 남아 있는 즐거움을 생각하며 지치지도 않고 신나게 재잘거렸다. 모두 잠들었는지 집은 어둡고 고요했다. 앤과 다이애나는 까치걸음으로 길고 좁은 응접실로 들어갔다. 응접실 끝에 손님방이 있었다. 활활 불이 붙은 난로에서 어슴푸레 빛이 새어 나와서 기분 좋은 따스함이 감돌았다.

"여기서 옷을 갈아입자. 정말 따뜻하고 기분 좋다."

다이애나가 말했다.

"정말 즐거운 시간이었지? 거기 올라가서 암송을 하면 얼마나 근사할까. 우리한테도 그런 날이 올까, 다이애나?"

앤이 황홀한 듯 한숨을 쉬었다.

"그럼, 당연하지. 언젠가는 그럴 거야. 상급생들에겐 항상 암송 기회가 있으니까. 길버트 블라이드는 자주 올라가잖아. 우리보다 고작 두 살 위인데. 아, 앤, 왜 그 애가 암송할 때 듣지 않는 척했니? '누이가 아닌, 또 한 여인이 있습니다'라는 구절을 외면서 너를 똑바로 쳐다봤단 말이야."

앤이 목소리에 힘을 실어 말했다.

"다이애나. 넌 내 마음의 친구지만, 그래도 그 애 이야기는 하지 않았으면 좋겠어. 잘 준비는 됐어? 침대까지 누가 먼저 가나 시합할까?"

다이애나도 재미있을 것 같았다. 하얀 잠옷을 입은 두 아이는 긴 응접실을 날듯이 달려 손님방 문을 지나 동시에 침대 위로 뛰어들었다. 그런데 밑에서 뭔가가 꿈틀하더니, 숨 막혀 비명을 지르는 소리가 이불 밖으로 희미하게 새어 나왔다.

"어이쿠!"

앤과 다이애나는 어떻게 침대에서 내려와 방을 뛰쳐나왔는지도 기억나지 않았다. 정신을 차리고 보니 방을 나와 벌벌 떨며 발꿈치를 들고 계단을 올라가고 있었다.

"아, 저게 누구…… 아니, 저게 뭐지?"

앤이 추위와 두려움에 이를 덜덜 부딪치며 속삭였다.

"조세핀 할머니야. 아, 앤, 조세핀 할머니 맞

아. 왜 저기 계신지 모르겠지만. 어쩌지. 할머니가 화를 많이 내실 거야. 큰일났네. 정말 어떡하지? 그래도 너무 웃기지 않니, 앤?"

다이애나가 숨이 넘어갈 정도로 웃었다.

"조세핀 할머니가 누구야?"

"우리 아버지 숙모 되시는 분인데, 샬럿타운에 사셔. 연세가 아주 많으셔. 일흔쯤 되셨나. 할머니한테도 어린 시절이 있었을 거라고는 상상이 안 가. 할머니가 오실 줄은 알고 있었는데 이렇게 빨리 오실지 몰랐어. 할머니는 굉장히 엄하고 점잖으셔. 이 일로 분명히 야단치실 텐데. 휴, 우린 미니 메이랑 자야겠다. 미니 메이는 자면서 얼마나 몸부림을 치는지 몰라."

조세핀 배리 할머니는 다음 날 아침 식사 시간에 나오지 않았다. 배리 부인은 두 아이를 보며 상냥하게 미소를 지었다.

"어젯밤에는 재미있었니? 너희가 돌아올 때까지 자지 않으려고 했는데, 너무 피곤해서 그만 잠들어 버렸구나. 조세핀 할머니가 오셔서 너희는 위층에서 자야 한다고 말해 주려 했는데 말이야. 다이애나, 할머니를 귀찮게 하진 않았지?"

다이애나는 조심스레 입을 다물고 있었지만, 식탁 너머로 앤과 양심에 찔리면서도 재미있다는 듯 몰래 웃음을 주고받았다. 앤은 아침 식사를 마치고 서둘러 집으로 돌아가서, 그후 간밤 일로 배리 씨네가 한바탕 시끄러워진 줄 전혀 몰랐다. 늦은 오후에야 마릴라의 심부름으로 린드 부인 댁에 갔다가 소식을 들었다.

린드 부인이 말투는 엄하지만 눈빛은 재미있다는 듯 반짝이며 말했다.

"그래, 너와 다이애나가 지난밤에 가여운 배리 할머니를 놀라 자지러지게 했다지? 배리 부인이 방금 전 카모디에 가는 길에 여길 들렀단다. 걱정이 이만저만이 아니더구나. 배리 할머니가 아침에 눈을 떠서 어지간히 화를 낸 모양이야. 그 할머니 성격이 보통이 아니거든. 다이애나와는 한 마디도 안 하려고 하신단다."

앤은 후회막심이었다.

"다이애나 잘못이 아니에요. 제가 그랬어요. 누가 먼저 침대까지 가나 시합하자고 그랬거든요."

"그럴 줄 알았다! 그런 일이라면 앤 네 머리에서 나왔겠거니 했지."

린드 부인이 역시나 그렇지 하는 기색으로 의기양양하게 말했다.

"어쨌든 그 일로 꽤나 골치 아프게 됐어. 배리 할머니는 원래 한 달은 묵을 예정이었는데 하루도 더 있기 싫다며 일요일인 내일 당장 돌아가겠다고 하셨다는구나. 데려다줄 사람만 있었다면 오늘이라도 당장 가셨을 거야. 다이애나가 한 학기 동안 음악 수업을 받을 수 있게 도와주기로 하셨었다는데, 이젠 그런 선머슴 같은 아이한테는 한 푼도 지원 못한다고 마음을 바꾸셨대. 어휴, 오늘 아침에 그 집은 난리도 아니었을 게야. 배리 씨네 상심이 클 테지. 배리 할머니가 부자라서 좋은 인상만 주고 싶었을 텐데 말이다. 물론 배리 부인은 그런 말까지는 안 했지만 사람 마음이란 게 다 그렇지."

"전 정말 재수가 없는 앤가 봐요. 늘 말썽만 부리고, 이젠 제 심장을 내줘도 모자랄 단짝친구까지 곤란하게 만들었잖아요. 전 도대체 왜 이럴까요, 린드 아주머니?"

앤이 한탄하듯 말했다.

"그건 네가 워낙 조심성이 없고 충동적이어서 그렇단다. 네 머릿속은 한시도 가만있질 않잖니. 머릿속에 떠오른 생각은 뭐든 말로 뱉어야 하고, 말한 대로 해야 하고, 또 앞뒤 잴 겨를도 없이 몸부터 나가고 말이야."

"아, 하지만 그건 그럴 수밖에 없어서 그런 거예요. 머릿속에 뭔가 신나는 일이 번쩍 떠오르면 입 밖으로 꺼내야 해요. 생각을 하다 말면 그 신나는 일을 망쳐 버리거든요. 아주머니는 그런 적 없으세요?"

아니, 린드 부인은 그런 적이 없었다. 부인은 근엄하게 고개를 저었다.

"생각을 조금 덜 하는 법을 배워야 해, 앤. 뛰려거든 뛸 곳을 먼저 보라는 속담을 잘 새겨둬야 할 게다. 특히 손님방에 들어갈 때는 말이다."

린드 부인은 자기가 한 가벼운 농담에 기분 좋게 웃었지만 앤은 걱정이 가시지 않았다. 이 상황이 전혀 웃기지 않았고 아주 심각해 보이기만 했다. 린드 부인의 집을 나온 앤은 눈이 얼어붙은 들판을 가로질러 과수원집으로 걸음을 옮겼다. 다이애나가 부엌문을 열고 앤을 맞았다.

"조세핀 할머니가 화가 많이 나셨다며?"

앤이 목소리를 죽여 물었다. 다이애나가 킥킥 새어 나오는 웃음을 겨우 참으며, 어깨 너머로 문이 닫힌 거실 쪽을 불안하게 힐끔거렸다.

"응. 화가 나서 펄펄 뛰셨어. 얼마나 야단을 치셨다고. 할머니가 나처럼 품행이 나쁜 여자애는 처음 봤대. 엄마 아빠한테도 나를 이렇게 키웠다고 부끄러운 줄 알라고 하셨어. 할머니가 당장 가신다고 하는데 난 상관없어. 엄마 아빠는 아니신 거 같지만 말이야."

"내가 그랬다고 왜 말 안 했어?"

"내가 그럴 것 같니? 앤 셜리, 난 고자질쟁이가 아니야. 그리고 어쨌든 나한테도 책임이 있지."

다이애나가 생각할 가치도 없는 질문이라는 듯이 말했다.

"있잖아, 내가 들어가서 할머니께 직접 말씀드릴래."

"앤 셜리, 절대 안 돼! 세상에, 할머니가 널 잡아먹으려고 하실 거야!"

"안 그래도 무서우니까 자꾸 겁주지 마. 나

도 차라리 호랑이 굴에 들어가고 싶은 심정이야. 하지만 할머니를 뵈어야 해, 다이애나. 내 잘못이라고 고백해야 해. 고백이라면 해 본 적이 있으니까 괜찮아."

앤이 애원했다.

"그럼, 할머니는 거실에 계셔. 들어가고 싶으면 들어가도 돼. 나라면 못 해. 그리고 네가 가도 별 소용없을 거야."

다이애나의 응원 아닌 응원을 받으며 앤은 호랑이 소굴로 향했다. 아니, 결연히 거실 앞으로 가서 들릴락 말락 한 소리로 노크를 했다.

"들어와라."

날선 목소리였다. 마른 몸에 엄하고 꼬장꼬장해 보이는 조세핀 할머니가 난로 옆에 앉아 사나운 손길로 뜨개질을 하고 있었는데 아직 노여움이 가라앉지 않았는지 금테 안경 너머의 눈빛도 매서웠다. 할머니는 다이애나일 거라는 생각에 의자를 빙글 돌려 앉았지만 앞에는 새하얀 얼굴의 여자아이가 서 있었다. 아이의 커다란 눈에는 어떻게든 용기를 쥐어짰지만 두려움에 잔뜩 움츠러든 마음이 고스란히 담겨 있었다.

"넌 누구냐?"

조세핀 할머니가 인사 없이 바로 물었다.

"저는 초록 지붕 집에 사는 앤 셜리예요. 그리고 괜찮으시다면 고백할 게 있어서 왔어요."

앤은 특유의 자세로 두 손을 꽉 맞잡고 살짝 떨리는 목소리로 대답했다.

"뭘 고백한다는 거지?"

"지난밤에 침대 위로 뛰어든 건 전부 제 잘못이에요. 제가 그러자고 했거든요. 다이애나는 그런 행동은 생각도 안 해 봤을 거예요. 확실해요. 다이애나는 정말 숙녀다운 아이예요, 배리 할머니. 그러니까 할머니가 다이애나를 탓하시는 건 공정하지 못하다는 말씀을 드리려고요."

"뭐, 내가 어째? 다이애나도 뛰긴 같이 뛴 게 아니냐. 점잖은 집 아이들이 그렇게 경망스럽게 행동한단 말이냐?"

"하지만 저희는 그저 재미로 그런 거였어요. 전 할머니께서 저희를 용서해 주셔야 한다고 생각해요. 지금 이렇게 사과드리잖아요. 어쨌든 제발 다이애나는 용서해 주시고 음악 수업도 받을 수 있게 해 주세요. 다이애나가 음악 수업을 얼마나 기대했는데요. 배리 할머니, 전 기대하던 일을 못하게 될 때의 기분을 너무 잘 알아요. 누군가에게 정 화를 내셔야 한다면 저한테 화를 내세요. 전 어렸을 때부터 사람들이 제게 화를 내는 데 익숙해서 다이애나보다 훨씬 잘 견딜 수 있거든요."

앤이 항변했다.

노부인의 눈에서 매서운 빛이 누그러든 자리에 호기심이 차올랐다. 그러나 말투는 여전히 엄했다.

"그저 재미였다는 말은 변명이 될 수 없다. 내가 어릴 땐 여자애들이 재미있다고 아무런 행동이나 막 하지 않았다. 길고 고된 여행을 마치고 곤히 자는데, 다 큰 여자애 둘이 몸 위로 뛰어드는 바람에 잠을 깨는 게 어떤 기분인지 너는 모르겠지."

"잘 모르겠지만 상상은 할 수 있어요. 굉장히 놀라고 화가 나셨을 것 같아요. 하지만 저희도 나름 이유가 있었어요. 할머니도 상상할 수 있으신가요? 할 수 있다면 저희 입장이 되어 보세요. 저희도 침대 위에 누가 있을 거라곤 생각도 못했고, 할머니 때문에 놀라 기절할 뻔했어요. 얼마나 놀랐는데요. 게다가 손님방에서 자기로 되어 있었는데 손님방에서도 못 잤어요. 할머니는 손님방에서 주무시는 게 익숙하시겠죠. 하지만 할머니가 한 번도 그런 특권을 누린 적 없는 고아 여자애라면 기분이 어땠을지 상상해 보세요."

앤이 간절히 말했다.

이제 매서운 눈빛은 온데간데없었다. 배리 할머니는 웃음을 터뜨렸다. 걱정 때문에 입도 벙긋 못하고 부엌에서 기다리던 다이애나는 그 웃음소리에 숨통이 트이고 안심이 됐다.

"내 상상력은 조금 녹슨 것 같구나. 상상 같은 걸 해 본 지가 너무 오래된 게지. 네 입장을 들으니 내 입장만큼이나 설득력이 있구나. 모든 일이 각자의 입장에 따라 달라 보이니 말이다. 이리 와 앉아서 네 이야기를 해 보거라."

"정말 죄송하지만 그럴 수 없어요. 할머니는 참 재미있는 분 같아서 저도 그러고 싶어요. 보기와 다르게 저랑 마음이 통하실 거 같고요. 하지만 저는 마릴라 커스버트 아주머니가 계신 집에 돌아가야 해요. 마릴라 커스버트 아주머니는 매우 친절하신 분으로 저를 받아주시고 올바로 키워주고 계세요. 아주머니는 최선을 다하고 계시지만, 저 때문에 실망하실 때가 많아요. 제가 침대 위로 뛰어오른 건 아주머니 잘못이 아니에요. 하지만 집에 가기 전에, 다이애나를 용서하시고 원래 계시려고 했던 대로 에이번리에 계실 건지 말씀해 주시면 좋겠어요."

앤은 단호하게 말했다.

"네가 가끔 와서 말동무를 해 준다면 아마 그럴 것 같구나."

그날 저녁 배리 할머니는 다이애나에게 은 팔찌를 선물로 주고 배리 부부에게 여행 가방을 풀었다고 알렸다.

"그 앤이라는 아이하고 얘기를 해 보고 싶어서 더 머물기로 했다. 재미있는 아이야. 내가 그맘때쯤일 땐 재미있는 사람이 드물었거든."

배리 할머니는 솔직하게 말했다.

이 이야기를 듣고 마릴라는 "내가 그럴 거라고 했죠"라고 할 뿐이었다. 매슈에게 들으라고 한 말이었다.

배리 할머니는 원래 예정했던 한 달이 지난 뒤에도 에이번리에 머물렀다. 앤과 이야기하며 기분 좋은 시간을 보낸 덕에 식구들과도 한결 잘 지냈다. 두 사람은 단단한 우정을 나누는 친구가 되었다.

이윽고 떠날 때가 되어 배리 할머니가 말했다.

"앤, 시내에 나오거든 꼭 나를 찾아오너라. 그럼 내가 제일 좋은 손님방에서 묵게 해 주마."

앤은 마릴라에게 이렇게 털어놨다.

"결국 배리 할머니는 마음이 통하는 분이셨어요. 할머니를 보기만 해서는 그런 생각이 안 드실 거예요. 하지만 정말이에요. 매슈 아저씨도 처음 만났을 땐 얼른 그런 생각이 들지 않았지만 금방 알게 됐잖아요. 마음이 통하는 사람을 만나는 건 제가 생각했던 것처럼 어려운 일이 아닌가 봐요. 세상에 그런 사람들이 많다는 걸 알게 돼서 정말 기뻐요."

20

지나친 상상력

초록 지붕 집에 다시 봄이 찾아왔다. 아름답지만 변덕을 부리며 꼼지락꼼지락 찾아드는 캐나다의 봄은 4월과 5월까지 상쾌하고 쌀쌀한 날들이 이어졌고, 해질녘 분홍빛 하늘 아래에서는 부활과 성장의 기적이 펼쳐졌다. '연인의 오솔길'에 늘어선 단풍나무가 빨간 잎눈을 틔우고, '드라이어드 샘' 주위에는 동그랗게 잎을 말아 쥔 작은 고사리들이 고개를 내밀었다. 저 위 멀리, 사일러스 슬론 씨네 집 뒤쪽

쓸쓸한 땅에는 메이플라워 꽃이 피어 갈색 잎 아래로 분홍색, 하얀색 별들이 아기자기하게 매달린 듯 보였다. 학생들은 남녀 할 것 없이 꽃을 따며 즐거운 오후를 보냈고, 그렇게 모은 꽃들을 팔이며 바구니에 가득 담아 맑은 석양빛에 물든 길을 따라 집으로 돌아갔다.

"메이플라워가 없는 곳에 사는 사람들이 정말 딱해요. 다이애나는 더 좋은 게 있을 거라고 하지만 메이플라워보다 더 좋은 게 있을까요, 아주머니? 메이플라워가 어떤 꽃인지 모르는 사람은 아쉬워하지도 않을 거라고 다이애나가 그랬어요. 그렇다면 그보다 더 슬픈 일도 없을 거 같아요. 메이플라워가 어떻게 생겼는지도 모르고 보고 싶어 하지도 않는다니, 아주머니, 그건 비극이에요. 제가 메이플라워를 뭐라고 생각하는지 아세요? 지난여름 죽은 꽃들의 영혼이에요. 그러니까 이곳이 꽃들의 천국인 거죠. 오늘은 정말 재미있었어요, 아주머니.

오래된 우물 옆에 이끼로 뒤덮인 넓고 우묵한 곳에서 점심을 먹었어요. 참 낭만적인 장소였어요. 찰리 슬론이 아티 길리스한테 우물을 뛰어넘어 보라고 했는데 아티가 정말 뛰어넘었어요. 못한다고 뺄 순 없으니까요. 다른 아이들이었대도 그랬을 거예요. 요즘 그런 도전 놀이가 대유행이거든요. 필립스 선생님이 메이플라워 꽃을 따서 프리시 앤드루스한테 모두 줬는데, 꽃을 주며 '아름다운 그대에게 아름다운 꽃을'*이라고 말하는 걸 제가 들었어요. 책에서 인용한 말이란 건 알지만, 선생님도 상상력이 조금은 있으신 거 같아요. 저도 누가 메이플라워 꽃을 줬지만 받지 않고 무시했어요. 그 애 이름은 앞으로 절대 입에 올리지 않겠다고 맹세했기 때문에 누군지 말씀드릴 순 없어요.

---

* "Sweets to the sweet."《햄릿》에서 거트루드 왕비가 죽은 오필리아에게 꽃을 바치며 한 말이다.

우린 메이플라워 꽃으로 화관을 만들어서 모자 위에 얹고 집에 올 때 두 사람씩 줄을 서서 큰 길까지 내려왔어요. 머리에 화관을 쓰고 손에는 꽃다발을 들고 〈언덕 위의 나의 집〉을 부르면서 말이에요. 아, 얼마나 신났는지 몰라요, 아주머니. 사일러스 슬론 씨네 가족이 전부 뛰어나와 우리를 쳐다봤고 길가에서 마주치는 사람들마다 걸음을 멈추고 우리를 돌아봤어요. 우리가 가는 곳마다 얼마나 시선을 끌었다고요."

"그랬을 테지! 그런 멍청한 짓을 했으니!" 라는 게 마릴라의 반응이었다.

메이플라워 꽃이 진 다음 제비꽃이 피어나자 '제비꽃 골짜기'가 온통 보랏빛으로 물들었다. 등교길에 앤은 성지를 걷듯 경건한 걸음과 엄숙한 눈을 하고 보랏빛 골짜기를 지나갔다.

"왜 그런지 여길 지날 때면 수업에서 길…… 누가 나를 앞서든 말든 정말 아무런 상관도 없어진다니까. 그런데 학교만 도착하면 전혀 달라져서 평소처럼 신경이 쓰여. 내 안에는 앤이 여러 명 있나 봐. 가끔은 그래서 내가 이렇게 사고뭉치가 됐나 하는 생각이 들어. 만약 내 안에 내가 한 명이라면 지금보다 훨씬 더 편했을 거야. 재미는 절반도 안 됐겠지만."

앤이 다이애나에게 말했다.

6월 어느 저녁, 앤은 다락방 창가에 앉아 있었다. 과수원에 다시 분홍빛 꽃이 만개하고, '반짝이는 호수' 위쪽 습지에서 개구리들이 맑은 울음을 울어댔으며, 들판을 뒤덮은 클로버와 발삼전나무 향기가 대기에 가득했다. 수업 내용을 공부하고 있었지만, 날이 저물어 책을 읽기가 힘들었다. 그래서 앤은 눈을 동그랗게 뜨고는 또다시 별이 총총 박힌 듯 꽃이 만발한 '눈의 여왕'의 굵은 가지 저 너머를 바라보며 몽상에 빠져들었다.

동쪽 다락방은 크게 바뀐 게 없었다. 벽은 여전히 하얗고, 바늘꽂이는 딱딱했으며, 의자는 변함없이 노랗고 반듯했다. 하지만 방의 분위기는 완전히 달라졌다. 새로운 활기와 톡톡 튀는 개성이 방 전체에 스며 있었다. 여학생의 책이나 옷, 리본 같은 것들 때문이 아니었다. 탁자 위에 금이 간 파란 단지에 가득 담긴 사과꽃과도 상관없었다. 상상력 풍부한 이 방의 주인이 잘 때나 깨어 있을 때나 꾸는 온갖 꿈이 손에 잡히지는 않지만 눈에 보일 듯이 배어 있었다. 휑한 방에 무지개와 달빛으로 엮은 아름다운 얇은 천을 걸어 둔 느낌이다. 얼마 지나지 않아 마릴라가 방금 다린 학교 앞치마를 들고 성큼성큼 방으로 들어왔다. 마릴라는 앞치마를 의자에 걸어 놓고 짧은 한숨을 뱉으며 앉았다. 그날 오후에도 두통으로 고생한 뒤라, 통증은 사라졌지만 여전히 기운이 없었다. 마릴라의 표현에 따르면 '지칠 대로 지친' 기분이었다. 앤은 맑은 눈으로 걱정스럽게 마릴라를 쳐다봤다.

"제가 대신 아플 수만 있다면! 아주머니를

위해서라면 두통도 기쁜 마음으로 견딜 수 있을 거예요."

"그래도 네가 도와주는 덕에 내가 쉴 수 있단다. 요즘은 일도 곧잘 하고 전보다 실수도 줄었더구나. 물론 오라버니의 손수건에 꼭 풀을 먹일 필요는 없었지만! 또 보통 사람들은 점심에 먹으려고 파이를 데울 때 오븐에 넣었

다가 따뜻해지면 꺼내지, 다 타서 바스러질 때까지 놔두지 않고 말이다. 하지만 그러지 않으면 네가 아니지."

마릴라는 두통이 있는 날이면 늘 그렇게 살짝 비꼬는 말투였다.

"아, 정말 죄송해요. 파이는 오븐에 넣고 지금까지도 깜박 잊고 있었어요. 점심 식탁에 뭔가 빠진 기분이 들긴 했지만요. 아침에 아주머니가 제게 파이를 맡기셨을 땐 상상 같은 건 절대 하지 말고 눈앞의 일들만 생각하자고 단단히 결심했었어요. 파이를 오븐에 넣을 때까진 잘해냈는데, 제가 마법에 걸린 공주가 됐다는 상상을 떨쳐내기가 힘들었어요. 제가 마법에 걸려 외로운 성안에 갇혀 있고 멋진 기사가 새까만 말을 타고 저를 구하러 오는 상상이었거든요. 그러다 보니 파이를 까맣게 잊었어요. 제가 손수건에 풀을 먹인 것도 몰랐어요. 다림질하는 내내 다이애나와 함께 개울 위쪽에서 발견한 새로운 섬의 이름을 생각했거든요. 아주머니, 거긴 정말 멋져요. 단풍나무가 두 그루 서 있고 개울이 그 섬을 끼고 흘러요. '빅토리아 섬'이라고 부르면 딱 좋겠다는 생각이 들었어요. 우리가 그 섬을 발견한 날이 여왕님의 생일이었거든요. 다이애나와 전 둘 다 충성심이 강하거든요. 하지만 파이랑 손수건은 정말 죄송해요. 오늘 하루는 특별히 더 기분 좋은 날이었으면 좋겠어요. 오늘은 기념일이거든요. 작년 오늘 무슨 일이 있었는지 아세요, 아주머니?"

"글쎄다. 딱히 생각나는 일이 없구나."

"아이, 아주머니, 제가 초록 지붕 집에 온 날이잖아요. 전 절대 잊지 못해요. 제 인생의 전환점이었으니까요. 물론 아주머니께는 별로 중요한 일이 아니었겠지만요. 제가 여기 온 지 일 년이 지났고, 그동안 정말 행복했어요. 물론 힘든 일도 많았지만 원래 살다 보면 힘든 일도 있잖아요. 절 키우기로 한 거 후회하세요, 아주머니?"

마릴라는 가끔 앤이 초록 지붕 집에 오기 전에는 어떻게 살았나 싶을 때가 있었다.

"아니다. 후회한다고는 말할 수 없지. 아니, 절대 후회하지 않아. 앤, 공부 끝났으면 배리 부인에게 가서 다이애나의 앞치마 견본을 빌려줄 수 있는지 물어보고 오너라."

"아…… 너무…… 너무 캄캄하잖아요."

앤이 소리쳤다.

"너무 캄캄하다고? 이제 겨우 초저녁인데. 그리고 넌 해 떨어진 뒤에도 자주 나갔잖니."

"내일 아침 일찍 다녀올게요. 해 뜰 때 일어나서 가면 안 될까요, 아주머니?"

"또 무슨 생각을 한 게야, 앤 셜리? 오늘 저녁에 네 새 앞치마를 마름질하려면 견본이 필요해. 바보같이 굴지 말고 어서 다녀와."

"…… 그럼 큰길로 돌아서 다녀올게요."

앤이 마지못해 모자를 집어 들었다.

"큰길로 돌아가면 30분이나 더 걸리잖니!

왜 이러는지 모르겠구나!"

"'유령의 숲'을 지나갈 수가 없어요, 아주머니."

앤이 간절한 얼굴로 울먹였다. 마릴라가 앤을 빤히 쳐다봤다.

"유령의 숲이라니! 제정신이냐? 유령의 숲이 도대체 뭐니?"

"개울 건너의 가문비나무 숲이오."

앤이 기어들어가는 목소리로 말했다.

"바보 같은 소리! 유령의 숲 같은 건 없어. 누가 그런 쓸데없는 소릴 하니?"

"아무도 안 했어요. 다이애나랑 제가 그 숲에 유령이 돌아다닌다고 그냥 상상했어요. 이쪽 주변은 다…… 다 평범해 보여서요. 재미삼아 해본 거예요. 4월부터요. 유령이 돌아다니는 숲이라니, 정말 낭만적이잖아요, 아주머니. 가문비나무 숲을 고른 건 거기가 워낙 컴컴해서예요. 우린 제일 무시무시한 것들을 상상했어요. 딱 이맘때쯤 어두워지면 하얀 옷의 여자가 두 손을 꽉 쥐고 곡소리를 내며 개울을 따라 걷죠. 여자가 나타나면 가족 중에 누가 죽게 되고요. 그리고 살해당한 꼬마 유령이 '한적한 숲' 근처 구석진 곳을 어슬렁거리다가 사람이 지나가면 뒤에서 슬그머니 다가와서 차가운 손가락으로 손을 잡아요. 아, 아주머니, 생각만 해도 몸서리가 쳐져요. 또 목 없는 사람이 길을 오르락내리락하고, 해골들이 나뭇가지 사이로 우리를 노려보기도 해요. 아, 아주머니, 어두워진 뒤에는 '유령의 숲' 쪽으로 무슨 일이 있어도 가지 않을 거예요. 나무 뒤에서 하얀 게 튀어나와 저를 붙잡을 거란 말이에요."

"별 이상한 소리도 다 듣겠다! 앤 셜리, 네가 상상한 그 말도 안 되는 얘기를 다 믿는다는 거니?"

마릴라가 말문이 막혀 듣고 있다가 소리쳤다.

"다 믿는 건 아니에요. 적어도 낮에는 믿지

않는데…… 어둠이 내리면, 아주머니, 또 달라요. 그때가 유령이 나타날 때라니까요."

앤이 머뭇거리며 말했다.

"유령 같은 건 없어, 앤."

"있어요! 유령을 본 사람들도 있단 말이에요. 찰리 슬론이 그러는데, 자기 할머니는 어느 날 밤에 일 년 전 돌아가신 할아버지가 소떼를 몰고 가는 모습을 보셨대요. 찰리 슬론네 할머니는 절대 거짓말을 하실 분이 아니잖아요. 신앙심도 아주 깊으신 분이고요. 그리고 토머스 아주머니네 아버지는 어느 날 밤 집으로 오는 길에 목이 잘려서 간당간당하게 매달려 있고 온몸이 불에 타는 양한테 쫓겼대요. 그 분은 그게 죽은 형의 영혼이고, 앞으로 9일 안에 자기가 죽는다는 경고라고 했대요. 그런데 9일 안은 아니지만 2년 뒤에 돌아가셨죠. 그러니까 정말이잖아요. 또 루비 길리스가 그러는데……."

앤이 필사적으로 매달리며 울먹였다.

"앤 셜리. 그런 얘기는 다시는 하지 말거라. 너의 그 상상력이 줄곧 마음에 걸리긴 했다만, 네 상상의 결과가 이런 거라면 나도 더는 두고만 볼 수 없구나. 당장 배리 부인 댁에 다녀오거라. 정신도 차릴 겸 가문비나무 숲을 지나서. 그리고 앞으로 유령의 숲 운운하는 소리는 다시는 꺼내지 마."

앤은 울면서 매달리고 싶었고, 실제로 그렇게 매달렸다. 마음속 공포가 현실처럼 느껴진 탓이었다. 상상력은 고삐를 풀고 날아오르더니 앤을 어둠이 내린 공포 가득한 가문비나무 숲으로 데려갔다. 하지만 마릴라는 가차 없었다. 마릴라는 유령의 존재를 믿고 잔뜩 겁에 질린 아이를 샘으로 데려가서, 곧장 다리를 건너 흐느끼는 여자와 머리 없는 유령이 배회하는 어스름한 고요 속으로 들어가라고 명령했다.

"아, 아주머니, 어떻게 이렇게 잔인하세요?

하얀 유령이 저를 붙잡아 끌고 가면 어떻게 하시려고요?"

앤이 흐느껴 울었다.

"잡혀갈지 어떨지 한번 보자꾸나. 알겠지만 난 빈말은 안 한다. 유령이 돌아다닌다는 상상 같은 건 당장 지워줘야겠다. 어서 다녀와."

앤은 걷기 시작했다. 발을 더듬으며 다리를 건너고 무시무시한 어둠이 깔린 길을 바들바들 떨며 나아갔다. 앤은 이 길을 결코 잊지 못할 것 같았다. 그동안 마음껏 상상력을 펼쳤던 자신이 뼈저리게 후회됐다. 상상에서 튀어나온 요괴들이 앤을 감싼 어둠 속에 숨어 있다가 차갑고 앙상한 손을 뻗어 그들을 불러낸, 겁에 질린 작은 여자아이를 붙잡으려 했다. 앤은 골짜기에서 날아온 하얀 자작나무 껍질이 갈색 숲길에 놓인 것을 보고도 심장이 멎을 만큼 놀랐다. 오래된 나뭇가지 두 개가 서로 부딪히며 흐느껴 울듯 긴 소리를 내자 이마에 식은땀이

송골송골 맺혔다. 어둠 속에서 머리 위로 곤두박질치는 박쥐들도 괴생명체로만 보였다.

윌리엄 벨 씨네 들에 다다르자 앤은 하얀 유령들이 떼를 지어 쫓아오기라도 하듯 내달렸고, 배리 씨네 부엌문 앞에 도착했을 때는 너무 숨이 차서 앞치마 견본을 빌리러 왔다는 말도 제대로 나오지 않았다. 다이애나가 집에 없었기 때문에 배리 씨네 집 앞에서 더 꾸물거릴 핑계도 없었다. 공포 가득한 길을 되돌아갈 일만 남았다.

앤은 하얀 유령들을 목격하느니 나무에 머리를 부딪치는 게 낫다는 심정으로 눈을 질끈 감고 왔던 길을 되돌아갔다. 마침내 휘청거리는 걸음으로 통나무 다리를 건너고 나서야 마음이 놓여 떨리는 숨을 길게 들이쉬었다.

"그래, 뭐 쫓아오는 거 없더냐?"

"아, 아주머니. 앞으론 평, 평범한 데 마, 마, 만족할래요."

앤이 이를 딱딱 부딪치며 말했다.

21

맛의 신기원

"아, 린드 아주머니가 이 세상은 만남과 이별뿐이라고 하셨는데 그 말이 맞아요."

6월 마지막 날, 앤은 석판과 책을 부엌 탁자에 내려놓으며 구슬피 읊조렸다. 그리고 흠뻑 젖은 손수건으로 새빨개진 눈을 닦았다.

"오늘 학교 갈 때 손수건을 한 장 더 챙겨서 다행이죠, 아주머니? 그래야 한다는 예감이 들었거든요."

"네가 그렇게까지 필립스 선생님을 좋아하

는지 미처 몰랐구나. 선생님이 그만두신다고 눈물을 훔치느라 손수건이 두 장이나 필요하다니 말이다."

"선생님이 정말로 너무 좋아서 우는 건 아니에요. 다른 아이들도 다 우니까 그냥 우는 거죠. 루비 길리스가 제일 먼저 울었어요. 루비 길리스는 늘 필립스 선생님을 싫어한다고 떠들어 댔지만, 선생님이 마지막 인사말을 시작하자마자 울음을 터뜨렸어요. 그러자 여자애들이 전부 연달아 울기 시작했고요. 전 참고 버티려고 했어요, 아주머니. 필립스 선생님이 저를 길…… 남자애 옆자리에 앉혔을 때를 생각하면서요. 또 칠판에 제 이름을 쓸 때 'e'를 빠뜨리셨고요. 저처럼 기하학을 못하는 학생은 처음 봤다고도 하셨고, 제 맞춤법을 비웃기도 하셨죠. 늘 그렇게 못되게 굴고 빈정거리던 모습을 떠올리려고 했거든요. 하지만 어쩐 일인지 참아지지가 않았어요, 아주머니. 저도 그래서 울기 시작한 거예요. 제인 앤드루스는 필립스 선생님이 학교를 떠난다니 너무 좋다면서 한 달 동안 떠들었고 자기는 눈물 한 방울도 안 흘릴 거라고 장담했었다니까요. 그런데 다른 아이들보다 더 울어서 남동생한테 손수건까지 빌렸어요. 당연히 남자애들은 울지 않았거든요. 제인 앤드루스는 손수건을 한 개밖에 안 가져왔는데, 그것도 필요 없을 줄 안 거죠. 아, 아주머니, 가슴이 찢어질 듯 아팠어요. 필립스 선생님이 작별 인사를 정말 아름다운 말로 시작하셨거든요. '이제 헤어질 시간이 왔습니다'라고 말이에요. 너무 감동적이었어요. 선생님도 눈물을 흘리셨어요, 아주머니. 아아, 그동안 학교에서 떠들고, 석판에 선생님을 그리고, 프리시하고 선생님 사이를 놀렸던 게 전부 다 너무 죄송하고 후회스러웠어요. 제가 미니 앤드루스 같은 모범생이라면 얼마나 좋을까 하고 바랐어요. 그 애는 양심에 거리낄 게 아무것도 없을 테니까요. 집에 오는 길에도 여자애들은 계속 울었어요. 마음이 가라앉을 만하면 캐리 슬론이 '이제 헤어질 시간이 왔습니다' 하고 선생님을 흉내 내는 통에 다시 울음이 터지고 그랬거든요. 정말 너무 슬퍼요, 아주머니. 하지만 이제 곧 두 달간의 방학이 시작될 텐데 깊은 절망에만 빠져 있으면 안 되겠죠? 그리고 이번에 새로 오신 목사님과 사모님을 역에서 만났어요. 필립스 선생님이 떠나시는 건 마음이 정말 아팠지만, 새로 오신 목사님이 궁금한 건 어쩔 수 없잖아요? 사모님은 정말 예쁘세요. 물론 여왕처럼 막 예쁜 건 아니고요. 목사님 부인이 그렇게 예쁘면 안 될 것 같아요. 그러면 좋은 본보기가 되지 못할 테니까요. 린드 아주머니가 그러시는데, 뉴브리지의 목사님 부인은 너무 멋을 부려서 아주 나쁜 본을 보이셨대요. 새로 오신 우리 목사님 부인은 귀여운 볼록 소매가 달린 파란 모슬린 드레스를 입고 테두리에 장미 장식이 달린 모자를 쓰셨더라고요. 제인 앤드루스는 목사님 부인이 입기엔 볼록 소매가 너무 세속적인 것 같다고 하지만, 전 그렇게 냉정하게는 말을 못하겠어요, 아주머니. 전 볼록 소매를 입고 싶은 마음이 어떤 건지 잘 알거든요. 게다가 그분은 목사님 부인이 된 지도 얼마 안 됐으니까 이해해 드려야죠. 목사님 내외분은 목사관이 정리될 때까지 린드 아주머니 댁에 묵으신대요."

그날 저녁 마릴라가 린드 부인의 집을 찾은 이유는 지난겨울에 빌렸던 누비이불 틀을 돌려준다는 것이었지만, 그것 말고도 이유는 또 있었다. 그것은 에이번리 사람들이라면 대부분 갖고 있는 정감 어린 약점이었다. 린드 부인은 사람들에게 여러 가지 물건을 빌려주었는데 개중에 다시는 돌려받지 못할 줄 알았던 것들도 있었다. 그날 밤 그런 물건들이 빌려 갔던 사람들의 손에 들려 부인의 집으로 돌아왔다. 흥미로운 사건이라고 할 만한 게 거의 없는 작고 조용한 시골 마을에 새로 부임한 목사, 그것도 부인과 함께 온 목사는 호기심의 대상이었으니까.

앤이 보기에 상상력이 부족해 보였던 벤틀리 목사는 에이번리에서 18년간 목사로 있었다. 벤틀리 목사는 아내를 잃고 홀몸으로 부임했다. 해마다 이 여자, 저 여자, 아니면 또 다른 여자랑 결혼할 거라는 소문이 끊이지 않았지만, 결혼하지 않고 계속 혼자 살았다. 지난 2월에 벤틀리 목사는 목사직에서 물러났고 애석해 하는 신도들을 뒤로하고 마을을 떠났다. 설교에 부족한 점이 많기는 했어도 오랜 시간 함께 지내면서 선량한 목사에게 정이 깊었다. 그 뒤로 에이번리 교회에는 일요일마다 여러 목사 후보들이 찾아와 설교 시범을 보이며 각양각색의 교리 해석과 능력을 선보였다. 목사를 결정하는 것은 교회 장로들이었다. 하지만 커스버트 씨네 오랜 가족석 한구석에 얌전히 앉아 있는 빨강 머리 꼬마 여자아이에게도 나름의 의견이 있어서 목사 후보들에 대해 매슈와 이런저런 생각들을 논했다. 마릴라는 어떤 식으로든 목사를 비평하는 것은 원칙적으로 반대했다.

앤이 최종 결론을 내렸다.

"스미스 목사님은 안 될 거예요, 아저씨. 린드 아주머니는 전달력이 너무 부족하다고 하시지만, 제가 볼 땐 벤틀리 목사님처럼 상상력이 전혀 없다는 게 가장 큰 단점이에요. 테리 목사님은 상상력이 너무 많고요. 그분은 제가 '유령의 숲'을 상상할 때처럼 도가 지나쳐요. 또 린드 아주머니는 그분의 종교관도 별로 건전하지 못하다고 하셨어요. 그레셤 목사님은 정말 좋은 분이고 신앙심도 아주 깊지만, 웃긴 얘기를 너무 많이 해서 교회에 온 사람들이 웃기만 해요. 그러면 위엄이 없어 보이잖아요. 목사님은 어느 정도 위엄이 있어야 하지 않나요, 아저씨? 마셜 목사님은 확실히 사람 마음을 끄는 뭔가가 있지만, 린드 아주머니가 자세히 알아봤는데 결혼도 안 했고 심지어 약혼도 안 하셨대요. 아주머니는 그분이 신도하고 결혼할지도 모른다고, 그러면 시끄러워질 수 있다고 하세요. 린드 아주머니는 정말 멀리까지 내다보시는 거 같아요. 그렇죠, 아저씨? 전 교회에서 앨런 목사님을 초청해서 정말 기뻐요. 앨런 목사님은 설교도 재밌게 하시고, 기도할 때도 습관처럼 하는 게 아니라 진심으로 하시는 거 같아요. 린드 아주머니는 그분이 완벽하진 않지만 일 년에 750달러 가지고 완벽한 목사님을 바라면 안 된다고 하시더라고요. 그리고 어쨌든 그분은 종교관이 건전하대요. 아주머니가 앨런 목사님께 교리에 대해 요목조목 물어보셨대요. 그리고 목사님 부인 쪽 집안사람들도 아시는데, 더없이 좋은 분들이고 여자들도 전부 훌륭한 가정주부래요. 린드 아주머니는 건전한 교리를 가진 남편과 훌륭한 가정주부인 아내라면 목사님의 가정으로서 이상적인 조합이라고 하셨어요."

새로 부임한 목사와 그의 부인은 인상 좋은 젊은 부부였고, 아직 신혼이었으며, 자신들이 선택한 평생의 업에 대해 선하고 참다운 열정으로 가득했다. 에이번리 사람들은 처음부터 두 사람에게 마음을 열었다. 노인이나 젊은이 할 것 없이, 솔직하고 쾌활하며 이상이 높은 젊은 남자와 목사관의 안주인이 될 밝고 온유한 젊은 여자를 좋아했다. 앤은 앨런 부인을 금세 진심으로 좋아하게 되었다. 마음이 통하는 사람을 또 한 명 발견한 것이었다.

어느 일요일 오후 앤이 진지하게 말했다.

"앨런 사모님은 정말 멋진 분이세요. 주일학교 우리 반을 맡으셨는데 아주 훌륭한 선생님인 것 같아요. 수업에 들어오자마자 선생님만 질문하는 건 공평하지 않다고 말씀하셨다니까요. 아주머니, 저도 늘 그렇게 생각했잖아요. 우리한테도 묻고 싶은 게 있으면 아무거나 물어보라고 하셔서 제가 질문을 아주 많이 했어요. 전 질문하는 데 소질이 있는 거 같아요, 아주머니."

"그랬을 테지."

"저랑 루비 길리스 말고는 아무도 질문을 안 하더라고요. 루비 길리스는 이번 여름에도 주일학교 소풍을 가는지 물었어요. 그건 수업이랑 아무 관계도 없는 내용이라 적당한 질문은 아니었다고 생각해요. 오늘 수업은 사자 굴 속의 다니엘이었거든요. 그래도 앨런 사모님은 소풍을 갈 거 같다고 웃으면서 대답해 주셨어요. 앨런 사모님은 웃는 모습이 참 예뻐요. 웃으실 때 뺨에 생기는 보조개도 참 아름답고요. 저도 뺨에 보조개가 있으면 좋겠어요, 아주머니. 지금은 여기 처음 왔을 때보다 살이 쪘지만 보조개는 아직 없잖아요. 저도 보조개가 있으면 사람들에게 좋은 영향을 줄 수 있을 텐데요. 앨런 사모님은 우리가 다른 사람들에게 좋은 영향을 줄 수 있도록 항상 노력해야 한다고 하셨어요. 다른 좋은 얘기도 많이 해 주셨어요. 전 종교가 이렇게 즐거운 건지 예전엔 미처 몰랐어요. 종교란 좀 우울한 거라고만 늘 생각했거든요. 하지만 앨런 사모님께 배우는 종교는 그렇지가 않아요. 사모님 같은 사람이 될 수 있다면 저도 기독교인이 되고 싶어요. 벨 장로님 같은 기독교인은 말고요."

"벨 장로님을 그런 식으로 말하는 건 아주 버릇없는 태도야. 벨 장로님은 정말 좋은 분이야."

마릴라가 엄하게 말했다.

"아, 물론 좋은 분이시죠. 하지만 좋은 사람이라는 걸 전혀 즐거워하지 않으시는 것 같아요. 제가 좋은 사람이 될 수 있다면 전 기뻐서 하루 종일 춤추고 노래하겠어요. 앨런 사모님은 나이가 있으니까 춤추고 노래하진 못하시겠죠. 물론 목사님 부인이라 체통도 있을 거고요. 하지만 사모님이 기독교인이라는 사실을 기쁘게 여긴다는 걸 전 알 수 있어요. 기독교를 믿지 않고 천국에 갈 수 있다 해도 기독교인으로 남으실 분이라는 걸 말이에요."

"조만간 앨런 목사님 내외를 초대해 차를 대접해야 할 것 같다. 우리 집 말고는 거의 다 방문을 하셨더구나. 어디 보자. 다음 주 수요일에 초대하면 되겠다. 매슈 오라버니에게는 한 마디도 하지 말거라. 오라버니가 알았다가는 목사님 내외분이 오시는 날짜에 어떻게든 핑계를 만들어서 나가 버릴 거야. 벤틀리 목사님하고는 익숙해져서 괜찮았는데, 새 목사님과 안면을 트는 걸 어려워할 게 뻔하고 목사님 부인까지 온다고 하면 기겁할걸."

마릴라가 생각에 잠겼다.

"입도 벙긋하지 않을게요. 근데 음, 아주머

니, 그날 케이크는 제가 만들어도 될까요? 앨런 사모님을 위해 정말로 뭔가 하고 싶어요. 저도 이젠 케이크를 꽤 잘 만들잖아요."

앤이 자신 있게 말했다.

"레이어 케이크를 만들렴."

마릴라가 약속했다.

월요일과 화요일, 초록 지붕 집은 목사님 내외를 맞을 준비로 분주했다. 목사님과 부인에게 차를 대접하는 것은 무척 중요한 일이었고, 마릴라는 에이번리의 어느 주부에게도 밀리지 않게 준비하겠다고 마음먹었다. 앤도 기쁨과 흥분에 들떴다. 화요일 밤, 황혼이 내린 뒤에 앤은 다이애나와 함께 '드라이어드 샘' 근처의 커다란 붉은 바위에 앉아 전나무 진액에 담갔던 작은 나뭇가지로 물 위에 무지개를 그리며 이야기를 나누었다.

"준비는 다 됐어, 다이애나. 아침에 케이크만 만들면 돼. 베이킹파우더 비스킷은 아주머니가 차를 대접하기 직전에 구우실 거고. 다이애나, 아주머니와 난 이틀을 바쁘게 준비했어. 목사님 가족을 초대한다는 건 정말 보통 일이 아니야. 이런 일은 한 번도 해 본 적이 없어. 네가 우리 벽장을 한번 봐야 하는데. 보기만 해도 한숨이 나올걸. 닭고기 젤리랑 차가운 혀 요리를 낼 거야. 젤리는 노랑이랑 빨강, 두 종류를 준비하고, 생크림이랑 레몬 파이랑, 체리 파이도 있어. 쿠키 세 종류랑 과일 케이크도 만들었고, 아주머니가 목사님 내외분을 위해 특별히 그 유명한 노란 자두잼도 덜어 놨어. 파운드케이크하고 레이어 케이크하고 비스킷은 좀 전에 말한 것처럼 준비할 거고. 새로운 빵도 구웠는데, 목사님이 그걸 드시고 소화가 안 될 경우를 대비해서 원래 먹던 빵도 따로 준비했어. 린드 아주머니가 그러시는데 목사님들은 대부분 소화불량이 있대. 하지만 앨런 목사님은 목사가 된 지 얼마 안 됐으니까 그 정도는 아닐 거야. 레이어 케이크를 만들 생각만 하면 머리가 아찔해져. 아, 다이애나, 제대로 못하면 어떡하지! 어젯밤엔 커다란 레이어 케이크를 머리에 인 무시무시한 도깨비한테 쫓기는 꿈을 꿨어."

"잘될 거야, 괜찮아. 2주일 전 점심 때 네가 만들어 와서 '한적한 숲'에서 먹었던 케이크도 정말 완벽했잖아."

다이애나가 늘 마음을 편하게 해 주는 친구답게 앤을 안심시켰다.

앤이 한숨을 쉬며 전나무 향이 유독 짙게 밴 나뭇가지 하나를 물에 띄웠다.

"그렇긴 한데, 케이크란 게 잘 만들고 싶을수록 더 엉망이 되더라. 아무튼 모든 걸 하늘의 뜻에 맡기고 밀가루나 잊지 않고 넣어야지, 뭐. 아, 저기 봐, 다이애나, 정말 아름다운 무지개야! 우리가 가고 나면 나무 요정 드라이어드가 나와서 저 무지개를 스카프로 쓰려고 가져가겠지?"

"드라이어드 같은 건 없잖아."

다이애나의 엄마도 '유령의 숲' 이야기를 듣고 몹시 화를 냈다. 결국 다이애나는 앤을 따라 펼쳤던 상상의 나래를 접었고, 해로울 것 없는 드라이어드 요정 같은 상상이라도 분별 있는 사람이라면 믿어선 안 된다고 생각했다.

"하지만 요정이 있다고 상상하는 건 너무 쉽잖아. 매일 밤 잠자리에 들기 전에 난 창밖을 내다보면서 정말로 드라이어드가 여기 앉아서 샘을 거울 삼아 머리를 빗고 있지 않을까 생각하거든. 가끔 아침이면 이슬을 들여다보며 요정의 발자국도 찾아. 아, 다이애나, 드라이어드가 있다는 믿음을 버리지 마!"

수요일 아침이 밝았다. 앤은 너무 흥분해서 해가 막 뜰 무렵 잠에서 깼다. 전날 저녁 샘에 손을 담가 첨벙거린 탓에 심한 코감기에 걸려 있었다. 그러나 폐렴에 걸렸대도 그날 아침

요리를 향한 앤의 열정은 식지 않았을 것이다. 아침 식사를 마친 뒤 앤은 케이크를 만들기 시작했다. 그러고는 마침내 오븐 뚜껑을 닫으며 긴 숨을 내쉬었다.

"이번에는 하나도 빼먹지 않았어요, 아주머니. 그런데 잘 부풀까요? 베이킹파우더가 안 좋은 거면 어쩌죠? 새 통에 있던 걸 썼거든요. 린드 아주머니가 요즘은 전부 불순물이 섞여 들어가서 베이킹파우더도 좋은 건지 아닌지 알 수가 없대요. 정부가 이 문제를 고민해야 하는데 토리* 정부에서는 절대 안 할 거래요. 아주머니, 케이크가 부풀어 오르지 않으면 어쩌죠?"

"그거 말고도 먹을 게 많잖니."

마릴라가 별일 아니라는 듯 냉정하게 말했다.

하지만 케이크는 부풀어 올랐고, 오븐에서

---

* 보수적 성향의 정당

꺼냈을 때는 황금색 거품처럼 가볍고 부드러웠다. 앤은 기뻐서 빨갛게 달아오른 얼굴을 하고 케이크 위에 루비처럼 빨간 젤리 층을 쌓으며, 케이크를 맛본 앨런 사모님이 한 조각 더 달라고 부탁하는 모습을 머릿속에 그렸다.

"찻잔은 당연히 제일 좋은 걸 꺼내실 거죠, 아주머니? 고사리랑 들장미로 식탁을 장식해도 돼요?"

"쓸데없는 짓이야. 중요한 건 음식이지 겉치레 같은 장식은 중요치 않다고 난 생각한다."

마릴라가 콧방귀를 뀌었다.

"배리 아주머니도 식탁에 장식을 하신걸요. 목사님도 우아하게 칭찬하셨대요. 맛의 향연일 뿐 아니라 눈의 향연이기도 하다고요."

앤은 뱀의 지혜를 빌리는 게 약간은 마음에 찔렸다.

마릴라는 배리 부인뿐만이 아니라 어느 누구에게도 질 마음이 없었다.

"그럼, 좋을 대로 하렴. 접시 놓을 자리는 남겨 놔야 한다."

앤은 격식도 갖추고 유행도 따르면서 배리 부인보다 훨씬 더 근사하게 장식하려고 전력을 다했다. 장미와 고사리를 한아름 모아 온 앤은 뛰어난 예술 감각을 발휘하여 식탁을 아름답게 꾸몄고, 덕분에 목사님과 부인은 자리에 앉으며 입을 모아 그 아름다움을 칭찬했다.

"앤이 했답니다."

마릴라가 무뚝뚝하게 말했다. 하지만 앤은 앨런 부인 얼굴에 흡족한 미소가 떠오른 것을 보니 천국에라도 오른 듯 행복했다.

매슈도 그 자리에 있었다. 앤이 하늘밖에 모를 수를 써서 매슈를 참석시킨 것이다. 매슈가 너무 수줍어하고 겁먹은 통에 마릴라는 자포자기하는 심정으로 매슈를 포기했지만, 앤이 나서서 손을 쓴 덕에 매슈도 가장 좋은 옷에 하얀 깃을 달고 식탁에 앉아 제법 재미있어

하며 목사와 대화를 주고받았다. 앨런 부인에게는 한 마디도 건네지 않았지만 그것을 기대하는 건 애초에 무리였을 것이다.

교회에서 울리는 결혼식 종소리처럼 자리가 즐겁게 무르익고 있을 즈음 앤이 만든 레이어 케이크가 나왔다. 이미 어리둥절할 정도로 잘 차려진 갖가지 음식을 먹은 뒤라 앨런 부인은 케이크를 사양했다. 하지만 앤이 실망하는 얼굴을 보고는 마릴라가 미소를 지으며 말했다.

"한 조각만 맛보세요, 앨런 부인. 앤이 부인을 위해 만든 거랍니다."

"그럼 맛을 봐야겠네요."

앨런 부인이 웃으며 세모 모양으로 자른 두툼한 케이크 한 조각을 집어 들었고, 목사님과 마릴라도 케이크를 접시에 담았다. 케이크를 한 입 가득 베어 먹은 앨런 부인의 얼굴에 더없이 기묘한 표정이 스쳤다. 부인은 아무 말 없이 조금씩 계속 삼켰다. 마릴라가 앨런 부인의 표정을 보고 얼른 케이크를 맛보고는 소리쳤다.

"앤 셜리! 도대체 케이크에 뭘 넣은 게냐?"

"요리책에 나온 그대로 했어요, 아주머니. 왜 이상해요?"

앤이 몹시 괴로운 표정으로 울부짖었다.

"이상하냐고! 아주 고약한 맛이야. 앨런 목사님, 먹지 마세요. 앤, 네가 맛을 보거라. 향료는 뭘 썼니?"

"바닐라요. 바닐라밖에 안 넣었어요. 아, 아주머니, 베이킹파우더 때문인가 봐요. 의심이 가는 건 그거밖에……."

케이크를 맛본 앤의 얼굴이 수치심에 벌겋게 달아올랐다.

"베이킹파우더가 아냐! 가서 네가 넣었다는 바닐라병을 가져와봐라."

앤은 벽장으로 달려가 작은 병을 가지고 돌아왔다. 병에는 갈색 액체가 반쯤 채워져 있었고 노란 글씨로 '최고급 바닐라'라고 적혀 있었다.

마릴라가 병을 받고 마개를 열어 냄새를 맡았다.

"이런, 앤, 케이크에 진통제를 넣었구나. 지난주에 내가 약병을 깨뜨려서 빈 바닐라병에 남은 약을 부어 놨거든. 내 잘못도 있구나. 네게 주의를 줬어야 했는데. 그래도 그렇지, 냄새가 났을 텐데?"

앤은 거듭된 망신에 눈물을 터뜨렸다.

"맡을 수 없었어요. 감기에 걸렸거든요!"

앤은 이 말을 남기고 도망치듯 다락방으로 올라가서 누구의 위로도 소용없다는 듯 침대 위에 쓰러져 울었다.

이내 계단에서 가벼운 발걸음 소리가 들리더니 누군가 방으로 들어왔다. 앤은 고개도 들지 않고 흐느껴 울었다.

"아, 아주머니. 이건 영원한 불명예가 될 거

예요. 결코 이 불명예를 씻지 못할 거라고요. 소문이 다 퍼지겠죠. 에이번리에서는 모든 게 다 소문나잖아요. 다이애나가 케이크가 어땠는지 물을 거고, 그럼 전 사실대로 털어놔야겠죠. 여자애들은 저만 보면 진통제로 케이크를 만들었다고 손가락질을 해댈 거예요. 길…… 학교의 남자애들도 웃음을 터뜨리겠죠. 아, 아주머니, 기독교인으로서 조금이라도 절 가엾게 여기는 마음이 있으시다면, 제게 내려가서 그릇을 닦으라고 하진 말아 주세요. 목사님과 사모님이 가시면 할게요. 아, 다시는 앨런 사모님 얼굴을 보지 못하겠어요. 사모님은 제가 사모님에게 독을 먹이려 했다고 생각하실지도 몰라요. 린드 아주머니가 후원자를 독살하려고 했던 고아 여자애를 아신대요. 하지만 그 약은 독이 없단 말이에요. 원래 먹는 약이잖아요. 케이크에 넣어서 먹는 건 아니지만요. 앨런 사모님께 그렇게 말씀해 주시겠어요, 아주머니?"

"씩씩하게 일어나서 네가 직접 말하지 그러니?"

유쾌한 목소리가 들렸다.

앤이 벌떡 일어나자 침대 옆에 서서 웃는 눈으로 자신을 살펴보는 앨런 부인이 보였다.

"귀여운 꼬마 아가씨, 이런 일로 울면 안 돼. 누구나 저지를 수 있는 재미있는 실수일 뿐이니까."

앨런 부인은 슬픔에 빠진 앤의 얼굴을 보고 진심으로 걱정하며 말했다.

"아, 아니에요. 그런 실수를 하는 사람은 저밖에 없어요. 전 케이크를 정말 맛있게 만들어 드리고 싶었어요, 앨런 사모님."

앤이 축 처진 목소리로 말했다.

"나도 안단다, 얘야. 그리고 정말 맛있는 케이크를 먹었을 때랑 똑같이 너의 상냥하고 사려 깊은 마음에 고맙다는 말을 하고 싶어. 자, 그만 울고, 같이 내려가서 네 꽃밭을 보여 줄래? 커스버트 부인이 앤의 작은 꽃밭이 있다고 하시던데. 나도 꽃을 무척 좋아하거든."

앤은 앨런 부인을 따라 아래층으로 내려갔다. 앨런 부인이 마음이 잘 통하는 사람이라 다행이라고 생각했고, 마음도 편해졌다. 진통제 케이크 이야기는 더는 나오지 않았고, 손님들이 돌아간 뒤 앤은 그렇게 끔찍한 사건이 있었던 것에 비해 그날 저녁이 기대 이상으로 즐거웠다고 생각했다. 그런데도 앤은 한숨을 푹 내쉬었다.

"아주머니, 내일을 생각하면 기분 좋지 않나요? 내일은 아직 아무 실수도 저지르지 않은 새로운 날이잖아요."

"내 보증하마. 넌 내일도 실수를 수두룩이 저지를 거다. 너처럼 실수를 쫓아다니며 저지르는 아이는 처음 본다, 앤."

앤이 풀이 죽어 말했다.

"맞아요. 저도 잘 알아요. 그래도 아주머니,

제게도 장점이 하나 있는데, 알고 계세요? 전 같은 실수는 두 번 저지르지 않아요."

"끊임없이 새로운 실수를 저지르니 좋은 점이 있어도 그게 그거구나."

"아, 모르세요, 아주머니? 한 사람이 저지를 수 있는 실수에는 분명 한계가 있어요. 제가

그 한계에 다다르면 제 실수도 끝나는 거죠. 그렇게 생각하면 마음에 정말 위로가 돼요.”

“글쎄, 저 케이크나 가져가서 돼지한테 주렴. 사람이 먹을 건 못 되더구나. 제리 부트라 해도 말이다.”

22

앤이 목사관에 초대받다

"이번에는 또 무슨 일로 눈이 튀어나오려고 하니? 또 마음이 통하는 사람이라도 찾은 거니?"

마릴라가 우체국에 달려갔다가 이제 막 돌아온 앤에게 물었다. 앤은 온통 흥분에 휩싸여 있었다. 앤을 둘러싼 흥분은 눈에서도 반짝였고, 온몸에서는 불처럼 뿜어져 나왔다. 앤은 8월 저녁의 그윽한 햇살과 느긋한 그늘이 드리운 오솔길을, 바람을 타고 나는 요정처럼 춤추며 뛰어왔다.

"아뇨, 아주머니, 그게 아니라, 무슨 일인지 아세요? 저 내일 오후에 목사관으로 차 마시러 오라는 초대를 받았어요! 앨런 사모님이 우체국에 편지를 남기셨어요. 이것 좀 보세요, 아주머니. '초록 지붕 집의 앤 셜리 양에게.' 누가 저한테 '양'이라고 한 건 처음이에요. 가슴이 너무 두근거려요! 이 편지를 제 보물 상자 안에 영원히 간직할래요."

"앨런 부인이 주말학교 학생들 모두를 차례대로 초대할 거라고 했단다. 그러니 그렇게 들뜰 거 없다. 상황을 좀 차분하게 받아들이는 법을 배우거라."

마릴라는 이 놀라운 사건이 별일 아니라는 듯이 말했다.

상황을 차분하게 받아들이라는 것은 앤에게 천성을 바꾸라는 말과 같았다. 하지만 앤이 그렇듯이 '순수한 영혼에 불처럼 뜨겁고 이슬처럼 맑은' 사람에게는 언제나 삶의 즐거움과 괴로움이 강렬하게 찾아왔다. 마릴라도 이것을 알기에 막연하지만 걱정이 되었다. 세상을 살면서 반복될 기쁜 일과 슬픈 일들이 이 충동적인 아이에게 얼마나 힘겨울까, 똑같은 크기로 기쁨이 다가온다 해도 과연 고통이 지나간 자리를 치유해 줄 수 있을까 하는 생각 때문에 말이다. 그래서 마릴라는 앤을 차분하고 평온한 성품의 아이로 키우는 게 자신의 임무라고 생각했지만, 그것은 얕은 개울 위에서 일렁이는 햇빛을 마주하는 것만큼이나 낯설고 불가능한 일이었다. 서글프지만 마릴라 스스로도 인정했듯이 앤은 크게 나아지지 않았다. 앤은 간절한 희망이나 계획이 무산되면 '고통의 나락'으로 거꾸러졌고, 반대로 기대가 이루어지면 아찔한 '환희의 왕국'으로 날아올랐다. 마릴라는 어디로 튈지 모르는 이 아이를 얌전하고 반듯한 모범생으로 만들겠다던 생각을 거의 포기했다. 게다가 마릴라 자신조차 그렇게 바뀐 앤을 지금보다 더 좋아할 것 같지 않았다.

그날 밤 앤은 울적한 마음으로 말없이 잠자리에 누웠다. 매슈가 북동쪽에서 바람이 불어 내일은 하루 종일 비가 올 것 같다고 했기 때문이다. 집 근처 포플러나무 잎사귀가 바스락거리는 소리가 꼭 빗방울이 후드득 떨어지는 소리처럼 들려 앤은 걱정이 앞섰다. 멀리 만에서 철썩거리는 파도 소리도 평소라면 낭랑하고 이질적인 리듬에 마음이 사로잡혀 기분 좋게 귀를 기울였겠지만, 맑은 날을 간절히 바라는 어린 아가씨에게는 폭풍과 엄청난 불행을 예고하는 전조처럼 들렸다. 앤은 아침이 영영 오지 않을 것만 같았다.

하지만 모든 것에는 끝이 있게 마련이다. 목사관에 초대받은 전날 밤도 마찬가지였다. 아침은 매슈의 예상과 달리 화창했고, 앤의 기분은 하늘 높이 치솟아 올랐다. 앤은 아침에 먹은 그릇들을 씻으며 말했다.

“와, 아주머니, 오늘은 누구를 만나든 전부 다 사랑할 수 있을 거 같아요. 제 기분이 얼마나 좋은지 모르실 거예요! 계속 이런 기분이라면 참 멋지지 않을까요? 매일매일 초대만 받는다면 모범생도 될 수 있을 거예요. 근데요, 아주머니, 오늘은 정말 중요한 자리기도 해요. 너무 걱정돼요. 실수하면 어쩌죠? 전 목사관에서 차를 마셔 본 적이 한 번도 없잖아요. 제가 지켜야 할 예절들을 다 알고 있는지 모르겠어요. 여기 온 뒤로 《패밀리 헤럴드》에 실린 예절 관련 기사를 읽으며 공부하긴 했지만요. 바보 같은 행동을 하거나 해야 할 일을 깜박 잊을까 봐 너무 걱정이에요. 너무 먹고 싶을 때는 한 번 더 달라고 해도 예의에 어긋나지 않겠죠?”

“앤, 넌 네가 어떻게 할지만 너무 많이 생각하는 게 탈이야. 너 말고 앨런 부인을 생각해라. 어떻게 해야 앨런 부인이 가장 좋아할지,

가장 즐거워할지 말이다."

마릴라가 평생을 살면서 가장 유익하고 명쾌한 조언을 했다. 앤도 금세 말뜻을 이해했다.

"그 말씀이 맞아요, 아주머니. 이제 저에 대한 생각은 그만하도록 노력할게요."

앤은 '예절'에서 큰 실수 없이 목사관을 다녀온 게 분명해 보였다. 노랗고 붉은 구름이 흐르는 드넓은 하늘 아래 땅거미가 진 길을 축복받은 얼굴로 돌아온 것을 보면 말이다. 그리고 앤은 부엌문 앞의 크고 평평한 사암 위에 걸터앉아 피곤한 곱슬머리를 무명옷을 입은 마릴라의 무릎에 기댄 채 그날 일들을 즐겁게 들려주었다.

서쪽 전나무 언덕 언저리에서 불어온 서늘한 바람이 수확기를 맞은 넓은 들판을 지나고, 휘잉 소리를 내며 포플러나무를 스쳤다. 과수원 위에 유난히 반짝이는 별 하나가 하늘에 걸려 있었고, '연인의 오솔길'에는 반딧불이가 고사리들과 바스락거리는 나뭇가지들 사이를 오갔다. 앤은 마릴라와 이야기하며 그 모습을 바라보았다. 바람과 별과 반딧불이가 한데 어우러진 그 모습은 말로 표현할 수 없이 예쁘고 황홀했다.

"아, 아주머니, 얼마나 재밌었는지 몰라요. 제 삶이 헛되지 않았다는 생각이 들어요. 다시는 목사관에 초대받지 못한대도 항상 그런 기분일 거예요. 목사관에 가니 앨런 사모님이 문 앞에서 저를 맞아 주셨어요. 사모님은 반소매에 주름이 많이 달린 예쁜 연분홍 오건디* 드레스를 입었는데 꼭 천사 같았어요. 저도 이다음에 커서 목사 부인이 되면 정말 좋을 거 같아요, 아주머니. 목사는 세속적인 것들에 별로 관심이 없으니까 제 머리가 빨간색이라도 상관하지 않을 거예요. 목사 부인은 천성이 착해

* 얇은 모슬린 천

야 할 텐데, 전 그러질 못해서 생각해 봤자 아무 소용없겠지만요. 태생적으로 착한 사람도 있고, 그렇지 않은 사람도 있잖아요. 전 그렇지 않은 쪽이에요. 린드 아주머니는 제가 원죄로 가득하대요. 그러니 제가 아무리 착해지려고 노력해도 원래부터 착한 사람들을 따라갈 순 없을 거예요. 기하학처럼 말이에요. 하지만 열심히 노력하면 노력한 보람도 있어야 하지 않나요? 앨런 사모님은 원래부터 착한 사람이에요. 전 사모님이 정말 너무 좋아요. 그런 사람들 있잖아요. 매슈 아저씨나 앨런 사모님처럼 보자마자 별 어려움 없이 사랑하게 되는 사람들요. 린드 아주머니처럼 좋아하려면 열심히 노력해야 하는 사람들도 있고요. 린드 아주머니는 아는 것도 많고 교회 활동도 열심히 하시니까 당연히 사랑해야 한다고 생각하지만, 그런 생각을 항상 마음에 새기고 있지 않으면 까먹게 되잖아요. 목사관에는 저 말고도 화이트샌즈 주일학교에서 온 여자아이도 한 명 있었어요. 이름이 로레타 브래들리인데, 아주 좋은 아이였어요. 마음이 통한다고 할 수는 없지만 정말 착했어요. 우린 우아하게 차를 마셨는데, 지켜야 할 예절들을 전부 잘 지킨 거 같아요. 차를 마신 다음 앨런 사모님이 악기를 연주하며 노래를 불렀는데 로레타와 제게도 노래를 시키셨어요. 앨런 사모님은 제 목소리가 좋다며 이번에 주일학교 성가대에 꼭 들어가라고 하셨어요. 생각만 하는데도 얼마나 설레었다고요. 저도 다이애나처럼 주일학교 성가대에서 정말 노래하고 싶었지만, 그건 제가 절대 넘볼 수 없는 영예라고 생각했어요. 로레타는 오늘 밤 화이트샌즈 호텔에서 열리는 대규모 발표회에서 언니가 낭독을 하기로 해서 일찍 돌아가야 했어요. 로레타가 그러는데, 그 호텔에 묵는 미국인들이 샬럿타운 병원을 도우려고 격주로 발표회를 연대요. 그래서 화이트샌즈 사람들한테 발표회 참여 요청을 많이 한대요. 자기도 언젠가 발표회에 나가게 될 거라고 생각한대요. 전 그 애를 그저 감탄스러운 눈으로 바라보기만 했어요. 로레타가 돌아간 뒤에 앨런 사모님하고 마음을 터놓고 대화를 나눴어요. 전 모든 이야기를 다했어요. 토머스 아주머니네 쌍둥이 얘기랑 케이티 모리스하고 비올레타 이야기, 또 초록 지붕 집에 오게 된 이야기, 기하학 때문에 고생하는 이야기까지 모두요. 그런데 믿어지세요, 아주머니? 앨런 사모님도 기하학이 엉망이었대요. 그 말이 얼마나 힘이 됐는지 몰라요. 제가 목사관에서 막 나오려고 하는데 린드 아주머니가 오셨어요. 오셔서 무슨 말씀을 하셨는지 아세요, 아주머니? 학교 이사회에서 새로운 선생님을 채용했는데, 여자 선생님이래요. 이름은 뮤리엘 스테이시고요. 정말 낭만적인 이름이죠? 린드 아주머니가 그러시는데 에이번리에 여자 선생님이 오신 적이 한 번도 없었대요. 그래서 위험하고 파격적인 일이라고 하셨어요. 하지만 여자 선생님이라니, 전 정말 멋진 거 같아요. 개학까지 남은 2주일을 어떻게 기다려야 할지 모르겠어요. 선생님이 보고 싶어 못 견디겠거든요."

(4권에 계속)

옮긴이 **박혜원**

심리학을 전공하고, 현재는 전문번역가로 활동 중이다. 옮긴 책으로 《빨강 머리 앤》, 《에이번리의 앤》, 《곰돌이 푸》 시리즈, 《소공녀 세라》, 《엄마 찾아 삼만 리》, 《시크릿 가든》, 《퀸 : 불멸의 록밴드 퀸의 40주년 공식 컬렉션》, 《브라이언 메이 레드 스페셜》, 《부케북》 시리즈 등이 있다.

빨강 머리 앤 3

초판 1쇄 2026년 1월 15일

지은이 루시 모드 몽고메리
옮긴이 박혜원

펴낸곳 더모던
전 화 02-3141-4421
팩 스 0505-333-4428
등 록 2012년 3월 16일(제313-2012-81호)
주 소 서울시 마포구 성미산로32길 12, 2층 (우 03983)
E-mail sanhonjinju@naver.com
카 페 cafe.naver.com/mirbookcompany
S N S instagram.com/mirbooks

· (주)미르북컴퍼니는 독자 여러분의 의견에 항상 귀 기울이고 있습니다.
· 파본은 책을 구입하신 서점에서 교환해 드립니다.
· 책값은 뒤표지에 있습니다.

빨강 머리 앤 4

Anne of Green Gables

빨강 머리 앤 4

Anne of Green Gables

루시 모드 몽고메리 지음 | 박혜원 옮김

더모던
Themodern

Anne of
Green Gables

차례

Anne of
Green Gables

23

자존심을 지키려다 슬픔에 빠지다

하지만 뜻하지 않은 사건으로 앤은 2주일보다 더 많은 시간을 기다려야 했다. 진통제 케이크 사건이 있었던 게 거의 한 달 전이니까, 뭔가 새로운 사고를 칠 때도 되기는 했다. 그 동안에도 돼지 먹이통에 부어야 할 탈지우유를 벽장에 가서 뜨개실 바구니에 붓는다든지, 몽상에 빠져 통나무 다리 가장자리를 걷다가 개울에 빠진다든지 하는 작은 실수는 있었지만, 그런 실수는 사고 축에도 들지 못했다.

목사관에서 차를 마신 날에서 일주일 뒤에 다이애나가 파티를 열었다.

"몇 명만 올 거예요. 우리 반 여자애들만요."

앤은 마릴라를 안심시켰다.

아이들은 다 함께 아주 즐거운 시간을 보냈고, 차를 마실 때까지는 별다른 일도 일어나지 않았다. 하지만 차를 마신 뒤 배리 씨네 정원으로 나간 아이들은 지금까지 하던 놀이에 싫증이 나자 못된 장난이 치고 싶어졌다. 그래서 시작한 게 '도전 놀이'였다.

도전 놀이는 그 무렵 에이번리 아이들 사이에서 한창 유행하고 있었다. 남자아이들이 처음 시작했지만 곧 여자아이들에게도 퍼졌고, 아이들이 무슨 일이든 '도전'하려 들어서 그해 여름 에이번리에서 일어난 온갖 터무니없는 일을 엮으면 책 한 권이 나올 정도였다.

제일 먼저 캐리 슬론이 루비 길리스에게 현관 앞 크고 오래된 버드나무를 어디어디까지 올라가 보라고 했다. 루비 길리스는 나무에 포동포동한 초록색 애벌레가 바글거리는 게 소름 끼치게 무섭고 새 모슬린 원피스가 찢겨 엄마에게 혼날까 겁이 났다. 하지만 후다닥 나무를 타서, 도전 과제를 낸 캐리 슬론이 실패했다. 다음으로 조시 파이가 제인 앤드루스에게 깨금발을 한 채 왼발로만 쉬지 않고 정원을 한 바퀴 돌아오라고 주문했다. 제인 앤드루스는 기세 좋게 출발했지만 세 번째 모퉁이에서 포기하는 바람에 패배를 인정할 수밖에 없었다.

조시가 부아가 날 정도로 승리를 뽐내자, 앤 셜리가 조시에게 정원 동쪽에 둘러쳐진 판자 울타리 위를 걸어 보라고 했다. 판자 울타리 위 '걷기'는 해 보지 않은 사람은 모르겠지만 꽤 많은 기술이 필요했고, 머리와 발꿈치도 일정한 자세를 유지해야 했다. 그러나 조시 파이는 인기를 얻는 재주는 부족해도 판자 울타리 위를 걷는 재주는 타고났고, 또 그 능력을 충분히 갈고닦기도 한 터였다. 조시는 이런 시시한 일은 '도전'할 가치도 없다는 듯이 태연한 얼굴로 배리 씨네 울타리 위를 걸었다. 아이들은 마지못해 조시의 성공에 박수를 보냈다. 대부분 판자 울타리 위 걷기에 실패한지라 조시의 실력을 인정할 수밖에 없었다. 조시가 승리의 기쁨에 얼굴이 빨갛게 상기되어 내려오면서 앤에게 도전적인 눈빛을 건넸다.

앤이 땋아 내린 빨강 머리를 획 젖혔다.

"저렇게 작고 낮은 울타리를 걷는 건 그렇게 놀랄 일은 아니지. 메리스빌에 사는 어떤 여자애는 지붕 위도 걸었대."

"말도 안 돼. 지붕 위를 걸을 수 있는 사람은 없어. 너도 못할걸."

조시 파이가 단박에 말했다.

"내가 못한다고?"

앤이 발끈해서 소리쳤다.

"그럼 해 봐. 저 위로 올라가서 다이애나네

부엌 지붕 위를 걸어보라고."

조시가 시비조로 말했다.

얼굴이 하얗게 질렸지만 앤이 할 수 있는 선택은 하나뿐이었다. 앤은 부엌 지붕 밑에 걸쳐진 사다리 쪽으로 걸어갔다. 5학년 여자아이들이 놀라고 흥분한 얼굴로 저마다 "아!" 하고 탄성을 뱉었다.

"하지 마, 앤. 떨어져 죽을지도 몰라. 조시 파이가 한 말은 무시해. 이런 위험한 도전은 안 돼."

다이애나가 애원했다.

"난 해야 해, 다이애나. 자존심이 걸렸다고. 지붕 위를 걷든지 떨어져 죽든지 둘 중 하나야. 만약 내가 죽으면 내 진주 반지는 네가 가져."

앤이 엄숙하게 말했다.

모두 숨을 죽인 가운데 앤은 사다리를 올라가 지붕 처마를 붙잡은 다음, 위태로워 보이는 지붕 위에 서서 불안하게 균형을 잡았다. 지붕 위를 걷기 시작하자마자 자신이 불안하리만

치 너무 높은 곳에 올라왔고, 지붕을 걸을 때는 상상력도 별 도움이 안 된다는 사실을 깨닫고는 아찔했다. 그래도 앤은 몇 걸음을 내디뎠고, 마침내 재앙이 일어나고 말았다. 몸이 휘청하더니 균형을 잃어 발을 헛디뎠고, 앤은 햇볕에 뜨겁게 달아오른 지붕 위를 미끄러지며 담쟁이덩굴 속으로 떨어졌다. 지붕 아래 동그랗게 모여 있던 여자아이들은 앤이 갑자기 사라지자 깜짝 놀라고 겁에 질려 비명을 질렀다.

앤이 올라갔던 쪽 지붕으로 떨어졌더라면 다이애나는 그 자리에서 진주 반지의 상속자가 되었을 것이다. 다행히 앤은 반대쪽으로 떨어졌다. 그쪽 지붕은 현관 위로 길게 처마가 내려와서 땅과 높이가 더 가까웠기 때문에 떨어져도 심하게 다치지 않을 수 있었다.

다이애나와 아이들은 정신없이 집을 돌아 앤에게 달려갔다. 루비 길리스만이 충격에 빠져 그 자리에 못 박힌 듯 서 있었다. 앤은 엉망이 된 담쟁이덩굴 사이에 새하얗게 질린 얼굴로 누워 있었다.

다이애나가 친구 옆에 털썩 무릎을 꿇고 앉아 울부짖었다.

"앤, 죽은 거니? 아, 앤, 뭐라고 한 마디만 해 봐. 죽었는지 살았는지 말 좀 해 봐."

앤이 비틀거리며 일어나자 그제야 아이들이 안도했다. 특히 조시 파이는 가슴을 쓸어내렸다. 조시는 형편없는 상상력에도 혹여 앤 셜리를 비극적으로 요절하게 했다는 낙인 속에 살아가는 것은 아닌지 끔찍한 환영에 사로잡혀 있었다.

"안 죽었어, 다이애나. 그런데 감각이 없는 거 같아."

앤은 잘 모르겠다는 듯이 대답했다.

"어디가? 아, 어디가, 앤?"

캐리 슬론이 훌쩍거리며 울었다.

앤이 대답할 새도 없이 배리 부인이 눈앞에

나타났다. 앤은 배리 부인을 보고 발을 딛고 일어나려 했지만, 통증 때문에 새된 비명을 지르며 다시 주저앉았다.

"왜 그러니? 어디 다쳤니?"

배리 부인이 물었다.

"발목요. 아, 다이애나, 너희 아버지께 날 우리 집에 좀 데려다 달라고 해 줘. 한 걸음도 못 걷겠어. 한 발로는 집까지 그렇게 멀리 못 갈 거 같아. 제인은 정원도 한 발로 다 못 돌았잖아."

앤이 숨을 헐떡이며 말했다.

마릴라가 과수원에서 냄비 한가득 여름 사과를 따서 담고 있는데, 배리 씨가 통나무 다리를 건너 비탈길을 내려오는 게 보였다. 옆에는 배리 부인이, 뒤에는 여자아이들이 꼬리처럼 따라붙고 있었다. 배리 씨가 양팔로 앤을 안은 모습과 앤이 배리 씨의 어깨에 힘없이 머리를 기댄 모습도 보였다.

그 순간 마릴라는 불현듯 깨달았다. 심장을

쥐어짜는 듯한 두려움 속에서 앤이 자신에게 어떤 의미인지 뼈저리게 느꼈다. 앤을 좋아한다는 것은, 아니, 앤을 정말 아끼고 사랑하는 것은 이미 알고 있었다. 하지만 비탈길을 정신없이 뛰어 내려가면서 마릴라는 앤이 세상의 그 무엇보다 소중한 존재라는 사실을 알게 되었다.

"배리 씨, 앤이 어떻게 된 건가요?"

긴 세월 동안 언제나 자제력 강하고 분별 있게 행동했던 마릴라가 새하얗게 질린 얼굴로 몸을 떨면서 목멘 소리로 물었다.

"너무 놀라지 마세요, 아주머니. 지붕 위를 걷다가 떨어졌어요. 발목을 삔 것 같아요. 그래도 목은 안 부러졌잖아요. 우리 좋은 쪽으로 생각해요."

앤이 고개를 들며 직접 대답했다.

"내 너를 그 파티에 보낼 때부터 무슨 일을 낼 줄 알았다."

그제야 마음이 놓인 마릴라가 통박을 주었다.

"배리 씨, 이쪽으로 와서 아이를 소파에 눕혀 주세요. 에구머니나, 얘가 기절을 했네!"

정말 그랬다. 다친 곳의 심한 통증 때문에 앤은 그렇게 소원 하나를 이뤘다. 실신을 한 것이다.

밭에서 수확을 하다 급히 불려온 매슈가 곧바로 의사를 부르러 갔고, 잠시 후 의사가 도착했다. 부상은 생각보다 심각했다. 발목이 부러진 것이다.

그날 밤, 마릴라가 동쪽 다락방에 올라가자 얼굴이 새하얘진 앤이 침대에 누워 구슬픈 목소리로 맞이했다.

"저 너무 불쌍하죠, 아주머니?"

"다 네 잘못이야."

마릴라가 블라인드를 당겨 내리고 등에 불을 켜며 말했다.

"그러니까 절 불쌍하게 생각해 주셔야 해요, 아주머니. 다 제 잘못이라서 더 힘들어요.

다른 사람 탓이라도 할 수 있으면 기분이 훨씬 나아질 텐데 말이에요. 하지만 누군가 아주머니한테 지붕 위를 걸어 보라고 도전한다면 어떻게 하시겠어요?"

"나 같으면 안전한 땅에 딱 버티고 서서 그러든지 말든지 했을 게다. 어리석긴!"

앤이 한숨을 쉬었다.

"아주머니는 마음이 그만큼 강하시잖아요. 하지만 전 아니에요. 조시 파이가 무시하는 걸 참을 수가 없어요. 평생 제 앞에서 우쭐거릴 거라고요. 그리고 저도 이번만큼은 벌을 받았으니까 아주머니, 너무 화내지 말아 주세요. 아무튼 기절이란 건 전혀 좋은 게 아니네요. 의사 선생님이 발목을 고정시킬 때도 정말 너무 아팠어요. 6주에서 7주나 밖에 나갈 수 없다니, 전 새로 오신 여자 선생님도 못 만나겠네요. 제가 학교에 갈 즈음에는 더 이상 새 선생님이 아니잖아요. 그리고 길…… 아이들이 전

부 저보다 수업을 앞서갈 거예요. 아, 괴로운 인생이에요. 하지만 아주머니가 화만 내지 않으시면 씩씩하게 참아 보도록 노력할게요."

"그래그래, 화내는 게 아니야. 네가 운이 없는 건 분명한 것 같구나. 하지만 네 말대로 살다 보면 힘든 일도 있기 마련이지. 그만 됐다. 저녁을 좀 먹거라."

"제게 상상력이 있어서 다행이죠? 덕분에 전 즐겁게 견딜 수 있을 거예요. 상상력이 전혀 없는 사람들은 뼈가 부러지면 어떻게 할까요, 아주머니?"

앤은 지루한 7주 동안 자신의 상상력에 몇 번이고 고마워했다. 하지만 상상력에만 기대어 지낸 것은 아니었다. 많은 사람들이 병문안을 왔고, 여학생들은 하루도 빠짐없이 초록 지붕 집에 와서 꽃을 건네거나 책을 빌려주고 에이번리의 아이들 세상에서 벌어진 온갖 사건을 들려주었다.

다리를 다친 뒤 처음으로 절뚝거리며 거실에 내려온 날, 앤이 행복한 한숨을 내쉬며 말했다.

"모두 참 친절하고 좋은 사람들이에요, 아주머니. 다쳐서 누워 있는 게 그리 즐거운 일은 아니지만, 좋은 점도 있어요. 저한테 얼마나 친구가 많은지 알게 되거든요. 벨 장로님도 절 보러 오셨어요. 정말 훌륭한 분이세요. 마음이 통하는 친구는 아니지만 그래도 전 장로님이 좋아요. 장로님이 한 기도들을 좋지 않게 말했던 것도 무척 죄송하고요. 이젠 기도도 진심으로 하신다는 걸 알아요. 진심이 아닌 것처럼 기도하는 습관이 있을 뿐이었어요. 조금만 노력하면 습관을 바꾸실 수 있을 거예요. 제가 귀띔해 드렸거든요. 제가 혼자 기도할 때 재미있게 하려고 얼마나 노력하는지 말이에요. 장로님도 어렸을 때 발목이 부러진 적이 있대요. 근데 장로님한테도 어린 시절이 있었다는 게 잘 상상이 안 돼요. 제 상상력에도 한계가 있

나 봐요. 장로님이 어렸을 때를 상상하려고 해도 잿빛 수염에 안경 쓴 모습만 떠올라요. 주일학교에서 보는 모습 그대로에 키만 작게요. 그런데 앨런 사모님이 어렸을 때는 금방 상상할 수 있어요. 앨런 사모님은 열네 번이나 저를 보러 오셨어요. 자랑할 만하죠, 아주머니? 목사님 부인인데 할 일이 굉장히 많으실 거 아니에요! 사모님이 오시면 기분이 참 좋아요. 사모님은 모두 네 잘못이니 이 일을 계기로 더 나은 아이가 되길 바란다는 식으로는 절대 말씀하지 않으세요. 린드 아주머니는 저를 보러 오실 때마다 같은 말씀을 하시는데, 제가 착한 아이가 되길 바라시는지는 몰라도 그렇게 될 거라고는 진심으로 믿지 않는다는 투로 말씀하세요. 조시 파이까지 병문안을 왔지 뭐예요. 저는 할 수 있는 한 예의를 다해서 그 애를 맞았어요. 제게 지붕에 올라가라고 한 걸 미안해 할 것 같았거든요. 만약 제가 죽었다면 평생토록 어두운 그림자처럼 자책감을 지고 살아야 했을 거예요. 다이애나는 정말 참된 친구예요. 제가 외롭지 않게 날마다 와서 즐겁게 해 줬어요. 아, 학교에 갈 수 있게 되면 정말 좋겠어요. 새로 오신 선생님에 대해 신나는 얘기를 많이 들었거든요. 여자애들은 전부 선생님이 굉장히 상냥한 분이래요. 다이애나 말로는 아름다운 곱슬곱슬한 금발에 마음을 사로잡는 눈을 가지셨대요. 옷도 아름답게 입고, 선생님의 볼록 소매는 에이번리에서 제일 클 거래요. 2주일에 한 번씩 금요일 오후에 낭독 시간이 있는데, 모두 작품 한 편씩 읽거나 간단한 연극 대화에 참여해야 한대요. 아, 정말 멋져요. 조시 파이는 그 시간이 싫다고 하지만, 그건 조시가 상상력이 별로 없어서 그래요. 다이애나하고 루비 길리스랑 제인 앤드루스는 다음 주 금요일에 발표할 〈아침의 왕진〉이라는 연극을 연습하고 있어요. 낭송을 하지 않는 금요일 오후엔 스테이시 선생님이 아이들을 데리고 숲으로 '야외 수업'을 나가서 고사리랑 꽃이랑 새들을 공부한대요. 또 매일 아침이랑 저녁에는 신체 단련을 위해 체조도 하고요. 린드 아주머니는 그런 수업은 들어 본 적도 없다면서 이게 다 여자 선생님이 와서 그런 거라고 말씀하세요. 하지만 제 생각엔 정말 멋질 거 같아요. 전 스테이시 선생님과 마음이 잘 통할 거라고 믿어요."

"한 가지는 확실하구나, 앤. 배리 씨네 지붕에서 떨어졌어도 입은 멀쩡하다는 거 말이다."

24

스테이시 선생님과 학생들이 발표회를 계획하다

다시 10월이 왔고, 앤도 학교에 갈 수 있을 만큼 회복되었다. 모든 게 붉은빛과 황금빛으로 물든 눈부신 10월이었다. 감미로운 아침이면 가을의 정령이 부어 놓은 듯이 골짜기마다 부드러운 안개가 자욱해서, 햇살을 따라 자줏빛과 진줏빛, 은빛, 장밋빛 그리고 뿌연 푸른빛으로 일렁였다. 이슬이 촉촉하게 내린 들판은 은실로 짠 옷을 입은 듯 반짝였고, 가지가 무성했던 수풀에서 떨어져 쌓인 나뭇잎들은 걸음마다 바스락거렸다. '자작나무 길'은 노랗게 장막을 드리운 것 같았고, 길을 따라 난 고사리는 갈색으로 시들었다. 대기를 감싼 알알한 냄새는 꼬마 아가씨들의 마음을 부추겨, 달팽이처럼 굼뜬 걸음이 아니라 날래고 경쾌하게 학교로 향하게 만들었다. 작은 갈색 책상에 다시금 다이애나와 나란히 앉게 된 것도 행복한 일이었다. 루비 길리스는 통로 건너편에서 고개를 끄덕여 인사했고, 캐리 슬론은 쪽지를 보냈으며, 줄리아 벨은 뒷자리에서 '껌'을 전달하여 건넸다. 앤은 행복에 겨워 길게 숨을 고르며 연필을 깎고 그림 카드를 책상 안에 가지런히 넣어 두었다. 삶은 확실히 즐거운 일이었다.

새로운 선생님은 앤에게 진실하고 도움이 되는 또 한 명의 친구가 되어 주었다. 스테이시 선생님은 밝고 이해심이 많은 젊은 여성으로, 제자들의 마음을 사로잡고 정신적으로나 도덕적으로 아이들의 잠재력을 최대한 끌어낼 줄 아는 사람이었다. 앤은 선생님에게 유익한 영향을 받으며 꽃처럼 피어났고, 집으로 돌아와서는 감탄을 잘하는 매슈와 비판을 잘하는 마릴라에게 학교 공부와 앞으로의 목표에 대해 열심히 설명했다.

"전 스테이시 선생님이 진심으로 좋아요, 아주머니. 선생님은 정말 여성스럽고 목소리도 아주 예뻐요. 그리고 제 이름을 부르실 때 끝에 꼭 'e'를 붙여서 발음하시는 걸요. 오늘 낮에 낭송을 했어요. 아주머니도 그 자리에서 제가 〈스코틀랜드의 여왕, 메리〉를 암송하는 걸 들으셨어야 했는데. 정말 제 영혼을 다 바쳐서 했거든요. 집에 오는 길에 루비 길리스가 그러더라고요. 제가 '여자가 말했네. 이제 내 아버지를 위해 여인의 마음을 버리겠노라'라는 대목을 말할 때 소름이 끼쳤대요."

"그럼 언제 한번 헛간에서 내게도 들려주려무나."

"그럼요, 매슈 아저씨. 하지만 그렇게 잘하진 못할 거예요. 전교생이 숨죽인 채 제 앞에 앉아서 제 말 한 마디에 온 신경을 집중할 때만큼 흥분되지 않을 테니까요. 그래서 아저씨를 소름 끼치게 해 드리진 못할 거예요."

앤이 골똘히 생각하며 말했다. 그러자 마릴라가 말했다.

"린드 부인이 지난 금요일에 소름이 쫙 끼쳤다더구나. 벨 씨네 언덕에서 남자아이들이 까마귀 둥지를 찾는다면서 커다란 나무 꼭대기까지 올라가는 걸 봤다면서 말이야. 그것도 스테이시 선생님이 시킨 건지 모르겠구나."

"자연 학습 때문에 까마귀 둥지가 필요했어요. 그날 낮에 야외 수업이 있었거든요. 야외 수업은 정말 재미있어요, 아주머니. 스테이시 선생님은 모든 걸 굉장히 아름답게 설명하세요. 야외 수업을 하는 날은 작문도 해야 하는데, 제가 제일 잘 써요."

"앤, 그렇게 말하는 건 자만이야. 그런 말은 선생님이 하시는 거지."

"선생님도 그러셨어요, 아주머니. 정말요. 자만하는 게 아니에요. 기하학이 그렇게 엉망인데 제가 어떻게 자만할 수 있겠어요? 이제 조금씩 이해가 가기는 하지만요. 스테이시 선생님은 기하학을 정말 쉽게 가르쳐 주세요. 그래도 절대 잘하지는 못할 거 같지만요. 이건 겸손한 생각이잖아요. 하지만 작문은 정말 재밌어요. 대개는 스테이시 선생님이 우리한테 자유로이 주제를 고르게 하시지만, 다음 주엔 위인에 대해 써야 해요. 그렇게 많은 위인 중에서 한 명을 고르는 건 너무 힘들어요. 훌륭한 사람이 돼서 죽은 다음에 누군가 내 얘기를 글로 쓴다면 정말 멋지지 않나요? 아, 저도 훌륭한 사람이 되고 싶어요. 이다음에 어른이 되면 간호사가 될래요. 적십자에 들어가서 사랑의 천사로 전쟁터에 갈래요. 그러니까 선교사가 돼서 외국에 가지 않으면요. 해외 선교사가 되는 건 정말 낭만적이지만, 그러려면 아주 착해야 해서 그게 걸려요. 아주머니, 우린 날마다 체조도 해요. 체조를 하면 몸도 예뻐지고 소화도 잘된대요."

"소화는 무슨!"

마릴라는 정말로 죄다 쓸데없는 짓이라고 생각했다.

그러나 야외 수업과 금요일 암송 시간, 체조 활동은 스테이시 선생님이 11월에 한 가지 계획을 제안하면서 전부 뒷전으로 밀려났다. 그 계획은 에이번리 학교의 학생들이 성탄절 밤에 회관에서 발표회를 열자는 것이었는데, 그날 모인 기금으로 학교에 국기를 세우자는 훌륭한 목표도 함께였다. 아이들은 만장일치로 찬성했고, 즉시 프로그램을 준비했다. 그리고 출연자로 선발된 아이들 중에서도 가장 흥분한 사람은 앤 셜리였다. 앤은 열과 성을 다하여 발표회 준비에 나섰지만, 언제나처럼 마릴라의 반대에 부딪혔다. 마릴라는 온통 어리석은 짓이라고 투덜댔다.

“머릿속에 허튼 생각만 잔뜩 채워 넣고 공부할 시간만 잡아먹는 짓이야. 아이들이 발표회를 열고 그걸 준비한다고 몰려다니는 건 찬성할 수가 없다. 괜히 허영심만 들고 버릇 나빠지고 쏘다니는 거나 좋아하게 되겠지.”

“하지만 훌륭한 목표가 있잖아요. 국기가 있으면 애국심을 기를 수 있어요, 아주머니.”

앤이 애원했다.

“허튼소리! 너희 중에 조금이라도 애국심을 생각하는 아이가 누가 있겠니. 그저 재미있게 놀자는 거 아니냐.”

“그래도 애국심이랑 재미가 합쳐지면 좋잖아요? 물론 발표회를 연다니까 정말 좋아요. 합창곡을 여섯 곡이나 부를 거고 다이애나는 독창을 한 곡 해요. 저는 연극 두 편에 출연하고요. 〈소문을 금지하는 사회〉하고 〈요정 여왕〉이에요. 남자아이들도 연극을 할 거래요. 전 낭송도 두 편 할 거예요, 아주머니. 그 생각을 하면 떨리는데, 기분 좋게 설레는 떨림이에요. 그리고 마지막으로 〈믿음, 소망, 사랑〉이라는 제목의 타블로*를 해요. 저하고 다이애나랑 루비 길리스가 같이 하얀 옷을 입고 머리를 풀고 나와요. 전 '소망'을 맡아서 두 손을 이렇게 마주 잡고 높은 곳을 바라봐요. 시 낭송은 다락방에서 연습할 거예요. 신음하는 소리가 들려도 놀라지 마세요. 가슴이 미어질 듯한 신음을 내야 하는 부분이 있는데, 신음 소리를 예술적으로 내기가 너무 어려워요, 아주머니. 조시 파이는 연극에서 하고 싶던 역을 못 맡아서

---

* 특정한 배경 앞에서 분장한 사람이 그림 속 인물처럼 정지된 자세를 취하여 역사나 문학의 한 장면 또는 명화 등을 재현하는 것을 말한다.

삐쳤어요. 요정 여왕 역을 하고 싶어 했거든요. 그 역을 맡았으면 좀 웃겼을 거예요. 조시처럼 뚱뚱한 요정 여왕이 있다는 말을 들어보셨어요? 요정 여왕은 날씬해야 하잖아요. 제인 앤드루스가 여왕 역을 맡을 거고, 전 여왕의 시녀 중 하나가 될 거예요. 조시는 요정의 머리가 빨간 것도 뚱뚱한 것 못지않게 웃기다고 하지만, 조시의 말에는 신경 쓰지 않으려고요. 저는 머리에 하얀 장미 화관을 쓸 거예요. 덧신은 제 것이 없으니까 루비 길리스가 빌려준대요. 요정은 덧신을 신어야죠. 장화를 신은 요정이 상상이 되세요? 그것도 발부리에 구리가 달린 장화라뇨. 화관은 가문비나무와 전나무 가지를 엮어서 그 사이에 얇은 분홍색 종이 장미를 달아 장식할래요. 그리고 우린 관객이 모두 앉은 다음 두 명씩 짝을 지어 입장하기로 했어요. 입장하는 동안 엠마 화이트가 오르간으로 행진곡을 연주하고요. 아, 아주머니, 아주머니

가 저만큼 발표회를 고대하지 않으신다는 건 알아요. 하지만 아주머니의 어린 앤이 발표회에서 돋보이길 바라지 않으세요?"

"내가 바라는 건 네가 얌전히 구는 것뿐이야. 이 난리법석이 다 끝나고 네가 마음을 잡으면 정말로 기쁘겠구나. 지금은 연극이니 신음이니 타블로니 하는 아무짝에도 쓸모없는 것들만 머릿속에 꽉 들어차 있잖니. 그나저나 네 혀는 대리석처럼 닳지도 않는구나."

앤은 한숨을 쉬며 뒤뜰로 갔다. 밝은 녹황색 서쪽 하늘에 걸린 어린 초승달이 잎 떨어진 포플러 나뭇가지 사이에서 빛났다. 그곳에서 매슈가 장작을 패고 있었다. 앤은 나무더미 위에 걸터앉았다. 적어도 아저씨라면 자기를 이해하고 귀담아들을 거라고 확신하며 매슈에게 발표회에 대해 이야기했다.

"그래, 아주 재미있는 발표회가 될 것 같구나. 너도 네 역할을 멋지게 해낼 거라 믿는다."

매슈는 간절한 표정에 생기 넘치는 조그마한 얼굴을 내려다보며 미소를 지었다. 앤도 마주 보고 웃었다. 둘은 가장 좋은 친구였다. 매슈는 앤의 교육을 맡지 않은 행운에 수없이 감사했다. 교육은 오로지 마릴라의 몫이었다. 만약 매슈가 앤의 교육을 맡았다면 앤의 바람을 들어주고 싶은 마음과 의무감 사이에서 매번 갈등하며 고민에 빠졌을 것이다. 앤을 교육할 의무가 없으므로, 마릴라의 표현대로 하면 매슈는 마음껏 앤의 '버릇을 망쳐 놨다.' 그러나 따지고 보면 그게 그리 나쁜 것만은 아니었다. 작은 '칭찬'이 때로는 세상에서 가장 충실한 '교육'만큼이나 좋은 효과를 내는 법이니까.

25

매슈가 퍼프 소매를 고집하다

매슈는 10분째 난감해 하고 있었다. 어스름하니 땅거미가 내려앉은 추운 12월 저녁, 부엌으로 들어온 매슈는 무거운 장화를 벗으려고 장작통 한쪽에 걸터앉았다. 그때까지만 해도 앤과 학교 친구들이 거실에서 〈요정 여왕〉을 연습 중인 것을 알지 못했다. 그런데 곧이어 아이들이 복도를 지나 신나게 웃고 떠들면서 부엌으로 몰려 들어왔다. 아이들은 매슈를 보지 못했다. 부끄러움을 타는 매슈가 한 손에는 장화를, 다른 한 손에는 장화 주걱을 든 채 장작통 뒤쪽 그늘진 곳에 몸을 웅크리고 숨었기 때문이었다.

그는 그 자리에서 아이들이 모자를 쓰고 겉옷을 입으며 연극과 발표회에 대해 재잘거리는 모습을 10분 동안 몰래 지켜봤다. 앤은 친구들처럼 눈을 반짝이며 생기로 가득 차서 아이들 사이에 서 있었다. 그런데 문득 매슈는 앤이 친구들과 뭔가 다르다는 느낌을 받았다. 달라서는 안 될 게 다르다는 생각 때문에 걱정이 됐다. 앤은 친구들보다 얼굴도 더 밝았고 눈도 더 크고 반짝였으며 이목구비도 고왔다. 수줍음 많고 관찰력 없는 매슈조차 알아챌 수 있었다. 하지만 매슈의 마음을 어지럽게 한 다른 점은 이런 게 아니었다. 도대체 뭐가 다른 거지?

아이들이 팔짱을 끼고 꽁꽁 언 긴 오솔길을 따라 돌아가고, 앤이 책을 펼쳐든 뒤 한참

이 지나서도 이 물음이 매슈의 머리에서 떠나지 않았다. 마릴라에게 물을 수도 없었다. 마릴라라면 우습다는 듯 콧방귀를 뀌며, 다른 점이 있다면 다른 애들은 그래도 가끔 한 번씩 입을 다무는데 앤은 절대 안 그런다는 것뿐이라고 말할 게 뻔했다.

저녁 내내 매슈가 파이프를 입에 물고 그 문제만 생각하자, 마릴라는 넌더리를 냈다. 두 시간 동안 담배에 의지하여 골똘히 생각한 끝에 드디어 정답을 찾아냈다. 앤이 다른 여자아이들과 다른 옷을 입고 있었다!

아무리 생각해 봐도 앤은 다른 여자애들처럼 옷을 입은 적이 없었다. 초록 지붕 집에 온 이후로 한 번도 없었다. 마릴라는 한결같이 수수하고 칙칙한 옷을, 늘 똑같은 모양으로 만들어서 입혔다. 옷에도 유행 같은 게 있다는 것을 알았다 해도 매슈가 할 수 있는 일은 별로 없었을 것이다. 하지만 앤의 옷소매가 다른 여자애들의 옷소매와 전혀 달라 보이는 것은 확실했다. 매슈는 그날 저녁 앤을 둘러싸고 있던 여자애들을 떠올렸다. 다들 허리 부분에 화사한 빨간색, 파란색, 분홍색, 하얀색 장식이 들어간 옷을 입었다. 매슈는 마릴라가 앤에게 왜 그렇게 밋밋하고 수수한 옷만 입히는지 의아했다.

물론 그게 잘못된 것은 아니었다. 그런 문제라면 마릴라가 누구보다 잘 알 테고 앤의 교육을 맡은 사람도 마릴라였다. 그러니까 아마도 다 생각이 있어서, 이해할 수는 없지만 어떤 이유가 있어서 그랬을 것이다. 하지만 다이애나 배리가 늘 입고 다니는 예쁜 원피스가 한 벌쯤 있다고 해서 아이가 어떻게 되는 것도 아니었다. 매슈는 앤에게 예쁜 옷을 선물하기로 마음먹었다. 쓸데없이 참견한다고 퇴짜를 맞을 일도 없었으면 했다. 앞으로 2주일만 있으면 크리스마스였다. 예쁜 새 원피스를 선물하기에 딱이었다. 매슈는 만족스럽게 한숨을 쉬며 담뱃대를 치우고 자러 갔고, 마릴라는 문이란 문은 다 열고 환기를 시켰다.

바로 다음 날 저녁, 매슈는 어려운 일은 얼른 해치우자는 생각에 옷을 사러 카모디로 나갔다. 옷을 사는 일이 만만치는 않을 터였다. 다른 물건을 살 때라면 흥정은 못해도 잘 살 수 있었다. 그러나 여자아이의 옷을 사는 일이라니, 매슈는 가게 주인이 골라 주지 않을까 생각했다.

한참 고민한 끝에 매슈는 윌리엄 블레어 씨네 말고 새뮤얼 로슨 씨네 가게에 가기로 결심했다. 사실 매슈와 마릴라는 윌리엄 블레어 씨네 가게만 다녔다. 그것은 장로교회에 다니고 보수당에 투표하는 것만큼이나 당연한 일이었다. 그러나 블레어 씨네 두 딸이 가게에 나와 손님을 맞는 일이 잦았기 때문에 그쪽으로 가기가 겁났다. 평소 살 물건이 정해져 있어서 그것만 콕 집어 가리킬 때는 간신히 물건을 사서 왔지만, 설명도 하고 상의도 해야 할 때는 계산대 앞에 반드시 남자가 앉아 있는 곳에 가야 했다. 그래서 새뮤얼이나 그 아들이 가게를 지키고 있을 로슨 씨네 가게로 가기로 마음먹은 것이다.

그런데 맙소사! 매슈는 새뮤얼이 최근 가게를 넓히면서 여자 점원을 고용한 줄 미처 몰랐다. 점원은 로슨 부인의 조카로, 실로 화려한 젊은 아가씨였다. 전체를 빗어 올린 머리는 둥그렇게 부풀어 밑으로 늘어져 있었고, 갈색 눈은 크고 동그랬다. 활짝 웃는 미소는 보는 사람이 당황스러울 정도였다. 세련미가 철철 넘치는 드레스를 입고 팔에는 팔찌를 몇 개씩이나 차고 있어서 손을 움직일 때마다 번쩍거리며 빛과 함께 쨍그랑 소리가 났다. 매슈는 가게에 들어갔다가 여자 점원이 있자 어쩔 줄을 몰랐고, 요란한 팔찌들을 보니 완전히 정신이 나갈 지경이었다.

"뭐가 필요하신가요, 커스버트 씨?"

루실라 해리스 양이 양손으로 계산대를 톡톡 두드리며 애교 있는 목소리로 싹싹하게 물었다.

"저…… 저기…… 정원…… 정원용 갈퀴 있나요?"

매슈가 더듬더듬 말했다.

해리스 양은 약간 놀란 듯 쳐다봤다. 12월 중순에 정원용 갈퀴를 달란 소리를 들었으니 놀란 것도 무리는 아니었다.

"팔고 남은 게 한두 개 있을 거예요. 그런데 2층 창고에 있어요. 가서 찾아볼게요."

해리스 양이 자리를 뜬 사이 매슈는 흐트러진 정신을 되돌리려 애썼다.

해리스 양이 갈퀴를 들고 돌아오면서 활기차게 물었다.

"더 필요한 건 없으세요, 커스버트 씨?"

"글쎄요. 그러고 보니, 저……, 그러니까…… 어디 보자…… 그…… 그…… 건초씨요."

매슈는 두 손을 꽉 쥐고 용기를 내어 대답했다.

해리스 양은 매슈 커스버트가 조금 이상하다는 말은 들어 알고 있었다. 하지만 직접 만나 보니 완전히 정신이 나간 사람 같았다.

해리스 양은 도도한 태도로 설명했다.

"건초씨는 봄에 들어와요. 지금은 남아 있는 게 없네요."

"아, 물론…… 맞아요……. 그렇지요."

불쌍한 매슈는 말을 더듬거리며 갈퀴를 꽉 움켜쥐고 문으로 향했다. 문간에 이르러서야 돈을 내지 않았다는 사실을 깨닫고는 괴로운 심정으로 걸음을 돌렸다. 해리스 양이 거스름돈을 세는 동안 매슈는 마지막 필사의 힘을 쥐어짰다.

"저…… 번거롭게 해서 미안하지만……, 그

러니까…… 저 그…… 설탕도 조금……."

"흰 설탕을 드릴까요, 갈색 설탕을 드릴까요?"

해리스 양이 침착하게 물었다.

"아…… 그…… 갈색요."

매슈가 기어들어가는 소리로 말했다.

"저쪽에 한 통 있어요. 설탕은 저거 한 종류예요."

해리스 양이 팔찌를 흔들어 대며 말했다.

"그…… 그거 9킬로그램만 줘요."

매슈의 이마에는 땀방울이 송골송골 맺혔다.

집까지 반쯤 마차를 몰고 와서야 매슈는 제정신이 돌아왔다. 오싹한 경험이었지만 모르는 가게에 가는 이단 행위를 저지른 당연한 대가라는 생각이 들었다. 집으로 돌아온 매슈는 갈퀴를 연장 창고에 숨기고 설탕은 마릴라에게 들고 갔다.

마릴라가 소리쳤다.

"갈색 설탕이잖아요! 무슨 생각으로 이렇게 많이 산 거예요? 갈색 설탕은 일꾼들 오트밀을 끓일 때나 검은 과일 케이크를 만들 때 말고는 전혀 쓸 일이 없어요. 제리는 그만뒀고 케이크는 진즉에 만들어 놨다고요. 이런, 좋은 설탕도 아니네요. 알갱이가 거칠고 색도 질잖아요. 윌리엄 블레어 씨가 이런 설탕은 잘 취급을 안 하는데."

"언제…… 언젠가는 쓰겠지 싶어서 그랬지."

매슈는 이렇게 상황을 빠져나갔다.

매슈는 앤의 옷 문제를 곰곰이 생각하다 도움을 줄 여자가 있어야겠다는 결론을 내렸다. 마릴라는 아니었다. 마릴라는 단번에 매슈의 계획에 찬물을 끼얹을 게 확실했다. 린드 부인 밖에 없었다. 에이번리에 매슈가 감히 조언을 구할 다른 여자는 없었다. 매슈는 린드 부인을 찾아갔다. 그리고 그 마음 좋은 부인은 잔뜩 지친 남자의 손에서 흔쾌히 짐을 덜어주었다.

"앤에게 선물할 옷을 대신 골라 달라는 거죠? 그러고말고요. 내일 카모디에 가서 알아볼게요. 따로 생각해 둔 건 있나요? 없다고요? 뭐, 그럼 제가 알아서 하지요. 앤한테는 짙은 갈색이 잘 어울릴 거예요. 그리고 윌리엄 블레어네 글로리아 옷감이 정말 예뻐요. 아마 내가 만드는 게 서로 좋을 거예요. 마릴라가 만들면 앤이 미리 눈치를 챌 거고 그러면 깜짝 선물도 물 건너가겠죠? 자, 내가 할게요. 아니요, 귀찮을 거 하나 없어요. 난 바느질을 좋아하니까요. 내 조카인 제니 길리스한테 맞게 만들면 되겠군요. 그 애가 앤하고 쌍둥이처럼 체형이 닮았거든요."

"저, 정말 고마워요. 그리고…… 저…… 잘은 모르지만…… 그…… 요즘 소매가 옛날이랑 다르던데요. 무리한 부탁이 아니라면 요즘…… 요즘 식이면 좋겠어요."

"퍼프 소매요? 물론이죠. 그건 전혀 걱정할

필요 없어요, 매슈. 소매는 최신 유행대로 만들게요."

매슈가 돌아가자 린드 부인의 입가에 미소가 번졌다.

"그 가여운 아이가 한 번쯤 제대로 된 옷을 입고 있는 모습을 보는 것도 꽤 흐뭇할 거야. 마릴라가 입히는 옷들은 솔직히 말도 안 되잖아. 터놓고 말하고 싶었던 게 열두 번도 더 된다니까. 마릴라가 충고를 듣는 걸 싫어하는 거 같아서 아무 말도 안 한 거지. 게다가 결혼도 안 했으면서 아이 교육에 대해 나보다 더 잘 안다고 생각한다니까. 하긴 항상 그런 식이지. 애를 키워본 사람이면, 모든 아이에게 빠르고 확실하게 들어맞는 양육법이란 없다는 걸 알 텐데. 한 번도 키워본 적 없는 사람들이 수학 등식처럼 규칙에 대입만 하면 정답이 쉽게 나오는 줄 안다니까. 하지만 아이가 어디 산수 푸는 머리로 길러지나. 마릴라 커스버트도 그걸 모른단 말이야. 자기처럼 옷을 입히면 앤이 겸손한 마음을 기를 줄 아나본데, 시기심이나 불만만 키울 공산이 더 크지. 그 애도 자기 옷이 다른 여자애들이랑 다르다는 걸 틀림없이 느낄 테니까. 그나저나 매슈가 그걸 알아차리다니! 60년 넘게 잠자던 매슈가 이제야 눈을 뜨나 보군."

2주일의 시간이 흐르는 동안, 마릴라는 매슈에게 뭔가 꿍꿍이가 있음을 눈치챘다. 하지만 크리스마스이브에 린드 부인이 새 옷을 들고 나타나기 전까지 그게 뭔지 짐작도 못했다. 린드 부인은 마릴라가 만들면 앤이 금방 눈치챌까 봐 매슈가 걱정을 해서 자신이 만들었다고 그럴듯하게 둘러댔다. 마릴라는 그 말을 곧이곧대로 믿지 않았지만 아무렇지 않은 듯 행동했다.

"그러니까 오라버니가 2주 내내 뭔가 비밀 있는 사람처럼 굴면서 혼자 싱글벙글 웃었던 게 이거였군요? 오라버니가 무슨 엉뚱한 짓을 꾸미는 건 짐작했어요. 글쎄요, 앤한테 옷이 더 필요할까요? 올가을에도 튼튼하고 따뜻하고 편한 옷을 세 벌 만들어 줬고, 그 이상은 순전히 사치예요. 이 소매에 들어간 옷감만 가지고도 웃옷 한 벌은 만들겠네요. 오라버니, 이건 앤의 허영심만 채워줄 거예요. 그 아이는 지금도 공작새만큼이나 허영심이 가득하다고요. 그래도 앤 마음에 들었으면 좋겠네요. 이런 어처구니없는 소매가 처음 나왔을 때부터 이걸 입고 싶어 했으니까요. 뭐, 한 번 그런 소릴 한 뒤로 입 밖에 꺼낸 적은 없지만요. 그 볼록 소매는 갈수록 커지고 우스꽝스러워지더니, 지금은 풍선처럼 부풀었다니까요. 내년쯤엔 볼록 소매 옷을 입은 사람들은 문을 나갈 때 옆걸음으로 걸어야 할걸요."

마릴라가 조금은 딱딱하지만 너그러이 말했다.

크리스마스 아침이 밝자, 세상이 온통 하얗고 아름답게 변해 있었다. 12월 날씨가 매우 포근했기에 다들 크리스마스에 눈이 내리지 않을 거라고 예상했다. 하지만 밤새 많은 눈이 소복이 내려 에이번리는 아름답게 변해 있었다. 앤은 기쁜 눈으로 얼어붙은 다락방 창밖을 살짝 내다보았다. '유령의 숲'의 전나무가 온통 하얀 솜털을 뒤집어쓰고 있었다. 자작나무와 벚나무는 진주로 테를 두른 듯했고, 쟁기질이 끝난 들판은 눈이 쌓여 하얀 물결처럼 보였다. 공기에 가득한 상쾌하고 알싸한 냄새가 코끝을 톡 건드렸다. 앤은 아래층으로 뛰어 내려가며 초록 지붕 집 가득 목소리가 울려 퍼지도록 노래를 불렀다.

"메리 크리스마스, 마릴라 아주머니! 메리 크리스마스, 매슈 아저씨! 정말 아름다운 크리스마스죠? 눈이 와서 정말 기뻐요. 눈이 없으면 크리스마스가 아닌 거 같잖아요! 전 그린 크리스마스*는 싫어요. 사실 초록색도 아니잖아요. 지저분하게 빛바랜 갈색이랑 회색이죠. 사람들은 왜 그걸 초록색이라고 할까요? 어…… 어…… 매슈 아저씨, 이거 제 거예요? 와, 아저씨!"

매슈가 멋쩍게 종이 포장지를 풀어 옷을 꺼내 앞으로 내밀면서 눈치를 살피듯 마릴라를 흘깃 보았다. 마릴라는 모르는 척 찻주전자에 물을 채우고 있었지만, 궁금한 마음을 감추지 못하고 곁눈으로 힐끔거렸다.

앤이 옷을 받아들고 한동안 경건한 침묵이 흘렀다. 아, 이 얼마나 예쁜지. 아름답고 부드러운 갈색 글로리아 옷감으로 만든 드레스는 실크의 매끄러운 광택이 돋보였다. 그리고 치맛자락에 크고 작은 주름 장식도 달렸고, 허리에는 최신 유행의 길고 가는 정교한 주름이,

* 눈이 오지 않는 크리스마스

목에도 얇은 레이스에 잔주름이 잡혔다. 그러나 가장 마음을 사로잡은 건 소매였다. 소맷동은 팔꿈치까지 길게 올라왔고, 그 위로 아름답게 부푼 볼록한 소매가 작은 주름단과 갈색 실크 리본 매듭으로 나뉘어져 있었다. 매슈가 수줍게 말했다.

"네게 주는 크리스마스 선물이란다, 앤. 어……, 아니…… 앤, 마음에 안 드니? 이런…… 이런……."

앤의 눈이 한순간에 눈물로 가득 찼다.

"마음에 들어요! 아, 아저씨! 아저씨, 정말이지 너무 아름다워요. 아, 뭐라고 감사 인사를 드려야 할지 모르겠어요. 소매 좀 보세요! 아, 행복한 꿈을 꾸고 있는 것만 같아요."

앤은 옷을 의자 위에 걸어 놓고 두 손을 꼭 맞잡았다.

마릴라가 끼어들었다.

"자, 자, 아침 식사 해야지. 앤, 난 네게 그

옷이 필요할 것 같진 않지만 오라버니가 널 위해 준비했으니 잘 입도록 해라. 린드 부인이 네게 주라며 머리 리본도 놓고 가셨단다. 갈색이라 그 옷에 어울릴 게야. 이제 와서 앉아라."

앤이 황홀한 듯 말했다.

"아침은 못 먹겠어요. 이렇게 가슴 벅찬 순간에 아침 식사는 너무 평범한 일이잖아요. 옷을 맘껏 보며 눈으로 즐길래요. 볼록 소매가 아직 유행하고 있어서 정말 기뻐요. 볼록 소매 옷을 입어보지도 못하고 유행이 지나가 버리면 평생 한이 될 것 같았거든요. 절대 그냥 만족하지 못했겠죠. 린드 아주머니께서 리본을 주셨다니 너무 고마워요. 정말 착한 아이가 되어야 할 것 같아요. 가끔은 제가 모범생이 아니라는 게 후회가 돼요. 앞으로는 모범적인 아이가 되자고 늘 다짐은 하거든요. 하지만 뿌리치기 힘든 유혹이 생기면 왠지 다짐을 지키기가 힘들어요. 그래도 이제부턴 정말 더 열심히 노력할게요."

평범한 아침 식사를 마쳤을 때, 다이애나가 진홍색 코트를 입고 밝은 얼굴로 골짜기 쪽의 하얀 통나무 다리를 건너는 게 보였다. 앤은 다이애나를 만나러 한달음에 비탈길을 내려갔다.

"메리 크리스마스, 다이애나! 아, 정말 즐겁고 멋진 크리스마스야. 너한테 보여줄 굉장한 게 있어. 매슈 아저씨가 최고로 예쁜 옷을 선물하셨거든. 그보다 멋진 소매는 상상도 못할 것 같아."

"나도 줄 게 있어. 자, 이 상자야. 조세핀 할머니가 큰 상자에 선물을 가득 담아 보내셨어. 이건 네 거야. 어젯밤에 가져오고 싶었는데 상자가 너무 늦게 도착해서 말이야. 어두워지면 '유령의 숲'을 지나오기가 좀 무서워서."

다이애나가 숨을 헐떡이며 말했다.

앤이 상자를 열며 안을 슬며시 들여다봤다. 제일 먼저 '앤에게, 메리 크리스마스'라고 적힌 카드가 보였고, 다음으로 발부리에 구슬이 달리고 새틴 나비 리본과 반짝이는 버클이 장식된 앙증맞은 가죽 덧신이 한 켤레 나왔다.

"아, 다이애나, 이건 너무 과분해. 내가 꿈을 꾸고 있나 봐."

"난 하늘의 뜻이라고 생각해. 이젠 루비한테 덧신을 빌리지 않아도 돼. 정말 다행이지 뭐야. 루비의 덧신은 네 발보다 두 치수나 크잖아. 요정이 발 끄는 소리를 내며 걸으면 귀에 거슬릴 거야. 조시 파이는 고소해 하겠지만. 있지, 롭 라이트가 그저께 밤에 연습을 마치고 거티 파이와 함께 집에 갔대. 넌 그런 얘기 못 들었어?"

그날 에이번리의 학생들은 회관을 장식하고 마지막 예행연습을 하느라 다들 들뜨고 흥분해 있었다.

발표회는 저녁에 시작되어 성공적으로 끝났다. 작은 회관이 사람들로 꽉 찼고 무대에

선 학생들도 전부 자기 역할을 훌륭히 해냈다. 하지만 발표회에서 가장 밝게 빛난 별은 앤이었고, 시기심 많은 조시 파이조차 그 사실을 부인하지는 못했다.

"아, 정말 근사한 밤이었지?"

발표회를 모두 마치고 앤과 다이애나는 별이 총총 박힌 까만 하늘 아래 함께 집으로 걸어갔다.

"모든 게 다 잘됐어. 10달러는 모았을 거야. 있잖아, 앨런 목사님이 발표회에 관한 글을 써서 샬럿타운 신문에 보내실 거래."

다이애나가 현실적인 이야기로 답했다.

"와, 다이애나, 우리 이름이 정말 신문에 나오는 거야? 생각만 해도 가슴이 뛰어. 네가 독창을 할 때 정말이지 기품이 넘쳤어, 다이애나. 앙코르를 받았을 땐 내가 더 자랑스럽더라니까. '저렇게 찬사를 받는 사람이 내가 사랑하는 마음의 친구라니' 하면서 혼자 중얼거렸어."

"뭘, 네 낭송이야말로 박수갈채를 받았잖아, 앤. 그 슬픈 시는 진짜 아름다웠어."

"아, 난 너무 긴장했어, 다이애나. 앨런 목사님이 내 이름을 부르는데 정말이지 연단에 어떻게 올라갔는지도 기억이 안 난다니까. 마치 수백만 개의 눈동자가 나를 꿰뚫어 보는 것 같았어. 순간적으로 입이 안 떨어져서 얼마나 끔찍했다고. 그때 내 아름다운 퍼프 소매가 떠오르자 용기가 났어. 그런 소매를 입을 자격은 있어야 했으니까, 다이애나. 그래서 일단 시작은 했는데, 내 목소리가 어디 멀리서 들리는 느낌인 거야. 꼭 내가 앵무새가 된 것 같았어. 다락방에서 틈만 나면 낭송 연습을 했던 게 하늘이 내린 운이었어. 그렇게 안 했으면 결코 해내지 못했을 거야. 신음 소리는 괜찮았니?"

"그럼, 정말 아름다운 신음 소리였어."

다이애나가 자신 있게 말했다.

"자리로 돌아올 때 슬론 할머니가 눈물을

훔치시는 모습을 봤어. 내가 누군가에게 감동을 줬다고 생각하니 뿌듯하더라. 발표회에 참여하는 건 정말 낭만적이지 않니? 아, 오늘 발표회를 절대 잊지 못할 거야."

"남자애들도 연극을 잘하지 않았니? 길버트 블라이드는 진짜 멋있었어. 앤, 난 네가 길버트한테 너무 못되게 구는 것 같아. 내 말 좀 끝까지 들어 봐. 네가 요정 대사를 하고 무대에서 뛰어내려올 때 네 머리에서 장미 한 송이가 떨어졌거든. 길버트가 그걸 줍더니 자기 가슴 주머니에 꽂는 걸 봤어. 거봐. 넌 낭만적인 아이니까 이런 일은 기뻐해야 되는 거잖아."

"걔가 뭘 하든 나하고는 아무 상관없어. 걜 생각하느라 낭비할 시간 없어, 다이애나."

앤이 딱딱하게 말했다.

그날 밤, 20년 만에 처음으로 발표회에 참석한 마릴라와 매슈는 앤이 잠든 뒤에도 한동안 부엌 난롯가에 앉아 있었다.

"글쎄다. 내가 보기엔 우리 앤이 제일 잘하는 거 같더구나."

매슈가 자랑스러운 듯 말했다.

"그래요. 그럽디다. 똑똑한 아이예요, 오라버니. 그리고 정말 예뻤어요. 나는 이런 발표회를 한다기에 썩 내키지 않았는데, 뭐 나쁠 건 없는 것 같아요. 어쨌든 오늘 밤엔 앤이 자랑스럽더군요. 앤한테는 아무 말 안 할 거지만요."

마릴라도 인정했다.

"글쎄다. 나는 위층에 올라가기 전에 자랑스러웠다고 말해줬다. 저 아이 앞날을 위해서 우리가 할 수 있는 일이 뭔지도 이제 생각해야 할게야, 마릴라. 저 애가 에이번리 학교를 졸업한 뒤를 고민해야 할 날도 머지않았어."

"그건 아직 생각할 시간이 많이 있어요. 저 애는 3월에 겨우 열세 살이라고요. 하지만 오늘 밤에 보니 어느새 훌쩍 컸다는 생각도 들긴 하네요. 린드 부인이 옷을 조금 길게 만들어서 키가 더 커 보이는 거 같기도 하고요. 저 애는 배우는 속도가 빠르니, 내 생각에는 나중에 퀸스 학교에 보내는 게 가장 좋을 것 같아요. 하지만 한두 해 동안은 아직 그런 얘기를 꺼낼 필요가 없죠."

"글쎄다. 한 번씩 그런 생각을 해 보는 것도 나쁠 것 없지. 그런 일은 생각을 많이 하면 할수록 더 좋은 법이니까."

26

이야기 클럽을 만들다

에이번리의 어린 학생들은 다시 이어지는 단조로운 일상이 따분하기 이를 데 없었다. 특히 몇 주 동안 흥분에 취해 있던 앤에게는 모든 게 끔찍이도 지루하고 김빠지고 무의미해 보였다. 앤이 발표회 이전의 조용한 즐거움을 누리던 그때로 다시 돌아갈 수 있을까? 처음에 앤은 다이애나에게 말한 것처럼 절대 그럴 수 없을 것 같았다.

50년은 족히 지난 일을 회상하듯 앤이 애절

하게 말했다.

"이건 확실해, 다이애나. 지난날과 똑같은 생활로 돌아갈 순 없을 거야. 시간이 조금 흐르면 익숙해지기야 하겠지만, 발표회가 우리 일상을 망가뜨릴까 봐 걱정이야. 그래서 마릴라 아주머니가 발표회를 반대하셨나 봐. 아주머니는 정말 분별 있는 분이셔. 분별력이 있다는 건 무척 좋은 일일 거야. 하지만 난 솔직히 분별력 있는 사람이 되고 싶지는 않아. 낭만이 너무 없잖아. 린드 아주머니는 내가 그렇게 되지 않을 거니까 걱정하지 말라고 하시지만, 그건 아무도 모를 일이잖아. 지금 생각에 나는 어른이 되면 분별력 있는 사람이 될 거 같거든. 그냥 피곤해서 그런 생각이 드나 봐. 어젯밤에 한참 동안 잠을 못 잤거든. 침대에 누워서 발표회 생각만 하고 또 하고 그랬어. 그런 행사를 하면 이런 건 참 좋은 거 같아. 이렇게 계속 돌아볼 수 있어서 너무 멋지잖아."

하지만 결국 에이번리 학교는 예전의 생활을 되찾고 전에 즐기던 관심거리들로 눈을 돌렸다. 발표회 후유증이 있기는 했다. 루비 길리스와 엠마 화이트는 무대에서 앞자리를 놓고 싸우더니 학교에서도 서로 다른 자리에 앉았고, 3년 동안 이어진 튼튼한 우정도 깨져버렸다. 조시 파이와 줄리아 벨은 석 달 동안 '말'을 하지 않았다. 줄리아 벨이 시를 낭송하려고 자리에서 일어나 인사하는 모습이 꼭 닭이 모가지를 흔드는 것 같았다고 조시 파이가 베시 라이트에게 말했는데, 베시가 그 이야기를 그대로 줄리아에게 전했기 때문이다. 슬론 씨네 아이들과 벨 씨네 아이들은 서로 상대하지 않으려 했다. 벨 씨네 아이들은 슬론 씨네 아이들이 프로그램을 너무 많이 맡았다며 불평했고, 슬론 씨네 아이들은 벨 씨네 아이들이 얼마 되지도 않은 역도 제대로 해내지 못했다고 되받아 공격했다. 마지막으로 찰리 슬론은 무디 스퍼전 맥퍼슨과 싸웠다. 무디 스퍼전이 앤 셜리가 낭송으로 잘난 체한다고 말했다가 흠씬 얻어맞은 것이다. 그 때문에 무디 스퍼전의 여동생인 엘라 메이는 겨울 내내 앤 셜리와 말을 하지 않으려고 했다. 이런 사소한 마찰들을 제외하고는 스테이시 선생님의 작은 왕국은 규칙대로 순탄하게 돌아갔다.

겨울도 한 주 한 주 흘러갔다. 그해 겨울은 예년과 달리 포근하고 눈도 별로 오지 않았기 때문에 앤과 다이애나는 거의 매일 '자작나무 길'을 지나 학교에 갔다. 앤의 생일에도 둘은 계속 재잘거리면서도 눈과 귀는 한껏 곤두세운 채 '자작나무 길'을 가볍게 걸어 내려갔다. 스테이시 선생님이 곧 '겨울 숲 산책'이라는 주제로 글쓰기를 할 거라고 해서 숲을 주의 깊게 관찰해야 했다.

앤이 경외감이 깃든 목소리로 말했다.

"생각해 봐, 다이애나. 내가 오늘 열세 살

이 됐잖아. 십대*가 됐다는 게 실감이 잘 안 나. 오늘 아침에 일어났는데 세상이 달라진 것만 같았어. 넌 한 달 전에 열세 살이 됐으니까 나처럼 신기한 기분은 아닐 거야. 사는 게 훨씬 더 재미있어지는 것 같아. 2년만 더 지나면 정말 어른이 되겠지. 그때가 되면 조금 거창한 표현을 써도 아무도 비웃지 않을 거라 생각하니 정말 안심이야."

"루비 길리스는 열다섯 살이 되자마자 바로 남자친구부터 만들 거래."

다이애나가 말했다. 앤이 경멸하는 투로 그 말을 받았다.

"루비 길리스는 남자친구 생각밖에 안 해. 현관 벽에 누가 자기 이름을 쓰면 겉으론 굉장히 화를 내도 사실 좋아한다니까. 근데 이런 게 험담이면 어쩌지? 앨런 사모님이 험담은 절

* 13~19세 정도를 가리킨다.

대 하면 안 된다고 하셨는데. 나도 모르게 이런 말이 입 밖으로 불쑥 나와 버린다니까. 넌 안 그래? 조시 파이는 험담 말고는 할 얘기가 없어. 그래서 난 아예 걔 얘기는 안 하잖아. 네가 눈치챘는지 모르겠지만 말이야. 아무튼 난 앨런 사모님처럼 되려고 할 수 있는 노력은 다 하고 있어. 사모님은 완벽한 분 같아. 앨런 목사님도 그렇게 생각하시나 봐. 린드 아주머니가 그러시는데, 목사님은 사모님이 밟고 지나간 길까지 숭배할 정도래. 아주머니는 목사님이 한낱 인간에게 그런 애정을 쏟아붓는 건 옳지 않다고 생각하신대. 하지만 다이애나, 목사님도 사람이잖아. 다른 사람들처럼 어떤 죄는 더 쉽게 짓기도 하고 그러겠지. 지난 주일 오후에는 앨런 사모님이랑 인간이 빠지기 쉬운 죄에 대해 정말 재밌는 대화를 나눴어. 주일날 나누기에 적절한 대화 주제가 몇 개 안 되는데, 이건 이야기할 만한 주제잖아. 내가 빠지기 쉬운 죄는 상상을 너무 많이 하느라 해야 할 일을 잊는 거야. 이 버릇을 고치려고 열심히 노력하고 있어. 이젠 열세 살이니까 차차 나아지겠지."

"4년만 있으면 우리도 머리를 틀 수 있어. 앨리스 벨은 겨우 열여섯 살인데 머리를 올리고 다니잖아. 그건 좀 우스운 거 같아. 난 열일곱 살이 될 때까지 기다릴 거야."

다이애나가 말했다. 그러자 앤이 단호하게 말했다.

"만약 내가 앨리스 벨처럼 코가 삐뚤어졌다면 난 그런…… 아니야! 말하지 않을래. 이건 너무 심한 험담이야. 게다가 내 코랑 비교까지 하고 있었어. 그건 허영심이잖아. 오래전에 코를 칭찬 받았는데 그 뒤로 줄곧 코 생각을 너무 많이 하는 거 같아. 나한테는 정말 큰 위로거든. 아, 다이애나, 저기 봐. 저기 토끼야. 토끼도 숲 작문에 쓰게 기억해 두자. 숲은 겨울에

도 여름만큼이나 아름다운 거 같아. 온통 하얗고 고요해서, 마치 잠이 들어 예쁜 꿈을 꾸고 있는 기분이야."

"이번 작문 글쓰기는 별로 걱정 안 돼. 숲에 대한 글은 어떻게든 쓸 수 있을 것 같거든. 하지만 월요일에 내야 할 작문 숙제를 생각하면 앞이 캄캄해. 이야기를 직접 지어내라고 하신 거 말이야!"

다이애나가 한숨을 쉬었다.

"왜, 그건 완전 식은 죽 먹기잖아."

"넌 상상력이 풍부하니까 그렇지. 상상력 없이 태어났다면 어떨 거 같아? 넌 벌써 다 썼지?"

다이애나가 항변하듯이 말했다.

앤은 잘난 척하는 것처럼 보이지 않으려고 애썼지만 어쩔 수 없이 고개를 끄덕였다.

"지난 월요일 저녁에 썼어. 제목은 '질투하는 경쟁자'나 '죽음도 갈라놓을 수 없다'로 할 거야. 마릴라 아주머니께 읽어 드렸더니 너무 허황되고 말도 안 되는 얘기래. 그다음에 매슈 아저씨께 읽어 드렸는데 아저씨는 좋다고, 잘 썼다고 하셨어. 난 아저씨 같은 비평가가 좋아. 이건 슬프고도 아름다운 이야기야. 이 글을 쓰면서 어린애처럼 엉엉 울었다니까. 코딜리어 몽모랑시와 제럴딘 시모어라는 아름다운 두 아가씨에 대한 이야기야. 둘은 같은 마을에 살면서 서로를 헌신적으로 사랑해. 코딜리어는 짙은 밤처럼 까만 머리에 눈은 저녁놀처럼 반짝반짝 빛나고 피부가 가무잡잡한 아가씨야. 제럴딘은 금실 같은 머리카락을 지닌 여왕처럼 아름다운 금발에 눈은 벨벳처럼 부드러운 자주색이야."

"눈이 자주색인 사람은 태어나서 한 번도 못 봤어."

다이애나가 미심쩍은 듯 말했다.

"나도 못 봤어. 그냥 상상한 거야. 조금 색다

르게 하고 싶었거든. 제럴딘은 설화석고 같은 이마도 가졌어. 설화석고 같은 이마가 뭔지 알아냈어. 열세 살이 돼서 좋은 게 이런 점인 거 같아. 열두 살 때보다 아는 게 훨씬 더 많잖아."

"그래서 코딜리어하고 제럴딘은 어떻게 됐어?"

다이애나가 두 주인공의 운명에 호기심을 보였다.

"둘은 아름답게 자라서 열여섯 살이 됐어. 그런데 어느 날 버트럼 드비어가 두 사람이 사는 마을에 오고, 금발의 제럴딘과 사랑에 빠지게 돼. 마차의 말이 날뛰며 달려가는데, 버트럼이 그 마차에서 제럴딘을 구한 거야. 제럴딘이 버트럼한테 안겨서 정신을 잃는 바람에 버트럼은 제럴딘을 5킬로미터나 떨어진 집까지 데려다줬어. 마차는 다 부서졌을 거 아냐. 청혼하는 장면은 상상하기가 좀 어려웠어. 경험해 본 적이 없잖아. 그래서 루비 길리스한테 남자들이 어떻게 청혼하는지 아냐고 물어봤어. 결혼한 언니들이 많으니까 이런 문제는 꿰고 있을 것 같았거든. 루비는 맬컴 앤드루스가 수전 언니한테 청혼할 때 복도 벽장 안에 숨어 있었대. 루비가 그러는데, 맬컴이 아버지한테서 농장을 물려받았다고 하면서 '사랑하는 그대여, 이번 가을에 결혼하는 게 어떻소?' 그랬더니 수전 언니가 '좋아요…… 아니, 안 돼요…… 아, 모르겠어요. 잠깐만요' 했는데, 순식간에 약혼까지 하더래. 하지만 난 그런 청혼은 별로 낭만이 없는 거 같아서, 결국 최대한 상상력을 끌어내야 했어. 난 아주 화려하고 시적인 장면으로 꾸며서 버트럼이 무릎을 꿇게 했어. 루비 길리스 말로는 요즘은 그렇게 잘 안 하는 것 같지만. 제럴딘이 청혼을 받아들이는 대사가 한 페이지나 돼. 그 대사를 쓸 때 굉장히 애를 먹었어. 다섯 번이나 고쳐 써서 걸작이 탄생한 것 같아. 버트럼은 다이아몬드 반지와 루비 목걸이를 주면서 유럽으로 신혼여행을 떠나자고 말해. 어마어마하게 부자거든. 하지만 아아, 두 사람의 앞날에 어두운 그림자가 드리우기 시작해. 코딜리어도 아무도 모르게 버트럼을 사랑하고 있었던 거지. 제럴딘이 버트럼과 약혼했다고 말했을 때 코딜리어는 분노가 치솟았고, 목걸이랑 다이아몬드 반지를 보고는 폭발해 버렸어. 제럴딘을 향한 사랑이 쓰디쓴 증오로 바뀌었고 코딜리어는 두 사람이 절대 결혼하지 못하게 하리라고 맹세했어. 하지만 제럴딘에게는 여전히 친구인 것처럼 아무렇지도 않게 대했지. 어느 날 저녁, 둘은 물살이 사나운 강 위의 다리 위에 서 있었어. 코딜리어가 두 사람밖에 없다고 생각하고 제럴딘을 다리 밑으로 힘껏 밀었지. '하하하!' 비웃으면서 말이야. 하지만 그 장면을 전부 목격한 버트럼이 '내가 그대를 구하겠소, 나의 소중한 제럴딘'이라고 외치며 제럴딘을 따라 물속으로 뛰어든 거야. 하지만 애석하게도 버트럼은 수영을 못한다는 걸 미처 생각하지 못했던 거지. 결국 두 사람은 서로 꼭 끌어안은 채 물에 빠져 죽어. 두 사람의 시신은 곧 물가로 떠밀려 왔어. 둘은 한 무덤에 묻히고 더없이 장엄한 장례식이 치러져, 다이애나. 결혼식보다는 장례식으로 끝나는 게 훨씬 더 낭만적이거든. 코딜리어는 자책감 때문에 미쳐서 정신병원에 갇혀. 난 그게 코딜리어의 죄를 시적으로 벌하는 거라고 생각했어."

"너무 아름다워! 앤, 어떻게 하면 그렇게 감동적인 이야기를 생각해 낼 수 있어? 나도 너처럼 상상력이 많으면 좋겠어."

매슈와 성향이 비슷한 비평가인 다이애나가 한숨을 쉬었다.

"상상력은 기르면 생겨. 방금 좋은 생각이 하나 떠올랐어, 다이애나. 우리 둘이 이야기 클럽을 만들어서 글쓰기 연습을 하는 거야. 네가 혼자 할 수 있을 때까지 내가 도와줄게. 사람은 상상력을 길러야 하잖아. 스테이시 선생님이 그러셨어. 물론 방향을 잘 잡아야 하지만. 선생님께 '유령의 숲' 얘기를 했더니 그건 상상력을 잘못 발휘한 거라고 하셨거든."

앤이 격려를 담아 말했다.

그렇게 이야기 클럽이 탄생했다. 처음에는 다이애나와 앤이 전부였지만, 곧 제인 앤드루스와 루비 길리스가 가입했고, 상상력을 기르고 싶어 하는 아이들 한두 명이 더 들어왔다. 루비 길리스는 남자아이들도 들어오면 더 재미있을 거라고 했지만 남자아이들은 가입이 금지됐고, 모든 회원은 일주일에 이야기 한 편씩을 지어야 했다.

"얼마나 재밌는지 몰라요. 한 명 한 명 자기가 쓴 이야기를 큰 소리로 읽은 다음 다 같이 얘기를 나누거든요. 우린 그 이야기들을 소중하게 보관했다가 후손들에게 물려줄 거예요.

우린 다 필명을 지었어요. 제 필명은 로자먼드 몽모랑시예요. 전부 글을 꽤 잘 써요. 루비 길리스는 너무 감상적이지만요. 이야기에 사랑 장면을 너무 많이 넣는데, 지나친 건 부족한 것보다 못하잖아요. 제인은 그런 내용은 전혀 넣지 않아요. 큰 소리로 낭독할 때 너무 유치하게 들린대요. 그래서 제인의 이야기는 극도로 이성적이에요. 다이애나의 이야기엔 살인 장면이 너무 많이 나와요. 등장인물을 어떻게 해야 할지 모르겠으면 죽여서 없앤다지 뭐예요. 거의 언제나 제가 글쓰기 주제를 정해줘야 하지만, 제 머릿속엔 워낙 생각이 가득하니 어렵지 않아요."

앤이 마릴라에게 말했다.

"이야기를 짓는다는 건 여태까지 들은 일들 중에서도 가장 어리석은 짓이구나. 머릿속에 쓸데없는 생각만 꽉 들어차고 공부하는 데 쏟아야 할 시간만 낭비하게 될 게야. 이야기를 읽는 것도 탐탁지 않은데 이야기를 만드는 건 그보다 더 나쁘지."

마릴라가 비꼬았다.

"하지만 우린 모든 이야기에 교훈을 넣으려고 노력하고 있어요, 아주머니. 제가 그러자고 했어요. 착한 사람은 보상을 받고 나쁜 사람들은 그에 맞는 벌을 받고요. 그렇게 하면 틀림없이 좋은 영향을 받을 거예요. 교훈은 훌륭한 거잖아요. 앨런 목사님이 그러셨어요. 제가 쓴 이야기 한 편을 목사님과 사모님께 읽어 드렸더니, 두 분 모두 훌륭한 교훈이 담겨 있다고 하셨어요. 웃긴 부분이 아닌 데서 웃으시긴 했지만요. 전 사람들이 우는 게 더 좋아요. 제가 애절한 대목을 읽을 때면 제인하고 루비는 거의 늘 울어요. 다이애나가 조세핀 할머니께 우리 클럽에 대한 이야기를 편지로 썼더니 할머니가 우리가 쓴 이야기를 몇 편 보내달라고 답장을 하셨대요. 그래서 제일 잘 쓴 글 네 편을 베껴서 보내드렸어요. 평생 그렇게 재미있는 글은 처음 읽어보셨다고 편지하셨어요. 저희는 약간 어리둥절해요. 왜냐하면 보내드린 이야기 네 편이 모두 아주 슬픈 내용이고 등장인물이 거의 다 죽거든요. 그래도 조세핀 할머니가 재미있게 읽으셨다니 기뻐요. 우리 클럽이 세상에 조금은 좋은 일을 하고 있다는 거잖아요. 앨런 사모님은 그게 모든 일에서 우리의 목표가 되어야 한다고 말씀하세요. 전 그러려고 정말 노력하긴 하는데, 재미있는 걸 할 때는 자꾸 까먹어요. 제가 이다음에 크면 앨런 사모님을 조금이라도 닮았으면 좋겠어요. 그럴 가능성이 있을까요, 아주머니?"

"가능성이 아주 많다고는 할 수 없지. 앨런 부인이 어려서 너처럼 엉뚱하고 잘 잊어 먹는 아이는 아니었을 테니 말이다."

마릴라는 자기 나름의 격려를 해주었다.

"맞아요. 하지만 사모님도 지금처럼 항상

착했던 건 아니래요. 사모님이 제게 직접 그러셨어요. 어릴 땐 못된 장난도 치고 어딜 가나 말썽을 피우셨다고요. 그 얘기에 얼마나 힘이 났는지 몰라요. 다른 사람이 못된 장난꾸러기였다는 말을 듣고 힘이 나면 아주 나쁜 건가요, 아주머니? 린드 아주머니는 그렇다고 하셨어요. 린드 아주머니는 누군가가 나쁜 짓을 했다는 소리를 들으면, 그게 아무리 어릴 적 얘기라도 늘 충격을 받으신대요. 한 번은 어떤 목사님이 어릴 때 친척 아주머니네 벽장에서 딸기 타르트를 훔쳤다고 고백하는 걸 듣고 다시는 그 목사님에게 존경심이 안 생기더래요. 그런데 전 생각이 달라요. 그걸 고백하신 건 정말 고귀한 행동이에요. 못된 짓을 하고 다니던 남자아이들이 자기들도 커서 목사님이 될 수 있다는 사실에 얼마나 큰 용기를 얻겠어요. 제 생각은 그래요, 아주머니."

앤이 진지하게 말했다.

"지금 내 생각은 말이다, 앤, 설거지를 벌써 끝냈어야 한다는 거다. 수다를 떨어대느라 평소보다 30분이 더 걸렸구나. 일부터 먼저 하고 말은 나중에 하는 법을 좀 배우렴."

27

허영심과 마음의 고통

늦은 4월의 어느 저녁, 봉사회 모임을 다녀오던 마릴라는 겨울이 가고 가슴 설레는 봄이 찾아왔다는 것을 깨달았다. 봄은 늙고 슬픈 사람에게나 젊고 행복한 사람에게나 똑같이 가슴 떨리게 하며 즐거움을 주었다. 마릴라는 속으로 드는 생각이나 감정을 헤아려 살피는 성격이 아니었다. 그래서 봉사회, 선교 기금, 교회 제의실 바닥에 깔 새 양탄자 따위를 생각한다고 여겼지만, 이런 생각 밑에는 저무는 석양 아래 연보랏빛 안개가 휘감은 붉은 들판이 있었다. 개울 너머 방목지 위로 길게 드리운 뾰족한 전나무 그림자와 거울처럼 투명한 연못 주위로 가만히 빨간 잎눈을 틔우는 단풍나무가 있었으며, 세상이 기지개를 켜는 소리와 잿빛 잔디 밑에 숨어 고동치는 새로운 생명의 소리 등이 한데 넘실댔다. 땅에는 봄기운이 완연했고, 중년인 마릴라의 진중한 발걸음도 마음 깊은 곳에서 우러나는 기쁨으로 유난히 가볍고 날렵했다.

마릴라는 우거진 나무 사이로 보이는 초록 지붕 집을 다정한 눈길로 바라봤다. 햇빛이 유리창에 반사되어 언뜻언뜻 아름답게 반짝였다. 마릴라는 질척거리는 길 위를 조심스럽게 걸으며, 장작불이 타닥타닥 타고 식탁에는 차가 멋지게 준비된 집에 돌아가는 게 얼마나 만족스러운지 생각했다. 앤이 초록 지붕 집에 오기 전에는 봉사회 모임이 끝나고 돌아가는 저녁 시간이 별로 큰 위안이 되지 못했다.

그 때문이었다. 부엌에 들어갔을 때 불이 꺼져 있고 앤도 보이지 않자, 마릴라는 실망감과 짜증이 밀려왔다. 앤에게 잊지 말고 5시까지 차를 준비해 놓으라고 일렀건만, 마릴라는 입고 있던 두 번째로 좋은 옷을 서둘러서 벗고 밭을 갈러 나간 매슈가 돌아오기 전에 손수 저녁을 차려야 했다.

"앤이 돌아오면 이 일을 짚고 넘어가야겠어."

마릴라가 엄하게 말하며, 괜스레 힘이 더 들어간 손으로 조각칼을 잡고 불쏘시개를 깎았다. 매슈가 집에 돌아와 평소에 앉던 모퉁이 자리에서 진득이 차를 기다렸다.

"소설을 쓰네, 연극 연습을 하네, 아니면 다른 허튼짓을 하면서 다이애나랑 어디를 쏘다니고 있을 거예요. 지금이 몇 시인지, 자기 할 일이 뭔지 생각도 못하는 거죠. 당장 그만두게 해야겠어요. 앨런 부인은 앤처럼 귀엽고 영리한 아이는 본 적이 없다고 말하지만 알 게 뭐예요. 귀엽고 영리한지는 몰라도 머릿속에 허튼 생각이 가득해서, 다음에 또 무슨 짓을 벌일지 알 수가 없다니까요. 철 좀 드나 싶으면 금방 또 허튼 생각에 빠져들고. 맙소사! 오늘 봉사회에서 레이철이 이렇게 얘기해서 화가 났었는데 내가 똑같은 얘기를 하고 있네. 앨런 부인이 앤을 감쌀 땐 정말 고맙더군요. 앨런 부인이 아니었으면 다들 있는 자리에서 레이철과 한바탕했을 거예요. 앤이 부족한 게 많죠. 그건 나도 알고, 절대 아니라고도 안 해요. 하지만 앤을 키우는 건 레이철이 아니라 나라고요. 천사 가브리엘도 에이번리에 살면 레이철한테 약점을 안 잡히고는 못 배길걸요. 하지만 앤도 그래요. 내가 오후에는 집에 있으면서 이것저것 집안일 좀 하라고 했는데 이렇게 나가면 안 되죠. 단점이 많기는 해도 지금까지 말을 안 듣거나 못 미덥지는 않았는데, 오늘 이런 모습은 정말 속상해요."

"글쎄다. 난 잘 모르겠다."

매슈는 참을성이 많고 현명하기도 했지만 무엇보다 배가 고팠기 때문에, 마릴라가 마음껏 화를 분출하도록 가만히 있는 게 최선이라고 여겼다. 괜한 말다툼으로 시간만 끌지 않으면 마릴라는 무슨 일이든 훨씬 더 빨리 처리한다는 것을 경험으로 알고 있었다.

"너무 성급하게 판단하는 건지도 몰라, 마릴라. 그 애가 정말로 네 말을 듣지 않았다는 걸 확인할 때까지는 믿지 못할 아이라는 말은 하지 마라. 아마 이유가 있겠지. 앤은 설명을 아주 잘하니까."

"나가지 말라고 했는데 나갔잖아요. 날 만족시킬 만한 설명을 찾기 힘들 거예요. 물론 오라버니는 그 애 편이겠죠. 하지만 앤을 교육시키는 건 오라버니가 아니라 나라고요."

마릴라가 반박했다.

날이 어두워져서야 저녁 준비가 다 되었다. 하지만 통나무 다리나 '연인의 오솔길'을 헐레벌떡 뛰어와서 할 일에 소홀했다며 뉘우쳐야 할 앤은 여전히 나타날 기미가 보이지 않았다. 마릴라는 단단히 화난 모습으로 설거지를 하고 그릇을 치웠다. 그러고는 지하실에 들고 내려갈 촛불이 필요해서 앤의 탁자에 세워둔 초를 가지러 다락방으로 올라갔다. 촛불을 켜고 돌아서던 마릴라는 베개 사이에 얼굴을 묻은 채 침대에 누워 있는 앤을 발견했다.

마릴라는 깜짝 놀랐다.

"에구머니나. 자고 있었니, 앤?"

"아니요."

들릴락 말락 한 목소리였다.

"그럼 어디 아프니?"

마릴라가 걱정스럽게 물으며 침대로 다가갔다.

앤은 사람들의 눈을 영원히 피하고 싶은 사람처럼 베개 속으로 더 깊이 몸을 웅크렸다.

"아니에요. 아주머니, 제발 저를 보지 말고 나가 주세요. 전 절망의 수렁에 빠졌어요. 반에서 누가 1등을 하는지, 누가 글을 제일 잘 쓰는지, 주일학교 성가대에서 노래를 부를지 말지 이젠 상관없어요. 그런 사소한 일들은 전혀 중요하지 않아요. 전 이제 더 이상 아무 데도 가지 못할 테니까요. 제 인생은 끝났어요. 제발요, 아주머니, 절 쳐다보지 말고 나가 주세요."

"별소릴 다 듣겠구나. 앤 셜리, 도대체 왜 그러니? 뭘 어떻게 한 게냐? 얼른 일어나 앉아 말해 봐라. 얼른. 자, 왜 그러니?"

마릴라가 어리둥절해서 무슨 일인지 물었다.

앤이 어쩔 수 없이 바닥으로 내려오더니 속삭였다.

"제 머리를 보세요, 아주머니."

마릴라는 초를 들어 등 뒤로 늘어진 숱 많

은 머리를 유심히 살폈다. 확실히 아주 이상해 보였다.

"앤 셜리, 머리를 어떻게 한 거니? 저런, 초록색이잖아!"

세상에 존재하는 색깔 중에서 굳이 이름을 붙이자면 초록색이라고 할 수 있었다. 오묘하고 칙칙한 밤색이 도는 초록 머리에 여기저기 원래의 빨강 머리가 얼룩덜룩 남아 있어 한층 더 기괴한 느낌이었다. 마릴라는 눈앞의 앤이 하고 있는 머리처럼 기이한 모양은 평생 본 적이 없었다.

"네, 초록색이에요. 빨강 머리처럼 싫은 건 없을 줄 알았어요. 하지만 초록색 머리는 그보다 열 배는 더 끔찍해요. 아, 아주머니, 제가 얼마나 비참한지 모르실 거예요."

앤이 신음을 흘리듯 말했다.

"어쩌다 이 꼴이 됐는지 모르겠다만 이유라도 들어 보자. 여긴 너무 추우니까 당장 부엌으로 따라와. 내려와서 무슨 짓을 한 건지 말하거라. 내 언젠가 엉뚱한 일을 벌일 줄은 알고 있었다. 두 달 동안 말썽도 없이 잠잠해서 곧 무슨 일을 내겠구나 생각했지. 자, 그래, 머리에 무슨 짓을 한 게냐?"

"물을 들였어요."

"물을 들이다니! 염색을 했다는 거냐? 앤 셜리, 그게 나쁜 짓이란 걸 몰랐니?"

"조금 나쁘다는 건 알고 있었어요. 하지만 빨강 머리만 없앨 수 있다면 조금 나쁜 일은 괜찮다고 생각했어요. 전 대가를 치렀어요, 아주머니. 이게 아니래도 나쁜 행동을 보상하려고 다른 부분에서 특별히 더 착한 아이가 될 생각이었어요."

앤은 솔직히 털어놓았다.

"글쎄다. 만약 내가 머리를 염색한다면 그것보단 좀 더 괜찮은 색으로 했을 게다. 초록색으로 하진 않았을 거야."

마릴라가 비꼬며 말했다. 앤이 풀죽은 소리로 항변했다.

"저도 초록색으로 하려던 건 아니었어요, 아주머니. 이왕 나쁜 행동을 할 거면 나름 보람이 있었으면 했어요. 그 사람은 제 머리가 칠흑같이 까맣게 될 거라고 했단 말이에요. 분명히 그렇게 말했어요. 어떻게 제가 그 말을 믿지 않을 수 있겠어요, 아주머니? 누가 내 말을 의심하면 기분이 어떤지 잘 아는데 말이에요. 앨런 사모님도 증거도 없이 '저 사람 말은 진실이 아닐 거야' 하고 의심하면 절대 안 된다고 하셨어요. 지금은 증거가 있지만요. 초록색 머리가 증거니 누가 봐도 알 수 있죠. 하지만 그때는 증거가 없었으니까, 그 사람 말을 무조건 다 믿었단 말이에요."

"그 사람이 누구니? 누가 그랬다는 게냐?"

"오후에 여기 왔던 행상인요. 그 사람한테 얘기를 듣고 염색약을 샀거든요."

"앤 셜리, 이탈리아 사람은 절대 집에 들여선 안 된다고 몇 번을 말했니! 그런 사람이 집 근처에 얼씬거리게 두면 안 돼."

"아, 집에 들어오라고 하진 않았어요. 아주머니가 하신 말씀이 생각나서 문을 잘 닫고 제가 밖으로 나갔죠. 그러고는 계단에서 물건들을 구경했어요. 그리고 그 사람은 이탈리아인이 아니라 독일계 유대인이었어요. 커다란 상자에 정말 재미난 물건들이 가득했는데, 아내와 아이들을 독일에서 데려오려면 열심히 일해서 돈을 많이 벌어야 한대요. 그 사람이 너무 감정에 북받쳐 말하는 바람에 제가 감동을 받았거든요. 그렇게 중요한 목표가 있다니 도와주고 싶어서 뭔가를 사려고 한 거고요. 그런데 머리 염색약이 눈에 딱 들어온 거예요. 행상인은 그게 어떤 머리든 칠흑같이 까맣고 아름다운 머리로 물들이고, 색이 빠지지도 않는다고 장담했어요. 순간 칠흑같이 까만 아름다운 머리를 한 제 모습이 눈앞에 어른거려서 유혹을 뿌리칠 수가 없었어요. 약값도 70센트였는데 그 사람이 제가 50센트밖에 없는 걸 알고 그것만 받겠다고 했고요. 정말 친절한 사람이라고 생각했죠. 그 값이면 거저 주는 거나 마찬가지라고 했거든요. 그렇게 그 약을 샀고, 행상인이 가자마자 여기로 와서 설명서대로 낡은 머리빗으로 염색약을 발랐어요. 약 한 병을 다 썼는데, 아, 아주머니, 제 머리색이 끔찍하게 바뀐 걸 보고 나쁜 짓을 한 걸 후회했어요. 지금까지도 계속 잘못을 뉘우치고 있어요."

"그래, 제대로 뉘우치면 좋겠구나. 그리고 눈을 크게 뜨고 네 허영심이 어떤 결과를 가져왔는지 똑바로 보렴, 앤. 그런데 이걸 어쩌면 좋으냐. 우선 머리를 감고 색이 좀 빠지는지 보자꾸나."

마릴라가 엄하게 말했다.

앤이 아무리 비누칠을 해서 머리를 박박 감

아도, 원래 머리에서 빨간 물이 빠지지 않는 것처럼 초록 물도 빠지지 않았다. 다른 말은 다 거짓이었는지 몰라도 물이 빠지지 않는다는 행상인의 말은 사실이었다. 앤은 눈물을 흘렸다.

"아, 아주머니, 어쩌죠? 머리색을 돌아오게 할 수 없나 봐요. 제가 저지른 다른 실수들, 그러니까 케이크에 진통제를 넣은 일이나 다이애나를 취하게 했던 일, 린드 아주머니한테 대들었던 일은 쉽게 잊겠죠. 하지만 사람들도 이건 절대 잊지 못할 거예요. 제가 얌전치 못한 아이라고 생각할 거예요. 아, 아주머니, '첫 번째 거짓말을 할 때 우리가 치는 거미줄은 얼마나 복잡하게 얽히는가.'* 이건 시의 한 구절이지만, 맞는 말이에요. 아아, 조시 파이가 또 얼마나 비웃을까요! 아주머니, 전 조시 파이를

* 월터 스콧의 서사시 〈마미온〉의 한 구절

못 볼 것 같아요. 전 프린스에드워드 섬에서 가장 불행한 아이예요."

앤의 불행은 일주일 동안 계속됐다. 그동안 앤은 아무 데도 가지 않고 매일 머리를 감았다. 집 밖에서는 다이애나만 이 치명적인 비밀을 알았는데 아무에게도 말하지 않겠다고 엄숙히 약속했고, 그 약속을 잘 지켰다. 일주일이 지나자 마릴라는 결심을 굳혔다.

"안 되겠다, 앤. 이건 아주 강력한 염색약인가 보구나. 머리를 잘라야겠다. 달리 방법이 없겠어. 이런 꼴을 해가지고 밖을 나다닐 순 없잖니."

앤이 입술을 바르르 떨었지만 마릴라의 말이 맞다는 것을 뼈에 사무치게 느꼈다. 앤은 울적한 표정으로 한숨을 쉬며 가위를 가져왔다.

"한 번에 잘라 주세요, 아주머니. 얼른 끝내게요. 아, 마음이 찢어지는 거 같아요. 이건 정말 낭만적이지 않은 고통이에요. 책에 나오는 여자들은 열병을 앓거나 머리카락을 팔아서 좋은 일을 할 때만 머리를 자르거든요. 저도 그런 비슷한 이유로 자르는 거라면 아무렇지도 않을 텐데. 머리를 끔찍한 색으로 염색하는 바람에 자르다니, 위로 삼을 게 아무것도 없잖아요. 방해가 안 된다면 머리를 자르시는 동안 좀 울게요. 너무 비극적이잖아요."

앤은 머리를 자르는 내내 울었다. 그리고 다락방에 올라가 거울을 보니 절망감에 눈물조차 멈췄다. 마릴라는 앤의 머리를 최대한 바짝 쳐냈다. 아무리 좋게 말하려고 해도 도무지 어울리지 않았다. 앤은 거울을 얼른 벽 쪽으로 돌렸다.

"머리가 자랄 때까지 절대로, 절대 다시는 거울을 안 볼 거야."

앤이 힘주어 말했다. 그러다가 갑자기 거울을 원래대로 바로잡았다.

"아니야, 그래도 볼 거야. 그런 나쁜 짓을

저지른 걸 속죄할 거야. 방에 들어올 때마다 거울을 보고 내 모습이 얼마나 흉한지 확인할 거야. 다른 모습을 상상하려고 노력하지도 않을래. 다른 것도 아니고 머리카락에 허영심이 있다고는 한 번도 생각하지 않았는데, 이제 보니 있었던 거 같아. 빨간색이긴 해도 길고 숱이 많고 곱슬거렸잖아. 다음번엔 코도 어떻게 되는 건 아니겠지."

다음 주 월요일, 앤이 머리를 자른 모습으로 학교에 나타나자 학생들 사이에서 큰 화젯거리가 되었지만 다행히 아무도 머리를 자른 진짜 이유를 짐작하지 못했다. 조시 파이는 이유를 눈치채지 못했지만, 앤에게 꼭 허수아비처럼 보인다고 어김없이 한마디를 던지기는 했다.

그날 저녁 앤은 두통이 지나간 뒤 소파에 누워 있던 마릴라에게 털어놓았다.

"조시가 그런 소릴 했지만 전 아무 말도 안

했어요. 그런 소릴 듣는 것도 제가 받을 벌 가운데 하나라고 여겼고, 꾹 참고 견뎌야 한다고 생각했거든요. 허수아비 같다는 말을 듣기가 힘들어서 저도 뭐라고 대꾸해 주고 싶었지만 하지 않았어요. 그냥 무시하는 얼굴로 한 번 쳐다보았을 뿐, 그 애를 용서했어요. 누군가를 용서하면 제가 굉장히 좋은 사람이 된 것처럼 느껴져요. 이제부터는 착한 사람이 되도록 힘껏 노력할 거예요. 아름다워지겠다는 생각은 다시는 안 할래요. 당연히 착한 사람이 되는 게 더 좋죠. 저도 알지만, 가끔은 알면서도 믿기 힘들 때가 있어요. 저도 아주머니처럼, 그리고 앨런 사모님이나 스테이시 선생님처럼 정말로 좋은 사람이 되고 싶어요. 그래서 이다음에 아주머니에게 자랑스러운 사람이 되고 싶어요. 다이애나는 저더러 머리가 다시 자라면 까만 벨벳 끈을 둘러서 한쪽에 리본을 묶으래요. 그럼 잘 어울릴 것 같다면서요. 전 그걸 스누드*라고 부를래요. 아주 낭만적인 이름이잖아요. 제가 너무 떠들었나요, 아주머니? 두통에 안 좋을까요?"

"두통은 이제 많이 나았다. 오후에 몹시 아프긴 했지. 두통이 갈수록 심해지는구나. 의사를 한번 찾아가긴 해야겠어. 네 수다는 별로 신경 쓰이지 않아. 이제 익숙해진 게지."

앤의 수다를 듣는 게 즐겁다는 말을 마릴라는 이렇게 표현했다.

---

* 스코틀랜드의 미혼 여성들이 하던 리본 달린 머리띠

28

불쌍한 백합 아가씨

"당연히 네가 일레인*을 맡아야지, 앤. 난 저 아래로 떠내려갈 용기가 안 나."

다이애나가 말했다.

"나도 그래. 둘이나 셋이 같이 배에 타고 가는 건 괜찮아. 재미있을 거야. 하지만 혼자 누워서 죽은 척하는 건…… 난 못해. 무서워서

---

* 〈아서 왕 이야기〉 속 여인으로, 앨프리드 테니슨의 시 〈국왕 목가〉에도 등장한다.

정말 죽을 지도 몰라."

루비 길리스가 몸서리를 쳤다.

"물론 낭만적이겠지. 하지만 난 가만히 못 있을 거야. 어디까지 왔는지, 너무 멀리 떠내려온 건 아닌지 보느라고 계속 머리를 들 게 분명해. 그럼 느낌이 안 살잖아, 앤."

제인 앤드루스도 동의했다.

"하지만 빨강 머리 일레인은 너무 웃기잖아. 난 떠내려가는 것도 겁나지 않고 일레인이 정말 되고 싶어. 그래도 역시 내가 하는 건 우스워. 루비가 일레인이어야 해. 루비는 피부도 정말 하얗고 머리도 이렇게 길고 아름다운 금발이잖아. 일레인은 '눈부신 금발을 물결처럼 늘어뜨렸다'라고 되어 있거든. 그리고 일레인은 백합 아가씨야. 봐, 빨강 머리는 백합 아가씨가 될 수 없어."

앤이 한탄스레 말했다.

"네 얼굴색은 루비만큼 하얗잖아. 그리고

머리색도 자르기 전보다 훨씬 더 짙어졌어."

다이애나가 진지하게 말했다.

"와, 정말 그래 보여? 그런 거 같다는 생각이 가끔 들긴 했는데, 다른 사람들은 아니라고 할까 봐 물어볼 엄두가 안 났거든. 이제 적갈색이라고 해도 될 거 같니, 다이애나?"

앤이 붉어진 얼굴로 기쁜 마음을 고스란히 드러내며 소리쳤다.

"그래. 그리고 정말 예뻐 보여."

다이애나가 앙증맞은 검은색 벨벳 리본 머리띠를 한 앤의 짧고 부드러운 곱슬머리를 감탄스럽게 쳐다봤다.

아이들이 모여 있는 곳은 과수원집 아래 연못의 둑 위였다. 자작나무로 에워싸인 조그마한 땅이 둑에서 연못 쪽으로 튀어나와 있고, 그 끝에는 낚시꾼과 오리 사냥꾼이 이용할 수 있도록 작은 나무 발판이 물 위로 올라와 있었다. 루비와 제인이 다이애나와 함께 한여름 오후 시간을 보내고 있었고 앤도 같이 놀려고 온 참이었다.

그해 여름 앤과 다이애나는 연못 주변에서 대부분의 시간을 보냈다. '한적한 숲'은 지나간 추억이 되었다. 벨 씨가 봄에 집 뒤쪽 방목지에 동그랗게 둘러 자라던 나무들을 사정없이 벤 것이다. 앤은 그루터기 사이에 앉아 눈물을 흘리며 낭만적인 기억들을 떠올려 보기도 했다. 하지만 금방 눈물을 털고 일어섰다. 다이애나와 입을 모아 말했지만, 곧 열네 살이 되는 열세 살 다 큰 여자아이들에게 놀이집 같은 장난은 이제 유치했고 연못 주변에는 마음을 단숨에 잡아끄는 놀잇감이 훨씬 더 많았기 때문이다. 다리 위에서 송어를 잡는 것도 재미있었고, 배리 씨에게 오리 사냥을 나갈 때 타는 바닥이 평평한 작은 배를 타고 노 젓는 법도 배웠다.

일레인 이야기를 연극으로 옮겨 보자는 것

은 앤의 발상이었다. 지난해 아이들은 학교에서 테니슨의 시를 공부했다. 교육감이 프린스에드워드 섬에 있는 모든 학교의 영어 과정에 테니슨의 시를 포함시키도록 했기 때문이다. 학교에서는 작품을 조각조각 해체해서 분석하느라 전체적인 의미 같은 건 증발되었다. 하지만 적어도 금발의 백합 아가씨와 랜슬럿, 기네비어, 아서 왕은 아이들에게 생생한 실존 인물처럼 다가왔고 앤은 캐멀롯에서 태어나지 못한 것을 남몰래 아쉬워했다. 앤은 그때가 지금보다 훨씬 더 낭만적이었다고 말했다.

앤의 계획에 모두 열광했다. 여자아이들은 나루터에서 배를 밀면 물살을 타고 다리 밑을 지난 다음, 연못이 굽어지는 쪽으로 튀어나온 얕은 땅에 닿는다는 것을 알고 있었다. 배를 타고 그렇게 자주 내려가 봤기 때문에 일레인 연극에 안성맞춤이었다.

"그럼, 내가 일레인을 할게."

앤이 마지못해 한발 물러섰다. 주인공 역할을 맡는 건 기뻤지만, 자신의 예술적 감각으로 볼 때 일레인과 꼭 맞는 사람이 그 역을 해주기를 바랐다. 자신은 한계가 있어서 안 된다는 생각이 들었다.

"그럼 루비, 네가 꼭 아서 왕을 맡아야 해. 제인은 기네비어, 다이애나는 랜슬럿인 거야. 하지만 시작할 땐 일레인의 아버지와 오빠들 역할부터 해야 해. 말 못하는 늙은 하인 역은 빼야겠어. 배에 한 사람이 누우면 다른 사람이 탈 자리가 없거든. 금실이 들어간 검은 천으로 배 전체를 다 덮어야 해. 너희 엄마가 하시던 오래된 검정 숄이면 딱 맞을 거야, 다이애나."

다이애나가 검은 숄을 가져오자 앤은 활짝 펴서 배를 덮은 다음, 그 위에 누워 눈을 감고 두 손을 가슴 위로 모았다.

루비 길리스가 살랑대는 자작나무 그늘 아래 미동도 없는 작고 하얀 얼굴을 내려다보며 불안한 듯 작게 속삭였다.

"아, 정말 죽은 것처럼 보여. 무서워, 얘들아. 우리 이런 거 해도 될까? 린드 아주머니 말이 연극은 죄다 아주 나쁜 짓이랬는데."

"루비, 린드 아주머니 얘기를 하면 안 돼. 지금은 린드 아주머니가 태어나기 몇백 년 전이란 말이야. 네가 그러면 분위기가 깨지잖아. 제인, 나머지는 네가 해 줘. 일레인은 죽었는데 말을 하면 웃기잖아."

앤이 가차 없이 말했다.

제인이 나머지 일들을 잘 처리했다. 황금빛 덮개는 없었지만 노란색 일본 비단으로 만든 낡은 피아노 덮개가 훌륭히 그 자리를 대신했다. 하얀 백합을 구할 수 있는 철이 아니라서 기다란 파란 붓꽃 한 송이를 가지런히 모은 앤의 손 위에 올리자, 바라던 느낌이 고스란히 살아났다.

"자, 준비됐어. 우린 일레인의 평온한 이마

에 입을 맞춰야 해. 다이애나, 네가 '누이여, 영원히 안녕'이라고 하고, 루비는 '안녕, 사랑스런 누이여'라고 말하는 거야. 둘 다 되도록 아주 슬프게 해야 해. 앤, 제발 살짝 웃어. 일레인은 '미소를 짓듯 누워 있었다'라고 되어 있잖아. 그래, 좀 낫다. 자, 이제 배를 밀자."

제인이 말했다.

그렇게 배는 물밑에 박혀 있던 오래된 말뚝에 거칠게 부딪혀 긁히며 앞으로 밀려갔다.

다이애나와 제인과 루비는 한참을 기다려 배가 물살을 타고 다리 쪽으로 방향을 잡는 것을 확인한 다음, 힘껏 달려 숲을 지나고 길을 건너 연못 아래 길게 뻗어 나온 땅으로 향했다. 그곳에서 세 사람은 랜슬럿과 기네비어, 아서 왕이 되어 백합 아가씨를 맞을 준비를 해야 했다.

앤은 천천히 떠내려가던 몇 분 동안 이 낭만적인 상황을 한껏 즐겼다. 그러다가 낭만과

는 거리가 먼 상황이 벌어졌다. 배에 물이 차기 시작한 것이다. 불과 몇 분 만에 일레인은 허둥지둥 일어나 황금 덮개와 검은 관보를 들어 올리고 배 바닥에 큰 틈이 생겨 말 그대로 물이 쏟아져 들어오는 광경을 망연히 바라봐야 했다. 나루터에 있던 뾰족한 말뚝이 배 바닥에 큰 틈을 만든 거였다. 물론 앤은 거기까지는 알지 못했지만 자신이 위험에 처했다는 것은 금방 알아차렸다. 이대로라면 배는 연못 아래에 닿기 훨씬 전에 물이 차서 가라앉을 터였다. 노가 어디 있지? 나루터에 두고 왔잖아!

앤이 숨을 헐떡이며 비명을 질렀지만 그 소리는 어디에도 닿지 못했다. 앤은 입술까지 하얗게 질려서도 침착함을 잃지 않았다. 방법은 오직 하나뿐이었다.

다음 날 앤은 앨런 부인에게 이렇게 말했다.

"얼마나 무서웠는지 몰라요. 배가 다리까지 흘러가는데 물은 계속 차오르고, 그 시간이 몇 년은 되는 것 같았어요. 앨런 사모님, 전 정말 진심을 다해 기도했지만 기도하는 동안 눈은 감지 않았어요. 하느님이 저를 구해 주실 유일한 방법이, 배가 다리에 가까워졌을 때 기둥을 붙잡고 매달리는 것밖에 없다는 걸 알고 있었거든요. 다리 기둥은 오래된 나무줄기로 만들어서 마디랑 옹이 같은 게 많잖아요. 기도도 해야 했지만 앞도 잘 지켜봐야 했어요. '하느님 아버지, 제발 배가 기둥 쪽으로 가게 해 주세요. 그다음엔 제가 알아서 할게요'라고만 몇 번을 되뇌었어요. 그런 상황에서는 기도를 멋지고 화려하게 꾸밀 생각 같은 건 잘 안 나거든요. 그래도 하느님이 제 기도를 들어 주셨어요. 배가 기둥에 정면으로 부딪혀서 잠깐 서 있었던 덕분에, 스카프랑 숄을 얼른 어깨에 걸친 다음 천만다행으로 튀어나와 있던 커다란 옹이에 재빨리 올라갔어요. 그렇게 전 올라갈 데도, 내려갈 데도 없는 미끄러운 다리 기둥에 매달려 있었어요, 앨런 사모님. 정말 낭만적이지 않은 자세였지만 그땐 그런 생각도 안 들더라고요. 물에 빠져 죽을 뻔한 순간에 낭만을 생각할 겨를이 있겠어요. 전 얼른 감사의 기도를 올리고 나서 기둥을 꽉 붙잡는 데만 전념했어요. 다시 마른땅을 밟으려면 누군가 나타나서 도와줘야 한다는 걸 알고 있었으니까요."

배는 다리 밑을 지나 떠내려가다 눈 깜짝할 새에 물속으로 가라앉았다. 미리 연못 아래쪽으로 가서 기다리던 루비와 제인, 다이애나는 눈앞에서 배가 사라지는 광경을 보고 앤이 배와 함께 물속으로 가라앉은 줄 알았다. 한동안 세 아이는 눈앞의 비극을 보고 공포로 얼어붙어 종잇장처럼 하얗게 질린 채 미동도 없이 서 있었다. 그러다 다음 순간 목청껏 비명을 지르며 미친 듯이 뛰어 숲을 지났고, 다리 쪽은 눈길도 주지 않은 채 큰길을 한 번도 멈추지 않고 내달렸다. 나무옹이를 위태롭게 딛고 죽을 힘을 다해 기둥에 매달린 앤은 친구들이 황급히 달리는 모습을 보았고 비명을 지르는 소리를 들었다. 곧 도와줄 사람이 올 터였지만 자세가 너무도 불편했다.

몇 분이 지났다. 불쌍한 백합 아가씨에게는 일 분이 한 시간 같았다. 왜 아무도 안 오지? 아이들은 어디로 간 걸까? 전부 기절했나 봐! 아무도 오지 않을 건가 봐! 점점 힘이 빠지고 쥐가 나서 더는 매달려 있지 못할 것 같아! 앤은 매끈하니 긴 그림자가 너울대는 초록빛 심연을 내려다보며 몸을 떨었다. 온갖 섬뜩한 결말들이 머릿속에 펼쳐졌다.

팔과 손목이 아파 더는 버티지 못하겠다고 생각하던 그때, 길버트 블라이드가 하먼 앤드루스 씨네 배를 타고 다리 밑으로 노를 저어왔다!

길버트는 흘깃 위를 올려다보고 깜짝 놀랐다. 무시하는 듯한 표정의 작고 하얀 얼굴이 겁에 질린, 하지만 여전히 도도한 커다란 잿빛 눈으로 자신을 내려다보고 있었다.

"앤 셜리! 도대체 거기서 뭐하는 거야?"

길버트가 소리쳤다. 그리고 앤의 대답을 기다리지 않고 기둥 쪽으로 배를 몰아 손을 내밀었다. 다른 방법이 없었다. 앤은 길버트 블라이드의 손을 잡고 재빨리 배 위로 내려와서는 물이 뚝뚝 떨어지는 숄과 젖은 스카프를 안고 배 뒤쪽으로 가서 앉았다. 앤은 흙탕물에 흠뻑 젖은 채 잔뜩 화난 얼굴이었다. 이런 상황에서 점잔을 부리기는 대단히 어려웠다.

"어떻게 된 거야, 앤?"

길버트가 다시 노를 저으며 물었다.

"일레인 연극을 하고 있었어. 난 배에 실려서 캐멀롯까지 떠내려가던 중이었고. 그런데 배에 물이 새는 바람에 기둥에 매달려 있었던 거야. 애들이 도와줄 사람을 찾으러 갔어. 미안하지만 나루터까지 좀 데려다 줄래?"

앤이 자신을 구해 준 길버트에게 눈길 한번

주지 않고 냉담하게 말했다. 길버트는 친절하게도 나루터까지 데려다 줬고, 앤은 길버트가 내민 손을 무시하며 재빨리 물가로 뛰어내렸다.

"정말 고마워."

앤이 도도하게 몸을 돌렸다. 하지만 길버트도 날렵하게 배에서 뛰어나와 앤의 팔을 잡았다.

"앤, 나 좀 봐. 우리 좋은 친구로 지내면 안 될까? 예전에 네 머리를 가지고 놀린 건 정말 미안해. 널 화나게 하려던 건 아니야. 그냥 장난이었어. 그리고 이제 오래전 일이잖아. 지금은 네 머리가 아주 예쁘다고 생각해. 정말이야. 우리 친구로 지내자."

길버트가 급하게 말을 꺼냈다.

잠깐 동안 앤은 망설였다. 상처 입은 자존심 이면에서 수줍은 듯 간절한 길버트의 적갈색 눈이 참 보기 좋다는 이상하고 새로운 자각이 눈을 떴다. 앤의 심장이 이상하게 조금씩 두근거렸다. 그러나 오래전 느꼈던 분노가 쏩

쓸하게 되살아나면서 앤은 흔들리던 결심을 얼른 다잡았다. 2년 전의 그 장면이 마치 어제 일처럼 생생하게 떠올랐다. 길버트는 앤을 '홍당무'라고 불렀고 전교생 앞에서 망신을 주었다. 다른 사람이나 나이 든 사람들이라면 웃어 넘겼을지도 모르지만, 앤의 분노는 시간이 흘러도 적어도 겉으로는 조금도 가라앉거나 누그러들 줄 몰랐다. 앤은 길버트 블라이드가 미웠다! 절대로 용서할 수 없었다!

앤은 차갑게 말했다.

"싫어. 너랑은 친구로 지내지 않을 거야, 길

버트 블라이드. 그러고 싶지 않아!"

"좋아! 나도 다시는 친구 하자고 부탁하지 않을게, 앤 셜리. 나도 이제 필요 없어!"

길버트는 화가 나서 벌겋게 달아오른 얼굴로 배에 뛰어오르더니, 거칠게 노를 저어 금세 멀어졌다.

앤은 단풍나무 아래로 고사리가 핀 좁고 가파른 길을 올라갔다. 머리를 꼿꼿이 들었지만 이상한 후회가 밀려왔다. '길버트에게 그렇게 말하지 말걸' 하는 생각마저 들었다. 물론 길버트는 앤에게 잊지 못할 수치를 안겼다. 하지만 그래도! 앤은 차라리 주저앉아 실컷 울고 싶은 심정이었다. 겁에 질려 쥐가 나도록 매달려 있던 탓에 기운이 하나도 없었다.

길을 반쯤 올라갔을 때, 다시 연못 쪽으로 미친 듯이 달려오던 제인과 다이애나를 만났다. 아이들이 과수원집으로 달려갔지만 다이애나 부모님은 밖에 나가고 집에 아무도 없었다. 루비 길리스는 예민해질 대로 예민해져 있어서 혼자 진정하도록 두고, 제인과 다이애나가 '유령의 숲'을 지나 개울 건너 초록 지붕 집으로 뛰어갔다. 하지만 마릴라는 카모디로 나가고 매슈는 뒷마당에서 건초를 말리고 있었던 탓에 아무도 만나지 못했다.

"아, 앤!"

다이애나가 숨을 헐떡이며 앤의 목을 꼭 끌어안고 안도와 기쁨에 눈물을 흘렸다.

"아, 앤, 우린…… 우린 네가…… 물에 빠져 죽은 줄 알았어……. 우리가 널 죽인 거 같아서…… 우리가 너한테…… 너한테 일레인을 시켰잖아. 루비는 제정신이 아니야. 아, 앤, 어떻게 빠져나왔어?"

"다리 기둥에 매달려 있었어. 길버트 블라이드가 하먼 앤드루스 씨네 배를 타고 가다가 나를 보고 뭍에 데려다줬어."

앤이 기진맥진해진 상태로 말했다.

"와, 앤, 길버트는 정말 멋있어! 아, 너무 낭만적이야! 그럼 오늘 이후로 길버트와 말을 하겠네."

제인이 겨우 숨을 돌리고 끼어들었다.

순간적으로 앤이 예전의 감정이 되살아난 듯 발끈했다.

"아니, 안 할 거야. 그리고 그 '낭만'이란 말은 다신 하지 말아 줘, 제인 앤드루스. 너희를 놀라게 해서 정말 미안해, 얘들아. 다 내 잘못이야. 난 불운한 별자리를 타고 태어났나 봐. 하는 일마다 나쁜 아니라 친구들까지 말썽에 휘말리게 하잖아. 다이애나, 너희 아버지 배가 가라앉아 버렸어. 이제 다시는 연못에서 배를 못 타게 하실 것 같은 예감이 들어."

앤의 예감은 어느 때보다 정확하게 들어맞았다. 이날 오후의 사건을 알게 된 배리 씨네 집과 커스버트 씨네 집 사람들은 소스라치게 놀랐다.

"언제 철이 들기는 하는 거니, 앤?"

마릴라가 목소리를 낮게 깔고 말했다.

"아, 그럼요. 그럴 거예요, 아주머니. 이번엔 정신 차릴 가능성이 어느 때보다 더 큰 것 같아요."

앤이 낙천적으로 대답했다. 아무도 없는 다락방에서 실컷 울고 난 뒤 마음이 진정된 앤은 평소처럼 밝은 기운을 되찾았다.

"어째서 말이냐?"

"음, 오늘 소중한 교훈을 새로 배웠어요. 초록 지붕 집에 온 뒤로 실수를 많이 저질렀지만, 실수 하나하나가 큰 단점을 고치는 데 도움이 됐거든요. 자수정 브로치 사건 때는 남의 물건을 기웃거리는 버릇을 고쳤고요. '유령의 숲' 때는 상상력이 지나치면 안 된다는 걸 배웠어요. 진통제 케이크로 요리할 때 부주의했던 습관을 고칠 수 있었고, 머리를 염색한 뒤로는 제 허영심을 돌아보게 되었잖아요. 전 이제 머리나 코에 대해 생각하지 않아요. 하긴 해도 거의 안 하는 편이죠. 오늘 실수 덕분에 이제는 너무 낭만만 좇는 버릇을 고치게 됐어요. 에이번리에서 낭만을 찾는 건 아무 소용없다는 결론을 내렸거든요. 수백 년 전 캐멀롯의 성안에서라면 쉬웠을지 몰라도, 요즘 세상에 낭만은 어울리지 않아요. 이런 점에서 곧 제가 크게 달라진 모습을 보시게 될 거예요, 아주머니."

"제발 그랬으면 좋겠구나."

마릴라가 반신반의했다.

그러나 구석 자리에 말없이 앉아 있던 매슈는 마릴라가 자리를 뜬 뒤 앤의 어깨에 손을 얹으며 수줍은 듯 나지막이 속삭였다.

"너의 낭만을 다 버리진 마라, 앤. 낭만이 조금 있는 건 좋은 거란다. 물론 너무 많으면 곤란하지. 하지만 조금은 남겨두렴. 조금은 말이다."

29

앤의 삶에 획기적인 사건이 일어나다

앤은 집 뒤쪽 방목장에서 '연인의 오솔길'을 따라 소를 몰고 집으로 돌아오고 있었다. 9월 저녁, 진홍빛 석양이 숲속 틈새와 공터마다 가득 들어찼다. 오솔길에도 여기저기 빛줄기가 내려앉았지만 대부분은 단풍나무 그림자에 덮여 어둑했고, 전나무 아래는 투명한 포도주 같은 맑은 자줏빛 황혼으로 물들었다. 전나무 꼭대기를 스친 바람이 불어 내렸다. 전나무가 만들어내는 저녁 바람 소리는 이 세상 어떤 음악 소리보다 더 아름다웠다.

소들은 길을 따라 얌전히 걸었고, 앤은 꿈꾸듯 그 뒤를 따라가며 〈마미온〉*에서 전투 장면을 묘사한 대목을 거듭 소리 내어 읊었다. 스테이시 선생님은 지난겨울 영어 시간에 이 시를 아이들에게 외우게 했다. 앤은 병사들이 열을 지어 돌격하고 창과 창이 격돌하는 장면을 머릿속에 그리며 승리라도 한 듯 환희에 휩싸였다.

불굴의 창병들은 패배를 모르네
무너지지 않을 그들의 검은 숲이여

이 대목에서 앤은 황홀경에 빠져 걸음을 멈추고 눈을 감은 채 서사 속 영웅이 된 자신의 모습을 좀 더 생생하게 만끽했다. 다시 눈을

---

* 월터 스콧의 서사시

떴을 때 다이애나가 배리 씨네 밭으로 통하는 문에서 나오고 있었다. 중요한 일이 있는 듯한 표정을 보고 앤은 뭔가 새로운 소식이 있다는 것을 금방 알아차렸다. 하지만 호기심이 앞서는 마음을 내색하지는 않았다.

"오늘 저녁은 꼭 보랏빛 꿈같지 않니, 다이애나? 살아 있다는 게 정말 기쁘다는 생각이 들어. 아침에는 늘 아침이 가장 아름답다고 생각하는데, 저녁이 되면 또 저녁이 더 아름다운 것 같단 말이야."

"정말 멋진 저녁이야. 그보다 정말 굉장한 소식이 있어, 앤. 알아맞혀 봐. 기회는 세 번 줄게."

"샬럿 길리스가 결국 교회에서 결혼식을 올리기로 했구나. 앨런 사모님은 우리가 장식을 맡길 바라시고."

앤이 외쳤다.

"아니야. 샬럿의 남자친구가 싫다고 할걸. 여태껏 교회에서 결혼식을 올린 사람도 없었고, 샬럿의 남자친구는 꼭 장례식 같다고 생각하나 봐. 그건 너무 평범해. 훨씬 더 신나는 일이라니까. 다시 맞혀 봐."

"제인의 어머니가 제인에게 생일 파티를 열어주신대?"

다이애나가 고개를 저었다. 까만 눈동자에 웃음기가 일렁였다.

"도저히 모르겠어. 어젯밤 기도회가 끝나고 무디 스퍼전 맥퍼슨이 널 집까지 바래다주기라도 한 거야?"

앤이 자신 없이 말했다. 앤의 말에 다이애나가 펄쩍 뛰었다.

"아니야. 설령 그 기분 나쁜 애가 그랬다 쳐도 그게 무슨 자랑거리야! 네가 못 맞힐 줄 알았어. 엄마가 오늘 조세핀 할머니께 편지를 한 통 받았는데, 우리 둘 보고 다음 주 화요일에 샬럿타운에 와서 같이 박물관 구경 가자고 하셨대. 어때?"

"아, 다이애나. 그게 정말이야? 하지만 아주머니가 허락하지 않으실 거야. 그렇게 나다니는 건 나쁘다고 말씀하실걸. 지난주에 제인이 화이트샌즈 호텔에서 미국인들이 연 발표회에 2인용 마차를 타고 같이 가자고 했을 때도 그렇게 말씀하셨거든. 난 가고 싶었지만 아주머니는 나나 제인이나 집에서 공부하는 게 낫다고 하셨어. 얼마나 실망했는지 몰라, 다이애나. 너무 속상해서 자기 전에 기도도 하지 않았다니까. 나중에 뉘우치고 한밤중에 일어나서 기도를 드리긴 했지만 말이야."

앤이 단풍나무에 몸을 기대며 속삭였다.

"있잖아, 앤. 마릴라 아주머니한테는 엄마가 부탁드리면 보내 주실지도 몰라. 그럼 우린 즐거운 시간을 보낼 수 있어. 난 박물관에 한 번도 안 가봤어. 다른 여자애들이 박물관에 다녀온 얘기를 하면 얼마나 부러웠다고. 제인하고 루비는 두 번이나 갔다 왔는데 올해 또 갈 거래."

앤이 결연한 표정으로 다이애나의 말을 받았다.

"갈 수 있을지 없을지 확실히 정해지기 전까진 그 생각은 하지 않을래. 생각만 하다 실망하면 너무 괴로우니까. 하지만 갈 수 있게 된다면 내 새 코트가 그때쯤 완성될 테니까 정말 기쁠 텐데. 마릴라 아주머니는 내게 새 코트가 필요 없다고 생각하셔. 아주머니는 코트 한 벌이면 다음 겨울까지 충분하다고, 새 원피스가 생긴 것만으로 만족하라고 하셨어. 원피스는 정말 예뻐, 다이애나. 감청색에 유행을 그대로 따라 만들었거든. 이젠 아주머니도 늘 유행대로 옷을 만들어주셔. 매슈 아저씨가 린드 아주머니에게 또 옷을 부탁하러 가게 할 순 없다고 하시면서 말이야. 정말 기뻐. 유행에 뒤처지지 않는 옷이 있으면 착해지기가 훨씬 더 쉽거든. 적어도 난 그래. 원래 착하게 태어난 사람들도 나랑 크게 다르지 않을걸. 하지만 매슈 아저씨가 내게 새 코트가 꼭 있어야 한다고 하셔서, 마릴라 아주머니가 예쁜 파란색 천을 사 오셨어. 그래서 지금 카모디에 있는 진짜 양장점에서 코트를 만들고 있지 뭐야. 토요일 밤에 완성될 거야. 일요일에 새 옷을 입고 새 모자를 쓰고 교회 신도석 사이를 걸어 들어가는 내 모습을 상상하지 않으려고 애쓰고 있어. 그런 상상은 아무래도 옳지 않은 거 같아서 말이야. 하지만 생각을 안 하려고 해도 자꾸 상상이 된다니까. 모자도 아주 예뻐. 모자는 카모디에 간 날 매슈 아저씨가 사주셨거든. 요즘 한창 유행하는 작고 파란 벨벳 모자인데, 금색 끈과 술이 달려 있어. 다이애나, 네가 쓴 새 모자도 우아해 보여. 너랑 잘 어울리고. 지난 주일에 네가 교회로 들어오는 모습을 보는데, 네가 내 가장 친한 친구라고 생각하니 자랑스러워서 심장이 두근거렸다니까. 우리가 옷에 대해 생각을 많이 하는 게 잘못일까? 마릴라 아주머니는 큰 죄래. 하지만 정말 재밌는 얘깃거리잖아?"

마릴라는 앤이 샬럿타운에 가도록 허락했고, 배리 씨가 화요일에 데려다주기로 했다. 샬럿타운까지는 50킬로미터 정도였는데, 배리 씨는 그날 바로 돌아와야 했기에 아침 일찍 서둘러 출발해야 했다. 앤은 그것마저도 즐거웠고, 화요일 아침에 해가 뜨기 전부터 일어나 있었다. 창밖을 힐끔 보니 '유령의 숲' 전나무 뒤로 동쪽 하늘이 구름 한 점 없이 은빛으로 빛나고 있었다. 날이 화창할 게 분명했다. 과수원집 서쪽 다락방의 환한 불빛이 나무들 틈새로 비추었다. 다이애나도 일어났다는 뜻이었다.

앤은 매슈가 불을 지필 즈음 옷을 다 입었고, 마릴라가 내려왔을 때는 이미 아침 준비를 끝내 놓았다. 그러나 너무 들뜬 나머지 아침을 거의 먹지 못했다. 식사가 끝나자, 새 모자를 쓰고 새 코트를 입은 앤은 서둘러 개울을 건너고 전나무 숲을 지나 과수원집으로 갔다. 배리 씨와 다이애나가 앤을 기다리고 있었고, 셋은 곧 출발했다.

먼 길이었지만 앤과 다이애나는 모든 순간이 즐거웠다. 추수가 끝난 들판 위로 발그레한 햇살이 꼬물거렸고, 그런 이른 아침에 촉촉하게 젖은 길을 달그락거리며 달리는 게 마냥 신났다. 공기는 선선하고 상쾌했다. 엷푸른 안개는 골짜기를 휘감아 언덕 위를 떠돌았다. 마차는 주홍빛 옷을 입기 시작한 단풍나무 숲을 지났고, 어릴 때 짜릿한 공포에 몸이 오그라들었던 다리들을 지나 강도 건넜다. 항구가 길게 늘어선 해안도 돌고, 비바람을 맞아 색이 바랜 어부들의 오두막들이 옹기종기 모인 곳도 지나갔다. 마차가 다시 언덕 위로 오르자 저 멀리 구불구불한 길이 완만히 올라가는 고원과 안개 낀 푸른 하늘이 보였다. 어디를 지나든 신나는 이야기는 멈추지 않았다. 정오가 다 되어 샬럿타운에 도착한 마차는 '너도밤나무집'

으로 방향을 잡았다. 큰길에서 뒤로 물러난 곳에 있는 '너도밤나무집'은 초록색 느릅나무와 가지를 길게 뻗은 너도밤나무에 호젓하게 둘러싸인 오래된 멋진 저택이었다. 조세핀 할머니가 매서운 까만 눈을 반짝이며 문 앞에 나와 세 사람을 맞았다.

"그래, 마침내 와 주었구나, 앤. 고맙다, 얘들아. 많이도 컸구나! 나보다 더 크겠어. 전보다 훨씬 더 예뻐지고 말이다. 내가 말 안 해도 아마 잘 알고 있겠지만."

"아뇨, 정말 몰랐어요. 주근깨가 조금 줄어든 건 알아요. 그것만으로도 무척 고마워하고 있지만, 다른 게 더 좋아지리라곤 기대조차 안 했는걸요. 그렇게 생각해 주시니 기뻐요, 배리 할머니."

앤이 환하게 웃었다.

배리 할머니의 집은 나중에 앤이 마릴라에게 전한 표현에 따르면 '굉장히 웅장'했다. 배리 할머니가 점심 준비가 어떻게 되었는지 확인하러 나간 사이 화려한 응접실에 남겨진 두 시골 아이는 몸 둘 바를 몰라 했다.

"궁전 같지 않니? 조세핀 할머니 댁에 처음 왔는데, 이렇게 으리으리한 줄 몰랐어. 줄리아 벨이 이걸 봐야 하는데. 자기네 집 응접실을 엄청 자랑하잖아."

다이애나가 작게 속삭였다.

"벨벳 양탄자야. 커튼은 실크고! 내가 꿈꾸던 것들이야, 다이애나. 그런데 아무래도 이런 것들 사이에 있으니까 별로 편하지가 않아. 여긴 없는 게 없고 전부 다 굉장히 멋져서 상상할 거리가 하나도 없어. 가난한 사람들이 한 가지 위안 삼을 수 있는 게 그거거든. 상상할 거리가 훨씬 더 많다는 거."

앤이 음미하듯 한숨을 쉬며 말했다.

샬럿타운에서 보낸 며칠을 앤과 다이애나는 몇 년 동안이나 추억으로 떠올렸다. 처음부터 끝까지 즐거운 일들뿐이었다.

수요일에 조세핀 할머니는 앤과 다이애나를 박람회장에 데려가 하루 종일 구경시켜 주었다.

집으로 돌아온 앤은 마릴라에게 이렇게 말했다.

"정말 근사했어요. 그렇게 재밌는 건 상상도 못 했어요. 어떤 게 제일 재밌었는지 가리기 힘들 정도예요. 말이랑 꽃이랑 자수가 제일 좋았던 거 같아요. 조시 파이가 레이스 뜨기에서 1등상을 받았어요. 그 애가 상을 받아서 전 정말 기뻤어요. 제가 기뻐했다는 게 또 기뻤고요. 제가 조시의 성공을 기뻐한다는 건 더 나은 사람이 되었다는 뜻이니까요, 그렇죠, 아주머니? 하먼 앤드루스 아저씨가 그라벤슈타인종 사과 부문에서 2등을 했고, 벨 장로님이 돼지로 1등을 차지했어요. 다이애나는 주일학교 교장선생님이 돼지로 상을 받는 게 웃기다고 했지만, 전 왜 웃긴지 모르겠어요. 아주머니도 우스우세요? 다이애나는 앞으로 장로님이 진지하게 기도를 드릴 때마다 그 생각이 날 거래요. 클라라 루이스 맥퍼슨은 그림 부문에서 상을 받았고, 린드 아주머니는 수제 버터와 치즈 부문에서 1등을 했어요. 에이번리 사람들이 상을 많이 받았죠? 린드 아주머니도 그날 거기 오셨는데, 온통 모르는 사람들뿐인데 잘 아는 아주머니의 얼굴을 보니까 제가 아주머니를 얼마나 좋아하는지 알겠더라고요. 사람들이 수천 명은 됐나 봐요, 아주머니. 그러니까 제가 너무 하찮은 존재 같더라고요. 그러고 나서 배리 할머니가 저희를 데리고 경마를 관람하러 가셨어요. 린드 아주머니는 가지 않으셨고요. 경마는 혐오스럽다고, 경마를 멀리해서 좋은 본보기를 보이는 게 신도로서 본분을 다하는 거라고 하시면서요. 하지만 사람이 워낙 많아서 린드 아주머니가 안 계시다고 티가 나거나 하진 않더라고요. 그래도 경마를 너무 자주

보진 말아야겠다고 생각했어요. 너무 흥미진진해서 푹 빠질 것 같거든요. 다이애나는 너무 들떠서 빨간 말이 이긴다는 데 10센트를 걸겠다고 하지 뭐예요. 그 말이 이길 거 같지 않았지만, 전 내기는 하지 않겠다고 했어요. 박람회 이야기를 앨런 사모님께 전부 할 생각이었는데, 내기를 하면 그 얘기는 못 할 것 같았거든요. 목사님 부인에게 말하지 못할 일이면 분명 잘못이잖아요. 목사님 부인과 친구가 되는 건 양심이 하나 더 생기는 거나 똑같아요. 게다가 내기를 하지 않아서 정말 다행이었던 게, 빨간 말이 이기는 바람에 제가 자칫 10센트를 잃을 뻔했다니까요. 그래서 착한 일은 그 자체가 보상이라고 하나 봐요. 열기구를 탄 사람도 봤어요. 열기구를 타고 하늘을 날면 얼마나 좋을까요, 아주머니. 정말 신나겠죠? 점치는 사람도 봤어요. 10센트를 내면 작은 새가 그 사람의 운이 적힌 종이를 물어다 줘요. 배리 할머니가 저하고 다이애나에게 10센트씩 주시면서 운이 어떤지 보라고 하셨어요. 저는 피부가 검고 엄청나게 부자인 남자랑 결혼한대요. 또 물을 건너가 살게 될 거고요. 그때부터 피부가 검은 남자들을 자세히 살폈는데 마음에 드는 사람이 한 명도 없었어요. 그리고 어쨌든 벌써 그런 사람을 찾기는 너무 이르잖아요. 아, 정말 절대 잊을 수 없는 하루였어요, 아주머니. 너무 피곤해서 밤에 잠도 못 잘 정도였어요. 배리 할머니는 약속대로 우리에게 손님방을 주셨어요. 방은 정말 우아했지만, 손님방에서 자 보니 어쩐지 제가 늘 생각했던 것과 달랐어요, 아주머니. 어른이 되어 간다는 건 그런 나쁜 점이 있는 거 같아요. 이제는 조금씩 알 거 같아요. 어릴 땐 그렇게 간절히 바랐던 소원들도 막상 이루어지면 상상했던 절반만큼도 멋지거나 신나지 않는 거 같아요."

목요일에 아이들은 마차를 타고 공원까지

산책을 나갔고, 저녁에는 배리 할머니를 따라 유명한 오페라 여가수가 노래하는 음악회에 갔다. 앤에게는 기쁨이 반짝반짝 눈앞에 펼쳐지는 저녁이었다.

"아, 아주머니, 말로 설명할 수가 없어요. 어찌나 설레던지 말도 나오지 않았으니까요. 어느 정도였는지 짐작이 가시죠? 전 넋을 잃고 말없이 앉아만 있었어요. 셀리츠키 부인은 더없이 아름다웠고, 하얀 새틴 드레스에 다이아몬드 장식까지 달고 나왔죠. 하지만 노래가 시작되자 다른 건 아무것도 생각나지 않더라고요. 아, 그때 기분을 뭐라 표현할 수가 없어요. 하지만 착해지는 게 이제 힘들지 않을 것 같다는 생각은 들었어요. 별을 올려다볼 때와 비슷한 기분이었어요. 눈에 눈물이 고였는데, 아, 그건 너무 행복해서 나는 눈물이었어요. 공연이 모두 끝났을 땐 얼마나 아쉬웠는지 몰라요. 그래서 어떻게 다시 평범한 생활로 돌아갈 수 있을지 모르겠다고 말씀드렸더니, 할머니는 길 건너 식당에 가서 아이스크림을 먹으면 좀 나아질 거라고 하셨어요. 대답이 좀 시시하다고 생각했는데, 놀랍게도 할머니 말씀이 맞았어요. 아이스크림도 맛있었고요, 아주머니. 밤 11시에 거기에 앉아 아이스크림을 먹으니 정말 근사했고 자유를 만끽하는 기분이었어요. 다이애나는 도시 생활이 자기한테 딱 맞대요. 배리 할머니가 저는 어떠냐고 물어보셨는데, 전 진지하게 생각을 해 봐야 말씀드릴 수 있을 거 같다고 대답했어요. 그래서 잠자려고 침대에 누워서 생각을 해 봤죠. 뭔가를 생각하기에 딱 좋은 때잖아요. 그러고는 결론을 내렸어요, 아주머니. 도시 생활은 제게 맞지 않고, 그래서 기쁘다는 거였어요. 가끔 밤 11시에 멋진 식당에서 아이스크림을 먹는 건 좋지만, 매일매일을 생각하면 밤 11시에 동쪽 다락방에서 푹 자는 편이 더 좋아요. 여기서는 자는 동안에도 지붕 위에 별이 반짝이고 바람은 개울을 건너 전나무 숲으로 불어온다는 걸 알잖아요. 다음 날 아침 식사 자리에서 그렇게 말씀을 드리니 배리 할머니가 웃으셨어요. 배리 할머니는 제가 무슨 말만 하면 잘 웃으세요. 제가 아주 진지한 얘기를 해도요. 그건 별로 좋지 않은 것 같아요, 아주머니. 제가 웃기려고 무슨 말을 한 게 아니니까요. 그래도 할머니는 정말 친절하신 분이고 우리를 아주 훌륭하게 대접해 주셨어요."

금요일이 되자 배리 씨가 아이들을 데리러 왔다. 조세핀 배리 할머니가 작별 인사를 했다.

"즐겁게들 지냈는지 모르겠구나."

"정말 재밌었어요."

"넌 어땠니, 앤?"

"한 순간 한 순간이 모두 즐거웠어요."

앤이 생각할 겨를도 없이 노부인의 목을 끌어안고 주름진 뺨에 입을 맞추었다. 다이애나는 엄두도 내지 못할 일이었기에 앤의 거리낌 없는 행동에 소스라치게 놀랐다. 하지만 조세핀 배리 할머니는 기뻐했고, 베란다에 서서 마차가 사라질 때까지 지켜봤다. 그러고는 한숨을 쉬며 커다란 집으로 들어갔다. 생기 넘치는 아이들이 들었다 난 자리는 무척 쓸쓸했다. 있는 그대로 말하자면 조세핀 배리 할머니는 자기 말고 다른 사람은 절대 신경 쓰지 않는 다소 이기적인 노인이었다. 자신에게 도움을 주는지, 즐거움을 주는지로만 사람의 가치를 따졌다. 앤도 즐거움을 주었기 때문에 노부인의 호의를 듬뿍 받을 수 있었다. 하지만 이제는 앤의 재미있는 말솜씨보다 생기발랄한 열정과 솔직한 감정, 애교 어린 태도와 다정한 눈과 입술에 더 마음이 끌렸다.

조세핀 배리 할머니는 혼자 중얼거렸다.

"마릴라 커스버트가 고아원에서 여자아이를 입양했다기에 멍청한 노인네라고 생각했는데. 이제 보니 실수를 저지른 건 아니네. 앤 같

은 아이와 한집에서 산다면 나도 더 행복하고 더 괜찮은 사람이 될 텐데."

앤과 다이애나는 집으로 돌아오는 길이 처음 출발할 때만큼이나 즐거웠다. 아니, 사실은 길 끝에 자신을 기다리는 집이 있다는 생각에 더 즐거웠다. 마차는 해질녘에 화이트샌즈를 지나 바닷가 길로 들어섰다. 저 너머 에이번리의 언덕들이 샛노란 하늘을 배경으로 거무스름하게 모습을 드러냈다. 뒤쪽으로는 바다 위로 떠오른 달이 밝고 아름답게 빛났다. 길이 굽어진 곳마다 파고들어온 작은 만에서 잔물결이 춤을 추듯 찰랑였다. 저 밑에서 파도가 바위 위로 부드럽게 철썩이며 부서졌고, 상쾌한 공기 중에는 코끝을 쏘는 바다 냄새가 가득했다.

"아, 살아 있다는 것도, 집에 간다는 것도 참 좋다."

앤이 숨결처럼 속삭였다.

개울에 놓인 통나무 다리를 건널 때 초록 지붕 집의 부엌에서는 앤이 돌아온 것을 반기듯 불빛이 깜박였고, 열어둔 문안에서는 은은한 난롯불이 쌀쌀한 가을밤을 가르며 붉은 온기를 전했다. 앤은 발걸음도 가볍게 언덕을 달려 부엌으로 뛰어들었다. 따뜻한 저녁 식사가 차려진 식탁이 앤을 기다리고 있었다.

마릴라가 뜨개질감을 접으며 말했다.

"그래, 왔니?"

"네, 아, 돌아오니 너무 좋아요. 전부 다 입을 맞춰주고 싶어요. 시계한테도요. 아주머니, 통닭구이네요! 절 주시려고 한 건 아니시겠죠!"

앤이 기쁨에 들떠 말했다.

"너 주려고 한 거지. 오느라 배가 고팠을 테니 맛있는 걸 먹고 싶었을 게 아니냐. 어서 옷이랑 갈아입어라. 오라버니가 오시는 대로 저녁을 먹자꾸나. 돌아와서 기쁘구나. 네가 없는 동안 어찌나 허전하던지. 나흘이 이렇게 긴 줄 몰랐다."

저녁 식사를 마친 뒤 앤은 매슈와 마릴라 사이 난롯가에 자리를 잡고 앉아 그동안 있었던 일을 전부 들려주었다.

앤은 행복하게 이야기의 끝을 맺었다.

"정말 멋진 시간이었어요. 제 평생의 획기적인 사건이라고 생각해요. 하지만 그중에서 가장 좋았던 건 집으로 돌아오는 길이었어요."

30

퀸스 입시 준비반이 만들어지다

마릴라는 뜨개질하던 것을 무릎에 내려놓고 의자 등받이에 몸을 기댔다. 눈이 피로했다. 요즘 들어 눈이 피곤해지는 일이 부쩍 잦아서 다음번에 시내에 가면 안경을 바꿔야겠다고 막연히 생각했다.

집은 어둑어둑했다. 11월의 황혼이 짙게 내린 초록 지붕 집 부엌에는 난로에서 춤추는 화염만이 빨갛게 불을 밝혔다.

앤은 난로 앞 깔개에 몸을 동그랗게 말고

엎드려 단풍나무 장작에 스며 있던 수백 년의 여름 햇살이 경쾌하게 뿜어져 나오는 모습을 물끄러미 바라봤다. 앤은 읽던 책이 바닥에 떨어진 줄도 모르고 입을 벌린 채 미소를 흘리며 몽상에 빠져 있었다. 안개와 무지개에 둘러싸인 스페인의 찬란한 성들이 머릿속에서 생생하게 솟아올랐다. 공상 속에서 펼쳐지는 놀랍고도 흥미진진한 모험은 언제나 성공적으로 막을 내렸고, 현실에서처럼 말썽에 휘말리지도 않았다.

마릴라는 다정한 눈길로 앤을 바라봤다. 불빛이 어둠 속에서 그림자로 은은하게 녹아들지 않았다면 보이지도 않았을 것이다. 사랑하는 마음은 말과 행동으로 알 수 있게 표현해야 한다는 사실을 마릴라는 몰랐다. 하지만 내색하지 않는 만큼 더 크고 깊게 빼빼 마른 잿빛 눈의 여자아이를 사랑하고 있었다. 앤에 대한 사랑이 지나친 게 아닐까 하는 걱정마저 들 정도였다. 앤에게, 아니 인간에게 이렇듯 끔찍이 마음을 쏟는 것은 죄악이라는 생각에 마음이 편치 않았다. 그래서 사랑하는 마음이 덜했다면 그렇게까지 엄하고 냉정하게 교육하지 않았을 것이고, 그런 교육 방식으로 자신도 모르게 속죄하고 있는 사실을 마릴라는 모르고 있었다. 확실히 앤은 마릴라가 자신을 얼마나 사랑하는지 전혀 몰랐다. 가끔은 마릴라를 기쁘게 하는 게 너무 힘들다고 생각했고 마릴라는 동정심도, 이해심도 부족한 게 틀림없다며 아쉬워했다. 그러나 마릴라가 베풀어 준 것들을 떠올리며 그런 스스로를 나무랐다.

"앤. 오늘 낮에 네가 다이애나와 나갔을 때 스테이시 선생님이 다녀가셨단다."

마릴라가 불쑥 말했다.

"선생님요? 아, 어떻게 제가 없을 때 오셨네요. 절 부르시지 그러셨어요, 아주머니. 바로 저기 '유령의 숲'에 있었거든요. 요즘 숲이

정말 아름다워요. 고사리나 빛이 고운 나뭇잎들, 풀산딸나무처럼 작은 식물들은 모두 잠이 들었어요. 꼭 누가 봄이 올 때까지 자라고 나뭇잎 이불을 덮어준 것 같아요. 달이 밝게 떴던 어젯밤에 무지개 스카프를 두른 잿빛 요정이 몰래 와서 그랬나 봐요. 다이애나는 그런 얘기는 잘 안 하려고 해요. '유령의 숲'에 유령이 있다고 상상했다가 엄마한테 혼난 걸 잊지 못한대요. 그 일은 다이애나의 상상력에 아주 나쁜 영향을 주었어요. 상상력을 망가뜨린 거예요. 린드 아주머니는 머틀 벨을 메마른 사람이라고 하시더라고요. 루비 길리스한테 왜 머틀 벨이 메마른 사람이냐고 물었더니, 아마 애인한테 배신을 당해서 그럴 거래요. 루비 길리스는 오로지 남자 생각밖에 없어요. 갈수록 더 심해져요. 남자 얘기를 하는 건 괜찮지만 그렇게 아무 데나 갖다 붙이면 곤란하잖아요. 그렇죠? 다이애나와 전 평생 결혼하지 않고 멋진 독신으로 같이 살까 진지하게 생각하고 있어요. 그런데 다이애나는 선뜻 결심을 못 하네요. 거칠고 무례하고 못된 남자랑 결혼해서 새 사람으로 교화시키는 게 더 고결하다고 생각하거든요. 우린 요새 진지한 대화를 많이 나눠요. 이제는 많이 컸으니까 유치한 얘기들은 안 어울리잖아요. 열네 살이 다 됐는데, 그건 그만큼 숙연한 일이거든요, 아주머니. 스테이시 선생님이 지난 수요일에 여자아이들을 개울가로 데려 가서 그런 말씀을 하셨어요. 십대에 어떤 습관을 익힐지, 어떤 이상을 품을지 신중하고 또 신중하게 고민해도 지나치지 않다고요. 스무 살 즈음이 되면 인격이 형성되어 평생을 살아갈 기초가 다져지기 때문이래요. 그리고 기초가 흔들리면 그 위에 진정으로 가치 있는 것을 세울 수 없다고도 하셨어요. 다이애나하고 전 학교에서 집으로 오는 길에 그 얘기를 나눴어요. 굉장히 진지했어요, 아주머니. 우린 정말로 신중하게 생각해서 올바른 습관을 들이고, 최대한 많이 배우고 될 수 있는 한 분별 있는 사람이 되도록 노력하자고 했어요. 그래서 스무 살 즈음이 되면 우리의 인격이 제대로 형성될 수 있게요. 아, 스무 살이 된다고 생각하면 오싹해요, 아주머니. 너무 나이가 많은 것 같기도 하고 어른이 되어버린 것 같아서 겁이 나거든요. 그런데 낮에 스테이시 선생님이 왜 오신 거예요?"

"내가 하고 싶은 말이 그거다, 앤. 입도 벙긋할 틈을 안 주는구나. 네 얘기를 하셨단다."

"제 얘기요?"

앤은 살짝 겁먹은 표정이었다. 그러더니 얼굴이 빨개져서 소리쳤다.

"아, 무슨 말씀을 하셨는지 알아요. 저도 말씀드리려고 했어요, 아주머니. 정말이에요. 그런데 깜박 잊었어요. 어제 낮에 학교에서 캐나다 역사 시간에 《벤허》를 읽다가 스테이시 선생님께 들켰거든요. 제인 앤드루스가 빌려준 책이에요. 점심시간에 읽고 있었는데 전차 경주 부분에서 수업이 시작된 거예요. 결과가 너무 궁금해서 견딜 수가 없잖아요. 물론 벤허가 이길 줄은 알았지만요. 만약 지면 인과응보가 아니니까요. 아무튼 그래서 책상에 역사책을 펴놓고 책상이랑 무릎 사이에 《벤허》를 감춰 놓고 읽었어요. 캐나다 역사를 공부하는 것처럼 보였지만 그 시간 내내 《벤허》에 푹 빠져 있었어요. 얼마나 재미있는지 스테이시 선생님이 통로로 걸어오시는 것도 몰랐어요. 갑자기 고개를 드니 선생님이 나무라는 눈길로 내려다보고 계시지 뭐예요. 얼마나 창피했는지 몰라요, 아주머니. 특히 조시 파이가 킥킥 웃을 때 너무 수치스러웠어요. 스테이시 선생님은 말없이 《벤허》만 가져가시더니, 쉬는 시간에 불러서 말씀하셨죠. 제가 두 가지 점에서 크게 잘못했다고 하셨어요. 하나는 공부 시간을 낭비했다는 거고, 또 하나는 역사책을 읽는 척하면서 소설책을 본 게 선생님을 속이는 행동이었다고요. 아주머니, 전 그때서야 제 행동이 정직하지 못하다는 걸 깨달았어요. 충격이었죠. 전 펑펑 울었고, 스테이시 선생님께 다시는 안 그러겠다고, 용서해 달라고 말씀드렸어요. 그리고 뉘우치는 의미에서 일주일 동안 《벤허》에는 손도 대지 않고, 전차 경주의 결과도 들춰보지 않겠다고도요. 하지만 스테이시 선생님은 그럴 필요 없다고 하시면서 아무 조건 없이 절 용서하셨어요. 그런데 선생님이 여기까지 오셔서 아주머니께 그 말씀을 하셨다니 좀 너무하신 거 같아요."

"스테이시 선생님은 그런 이야긴 한 마디도 안 하셨다, 앤. 네가 괜히 양심에 찔려서 그렇게 생각한 게지. 그리고 학교에 소설책을 가져가면 안 돼. 넌 소설책을 너무 많이 읽더구나. 내가 어렸을 땐 소설 같은 건 쳐다보지도 못했다."

앤이 항의했다.

"음, 《벤허》는 훌륭한 종교 서적인데 어떻게 소설책이라고 하실 수 있어요? 물론 주일에 읽기에는 너무 흥미진진해요. 그래서 전 평일에만 읽는단 말이에요. 게다가 요즘은 스테이시 선생님이나 앨런 사모님이 열네 살이 되려면 아직 석 달이 남은 열세 살 여자아이에게 적당하지 않다고 하신 책은 안 읽어요. 스테이시 선생님이 제게 약속하자고 하셨거든요. 언젠가 제가 《유령의 집의 끔찍한 불가사의》라는 책을 읽는 걸 선생님이 보셨어요. 그 책도 루비 길리스에게 빌린 거였는데, 아, 아주머니, 정말 으스스하고 재밌는 책이었어요. 몸속에서 피가 얼어붙는 거 같았다니까요. 하지만 선생님이 그 책은 굉장히 어리석고 불건전한 책이니까 더 읽지 말고 그런 비슷한 책도 읽지 말라고 말씀하셨어요. 앞으로 그런 책을 읽지

않겠다고 약속하는 건 아무렇지도 않았지만, 그 책을 결말도 모른 채 돌려줘야 한다니 갈등이 됐어요. 하지만 전 스테이시 선생님을 사랑하기 때문에 시련을 이기고 책을 돌려줬어요. 어떤 사람을 진심으로 기쁘게 하려고 뭔가를 한다는 건 정말 멋진 일 같아요, 아주머니."

"글쎄다. 난 등에 불을 켜고 일이나 해야겠

다. 스테이시 선생님이 무슨 말을 했는지는 도통 관심이 없구나. 넌 네 말밖에 다른 건 흥미가 없지."

"아, 아니에요, 아주머니. 정말로 듣고 싶어요. 이제 한 마디도 하지 않을게요. 제가 말이 너무 많다는 건 알지만 고치려고 열심히 노력하고 있어요. 제가 너무 떠들긴 해도, 참고 안 하는 말이 얼마나 많은지 아시면 제 말을 믿으실 거예요. 말씀해 주세요, 아주머니."

앤이 깊이 뉘우치는 목소리로 말했다.

"그래, 스테이시 선생님이 상급반 학생들 중에서 퀸스에 들어갈 아이들을 모아 입시 준비반을 만드신다더구나. 방과 후에 한 시간씩 과외 수업을 하겠다며 말이다. 그래서 오라버니하고 내게 널 그 반에 넣고 싶은지 물으러 오셨단다. 네 생각은 어떠니, 앤? 퀸스 학교에 들어가서 선생님이 되고 싶니?"

"아, 아주머니! 제가 평생 꿈꾸던 일이에요.

그러니까 지난 여섯 달 동안, 루비와 제인이 입시 공부 얘기를 한 뒤로 계속요. 하지만 저한테는 아무 소용없는 일 같아서 말씀 안 드렸어요. 정말 선생님이 되고 싶어요. 하지만 돈이 많이 들지 않나요? 프리시 앤드루스는 기하학도 저보다 잘했는데 학교를 마치는 데 150달러가 들었다고 앤드루스 아저씨가 그러셨어요."

앤이 무릎을 세우고 두 손을 맞잡았다.

"그런 문제라면 걱정할 필요 없다. 오라버니와 내가 널 키우기로 했을 때, 우리가 할 수 있는 만큼 다해 주고 교육도 부족함 없이 받게 하겠다고 마음먹었단다. 난 그럴 필요가 있건 없건 여자도 자기 생계를 꾸릴 능력을 갖추는 게 좋다고 생각하거든. 오라버니와 내가 여기 있는 한 초록 지붕 집은 언제까지나 네 집이지만, 한 치 앞도 모르는 세상에서 사람 일을 누가 알겠니? 대비는 해 둬야지. 그러니 네가 좋다면 퀸스 입시 준비반에 들어가도 된단다, 앤."

"아, 아주머니, 고맙습니다."

앤은 마릴라의 허리를 와락 껴안았다. 그리고 진심 어린 눈빛으로 마릴라의 얼굴을 올려다보며 말을 이었다.

"아주머니랑 매슈 아저씨께 어떻게 감사드려야 할지 모르겠어요. 있는 힘껏 열심히 공부해서 아주머니와 아저씨께 자랑스러운 사람이 될게요. 기하학 점수는 크게 기대하지 말아 주세요. 하지만 다른 과목은 열심히만 하면 아무 문제없을 거예요."

"넌 잘해낼 거야. 스테이시 선생님도 네가 영리하고 부지런하다고 하시더구나."

마릴라는 스테이시 선생님이 한 말을 그대로 전하지는 않았다. 혹여 앤이 자만할까 봐 걱정이 되어서였다.

"너무 무리해서 책만 파고들 필요는 없다. 서두를 것도 없고. 입학시험까지 일 년 반이나 남았잖니. 그래도 제때 시작해서 기초를 튼튼히 다져 놓는 게 좋다고 스테이시 선생님이 그러시더구나."

"이제부터 공부가 더 재밌어질 거예요. 인생의 목표가 생겼으니까요. 앨런 목사님이 누구나 인생의 목표를 세우고 충실히 그 목표를 좇아야 한대요. 단 먼저 가치 있는 목표를 세우는 게 중요하댔어요. 스테이시 선생님 같은 선생님이 되는 건 가치 있는 목표죠, 아주머니? 선생님은 정말 고귀한 직업이라고 생각해요."

앤이 행복에 들떠 말했다.

퀸스 입시 준비반이 계획대로 결성됐다. 길버트 블라이드와 앤 셜리, 루비 길리스, 제인 앤드루스, 조시 파이, 찰리 슬론, 무디 스퍼전 맥퍼슨이 입시 준비반에 들어갔다. 다이애나는 부모님이 퀸스에 보낼 생각이 없다고 해서 빠졌다. 앤에게는 재앙이나 다름없었다. 미니 메이가 후두염을 앓았던 그날 밤부터 앤과 다이애나는 무슨 일에서든 떨어져 본 적이 없었다. 퀸스 입시 준비반이 방과 후에 학교에 남아 과외 수업을 받던 첫날 저녁, 앤은 다이애나가 다른 아이들 틈에 섞여 느릿느릿 교실을 빠져나가는 모습을 봤다. 다이애나가 혼자서 '자작나무 길'과 '제비꽃 골짜기'를 걸어 갈 생각을 하니 당장에라도 따라 뛰쳐나가고 싶었지만 간신히 마음을 눌렀다. 뭔가가 목구멍까지 차오르며 울컥해서 황급히 라틴어 문법책을 들어 그렁그렁한 눈물을 감추었다. 절대로 길버트 블라이드나 조시 파이에게 눈물을 들키고 싶지 않았다. 그날 밤 앤은 슬픔에 잠겨 말했다.

"하지만 아주머니, 다이애나가 혼자 나가는 모습을 보니 정말로 지난 주일에 앨런 목사님이 설교에서 말씀하셨던 죽음의 쓴잔을 맛본 느낌이었어요. 다이애나도 같이 입시 공부를 하면 얼마나 좋을까요. 하지만 이렇게 불완전한 세상에서 모든 걸 다 가질 수는 없다고 린드 아주머니가 말씀하셨죠. 린드 아주머니 말씀들이 위로가 안 될 때도 많지만 그래도 맞는 말씀을 많이 하세요. 그리고 퀸스 입시 준비반은 진짜 재밌을 거 같아요. 제인하고 루비는 선생님이 되는 게 제일 큰 꿈이래요. 그런데 루비는 아이들을 2년만 가르치다 결혼할 거고, 제인은 평생 선생님으로 살면서 결혼은 절대, 절대 하지 않겠대요. 선생님이 되면 월급을 받지만, 결혼하면 남편이 돈도 안 주고 생활비 달라고 하면서 되레 버럭거리기만 할 거라고요. 제 생각인데 이건 제인의 아픈 경험에서 나온 거 같아요. 린드 아주머니 말이 제인 아버지는 성질만 부리는 괴짜에다 둘째가라면 서러울 정도로 인색하대요. 조시 파이는 그냥 공부만 하려고 가는 거래요. 자기는 굳이 돈을 벌 필요가 없다고요. 남의 신세를 지는 고아들이야 서둘러 돈을 벌어야겠지만 자기는 다르다나요. 무디 스퍼전은 목사가 될 거래요. 린드 아주머니는 그 애가 이름에 걸맞게 살려면 목사밖에 할 게 없을 거래요. 그러면 안 되는 줄 알지만요, 아주머니, 무디 스퍼전이 목사가 된다고 생각하면 웃음이 나와요. 그 애는 얼굴도 크고 뚱뚱한 데다 파란 눈은 조그맣고 귀는 무슨 덮개처럼 뾰족해서 되게 재밌게 생겼거든요. 그래도 나중에 어른이 되면 좀 더 지적인 모습으로 바뀔지도 모르죠. 찰리 슬론은 정치학을 공부해서 의회에 들어갈 거라고 하지만, 린드 아주머니 말씀으로는 절대 정치인이 못 될 거래요. 슬론 씨네 식구들은 전부 정직한데, 요즘 정치하는 사람들은 나쁜 놈들뿐이라면서요."

앤이 《카이사르》를 펼치는 것을 보고 마릴라가 물었다.

"길버트 블라이드는 뭐가 되고 싶다든?"

"길버트 블라이드의 포부가 뭔지, 그런 게 있긴 한지, 전 잘 모르겠어요."

앤이 무시하는 말투로 말했다.

길버트와 앤은 이제 공공연히 경쟁했다. 지금까지는 앤 혼자 일방적으로 경쟁했지만 이제 길버트도 앤처럼 1등을 놓치지 않기로 결심한 게 분명해 보였다. 길버트는 앤에게 훌륭한 경쟁 상대였다. 나머지 학생들은 두 사람의 성적이 월등하다는 것을 내심 인정했고, 둘과 경쟁 같은 것은 꿈도 꾸지 않았다.

길버트는 연못에서 사과했다가 거절당한 뒤로 앤과 경쟁하는 것 외에는 앤 셜리의 존재를 아예 무시했다. 다른 여학생들과는 대화도 하고 농담도 주고받았으며 책을 바꿔 보거나 퀴즈도 냈다. 그리고 공부나 다른 계획들을 의논했고, 기도회나 토론 클럽이 끝나면 그중 한 명과 집까지 같이 걸어가기도 했는데, 앤 셜리만은 그야말로 단칼에 무시했다. 앤도 무시당하는 게 유쾌하지는 않았다. 머리를 치켜들며 아무 상관없노라고 혼잣말을 해 봐도 소용없었다. 마음속 깊은 곳, 변덕스럽고도 여성스러운 앤의 작은 심장은 신경이 쓰인다고, '반짝이는 호수'에서와 같은 기회가 한 번 더 찾아오면 그때는 전혀 다른 대답을 하리라고 말하고 있었다. 길버트에 대해 간직했던 오랜 분노가 한순간에 사라진 것을 깨닫고 앤은 속으로 당황스러웠다. 분노라는 동력이 어느 때보다 절실히 필요한 때였다. 기억나는 사건과 감정들을 전부 떠올리고 해묵은 분노를 한껏 채워 보려 노력해도 허사였다. 호수에서 만난 그날, 분노가 마지막 몸부림을 치며 사라졌다. 앤은 자신도 모르는 사이에 모든 것을 용서하고 다 잊었음을 깨달았다. 그러나 너무 늦었다.

길버트를 비롯해 그 누구도, 심지어 다이애나조차 앤이 못되고 거만하게 굴었던 지난날을 얼마나 후회하는지 짐작하지 못했다. 앤은 그런 감정을 '망각 속 저 깊이 묻어두기로' 결심했고, 일단은 들키지 않고 잘 지냈다. 그래서 속으로는 앤에게 관심이 남아 있던 길버트는 복수심에서 앤을 무시했고, 그 사실을 앤이 아는 것도 아무런 위로가 되지 않았다. 그나마 한 가지 위로가 되는 것은 앤이 찰리 슬론을 계속해서 가혹하리만큼 매정하게 무시한다는 사실이었다.

이것만 빼면 모두 즐겁게 제 할 일을 하고 공부하며 겨울을 보냈다. 황금 구슬 같은 하루하루를 꿰어 일 년이라는 목걸이를 만드는 듯한 시간이었다. 앤은 행복했고, 열의로 가득했으며, 모든 게 흥미로웠다. 배워야 할 것들과 놓치기 싫은 자리와 읽고 싶은 책들도 있었다. 주일학교 성가대에서는 새로운 곡을 연습했다. 즐거운 토요일 오후에는 목사관에서 앨런 사모님을 만났다. 그렇게 앤이 알아차리지 못하는 사이에 초록 지붕 집에 다시 봄이 찾아왔고, 세상은 다시 한번 아름답게 꽃피었다.

그러자 공부에 대한 흥미가 아주 조금 떨어졌다. 학교가 끝난 뒤 남은 퀸스 입시 준비반

학생들은 창밖으로 친구들이 초록빛 오솔길과 나무가 우거진 숲과 방목지의 샛길로 흩어지는 모습을 부럽게 바라봤고, 상쾌한 겨울 내내 라틴어 동사와 프랑스어를 공부할 때 느꼈던 재미와 열정이 어쩐지 사라졌다고 느꼈다. 앤과 길버트마저 점점 흥미를 잃고 늘어졌다. 학기가 끝나고 반가운 장밋빛 방학이 시작되자, 선생님이나 학생들이나 반기는 마음은 마찬가지였다.

스테이시 선생님이 지난 저녁에 아이들에게 말했다.

"지난 일 년 동안 열심히 했어요. 여러분은 즐겁고 신나게 방학을 보낼 자격이 있어요. 밖에서 마음껏 뛰어놀면서 다음 일 년도 잘 보낼 수 있도록 건강과 활기와 포부를 가득 채우도록 하세요. 입학시험까지 남은 일 년 동안 마지막 결전을 벌이게 될 테니까요."

"다음 학기에 다시 학교로 오시나요, 선생

님?"

조시 파이가 물었다. 조시 파이는 거리낌 없이 질문하는 편인데, 이번 질문만큼은 다른 아이들도 잘했다고 생각했다. 모두 궁금했지만 물을 엄두를 못 내고 있었다. 다음 학기에 스테이시 선생님이 학교로 돌아오지 않을 거라는 소문이 한동안 학교 안에 파다했다. 선생님 고향 학교에서 자리를 제안해서 그곳으로 가기로 했다는 거였다. 퀸스 입시 준비반 학생들은 숨죽인 채 불안한 마음으로 선생님의 대답을 기다렸다.

"네, 다음 학기에도 여기 있을 거예요. 다른 학교로 옮길까도 생각했는데, 에이번리에 있기로 마음을 굳혔어요. 사실 여기 있는 우리 학생들과 너무 정이 들어서 헤어지고 싶지 않아요. 그래서 계속 학교에 남아 여러분과 만나려고요."

"야호!"

무디 스퍼전이 환성을 질렀다. 무디 스퍼전은 한 번도 그런 식으로 감정을 드러낸 적이 없었다. 그래서 일주일 내내 그 생각을 할 때마다 혼자 부끄러워하며 얼굴을 붉혔다.

"아, 정말 기뻐요. 스테이시 선생님, 선생님이 돌아오시지 않으면 정말 끔찍할 거예요. 전 다른 선생님이 오시면 공부를 계속할 마음이 나지 않을 것 같아요."

앤이 눈을 반짝거리며 말했다.

그날 밤, 집에 돌아온 앤은 다락방에 올라가 교과서를 몽땅 꺼내 낡은 트렁크에 집어넣고 잠근 다음 열쇠를 이불 상자 안에 던져 넣었다. 앤은 마릴라에게 말했다.

"방학 땐 교과서에 손도 안 댈 거예요. 학기 내내 죽어라고 열심히 공부했고, 기하학도 1권에 나오는 명제들은 모두 달달 외웠어요. 이제는 기호가 바뀌어도 헷갈리지 않아요. 논리적으로 생각하는 건 지긋지긋해요. 여름 동안에

는 마음껏 상상력을 펼치면서 보낼래요. 놀라지 않으셔도 돼요, 아주머니. 적당한 선은 지킬 거니까요. 하지만 이번 여름은 정말 즐겁게 보내고 싶어요. 제가 어린아이로서 보내는 마지막 여름이 될지도 모르니까요. 린드 아주머니가 그러시는데, 제가 계속 이대로만 크면 내년에는 더 긴 치마가 필요하겠대요. 다리하고 눈밖에 안 보이겠다고 하시더라고요. 긴치마를 입으면 거기에 맞게 행동도 점잖아져야 할 거 같아요. 그땐 요정이 있다는 것도 믿지 않게 될까 봐 겁이 나요. 그래서 올여름엔 요정이 있다는 걸 마음껏 믿으려고요. 우린 전부 아주 신나는 방학을 보낼 거 같아요. 곧 루비 길리스의 생일 파티가 열리고, 주일학교에서 소풍도 가요. 다음 달에는 선교 음악회가 있고요. 또 배리 아저씨가 언제 한번 다이애나하고 저한테 화이트샌즈 호텔에서 저녁을 사 주신댔어요. 사람들이 호텔에서 저녁 식사도 하고 그러잖아요. 제인 앤드루스가 작년 여름에 가 봤는데, 전깃불과 꽃, 여자 손님들이 입은 아름다운 드레스를 보고 있노라면 눈이 부실 정도래요. 그날 처음으로 상류 사회를 맛봤다면서 죽는 날까지 잊지 못할 거라고 했어요."

다음 날 오후, 린드 부인이 마릴라를 찾아왔다. 목요일에 봉사회 모임에 나오지 않은 이유가 궁금해서였다. 마릴라가 봉사회 모임에 빠진다는 것은 초록 지붕 집에 무슨 일이 있다는 뜻이었다.

"오라버니가 목요일에 심장 발작을 심하게 일으켜서 혼자 두면 안 될 것 같았어요. 아, 그럼요. 지금은 괜찮아졌어요. 그런데 예전보다 발작을 자주 일으키는 것 같아 걱정이에요. 의사는 흥분하지 않게 조심하래요. 그야 어렵지 않죠. 오라버니가 재미있는 일을 찾아다니는 사람도 아니고 여태까지도 그런 적도 없었으니까요. 너무 힘든 일도 하지 말라는데, 그건 오라버니한테 숨을 쉬지 말라는 소리나 마찬가지죠. 들어와서 옷 벗어요, 레이철. 차 한잔 들래요?"

"그럼, 그렇게 권하시니 잠시 들어갈게요."

처음부터 그냥 돌아갈 생각은 눈곱만큼도 없었던 린드 부인이 말했다.

린드 부인과 마릴라가 응접실에 편히 앉아 있는 동안 앤이 차를 내리고 비스킷을 구워 내왔다. 비스킷은 까다로운 린드 부인의 입맛도 만족시킬 만큼 부드럽고 하얗게 잘 구워졌다.

해질 무렵 오솔길이 끝나는 곳까지 배웅을 하는 마릴라에게 린드 부인이 말했다.

"앤이 정말 야무지게 잘 컸어요. 마릴라한테 큰 도움이 되겠어요."

"그래요. 요즘은 정말 차분하고 듬직해졌어요. 덤벙대는 성격을 고치지 못하면 어쩌나 늘 걱정했는데 잘해내 줬어요. 이젠 무슨 일을 맡겨도 믿을 수 있답니다."

"3년 전, 내가 여기 와서 처음 그 애를 봤을 땐 이렇게 잘 자랄 줄은 생각도 못했어요. 세상에, 그렇게 성질을 부려대던 모습을 어떻게 잊겠어요! 그날 밤 집에 가서 토머스에게 그랬더랬죠. '두고 봐요, 토머스, 마릴라 커스버트는 자기의 결정을 후회하며 살테니까.' 하지만 내가 틀렸어요. 정말 다행이죠. 마릴라, 난 실수를 하고도 인정하지 않는 그런 사람이 아니랍니다. 암, 그렇고말고요. 내가 앤을 잘못 봤어요. 하지만 그럴 만도 했죠. 그렇게 별나고 특이한 아이는 세상에 다시 없을 테니까요. 다른 아이들과 같은 잣대로는 그 애를 판단할 수 없어요. 3년 동안 발전한 걸 보면 그야말로 놀라워요. 외모도 그래요. 아주 예쁜 소녀가 됐어요. 저렇게 창백하고 눈이 큰 얼굴은 내 취향은 아니지만요. 나는 다이애나 배리나 루비 길리스처럼 생기 있고 발그레한 얼굴빛이 좋아요. 루비 길리스가 정말 화사한 얼굴이죠. 하지만 왜 그런지 나도 이유는 모르겠지만, 앤이 외모는 좀 떨어져도 앤이랑 같이 있으면 그 아이들이 평범하고 너무 꾸민 것처럼 보인단 말이에요. 뭐랄까, 앤이 수선화라고 부르는 6월의 하얀 백합이 커다란 붉은 작약들 사이에 피어 있는 것 같다니까요."

(5권에 계속)

옮긴이 **박혜원**

심리학을 전공하고, 현재는 전문번역가로 활동 중이다. 옮긴 책으로 《빨강 머리 앤》, 《에이번리의 앤》, 《곰돌이 푸》 시리즈, 《소공녀 세라》, 《엄마 찾아 삼만 리》, 《시크릿 가든》, 《퀸 : 불멸의 록밴드 퀸의 40주년 공식 컬렉션》, 《브라이언 메이 레드 스페셜》, 《부케북》 시리즈 등이 있다.

빨강 머리 앤 4

초판 1쇄 2026년 1월 15일

지은이 루시 모드 몽고메리
옮긴이 박혜원

펴낸곳 더모던
전 화 02-3141-4421
팩 스 0505-333-4428
등 록 2012년 3월 16일(제313-2012-81호)
주 소 서울시 마포구 성미산로32길 12, 2층 (우 03983)
E-mail sanhonjinju@naver.com
카 페 cafe.naver.com/mirbookcompany
S N S instagram.com/mirbooks

빨강 머리 앤 5

Anne of Green Gables

빨강 머리 앤 5

Anne of Green Gables

루시 모드 몽고메리 지음 | 박혜원 옮김

더모던
Themodern

차례

Anne of
Green Gables

31

개울과 강이 만나는 곳에서

앤은 '행복한' 여름을 맞아 마음껏 즐겼다. 앤과 다이애나는 밖에서 살다시피 하면서 '연인의 오솔길'과 '드라이어드 샘', '버드나무 연못', '빅토리아 섬'이 주는 기쁨에 한껏 빠졌다. 마릴라는 앤이 집시처럼 생활해도 잔소리하지 않았다. 방학이 시작되고 얼마 되지 않은 어느 날 오후, 미니 메이가 후두염을 앓았던 밤에 왕진을 왔던 스펜서베일의 의사가 한 환자의 집에서 앤을 만났다. 그는 앤을 유심히 보고는 입을 앙다물고 고개를 젓더니 사람을 시켜 마릴라 커스버트에게 이런 말을 전했다.

"댁의 빨강 머리 여자아이를 여름내 바깥에서 오래 있게 하고, 활기차게 걸을 때까지 책은 읽지 못하게 하십시오."

마릴라는 덜컥 겁이 났다. 그 말을 곧이곧대로 따르지 않으면 앤이 곧 죽는다는 뜻으로 여겼기 때문이다. 덕분에 앤은 자유롭게 뛰어놀며 인생의 황금 같은 여름을 보냈다. 이리저리 거닐고, 배를 타고, 딸기도 따고, 마음껏 상상을 펼쳤다. 9월이 되자 앤은 초롱초롱 빛나는 눈을 하고, 스펜서베일의 의사가 보았더라면 흡족했을 만큼 활기차게 걸었으며 마음은 포부와 열의로 다시 한가득 차올랐다.

"이제 온 힘을 다해서 공부하고 싶어요."

앤이 다락방에서 책을 가지고 내려오며 말했다.

"아, 오랜 친구들아, 너희들의 순수한 얼굴

을 다시 보니 반갑구나. 그래, 기하학 너도. 아주머니, 전 정말 더할 수 없이 멋진 여름을 보냈어요. 지난 일요일에 앨런 목사님이 말씀하신 것처럼, 지금은 경주를 앞둔 철인처럼 기운이 넘쳐요. 앨런 목사님의 설교는 참 감동적이죠? 린드 아주머니는 목사님이 날로 좋아지고 있다고 하시면서, 도시 교회에서 목사님을 데려가면 우린 또다시 햇병아리 목사님을 모셔다가 설교를 들어야 할 거래요. 하지만 미리 걱정한다고 어쩔 수 있나요. 그렇죠, 아주머니? 앨런 목사님이 계시는 동안이라도 그분의 설교를 즐겁게 듣는 게 더 좋다고 생각해요. 제가 남자였다면 목사님이 되고 싶었을 거예요. 신학적 믿음이 건전하다면 다른 사람에게 좋은 영향을 줄 수 있잖아요. 감동적인 설교로 신도들의 마음을 움직일 수 있다는 것도 짜릿할 테고요. 여자는 왜 목사가 될 수 없을까요? 린드 아주머니께 여쭤봤더니 깜짝 놀라시면서

괴상망측한 소리래요. 미국에는 있을지도 모르겠다고 하셨어요. 어쩌면 거긴 있을 거라고요. 하지만 고맙게도 캐나다는 아직 그 지경까진 안 갔고 앞으로도 그런 일은 없길 바란다고 하세요. 그런데 전 왜 그런지 모르겠어요. 여자도 멋진 목사가 될 수 있을 것 같거든요. 교회에서 친목 모임이나 다과회를 열 때도 그렇고 어떤 기금 마련 사업을 할 때도 모두 여자들이 나서서 하잖아요. 린드 아주머니도 분명히 벨 장로님만큼은 기도를 드릴 수 있을 것 같고, 조금만 연습하면 설교도 틀림없이 잘하실 거 같은데 말이에요."

"그래, 그럴 게다. 지금도 연단에만 안 섰지 설교라면 많이 하고 다니니까. 린드 부인이 에이번리를 맡아 감시하면 사람들이 나쁜 짓을 할 새가 없지."

마릴라가 심드렁하게 말했다. 마릴라의 말에 앤이 불쑥 용기가 난 듯 말했다.

"마릴라 아주머니, 아주머니 생각은 어떤지 듣고 싶어요. 큰 걱정이 있거든요. 일요일 낮이면, 그러니까 그런 문제를 더 깊이 생각하는 날에 유독 그래요. 전 정말 착한 사람이 되고 싶거든요. 아주머니나 앨런 사모님, 스테이시 선생님 같은 분들하고 같이 있을 땐 더 그렇고요. 아주머니가 기뻐하실 일이나 괜찮다고 하실 일만 하고 싶어요. 하지만 린드 아주머니하고 있으면 대개는 제가 너무 나쁜 아이 같고, 린드 아주머니가 제게 안 된다고 하시는 일들마다 가서 하고 싶어져요. 너무 하고 싶어서 참을 수 없을 정도예요. 왜 그런 마음이 들까요? 제가 정말 나쁜 아이고 구제불능이라서 그럴까요?"

마릴라는 잠깐 모호한 표정을 짓더니, 이내 웃음을 터뜨렸다.

"네가 나쁜 아이라면 나도 나쁜 사람이구나, 앤. 레이철과 있다 보면 나도 꼭 그럴 때가 있거든. 너도 말했다시피 난 가끔 레이철이 사람들에게 바르게 살라고 잔소리를 해대지 않으면 훨씬 좋은 영향을 줄 거라고 생각한단다. 잔소리를 못하게 하는 다른 계명이 성경에 있으면 좋겠다 싶고. 하지만 이렇게 말하면 안 되겠지. 린드 부인은 훌륭한 기독교인이고, 좋은 마음에서 그러는 거니까. 에이번리에 그녀보다 친절한 사람은 없을 거다. 자기가 맡은 일을 요리조리 피하지도 않고 말이야."

앤이 후련한 듯 말했다.

"아주머니도 저랑 같은 기분이라니 정말 기뻐요. 얼마나 힘이 나는지 몰라요. 앞으로 그 문제는 너무 걱정하지 않을래요. 하지만 걱정할 일은 또 생기겠죠. 새로운 걱정거리는 늘 생기더라고요. 골치 아프게 말이에요. 한 가지를 해결하면 다른 일이 바로 터져요. 갈수록 생각하고 결정해야 할 일이 너무 많아져요. 제대로 고민하고 올바로 결정하느라 쉴 틈이 없다니까요. 어른이 된다는 건 보통 일이 아닌 것 같아요, 그렇죠, 아주머니? 하지만 아주머니나 매슈 아저씨 그리고 앨런 사모님과 스테이시 선생님처럼 좋은 분들이 계시니 전 훌륭히 잘 클 수 있을 거예요. 만약 그렇게 안 된다면 그건 틀림없이 제 탓이겠죠. 기회는 단 한 번뿐이니 책임감도 막중한 거 같아요. 좋은 어른이 되지 못했다고 처음으로 돌아가서 다시 시작할 수는 없잖아요. 전 이번 여름에 키가 6센티미터나 컸어요, 아주머니. 루비의 생일 파티가 있던 날 길리스 아저씨가 키를 재 주셨거든요. 아주머니가 치마를 더 길게 지어 주셔서 참 다행이에요. 진초록색 옷도 정말 예쁘고 주름을 잡아 주셔서 감사해요. 주름 장식이 꼭 필요한 게 아니란 건 알지만 이번 가을에 그게 대유행이라 조시 파이도 옷마다 주름 장식을 달았거든요. 옷 덕분에 공부도 더 잘될 거 같아요. 주름 장식을 생각하면 마음속 깊은 곳까지 굉장

히 편안해지니까요."

"주름 장식도 달 만하구나."

마릴라가 고개를 끄덕였다.

스테이시 선생님이 돌아왔다. 학생들은 또 다시 공부에 대한 열의로 넘쳤다. 특히 퀸스 입시 준비반 학생들은 각오를 단단히 다졌다. 일 년 후 있을 '입학시험'이라는 운명적 사건은 벌써부터 아이들의 앞길에 희미하게 불안의 그림자를 던졌다. 아이들은 그 생각만으로도 심장이 바닥으로 꺼지는 기분이었다. 합격하지 못하면! 앤은 겨울 내내 눈만 뜨면 그 생각이 머릿속에서 떠나지를 않아, 일요일 오후에도 도덕적이고 신학적인 문제들을 고민할 여유가 없었다. '길버트 블라이드'가 맨 위에 떡하니 적혀 있고 '앤 셜리'는 어디에도 없는 합격자 명단을 애끓는 심정으로 바라보는 악몽도 꾸었다.

그러나 겨울은 즐겁고 바쁘고 행복하고 빠

르게 지나갔다. 학교 수업은 예전처럼 흥미로웠고 경쟁도 치열했다. 새로운 생각과 감정, 포부, 아직 개척되지 않은 신선하고 매혹적인 지식의 세계가 열의 가득한 앤의 눈앞에 펼쳐지는 듯했다.

언덕 너머 언덕이 펼쳐지고, 알프스 위로 알프스가 솟아났네*

모두 스테이시 선생님이 능숙하고 신중하며 너그럽게 아이들을 지도한 덕분이었다. 스테이시 선생님은 아이들이 스스로 생각하고 탐구하여 답을 찾아내도록 이끌었고, 정해진 틀을 고수하며 개혁이라면 탐탁지 않게 보는 린드 부인과 학교 이사들이 충격을 받을 정도

* 영국 시인 알렉산더 포프의 시 〈알프스 위의 알프스〉에 나오는 구절

로 아이들을 익숙한 길에서 빠져나오게 만들었다.

앤은 공부 말고 사교 생활도 넓혀 갔다. 마릴라는 스펜서베일의 의사가 던진 충고를 마음에 담아서 앤의 외출을 더는 막지 않았다. 토론 클럽은 활발히 활동하며 발표회도 몇 차례 열었다. 어른들의 파티와 거의 흡사한 파티도 한두 번 있었다. 썰매나 스케이트를 타며 시름을 털고 즐겁게 논 적도 많았다.

그 사이 앤은 키도 훌쩍 자랐다. 마릴라는 어느 날 앤과 나란히 섰다가 앤의 키가 더 크다는 것을 깨닫고 깜짝 놀랐다.

"세상에, 앤, 언제 이렇게 컸니!"

마릴라는 믿기지 않는다는 듯 말했다. 말끝에 한숨이 따라 나왔다. 마릴라는 알 수 없는 서운함을 느꼈다. 마릴라에게 사랑하는 법을 가르쳐 준 어린아이는 어디론가 사라지고, 그 자리에 진지한 눈빛을 한 키 큰 열다섯 살 소녀가 사려 깊은 조그마한 얼굴을 당당히 들고 서 있었다. 어린아이를 사랑한 만큼 눈앞의 소녀도 사랑했지만, 마릴라는 뭐라고 설명할 수 없는 슬픈 상실감이 밀려왔다.

그날 밤 앤이 다이애나와 함께 기도회에 간 뒤, 마릴라는 겨울날의 쌀쌀한 황혼 속에 혼자 앉아 마음껏 울음을 터뜨렸다. 손전등을 들고 들어오던 매슈가 깜짝 놀라 쳐다보자, 마릴라는 눈물이 흐르는 얼굴로 웃음을 지을 수밖에 없었다.

"앤 생각을 하고 있었어요. 이제 다 컸어요. 아마도 내년 겨울엔 우리 곁에 없겠죠. 앤이 너무 보고 싶을 거예요."

"집에 자주 올 수 있을 게야. 그때쯤 카모디행 지선철도가 연결될 테니까."

매슈가 마릴라를 위로했다. 매슈에게 앤은 여전히 4년 전 6월 어느 저녁에 브라이트리버역에서 집으로 데려온 작고 간절한 어린아이였다. 마릴라는 우울하게 한숨을 쉬며, 위로받지 못하는 슬픔이라면 차라리 마음껏 슬퍼하자고 결심했다.

"그래도 여기 사는 것과는 다르겠죠. 하긴, 남자들이 이런 기분에 대해 뭘 알겠어요!"

신체적인 변화 말고도 앤에게는 확실히 다른 변화들도 일어났다. 말수가 적어진 것도 그중 하나였다. 어쩌면 생각은 더 많아지고 예전과 다름없이 꿈도 꾸는지 모르지만 말이 줄어든 것은 확실했다. 마릴라도 이 점을 알아채고 앤에게 물었다.

"떠드는 소리가 예전의 반도 안 들리는구나, 앤. 거창한 표현도 줄었고. 무슨 일 있었니?"

앤이 얼굴을 붉히며 살짝 웃더니, 책을 내려놓고 꿈을 꾸듯 창밖을 내다봤다. 담쟁이덩굴이 봄 햇살의 유혹을 못 이기고 크고 통통한 빨간 꽃눈을 터뜨리고 있었다. 앤이 집게손가락으로 턱을 누르며 생각에 잠긴 얼굴로 말했다.

"잘 모르겠어요. 별로 말을 하고 싶지 않아요. 예쁘고 소중한 생각들은 보석처럼 마음속에 담아두는 게 더 좋아요. 그런 생각들이 비웃음을 당하거나 호기심의 대상이 되는 게 싫거든요. 그리고 왠지 거창한 표현도 더는 쓰고 싶지 않아요. 아쉽기는 해요. 이젠 그런 말을 하고 싶으면 해도 될 만큼 컸는데 말이에요. 어른이 된다는 건 어떤 면에서는 재미있어요. 하지만 제가 생각했던 그런 재미는 아니에요, 아주머니. 배우고 생각해야 할 일들이 너무 많아서 거창한 말을 할 시간이 없나 봐요. 게다가 스테이시 선생님도 짧은 말이 훨씬 더 강렬하고 효과적이라고 하셨어요. 선생님은 수필을 쓸 때도 최대한 간결하게 쓰라고 하세요. 처음엔 힘들더라고요. 전 온갖 멋지고 거창한 말들을 다 갖다 붙이는 데 워낙 익숙하잖아요. 그런 말이라면 얼마든지 생각해 낼 수 있었으니까요. 하지만 이젠 글을 간결하게 쓰는 데 익숙해졌고, 그게 훨씬 좋다는 것도 알게 됐어요."

"이야기 클럽은 어떻게 됐니? 한참 동안 못 들은 것 같구나."

"이야기 클럽은 이제 없어요. 시간도 없고, 어쨌든 다들 싫증이 나기도 했고요. 사랑이니 살인이니 도피니 신비한 사건이니 하는 글을 쓴다는 건 어리석었어요. 스테이시 선생님도 가끔은 작문 연습 삼아 이야기를 지어 보라고 시키시지만, 보통은 에이번리의 생활 속에서 일어나는 일들로 글을 쓰게 하세요. 그리고 그 글들을 아주 날카롭게 비평하시면서, 우리에게도 각자 쓴 글을 비평하라고 해요. 전 제 글을 직접 읽어 보기 전까지 그렇게 문제가 많은 줄 몰랐어요. 너무 부끄러워서 다시는 글을 쓰고 싶지 않았는데, 스테이시 선생님이 그러셨어요. 스스로를 가장 날카롭게 비판하는 훈련만 쌓으면 저도 글을 잘 쓸 수 있다고요. 그래서 노력하는 중이에요."

"입학시험까지 이제 두 달밖에 안 남았구나. 그래, 합격할 거 같니? 어떻니?"

"모르겠어요. 어쩔 땐 괜찮을 거 같고, 그러다가도 어쩔 땐 너무 겁이 나요. 다들 열심히 공부했고 스테이시 선생님도 꼼꼼히 가르쳐주시지만, 그래도 합격은 어려울지 모르죠. 모두 저마다 약점이 있으니까요. 저는 물론 기하학이고요. 제인은 라틴어가 약하고, 루비와 찰리는 대수학이 어렵대요. 조시는 연산이 서툴러요. 무디 스퍼전은 영국사 시험을 망칠 거 같대요. 스테이시 선생님이 6월에 입학시험 같은 난이도로 모의시험을 보신댔어요. 채점도 똑같이 엄격하게 하신댔으니, 그 결과를 보면 가늠이 되겠죠. 어서 다 끝났으면 좋겠어요, 아주머니. 시험 생각이 머릿속에서 떠나질 않아요.

가끔 한밤중에 잠이 깨서 시험에 떨어지면 어떡하나 걱정할 때도 있고요."

앤이 몸을 떨었다.

"그럼 더 공부해서 내년에 시험을 다시 보면 되지."

마릴라가 태연하게 말했다.

"아, 전 못 그럴 거 같아요. 떨어지면 얼마나 창피하겠어요. 특히 길…… 다른 아이들은 다 합격했는데 저 혼자 떨어지기라도 하면 말이에요. 시험 볼 때 너무 긴장을 해서 시험을 망칠지도 몰라요. 제인 앤드루스처럼 강심장이라면 얼마나 좋을까요. 제인은 무슨 일이 있어도 떨지 않거든요."

앤이 한숨을 쉬었다. 그러고는 산들바람과 푸른 하늘이 손짓하고 정원에서는 초록빛 새싹이 움트는 마법 같은 봄의 세계에서 시선을 거두며, 마음을 다잡은 듯 책에 빠져들었다. 봄은 또다시 찾아오겠지만 이번 입학시험에 합격하지 못하면 절대로 그 봄을 만끽하지 못하리라고 앤은 확신했다.

32

합격자 명단이 발표되다

6월이 끝나면서 학기도 끝났고 스테이시 선생님의 에이번리 학교 임기도 끝이 났다. 그날 저녁 앤과 다이애나는 무거운 마음으로 집으로 돌아왔다. 붉게 충혈된 눈과 흠뻑 젖은 손수건으로 미루어 보아, 스테이시 선생님의 작별 인사도 3년 전 필립스 선생님이 떠날 때 남겼던 작별 인사만큼 감동적이었던 게 분명했다. 다이애나가 가문비나무 언덕 밑에서 학교를 돌아보더니 한숨을 길게 내쉬며 울적하게 말했다.

"모든 게 끝난 것만 같지 않니?"

"그래도 나 같은 기분은 아닐 거야. 넌 새학기에 다시 저 학교에 가겠지만, 난 정든 학교를 영원히 떠나게 될 테니까. 운이 좋아야 그렇게 되겠지만."

앤이 손수건에서 부질없이 젖지 않은 부분을 찾으면서 말했다.

"예전과는 많이 다르겠지. 스테이시 선생님도 안 계시고, 너도, 제인이랑 루비도 없을 테니까. 난 내내 혼자 앉을 거야. 너 말고 다른 짝은 생각하고 싶지도 않아. 아, 앤, 우린 정말 행복한 시절을 보냈구나, 그렇지, 앤? 이제 끝이라고 생각하니 끔찍해."

커다란 눈물 두 방울이 다이애나의 코 옆으로 흘렀다.

앤이 애원했다.

"네가 안 울어야 나도 안 울지. 손수건을 집

어넣자마자 네가 눈물을 쏟으니까 나도 또 눈물이 나잖아. 린드 아주머니 말씀대로 '기운이 나지 않더라도 최대한 기운을 내자.' 어쩌면 난 내년에도 여기 있을지 모르잖아. 지금도 예감이 떨어질 것만 같아. 불안할 정도로 자주 그런 생각이 들어."

"아니야. 스테이시 선생님의 모의시험에서 점수도 잘 받았잖아."

"그랬지. 하지만 모의시험은 긴장이 안 됐으니까. 진짜 시험을 생각하면 얼마나 오싹하고 조마조마한지 넌 상상도 못할걸. 게다가 내 수험 번호가 13번인데, 조시 파이가 숫자가 너무 불길하대. 난 미신을 믿지도 않고, 번호 같은 건 아무래도 상관없다는 거 알아. 그래도 13번이 아니면 좋았을 텐데."

"입학시험 날 나도 따라가면 좋을 텐데. 그럼 우리 둘이 정말 멋진 시간을 보낼 텐데, 그렇지? 하지만 넌 저녁에 공부해야겠지."

다이애나가 말했다.

"아니야. 스테이시 선생님이 책은 들춰 보지도 말라고 다짐을 받으셨어. 괜히 피곤하고 헷갈리기만 한다고, 저녁에는 산책이나 하다가 시험 생각은 하지도 말고 일찍 자라고 하셨어. 뜻은 좋지만 따르긴 힘든 충고인 거 같아. 좋은 충고라는 게 원래 그렇잖아. 프리시 앤드루스가 그러는데, 자기는 시험을 치던 주 내내 밤마다 새벽까지 앉아서 필사적으로 공부를 했대. 나도 못해도 프리시 앤드루스가 한 만큼은 하려고 결심했어. 배리 할머니께서 친절하게도 샬럿타운에 있는 동안 '너도밤나무집'에 묵으라고 하셨어."

"거기 가 있는 동안 편지 할 거지?"

"첫날 시험이 어땠는지 화요일 밤에 편지할게."

앤이 약속했다.

"수요일엔 우체국에 꼭 붙어 있어야겠다."

다이애나도 다짐했다.

월요일이 되자 앤은 샬럿타운으로 떠났고, 약속대로 수요일에 우체국 앞만 서성이던 다이애나는 앤의 편지를 받았다.

사랑하는 다이애나에게

지금은 화요일 밤이고, 나는 '너도밤나무집'의 서재에서 이 편지를 쓰고 있어. 지난밤은 혼자 방에 있는 게 견딜 수 없이 외로워서 정말로 네가 같이 있으면 좋겠다고 생각했어. 스테이시 선생님과 약속했기 때문에 '벼락치기'는 할 수 없었지만, 역사책을 펼쳐 보고 싶은 마음을 억누르기가 정말이지 힘들더라. 수업 시간에 소설책 읽고 싶은 마음을 참을 때랑 똑같았어.

오늘 아침에 스테이시 선생님이 학교에 데려다주러 오셨어. 학교에 가는 길에 제인, 루비,

조시가 묵는 곳에도 들러 모두 같이 갔어. 루비가 자기 손을 만져보라고 했는데, 손이 얼음장처럼 찼어. 조시는 나더러 밤에 한숨도 못 잔 사람처럼 보인다면서, 내가 몸이 약해서 합격을 한다 해도 힘든 교육 과정을 버티지 못할 거래. 난 아직도 어떻게 해야 조시 파이를 좋아할 수 있을지 도무지 모르겠는 때가 많아!

학교에 도착하니 섬의 다른 지역에서 온 학생들이 아주 많았어. 제일 먼저 만난 사람은 무디 스퍼전이었는데, 계단에 앉아서 혼자 뭔가를 중얼거리고 있더라. 제인이 뭐 하는 거냐고 묻자, 긴장을 풀려고 구구단을 몇 번째 외고 있는 중이래. 잠시라도 멈추면 떨려서 아는 걸 다 까먹을 것 같으니 제발 방해하지 말라는 거야. 구구단을 외우면 자기가 알고 있는 내용들이 제자리에 딱 붙어 있을 것 같다고 말이야!

스테이시 선생님은 밖에 계시고 우리는 배정받은 교실로 들어갔어. 난 제인과 같이 앉았는데, 제인은 무척 차분해 보여서 부러웠어. 머리 좋고, 침착하고, 이성적인 제인에게 구구단 같은 건 필요 없지! 나는 기분이 얼굴에 고스란히 드러나지 않을까, 내 심장 뛰는 소리가 교실 끝에서도 선명하게 들리는 건 아닐까 걱정될 정도였는데 말이야. 그때 어떤 남자가 들어오더니 영어 시험지를 나누어 줬어. 시험지를 받아드는데 손은 점점 싸늘해지고 머리가 빙글빙글 돌더라. 잠깐이지만 끔찍한 순간이었어. 다이애나, 4년 전 마릴라 아주머니께 초록 지붕 집에서 살아도 되는지 여쭐 때도 꼭 그런 기분이었거든. 그러다가 금방 머릿속이 맑아지면서 심장이 다시 뛰기 시작하는 거야! 말하는 걸 깜박 잊었는데, 심장이 완전히 멈췄었거든. 어찌 됐든 그 종이를 보니 내가 뭔가 할 수 있다는 걸 알게 된 거야.

정오에는 집으로 돌아가 점심을 먹고 다시 학교로 가서 오후에 역사 시험을 쳤어. 문제가 상당히 어려워서, 머릿속에서 연도가 뒤죽박죽이 돼서 얼마나 애먹었는지 몰라. 그래도 오늘 시험은 꽤 잘 친 것 같아. 하지만 아, 다이애나, 내일은 기하학 시험이 있어. 그 생각을 할 때마다 유클리드 기하학 책을 보지 않겠다는 결심이 산산이 부서지는 것 같아. 구구단이 조금이라도 도움이 된다면 지금부터 내일 아침까지라도 구구단을 외울 텐데.

저녁에는 다른 아이들을 만나러 나갔어. 가는 길에 무디 스퍼전을 만났는데 안절부절못하며 서성대고 있더라고. 역사 시험을 망쳤다고, 자기는 태어날 때부터 부모님을 실망시킬 운명이었다면서 다음 날 아침 기차로 집에 돌아간다는 거야. 목사보다는 목수가 되는 게 더 쉬울 거라나. 나는 그 애한테 힘내라고, 집에 가지 말고 시험을 끝까지 치라고 설득했어. 시험을 포기하는 건 스테이시 선생님께도 도리가 아니라고 말이야. 나는 가끔 남자로 태어났으면 좋았겠다는 생각도 하지만, 무디 스퍼전을 볼 때면 내가 여자이고 또 그 애랑 남매가 아닌 게 다행인 것 같아.

루비가 묵는 집에 갔더니 루비는 거의 제정신이 아니었어. 영어 시험에서 큰 실수를 하나 했는데 그때서야 깨달은 거야. 루비가 진정된 뒤에 우리는 시내로 나가서 아이스크림을 먹었어. 모두 너도 함께였으면 얼마나 좋을까, 하고 얘기했어.

아, 다이애나, 기하학 시험만 얼른 끝나면 더 바랄 게 없겠어! 하지만 린드 아주머니 말씀처럼 내가 기하학 시험을 망치든 말든 태양은 여전히 떠오르고 또 질 테지. 맞는 말이지만 별로 위로는 되지 않아. 내가 시험을 망치면 태양도 멈춰 버렸으면 좋겠어!

기하학 시험과 나머지 시험들이 모두 일정대로 끝나고 앤은 금요일 저녁에 집으로 돌아왔다. 약간 지쳐 보였지만 역경을 이겨냈다는 승리감이 얼굴에 감돌았다. 초록 지붕 집에서 기다리고 있던 다이애나와 앤은 몇 년만에 만난 것처럼 반가워했다.

"앤, 보고 싶었어. 네가 와서 얼마나 기쁜지 몰라. 네가 없는 시간이 꼭 일 년은 된 거 같았어. 아, 앤, 시험은 어땠어?"

"기하학 빼고는 다 잘 본 거 같아. 합격할 수 있을지 어떨지 모르겠어. 꼭 떨어질 것만 같은 게 예감이 불길해. 그래도 돌아오니까 얼마나 좋은지! 초록 지붕 집은 이 세상에서 가장 정답고 아름다운 곳이야."

"다른 애들은 어때?"

"여자애들도 말은 떨어질 거 같다고 하는데

다들 잘 본 거 같아. 조시는 기하학 시험이 너무 쉬워서 열 살짜리도 풀 수 있었을 거래! 무디 스퍼전은 아직도 역사 시험을 망쳤다고 생각하고, 찰리는 대수학을 망쳤대. 하지만 정확한 건 아무도 몰라. 합격자 명단이 발표될 때까진 알 수 없지. 발표까지 2주일은 기다려야 할 텐데. 2주일이나 이렇게 조마조마한 마음으로 지내야 한다니! 발표날까지 잠들어서 깨지 않았으면 좋겠어."

다이애나는 길버트 블라이드가 시험을 잘 봤는지는 물어도 소용없을 거라는 생각에 이렇게만 얘기했다.

"넌 합격할 거야. 걱정하지 마."

"좋은 성적으로 붙지 못할 거면 차라리 떨어지는 게 나아."

길버트 블라이드보다 좋은 성적을 받지 못하면 합격해도 실패나 다름없이 쓰라릴 것이라는 뜻으로 앤이 불쑥 말했다. 다이애나도 앤

의 속마음을 잘 알았다.

이런 생각 때문에 앤은 시험 기간 내내 마음을 졸였다. 그건 길버트도 마찬가지였다. 두 사람은 거리에서 수없이 마주쳤지만 서로 아는 체도 않고 지나쳐 버리곤 했다. 그때마다 앤은 고개를 조금 더 똑바로 치켜들고 내심 길버트가 손을 내밀었을 때 친구가 되었다면 좋았을 거라고 생각하면서도, 시험에서 길버트를 이겨야 한다고 더 굳게 다짐했다. 에이번리의 어린 학생들 사이에서도 둘 중 누가 1등을 차지할지가 초미의 관심사였고, 앤도 그것을 알았다. 지미 글로버와 네드 라이트는 이 일로 내기까지 걸었고, 조시 파이가 보나 마나 길버트가 이길 거라고 장담했다는 소리도 들었다. 그러니 만약 합격조차 못한다면 그 수치심은 도저히 견딜 수 없을 것 같았다.

그러나 앤이 합격을 바라는 데에는 좀 더 기특한 다른 이유가 있었다. 앤은 매슈와 마릴라를 위해, 특히 매슈 때문에 '높은 등수'로 합격하고 싶었다. 매슈는 앤에게 분명히 '온 섬을 통틀어 1등'을 할 거라고 말했다. 하지만 앤은 자기 맘대로 꾸는 꿈에서조차 가망 없는 일이라고 생각했다. 10등 안에만 들기를, 그래서 매슈의 다정한 갈색 눈동자가 자랑스럽게 빛나는 모습을 볼 수 있기를 간절히 바랐다. 상상력이라고는 눈곱만큼도 필요 없는 방정식과 동사 활용 따위를 끈질기게 파고들며 열심히 공부한 데 대한 달콤한 보상으로 이것만 한 게 없다고 생각했다.

2주일이란 시간이 끝날 무렵 앤은 제인, 루비, 조시와 함께 우체국을 들락거리면서, 입학시험을 볼 때처럼 심장이 내려앉는 조마조마한 심정으로 손을 떨며 샬럿타운 일간지들을 펼쳐 봤다. 찰리와 길버트도 다르지 않았지만 무디 스퍼전만은 절대 나오지 않았다.

무디 스퍼전은 앤에게 이렇게 말했다.

"거길 가서 태연스레 신문을 들여다볼 용기가 나질 않아. 누가 와서 합격 여부를 알려줄 때까지 그냥 기다릴래."

합격자 발표 없이 3주가 지나자, 앤은 정말이지 초조함에 바싹 타들어갔다. 입맛도 사라지고 에이번리에서 일어나는 일들에도 관심이 시들해졌다. 린드 부인은 보수당 사람이 교육감으로 앉아 있는 마당에 무슨 기대를 하겠냐고 말했고, 매슈는 오후마다 우체국에 갔다가 창백하고 넋 나간 얼굴로 터벅터벅 걸어오는 앤을 보면서 다음 선거에서는 자유당에 투표하는 게 낫지 않을까 심각하게 고민했다.

그러던 어느 날 저녁, 소식이 날아들었다. 앤은 창을 열고 그 앞에 앉아 시험 걱정이며 이런저런 근심을 다 잊고 여름 저녁의 아름다운 황혼에 취해 있었다. 정원에 핀 꽃들이 향긋한 숨을 뿜어내고 포플러나무의 나뭇잎들이 서로 비비대며 바스락바스락 소리를 내는 저녁이었다.

전나무 숲 너머 동쪽 하늘은 서쪽 노을에 반사되어 엷게 분홍빛으로 물들었고, 앤은 색色의 정령이 있다면 저런 모습이 아닐까 꿈꾸듯 생각하고 있었다. 그때 다이애나가 한 손에 신문을 흔들며 전나무 숲을 지나 통나무 다리를 건너고 비탈을 오르는 모습이 보였다.

앤은 벌떡 일어섰다. 무슨 일인지 단번에 알 수 있었다. 합격자 명단이 발표된 것이다! 머리가 빙그르르 돌고 심장이 아프도록 뛰었다. 한 걸음도 뗄 수가 없었다. 다이애나가 복도를 달려 흥분을 주체 못하고 노크도 없이 방으로 뛰어들기까지 한 시간은 지난 것 같았다.

다이애나가 소리쳤다.

"앤, 합격했어. 1등으로 합격했어. 너랑 길버트랑 같이, 공동 1등이야. 그래도 네 이름이 맨 위에 있어. 아, 정말 자랑스러워!"

다이애나가 신문을 탁자 위로 던지고는 앤의 침대로 쓰러졌다. 너무 숨이 가빠 더는 말하기가 힘든 모양이었다. 앤은 손을 떨며 성냥통을 열었고, 성냥을 대여섯 개비나 쓰고야 겨우 등에 불을 붙일 수 있었다. 그리고 낚아채듯이 신문을 집어 들었다. 맞았다. 합격이었다. 앤의 이름이 200명 명단의 가장 위에 있었다! 마음을 졸이며 기다린 보람이 있었다.

"정말 멋지게 해냈어, 앤."

다이애나가 앉아서 얘기할 만큼 기운을 되찾고 숨을 몰아쉬며 말했다. 앤은 눈만 반짝일 뿐 한 마디도 하지 못했다.

"아버지가 브라이트리버 역에서 신문을 가져오신 지 10분도 안 됐어. 신문이 오후 기차로 와서 우체국에는 내일이나 도착할 거 아냐. 그래서 합격자 명단을 보자마자 미친 듯이 달려왔다니까. 너희들 전부 합격이야. 무디 스퍼전도 역사 시험을 다시 봐야 하긴 하지만 합격했어. 제인이랑 루비도 꽤 잘했더라. 둘 다 100등 안에 들었어. 찰리도 그렇고. 조시 파이는 3점 차로 간신히 합격했지만 자기가 1등이라도 한 것처럼 우쭐댈 테지. 스테이시 선생님이 기뻐하시겠지? 아, 앤, 이렇게 합격자 명단 첫 번째 줄에 이름이 오르니 기분이 어때? 나라면 너무 기뻐서 정신을 못 차릴 거야. 난 지금도 반쯤 넋이 나간 것 같은데, 넌 봄날 저녁처럼 조용하고 차분해 보여."

"나도 속으로는 지금 제정신이 아니야. 하고 싶은 말이 너무 많은데 무슨 말을 어떻게 해야 할지 모르겠어. 꿈도 안 꾸던 건데. 아니, 꿈은 꿨지. 딱 한 번! 언젠가 '1등을 하면 어떨까?' 하고 떨면서 생각한 적이 있어. 내가 섬에서 1등을 한다고 생각하는 것 자체가 헛된 자만 같았거든. 잠깐만, 다이애나. 얼른 밭으로 달려가서 매슈 아저씨께 알려 드려야겠어. 그런 다음 큰길로 나가서 다른 아이들한테도 이 반가운 소식을 알려 주자."

앤과 다이애나는 헛간 아래 건초밭에서 건

초를 말고 있는 매슈에게 달려갔다. 운 좋게도 린드 부인이 길가 울타리에서 마릴라와 얘기를 나누고 있었다.

앤이 소리쳤다.

“아, 아저씨. 저 합격했어요. 1등으로, 아니, 1등 중 한 명으로요! 자랑하는 거 아니고요, 정말 감사해요.”

매슈가 기뻐하며 합격자 명단을 들여다봤다.

“거봐라. 내가 그럴 거라고 늘 말했잖니. 네가 수월하게 1등을 해낼 줄 알고 있었다.”

“아주 잘해냈구나, 앤.”

마릴라는 앤이 한없이 자랑스러웠지만, 흠 잡기 좋아하는 린드 부인에게 들킬 새라 마음을 감추었다. 그러나 마음 좋은 린드 부인은 진심으로 축하해 주었다.

“앤이 정말 잘한 것 같군요. 이런 칭찬은 받아야지. 친구들한테도 자랑거리가 되겠구나, 앤. 우리 모두 네가 자랑스럽단다.”

그날 밤, 목사관에서 앨런 부인과 짧지만 진지한 대화를 나누며 기쁜 저녁을 마무리한 앤은 열린 창으로 쏟아지는 환한 달빛을 받으며 무릎을 꿇고 앉아 마음에서 우러나온 감사와 염원의 기도를 읊조렸다. 과거에 대한 감사와 미래에 대한 경건한 소망이 담긴 기도였다. 그러고는 새하얀 베개를 베고 잠이 든 앤은 꿈속에서 어엿한 아가씨라면 꾸고 싶을 법한 밝고 아름다운 꿈을 꾸었다.

33

호텔 발표회

"꼭 하얀색 오건디 원피스를 입어야 해, 앤."

다이애나가 단호하게 말했다.

다이애나는 앤과 함께 동쪽 다락방에 있었다. 밖은 막 땅거미가 지기 시작했다. 구름 한 점 없이 맑은 파란 하늘은 아름다운 연둣빛 노을로 물들었다. '유령의 숲' 위에 희미하게 걸려 있던 커다란 보름달이 점점 깊은 은빛을 발하며 환해졌다. 졸린 듯 지저귀는 새소리와 변덕스런 산들바람 소리, 멀리서 들려오는 사람들의 말소리와 웃음소리 같은 정다운 여름 소리들이 대기를 가득 채웠다. 하지만 블라인드를 내리고 불빛만 환히 밝힌 앤의 방 안에서는 중요한 일을 앞둔 몸단장이 한창이었다.

동쪽 다락방은 처음과는 딴판으로 바뀌어 있었다. 4년 전 그날 밤, 앤이 처음 발을 들였을 때는 사람이 견디기 힘든 텅 빈 한기가 뼛속까지 파고드는 방이었다. 그러던 것이 조금씩 바뀌었고, 마릴라가 체념하는 심정으로 모른 척해준 덕에 지금은 여자아이라면 갖고 싶어 할 만큼 사랑스럽고 아기자기한 보금자리로 변해 있었다.

앤이 처음에 바랐던 분홍 장미를 수놓은 벨벳 양탄자와 분홍 실크 커튼은 끝내 실현되지 못했다. 하지만 앤이 자라면서 꿈도 같이 자란 덕에 이제 그런 것쯤은 크게 아쉽지 않았다. 대신 바닥에 예쁜 깔개가 깔리고, 창문 저 위에 연한 초록색 모슬린 커튼이 부드럽게 드리워져 미풍이 불 때면 한들한들 바람에 날렸다. 앙증맞은 사과꽃 벽지를 바른 벽에는 금색과 은색 명주실로 짠 고급 실크 태피스트리는 없어도 앨런 부인이 선물한 멋진 그림 몇 점이 걸려 있었다. 스테이시 선생님의 사진이 가장 좋은 자리를 차지했고, 선생님 사진 아래 선반에는 앤이 감성적인 마음을 담아 늘 싱싱한 꽃을 두었다. 오늘 밤에는 하얀 백합꽃이 줄지어 달린 긴 백합 한 송이가 꿈결처럼 은은한 향으로 방을 가득 채웠다. '마호가니 가구' 같은 건 없지만 하얗게 칠한 책장에 책들이 빼곡했고, 방석을 깐 고리버들 의자와 하얀 모슬린으로 주름 장식을 단 화장대 그리고 금테를 예스럽게 두른 거울이 놓여 있었다. 거울은 손님방에 걸어 두었던 것인데, 둥근 윗부분에 포동포동한 분홍색 큐피드와 보라색 포도 그림도 보였다. 그리고 야트막한 하얀 침대가 있었다.

앤은 화이트샌즈 호텔에서 열리는 발표회

에 가려고 옷을 입는 중이었다. 호텔 손님들이 샬럿타운 병원을 후원하려고 마련한 행사로, 인근 지역의 재능 있는 사람들 여럿이 도움을 주기로 했다. 화이트샌즈 침례교회 성가대원인 버사 샘프슨과 펄 클레이는 이중창을 해달라는 요청을 받았고, 뉴브리지의 밀튼 클라크는 바이올린 독주를 할 예정이었다. 카모디의 위니 아델라 블레어는 스코틀랜드 민요를 부르기로 했고, 스펜서베일의 로라 스펜서와 에이번리의 앤 셜리는 시 낭송을 맡았다.

앤이 언젠가 얘기했듯 이것은 '인생의 획기적인 사건'이었다. 앤은 가슴 벅찬 흥분을 기꺼이 즐겼다. 매슈는 앤에게 주어진 영광에 천국에라도 오른 듯이 기쁘고 뿌듯했다. 마릴라도 매슈 못지않게 기뻤지만 그 사실을 인정하느니 죽음을 택하고 말 성격 탓에, 그 많은 젊은 사람들이 제대로 된 보호자도 없이 호텔에 드나드는 것은 매우 바람직하지 못하다고 말했다.

앤과 다이애나는 제인 앤드루스와 함께 제인의 오빠 빌리가 모는 마차를 타고 가기로 했다. 에이번리의 다른 아이들 몇 명도 발표회를 보러 올 예정이었다. 시내에서 온 방문객들을 위해 파티가 열리고, 발표회가 끝난 뒤 출연자들을 위해 만찬도 준비되어 있다고 했다.

"정말 오건디 원피스가 제일 괜찮니? 난 꽃무늬가 있는 파란색 모슬린 원피스가 더 예쁜 거 같은데. 확실히 유행으로 봐도 그렇고 말이야."

앤이 걱정스럽게 물었다.

"하얀 원피스가 너한테 훨씬 잘 어울려. 그 옷은 정말 부드럽게 주름이 지면서 몸에 감기거든. 모슬린 옷은 뻣뻣해서 너무 차려입은 느낌을 주는데, 오건디는 꼭 네 몸에 맞춘 것 같다니까."

앤은 한숨을 쉬며 다이애나의 선택을 받아들였다. 다이애나는 옷 입는 감각이 뛰어나다

는 말을 들었고, 그런 문제로 다이애나에게 조언을 구하는 사람도 많았다. 다이애나는 이 특별한 밤을 위해 들장미처럼 사랑스러운 분홍빛 드레스를, 앤은 도저히 엄두도 낼 수 없는 분홍 드레스를 입었고 무척 예뻤다. 하지만 다이애나는 발표회에서 맡은 역할이 없기 때문에 지금 중요한 것은 다이애나의 옷이 아니었다. 다이애나는 에이번리의 명예를 위해서라도 여왕에 버금가는 옷차림과 머리 모양과 장식을 해 주겠다고 다짐했고, 온 신경을 앤에게 쏟았다.

"저쪽 주름을 조금만 더 당겨, 그렇지. 자, 허리에 띠를 둘러 줄게. 이제 신발을 신어. 머리는 두 갈래로 땋아서 중간쯤에 하얀 리본을 크게 묶을 거야. 아니야, 이마에 머리카락을 내리지 마. 그냥 자연스럽게 둬. 앤, 넌 네게 어울리는 머리 모양이 뭔지 잘 모르더라. 앨런 사모님도 네가 그렇게 머리를 가르면 꼭 성모마리아처럼 보인다고 하셨어. 이 작은 하얀 장미를 귀 뒤에 꽂자. 우리 장미덩굴에 한 송이가 피었기에 너 주려고 가져왔어."

"진주 목걸이를 해도 될까? 매슈 아저씨가 지난주에 시내에 나가셨다가 사 오셨는데, 목걸이를 한 모습을 보고 싶어 하실 거야."

앤이 물었다.

다이애나가 입술을 오므리고 검은 머리를 갸웃거리며 고민하더니 괜찮다고 말했다. 앤은 가느다란 우윳빛 목에 목걸이를 걸었다.

"네게는 뭔가 우아한 분위기가 있어, 앤. 넌 자신만만하게 고개도 똑바로 들고 다니잖아. 네가 날씬해서 그런가 봐. 나는 이렇게 뚱뚱하잖아. 살이 찔까 봐 늘 걱정이었는데, 결국 이렇게 되어 버렸어. 이젠 포기해야 할까 봐."

다이애나가 감탄 어린 목소리로 말했다. 질투심이라고는 하나도 들어 있지 않았다.

앤이 맞닿을 듯 가까이에 있는 예쁘고 생기

넘치는 얼굴을 향해 다정하게 미소 지었다.

"다이애나, 네겐 멋진 보조개가 있잖아. 예쁜 보조개가 마치 크림을 콕 찍은 모양 같아. 나야말로 보조개가 생길 거란 희망은 모두 포기했어. 보조개를 바라는 내 꿈은 영원히 이루어지지 않을 거야. 하지만 다른 꿈을 많이 이뤘으니까 절대 불평하면 안 되겠지. 이제 준비는 끝난 거니?"

"다 됐어."

다이애나가 대답하자마자 마릴라가 문가에 나타났다. 예전보다 머리도 희끗해지고 더 말라 수척해진 모습이었지만 표정은 훨씬 더 부드러웠다.

"들어와서 우리의 시 낭송가를 한번 보세요, 아주머니. 정말 예쁘지 않아요?"

"단정하고 반듯해 보이는구나. 머리 모양도 마음에 들고. 하지만 이슬까지 내린 흙길을 마차로 달리면 더러워질 거 같은데. 그리고 이렇게 습한 밤에 옷이 너무 얇은 것도 같고. 오건디는 세상에서 제일 쓸모없는 천이야. 오라버니가 그 천을 사 왔을 때도 그렇게 말해 줬지. 하지만 요즘 오라버니는 무슨 말을 해도 소용이 없더구나. 전에는 내 충고를 잘 따랐는데. 이젠 앤을 위해서라면 뭐든 사다 나르니 카모디의 가게 점원들도 오라버니한테 못 팔 게 없다는 걸 알지. 점원들이 이게 예쁘다, 유행이다 말만 하면 오라버니가 척척 돈을 갖다 바치니 말이다. 앤, 치맛자락이 바퀴에 닿지 않게 조심하고, 위에 따뜻한 외투를 입고 가거라."

마릴라가 비웃는 소린지 앓는 소린지 모를 목소리로 말했다. 말을 마치고 계단을 성큼성큼 내려가던 마릴라는 예쁜 앤의 모습에 뿌듯하여 '한줄기 달빛이 이마에서 왕관까지 흐르네'라는 시구가 떠올랐다. 발표회에 가서 앤의 시 낭송을 들을 수 없어 아쉬웠다.

"이 옷을 입기에 날이 너무 눅눅한가?"

앤이 걱정스럽게 물었다.

"천만에. 더없이 완벽한 밤이야. 이슬 한 방울 내리지 않을걸. 저 달빛을 봐."

다이애나가 블라인드를 들추며 말했다.

"내 방 창이 해가 뜨는 동쪽으로 나 있어서 정말 좋아. 길게 이어진 저 언덕 위로 아침이 밝아 오고 뾰족한 전나무 꼭대기 사이로 빛이 스며드는 광경은 정말 멋져. 아침은 날마다 새롭고, 갓 떠오른 햇살에 내 영혼이 씻기는 기분마저 든다니까. 아, 다이애나, 난 이 작은 방이 너무 좋아. 다음 달부터 시내로 가면 이 방 없이 어떻게 견딜지 모르겠어."

앤이 다이애나에게 다가가며 말했다.

"오늘 밤엔 떠나는 얘긴 하지 말아 줘. 그 생각만 하면 너무 우울해서 생각하고 싶지 않아. 오늘 저녁은 그냥 즐겁게 보내고 싶어. 낭송할 시는 뭐야, 앤? 긴장되니?"

다이애나가 애원하듯 말했다.

"전혀. 그동안 사람들 앞에서 낭송을 자주 했더니, 이제는 조금도 걱정되거나 하지 않아. 〈소녀의 맹세〉라는 정말 슬픈 시야. 로라 스펜서는 웃긴 시를 암송한다던데, 나는 사람들을 웃기는 것보다 울리는 게 좋아."

"앙코르를 받으면 뭘 낭송할 건데?"

"누가 내게 앙코르를 청하기나 하려고."

앤이 코웃음을 쳤지만 내심 앙코르를 받고 싶은 마음도 있어서, 벌써 다음 날 아침 식탁에서 매슈에게 신나게 떠들어대는 상상까지 해본 터였다.

"빌리와 제인이 오나 봐. 마차 바퀴 소리가 들려. 나가자."

빌리 앤드루스가 자기와 함께 앞자리에 앉아야 한다고 고집해서 앤은 내키지 않았지만 마차 앞자리에 올랐다. 앤은 뒷자리에 앉아서 여자아이들과 마음껏 웃고 떠들며 가고 싶었다. 빌리는 웃거나 떠드는 성격이 아니었다. 체

구가 크고 뚱뚱하며 무신경한 이 스무 살 청년은 둥글고 무표정한 얼굴에 말재주가 지독히도 없었다. 그러나 빌리는 앤을 대단히 흠모했고, 이 날씬하고 꼿꼿한 여자아이를 옆에 태우고 화이트샌즈까지 달릴 생각에 마음이 자랑스레 부풀어 올라 있었다.

앤은 그래도 즐거운 마음으로 가고 싶어 내내 어깨 너머로 뒤에 앉은 여자아이들과 대화를 나누고 예의상 한 번씩 빌리에게도 말을 건넸다. 그러나 빌리는 싱글거리거나 킥킥 웃기만 할 뿐 한 번도 대화를 이어 나갈 수 있는 속도로 대답하지 못했다. 즐거운 밤이었다. 길은 호텔로 가는 마차로 붐볐고, 맑은 웃음소리가 사방에서 울려 퍼졌다. 호텔은 꼭대기부터 바닥까지 불빛이 휘황찬란했다. 발표회 준비위원회에서 여자들이 나오더니 그중 한 명이 앤을 출연자 대기실로 데려갔다. 대기실을 가득 채운 샬럿타운 교향악단 단원들 속으로 들어간 앤은 갑자기 부끄럽고 겁이 나고 초라해지는 기분이었다. 동쪽 다락방에서는 예쁘고 귀여워 보였던 원피스가, 온통 반짝이고 바스락거리는 실크와 레이스 장식들에 둘러싸여 있으니 너무 단순하고 평범해 보였다. 이 진주 목걸이가 옆에 있는 키 크고 예쁜 여자가 한 다이아몬드 목걸이와 비교나 될까? 다른 여자들이 장식한 온갖 온실 꽃들 옆에서 앤이 꽂은 작고 하얀 장미는 얼마나 빈약해 보일까! 앤은 모자와 외투를 벗고 비참한 심정으로 한쪽 구석에 웅크려 앉았다. 초록 지붕 집의 하얀 방으로 돌아가고 싶었다.

어느새 앤은 규모 있는 호텔 발표회의 무대 위에 올라서 있었고, 상황은 더 심각해졌다. 전깃불에 눈이 어지러웠고, 객석에서 올라오는 향수 냄새와 웅성거리는 소리에 정신을 차릴 수가 없었다. 다이애나와 제인과 함께 객석에 앉아 있다면 얼마나 좋을까. 두 사람이 저 멀리 뒷자리에서 신나는 시간을 보내고 있을 때, 앤은 분홍 실크 드레스를 입은 뚱뚱한 여자와 하얀 레이스 드레스를 입고 경멸 어린 표정을 짓고 있는 키 큰 여자아이 사이에 앉아 있었다. 뚱뚱한 여자가 가끔씩 고개를 돌려 안경 너머로 대놓고 앤을 뜯어보는 바람에, 몹시 예민해진 앤은 크게 비명이라도 지르고 싶은 심정이었다. 하얀 레이스 드레스를 입은 여자아이는 '시골뜨기'니 '촌미인'이니 하면서 객석까지 다 들리도록 옆 사람과 크게 떠들었고, 프로그램 중에 시골 출연자들이 하는 공연은 '웃음거리'가 될 거라는 신통치 않은 예측도 내놓았다. 앤은 죽는 날까지 그 하얀 레이스 드레스를 입은 아이를 미워할 것 같았다.

앤에게는 안된 일이었지만, 마침 호텔에 투숙 중이던 전문 시 낭송가가 시를 낭송하기로 되어 있었다. 몸이 나긋하고 검은 눈을 한 여자가 달빛으로 짠 듯 은은하게 빛나는 드레스를 입고 목과 검은 머리를 보석으로 꾸미고 나왔다. 여자의 목소리는 놀랍도록 부드럽고 표현력이 뛰어나서 관객을 열광시켰다. 앤도 잠깐 동안 자신이 처한 괴로움을 잊고 눈을 빛내며 빠져들었다. 그러나 낭송이 끝나자 앤은 두 손으로 와락 얼굴을 가렸다. 다음 순서로 일어나 낭송을 할 수는 없었다. 도저히 그럴 수가 없었다. 어째서 낭송을 할 수 있다고 생각했을까? 아, 초록 지붕 집으로 돌아갈 수만 있다면!

불행히도 그 순간 앤의 이름이 불렸다. 그때 앤은 하얀 레이스 드레스를 입은 아이가 움찔 놀라며 찔리는 표정을 짓는 것도 몰랐지만, 설령 알았다 해도 그 표정 안에 담긴 희미한 선망까지는 알아채지 못했을 것이다. 앤은 어쩔 수 없이 자리에서 일어나 비틀거리며 앞으로 나갔다. 얼굴이 너무 창백해서 객석의 다이애나와 제인은 불안한 마음에 서로의 손을 꼭 잡았다.

무대 위에 서자 어마어마한 두려움이 앤을 짓눌렀다. 사람들 앞에서 자주 낭송을 해 봤지만, 이처럼 많은 관객 앞에 선 것은 처음이었다. 사람들을 쳐다보는 것만으로도 온몸이 마비되는 듯했다. 이브닝드레스를 입고 줄지어 앉은 여자들과 흠잡을 준비가 된 얼굴들, 부유하고 교양 있는 분위기 등 모든 게 너무 낯설고 눈부시고 당혹스러웠다. 토론 클럽 모임을 하며 소박한 벤치에 앉아 마주했던 친숙하고 호의적인 친구들, 이웃들의 얼굴과는 완전히 달랐다. 이곳 사람들은 자비라고는 없는 비평가들처럼 보였다. 어쩌면 하얀 레이스 드레스를 입은 아이처럼 앤에게서 '촌스런' 웃음거리를 기대하고 있는지도 몰랐다. 앤은 감당할 수 없을 만큼 부끄러웠고 비참했고 절망했다. 무릎이 후들후들 떨리고 심장이 파닥거렸다. 금방이라도 쓰러질 것 같았다. 한 마디도 내뱉을 수가 없었고 다음 순간, 평생 굴욕감을 안고 살더라도 무대에서 달아나고만 싶었다.

그러나 겁에 질려 휘둥그레 뜬 눈으로 객석을 바라보던 앤에게, 멀리 뒷자리에 앉아 몸을 앞으로 내민 채 미소 짓고 있는 길버트 블라이드의 얼굴이 불쑥 들어왔다. 순간 앤은 그 미소가 승리감에 젖어 자신을 조롱하는 모습처럼 보였다. 사실은 전혀 그렇지 않았다. 길버트는 단지 행사가 전반적으로 마음에 들었고, 특히 종려나무를 배경으로 서 있는 앤의 호리호리한 자태와 우아한 얼굴에 감탄해서 미소 지었을 뿐이었다. 길버트와 같이 마차를 타고 와 옆자리에 앉아 있던 조시 파이야말로 승리감에 도취되어 비웃는 얼굴을 하고 있었다. 그러나 앤은 조시 파이를 보지도 못했고, 봤어도 신경 쓰지 않았을 터였다.

앤은 길게 심호흡을 한 다음 당당하게 고개를 치켜들었다. 전기에 감전이라도 된 듯이 용기와 결의가 솟구쳤다. 길버트 블라이드 앞에서 낭송을 망칠 수는 없었다. 절대 길버트에게 비웃음을 당하지는 않아. 절대로! 두렵고 불안하던 마음이 순식간에 사라졌다.

앤은 시를 낭송하기 시작했다. 깨끗하고 감미로운 목소리는 작은 떨림이나 막힘도 없이 객석 구석구석까지 울려 퍼졌다. 완전히 침착함을 되찾은 앤은 무력하고 비참했던 순간을 만회라도 하려는 듯 어느 때보다도 멋지게 낭송을 해냈다. 앤이 낭송을 마치자 진심 어린 박수가 터져 나왔다. 앤이 수줍고도 기쁜 마음에 붉어진 얼굴로 자리로 돌아오자, 분홍 실크 드레스를 입은 뚱뚱한 부인이 어느새 앤의 손을 힘껏 붙잡고 흔들며 칭찬을 쏟아냈다.

"세상에, 정말 잘했어. 난 아이처럼 울었다니까. 정말 울었어. 저런, 사람들이 앙코르를 외치고 있네. 너를 다시 불러내려고 객석이 난리구나!"

"아, 전 못해요. 하지만 그래도 나가야겠죠.

그렇지 않으면 매슈 아저씨가 실망하실 테니까요. 아저씨가 제게 앙코르를 받을 거라고 하셨거든요."

앤이 당황하여 말했다.

"그럼 매슈 아저씨를 실망시켜선 안 되지."

분홍 옷의 부인이 웃으며 말했다.

상기된 얼굴로 미소를 지으며 초롱초롱 반짝이는 눈을 한 앤은 무대로 돌아가 기발하고 재미있는 짧은 앙코르 공연을 선보였고, 더욱 관객의 마음을 사로잡았다. 이후 나머지 저녁 시간은 완전히 앤을 위한 자리였다.

발표회가 끝나자, 남편이 미국의 백만장자라는 그 분홍 옷의 뚱뚱한 부인이 보호자처럼 앤을 끌어안고 모든 사람에게 소개했다. 다들 앤에게 무척 친절했다. 시 낭송 전문가인 에반스 부인이 다가와 앤에게 목소리가 매력적이고 선택한 작품들을 아름답게 '해석'했다며 담소를 나눴다. 하얀 레이스 옷의 여자아이마저 마지못해 칭찬의 말을 건넸다. 사람들은 아름답게 꾸민 큰 식당에서 저녁 식사를 즐겼다. 다이애나와 제인도 앤의 동행이라는 이유로 만찬에 초대를 받았다. 빌리는 아무리 찾아도 보이지 않는 것으로 보아 그런 자리에 초대받는 게 너무 부담스러워서 줄행랑을 친 듯했다. 하지만 만찬이 끝난 뒤 고요하고 하얀 달빛 속으로 세 소녀가 즐겁게 걸어 나오니, 빌리가 그들을 기다리고 있었다. 앤이 깊은 숨을 들이마시며 어두운 전나무 기둥 뒤로 맑게 펼쳐진 하늘을 올려다봤다.

아, 다시 조용하고 깨끗한 밤공기를 쐬니 상쾌했다. 대기를 타고 날아든 바다가 속삭이는 소리와 아름다운 해변을 지키는 무시무시한 거인처럼 저 너머로 어스름히 선 절벽까지, 이 모든 게 위대하고 고요하고 경이로웠다.

마차를 타고 가던 제인이 한숨을 쉬며 말했다.

"정말 근사한 밤이었지? 나도 부유한 미국 사람이 돼서 호텔에서 여름을 지내고 싶어. 보석으로 치장하고 목이 깊게 파인 드레스도 입고, 아이스크림이랑 닭고기 샐러드도 먹으면서 날마다 즐겁게 보내면 좋겠어. 분명 그쪽이 학교에서 아이들을 가르치는 것보다 훨씬 더 재미있을 거야. 앤, 네 시 낭송은 정말 멋졌어. 처음에는 시작도 못하는 줄 알았어. 하지만 에반스 부인보다 잘한 것 같아."

"어머, 아니야. 그런 말 마, 제인. 말도 안 돼. 내가 어떻게 에반스 부인보다 잘할 수 있겠어. 에반스 부인은 전문가고 나는 이제 낭송하는 법을 조금 익힌 학생일 뿐인데. 난 그냥 사람들이 내 낭송을 좋아해 준 걸로 만족해."

앤이 얼른 되받았다.

"누가 네 칭찬을 하는 걸 들었어, 앤. 그 말투를 보면 칭찬이 확실해. 어쨌든 그렇게 들렸어. 제인하고 내 뒤에 어떤 미국인이 앉아 있었거든. 머리하고 눈동자가 새까맣고 정말 낭만적으로 생긴 남자였어. 조시 파이가 그러는데 유명한 화가래. 조시 엄마의 사촌이 보스턴에 사는데 그 남자 동창이랑 결혼했대. 아무튼 그 남자가 그러더라고. 그렇지, 제인? 저기 무대 위에 근사한 티치아노 머리를 한 여자애가 누구냐고, 자기가 그리고 싶은 얼굴이라고 말이야. 그런데 앤, 티치아노 머리가 뭐니?"

다이애나가 물었다.

"아마 빨강 머리를 말하는 걸 거야. 티치아노는 아주 유명한 화가인데 빨강 머리 여인의 그림을 즐겨 그렸어."

앤이 웃었다.

"부인들이 장식한 다이아몬드들 봤니? 정말 휘황찬란하더라. 너희는 부자가 되고 싶지 않아?"

제인이 한숨을 쉬며 말했다.

"우린 부자야. 봐, 우린 열여섯 해를 잘 살

아왔고, 여왕처럼 행복하잖아. 또 모두 많든 적든 상상력이 있잖아. 저 바다를 봐, 얘들아. 온통 은빛에 그림자와 보이지 않는 온갖 것들로 가득해. 우리에게 수백만 달러가 있고 다이아몬드로 휘감는다고 해도 지금 같은 이런 아름다움을 누릴 수 없을걸. 난 그 여자들 중 한 명이 될 수 있다 해도 바꾸지 않을 거야. 하얀 레이스 드레스를 입은 여자아이처럼 시큰둥한 표정으로 살고 싶니? 마치 세상을 비웃으려고 태어나기라도 한 것처럼 말이야. 아니면 그 분홍 드레스 아주머니처럼, 물론 친절하고 좋은 분이셨지만, 아무런 맵시도 나지 않는 모습이라도 좋아? 에반스 부인조차 눈빛이 너무 슬퍼 보이지 않았니? 그런 눈빛을 한 걸 보면 언젠가 참기 힘든 불행을 겪었던 게 틀림없어. 그렇게 되고 싶진 않잖아, 제인 앤드루스!"

앤이 야무지게 말했다.

"잘 모르겠지만 그래도 다이아몬드가 있으

면 큰 위로가 될 것 같아."

제인은 확신이 서지 않는 말투로 대답했다.

"글쎄. 난 내가 아닌 다른 사람이 되고 싶지 않아. 평생 다이아몬드로 위로받지 못한다 해도 말이야. 나는 진주 목걸이를 한 초록 지붕 집의 앤에 아주 만족해. 매슈 아저씨가 이 목걸이에 담아 주신 사랑이 분홍 드레스 아주머니의 보석 못지않다는 걸 아니까."

앤이 확고하게 말했다.

34

퀸스의 여학생

그 뒤로 3주 동안 앤이 퀸스로 떠날 준비를 하느라 초록 지붕 집은 바쁜 시간을 보냈다. 바느질할 것도 많았고 의논하고 정리할 일도 많았다. 매슈 덕에 예쁜 옷도 많았다. 마릴라는 매슈가 무엇을 사오든, 무슨 의견을 내든 아무런 반대도 하지 않았다. 게다가 어느 날 저녁에는 고운 연초록색 천을 한아름 들고 동쪽 다락방으로 올라왔다.

"앤, 이 천들로 예쁘고 가벼운 원피스를 지

어야겠다. 지금도 예쁜 옷이 많으니 꼭 필요할 것 같지는 않지만, 그래도 시내에서 어디 외출하거나 파티라도 초대받으면 좀 제대로 차려입을 옷들이 있어야 하지 않나 싶어서 말이다. 제인하고 루비하고 조시가 '이브닝드레스'인가 뭔가 하는 걸 장만했다던데, 너도 있으면 좋을 거고. 지난주에 앨런 부인에게 부탁해서 같이 시내에 나가서 골랐는데, 옷을 짓는 건 에밀리 길리스에게 맡길 거란다. 에밀리가 안목도 있고 옷태도 남다르니 말이야."

"아, 아주머니, 너무 예뻐요. 정말 고맙습니다. 이렇게 잘해 주시지 않아도 되는데…… 떠나기가 더 어려워지잖아요."

에밀리는 마음껏 실력을 발휘하여 덧주름과 잔주름을 양껏 장식한 초록색 드레스를 만들었다. 어느 저녁 앤은 그 드레스를 입고 매슈와 마릴라를 위해 부엌에서 〈소녀의 맹세〉를 낭송했다. 마릴라는 앤의 밝고 생동감 넘치는 얼굴과 우아한 몸짓을 보며 앤이 처음 초록 지붕 집에 왔던 저녁을 떠올렸다. 황갈색의 볼품없는 혼방 원피스를 입고 눈물이 그렁그렁한 눈으로 비참한 표정을 짓고 있던, 겁에 질린 별난 어린아이의 모습이 생생하게 떠올랐다. 마릴라의 눈에 눈물이 맺혔다.

"제 낭송 때문에 우시는 거군요, 아주머니. 그럼 성공이네요."

앤이 환한 얼굴을 하고 마릴라가 앉은 의자 위로 몸을 숙이며 늙은 여자의 빰을 눈썹으로 간질였다.

"아니다. 네 낭송 때문에 우는 게 아니야."

마릴라는 시 따위로 마음이 약해지는 것을 경멸했다.

"그저 네 어릴 적 모습이 생각났을 뿐이란다, 앤. 그렇게 엉뚱한 짓들을 벌여도 좋으니 어린아이로 남아 있으면 좋겠구나. 이제 이렇게 자라서 여길 떠나다니. 키도 크고, 세련됐

고, 그 드레스를 입으니 아주…… 아주 달라 보이는구나. 에이번리 사람 같지가 않아. 그런 생각을 하니 괜히 허전한 기분이 든 게지."

앤은 무명옷을 입은 마릴라의 무릎에 앉아 주름진 얼굴을 두 손으로 감싸며 다정하고도 진지한 표정으로 눈을 들여다봤다.

"아주머니! 전 조금도 변하지 않았어요. 정말이에요. 그저 불필요한 가지를 치고 새 가지를 뻗었을 뿐이에요. 진짜 제 모습은, 제 안의 저는 똑같아요. 제가 어디를 가든, 겉모습이 어떻게 바뀌든 그것은 전혀 중요하지 않아요. 마음속에는 언제나 아주머니의 어린 앤이 있어요. 평생토록 마릴라 아주머니와 매슈 아저씨와 초록 지붕 집을 날마다 더 사랑할 앤이요."

앤은 젊고 싱그러운 뺨을 마릴라의 마른 뺨에 대고 한 손을 내밀어 매슈의 어깨를 토닥였다. 마릴라도 앤과 같이 감정을 말로 표현할 줄 아는 능력이 있었더라면 더 많은 마음을 보여 주었을 것이다. 그러나 타고난 성품과 습관을 이기지 못해, 마릴라는 그저 두 팔로 아이를 다정하게 가슴에 끌어안으며 보내지 않아도 된다면 얼마나 좋을까 생각할 뿐이었다.

매슈는 눈가가 촉촉해지는 느낌이 들자 자리에서 일어나 밖으로 나갔다. 푸른 여름밤을 수놓은 별빛 아래서 그는 격앙된 걸음으로 마당을 가로질러 포플러나무 옆으로 난 울타리 문까지 걸어갔다. 매슈는 자랑스러운 듯 중얼거렸다.

"그래, 앤이 버릇없는 아이로 자란 것 같진 않아. 가끔씩 내가 간섭한 것도 그리 나쁘지 않았던 게야. 저 아이는 똑똑하고 예쁜 데다 다정하기도 하고, 그게 무엇보다 좋은 점이지. 저 애는 우리에게 축복이었어. 스펜서 부인이 저지른 실수보다 더 운 좋은 실수는 없을 거야. 그걸 운이라고 한다면 말이지. 하지만 그건 운이라고 할 수 없어. 하늘의 뜻이었지. 전능하신 하느님께서 우리에게 그 애가 필요하단 걸 아신 거야."

마침내 앤이 도시로 떠나는 날이 왔다. 화창한 9월의 아침, 앤은 매슈와 마차를 타고 출발하기 전, 다이애나와 눈물로 얼룩진 작별을 나누고 마릴라와도, 적어도 마릴라 편에서는 무미건조하고 군더더기 없는 인사를 나누었다. 하지만 막상 앤이 간 뒤 다이애나는 눈물을 닦고 카모디의 사촌들과 화이트샌즈 해변으로 나들이를 가서 그럭저럭 슬픔을 달랬다. 반면 마릴라는 하지 않아도 될 일들에 무섭게 달려들어 하루 종일 몸을 혹사하며 더없이 쓰라린 가슴앓이를 했다. 가슴이 타들어가고 쥐어뜯기는 것 같은 고통이 꾹 참고 있던 눈물로도 달래지지 않았다. 그러다 밤이 되어 잠자리에 들 즈음, 복도 끝 작은 다락방에 생기발랄한 어린 주인도, 부드러운 숨결도 더는 없다는 사실이 절절하게 와 닿자 베개에 얼굴을 묻고

격한 울음을 터뜨렸다. 마음이 조금 가라앉자 죄 많은 같은 인간에게 이토록 집착하다니 얼마나 죄인가 하는 생각에 오싹해졌다.

앤과 에이번리의 다른 학생들은 학교에 가려면 서둘러야 할 빠듯한 시간에 시내에 도착했다. 첫날은 새로운 친구들과 만나고 교수들과 얼굴을 익히고 반을 나누는 등 흥분이 소용돌이치며 즐겁게 지나갔다. 앤은 스테이시 선생님의 충고대로 2학년 과정에 들어갈 계획이었고, 길버트 블라이드도 같은 생각이었다. 그러면 2년이 아니라 1년 만에 1급 교사 자격증을 딸 수 있었는데, 그만큼 훨씬 더 열심히 노력해야 했다. 제인과 루비, 조시, 찰리, 무디 스퍼전은 그런 포부에 연연하지 않고 2급 교사 과정에 들어가는 데 만족했다. 50명이 같이 공부하는 교실에서 앤은 아는 얼굴이 하나도 없다는 사실에 쑤실 듯이 아픈 외로움을 느꼈다. 아는 사람이라고는 교실 반대편에 앉은, 키가 큰 갈색머리 남학생뿐이었지만 지금과 같은 사이로는 별 도움이 되지 않는다는 것을 알기에 앤은 더 비관적인 기분이 들었다. 그래도 같은 반이 된 것은 분명 다행이었다. 오랜 경쟁을 이곳에서도 이어갈 수 있었고, 만약 길버트와 경쟁 관계가 없어졌다면 무엇을 어떻게 해야 할지 막막했을 것이다.

'경쟁이 없었으면 더 힘들었을 거야. 길버트는 결심이 대단해 보여. 금메달을 따려고 마음을 단단히 먹은 모양이야. 턱이 참 잘생겼네! 전에는 몰랐는데. 제인과 루비도 1급 과정을 들으면 얼마나 좋을까. 그래도 아이들과 친해지면 남의 집 다락방에 갇힌 고양이 같은 기분은 들지 않겠지. 여기서는 어떤 아이들과 친구가 될지 궁금해. 추측해 보는 것도 재미있겠는걸. 물론 다이애나와 약속했듯 퀸스에 아무리 좋은 아이가 있어도 다이애나만큼 친해지는 일은 없을 거야. 하지만 두 번째로 좋은 친구는 많이 사귈 수 있잖아. 갈색 눈에 새빨간 웃옷을 입은 저 아이가 마음에 들어. 싱싱한 붉은 장미 같아. 금발에 하얀 얼굴로 창밖을 내다보는 저 아이도 괜찮네. 머리도 아름답고, 꿈에 대해 뭘 좀 알 것 같아. 둘 다 어떤 아이들인지 궁금해. 저 애들과 허리에 팔을 두른 채 걷고 별명을 부를 만큼 친해지고 싶어. 하지만 아직은 저 아이들에 대해 아무것도 모르고 저 애들도 나를 모르잖아. 어쩌면 나에 대해 딱히 알고 싶어 하지 않을지도 몰라. 아, 외로워!'

그날 저녁, 땅거미가 진 뒤 방에 혼자 남은 앤은 더욱 외로웠다. 다른 아이들은 모두 시내에 친척이 있어서 앤처럼 하숙을 하지 않았다. 조세핀 배리 할머니가 앤에게 오라고 했지만 '너도밤나무집'은 학교에서 너무 멀었다. 그래서 배리 할머니가 직접 하숙집을 알아봐 주었고, 앤이 지내기에 딱 좋은 곳을 찾았다며 매슈와 마릴라를 안심시켰다.

"여주인이 지금은 형편이 어려워졌지만 상류층 출신이에요. 남편은 영국군 장교였죠. 부인은 하숙생을 받을 때 아주 신중하게 고른답니다. 앤이 그 집에 있으면 무뢰한 같은 사람은 만날 일이 없을 거예요. 식사도 괜찮고 학교에서도 가까운 조용한 동네랍니다."

지내보니 정말 그랬다. 하지만 앤이 처음으로 느끼는 향수병을 달래주지는 못했다. 앤은 우중충한 벽지에 그림 한 점 걸리지 않은 벽을, 작은 철제 침대 틀과 텅 빈 책장뿐인 작고 좁은 방을 우울하게 둘러봤다. 초록 지붕 집의 하얀 방을 생각하니 목구멍에서 뭔가 울컥 치밀었다. 밖에는 한가로운 초록빛 세상이 펼쳐지고 정원에서 스위트피가 자라는 곳. 달빛이 과수원을 비추고, 비탈 아래 개울이 흐르며, 그 너머에서 가문비나무들이 밤바람에 몸을 뒤척이고, 별이 총총 박힌 드넓은 하늘 아래 다이애나의 창에서 새어 나온 불빛이 나무들 틈으로 어른거리는 즐거운 곳. 여기에는 그런 것들이 아무것도 없었다. 창밖 거리는 삭막했고 복잡하게 얽힌 전화선이 하늘을 가렸다. 생경한 걸음 소리가 터벅터벅 지나갔고 수많은 불빛이 낯선 사람들의 얼굴을 비추었다. 앤은 울음이 터질 것 같아 꾹 참았다.

"울지 않을 거야. 우는 건 어리석고 나약한 짓이야. 세 번째 눈물방울이 코 옆으로 흐르네. 자꾸 눈물이 나! 눈물이 나지 않게 재미있는 생각을 해야지. 하지만 재미있는 일은 모두 에이번리와 연관되어서 눈물만 더 나잖아. 넷…… 다섯…… 돌아오는 금요일에 집에 갈 건데도 백 년은 기다려야 할 거 같아. 아, 지금쯤 매슈 아저씨는 집에 거의 다 가셨겠지. 마릴라 아주머니는 문 앞에 서서 길가를 내다보며 아저씨를 기다리실 테고. 여섯…… 일곱…… 여덟…… 아, 눈물방울을 세어도 소용이 없어! 금방 홍수처럼 쏟아지고 말거야. 기운을 차릴 수가 없어. 그러고 싶지도 않고. 그냥 슬퍼하는 게 낫겠어!"

그 순간 조시 파이가 나타나지 않았다면, 정말로 눈물을 펑펑 홍수처럼 쏟았을 것이다. 친숙한 얼굴을 보자, 앤은 너무 기쁜 나머지 조시와 사이가 그다지 좋지 않다는 사실도 잊어버렸다. 에이번리와 관계만 있다면 파이마저도 반가웠다.

앤이 진심으로 말했다.

"와 줘서 고마워."

조시가 불쌍하다는 투로 약 올리듯 말했다.

"너 울고 있었구나. 향수병인가 보네. 그런 부분에 감정 조절이 잘 안 되는 사람들이 있지. 난 향수병 같은 건 절대 걸리지 않을 거야. 오히려 에이번리처럼 좁고 고리타분한 마을에 있다가 도시에 나오니까 너무 즐거워. 거기서 어떻게 그렇게 오랫동안 생활했나 모르겠어. 울지 마, 앤. 너랑 안 어울려. 코랑 눈까지 빨개져서 전부 다 빨갛게 보이잖아. 난 오늘 학교에서 얼마나 재미있었는지 몰라. 우리 프랑스어 교수님은 완전히 괴짜야. 콧수염이 얼마나 웃기다고. 뭐 먹을 거 없니, 앤? 나 배고파 죽겠어. 그래, 마릴라 아주머니라면 케이크를 잔뜩 만들어 보내셨을 거야. 내가 그래서 왔지. 안 그랬으면 프랭크 스토클리랑 밴드 연주를 들으러 공원에 갔을 텐데. 프랭크는 나랑 같은 집에서 하숙하는데, 괜찮은 애야. 그 애가 오늘 수업 때 널 보더니 저 빨강 머리 여자애가 누구냐고 묻더라. 그래서 커스버트 씨네 집에서 입양한 고아인데, 그전에는 어떻게 살았는지 아무도 모른다고 내가 말했어."

앤은 조시 파이랑 같이 있느니 혼자서 눈물을 흘리는 편이 더 낫지 않을까 하고 생각했다. 그때 제인과 루비가 자주색과 주황색 퀸스 학교 리본을 코트에 자랑스레 달고 찾아왔다. 조시는 아직도 제인과 '말'을 하지 않는 상태라 그제야 조용히 입을 다물었다. 제인이 한숨을 쉬며 말했다.

"있잖아, 아침부터 지금까지 몇 달은 지난 것 같아. 사실 집에서 베르길리우스*를 공부해야 하는데. 그 무서운 노교수님이 내일까지 스무 줄을 예습해 오라고 했거든. 하지만 오늘 밤은 얌전히 앉아 공부를 할 수 없었어. 앤, 눈물 자국 같은데. 울고 있었다면 그렇다고 말해 줘. 그러면 내 자존심도 조금은 살아날 거 같아. 나도 루비가 오기 전까지 계속 울고 있었거든. 나 말고도 운 친구가 있으면 내가 운 것도 별로 창피하지 않잖아. 웬 케이크야? 나 조금 먹어도 돼? 고마워. 이게 바로 에이번리의 맛이지."

루비는 탁자 위에 놓인 학교 달력을 보고

---

* 로마 최고의 시인. 로마 건국의 역사를 신화 속 영웅과 연결시킨 장편 서사시 《아이네이스》를 썼다.

앤에게 금메달을 목표로 하느냐고 물었다.

앤은 얼굴을 붉히며 그럴 생각이라고 대답했다.

조시가 입을 열었다.

"아, 그러고 보니 생각났다. 퀸스 학교도 드디어 에이버리 장학금을 받게 됐대. 오늘 소식이 왔대. 프랭크 스토클리가 그랬어. 걔네 삼촌이 학교 이사거든. 내일 학교에서 발표할 거야."

에이버리 장학금이라니! 앤의 심장이 고동쳤다. 마법에라도 걸린 듯 꿈의 지평이 더 멀리, 더 넓게 펼쳐졌다. 조시가 장학금 얘기를 꺼내기 전까지 앤이 품은 최고의 열망은 일 년 뒤에 주 정부에서 주는 1급 교사 자격증을 따고, 가능하면 금메달도 목에 거는 거였다!

하지만 지금 이 순간 앤의 눈앞에 에이버리 장학금을 받고 레드먼드대학에서 문학 과정을 수료한 뒤 졸업 가운을 입고 사각모를 쓴 자신의 모습이 차례대로 지나가면서, 조시의 목소리도 멀리 사라졌다. 에이버리 장학금은 영어 성적으로 뽑기 때문에 앤은 고향땅을 밟고 선 듯 든든하니 자신 있었다.

에이버리 장학금은 뉴브런즈윅에 살던 부유한 실업가가 세상을 뜨면서 재산 일부를 기부한 것으로, 캐나다의 연해주 지역* 고등학교와 전문학교에 각각의 기준에 따라 거액의 장학금을 나눠 주었다. 퀸스는 장학금 배정 여부가 확실치 않았는데, 이제 확정이 되어서 학기 말에 졸업생 중에서 영어와 영문학 성적이 제일 높은 학생이 장학금을 받게 된 것이다. 장학생은 레드먼드대학에 다닐 4년간 매년 250달러를 받을 수 있었다. 그날 밤 앤이 상기된 얼굴로 잠자리에 든 것도 당연했다!

앤은 결심했다.

---

* 노바스코샤, 뉴브런즈윅, 프린스에드워드 섬의 3개 주를 가리킨다.

"열심히 공부해서 받을 수 있는 거라면 장학금을 받고 말거야. 내가 문학 학사 학위를 받으면 매슈 아저씨가 자랑스러워하시겠지? 아, 야망을 갖는 건 정말 즐거운 일이야. 난 야망이 많아서 참 다행이야. 야망이란 결코 끝이 없는 것 같아. 그게 제일 좋은 점이지. 하나를 이루면 또 다른 꿈이 더 높은 데서 반짝반짝 빛나고 있으니까. 덕분에 인생이 이처럼 재미있잖아."

35

퀸스에서 보낸 겨울

주말마다 집에 다녀오면서 앤의 향수병도 금세 사라졌다. 따뜻한 날씨가 지속되는 동안 에이번리 출신 학생들은 금요일마다 새로 개통한 철도에 올라 카모디로 갔다. 다이애나와 에이번리 아이들 몇몇이 친구들을 마중 나왔고, 다들 유쾌하게 이야기를 나누며 에이번리까지 걸어갔다. 앤에게는 저 너머에서 반짝이는 에이번리 마을의 불빛을 보며 금빛으로 물든 상쾌한 가을 언덕을 걷는 금요일 저녁이 일주일 중 가장 행복하고 소중한 시간이었다.

길버트 블라이드는 거의 언제나 루비 길리스와 나란히 걸으며 루비의 책가방을 들어 주었다. 루비는 아주 아름다운 숙녀로 자랐고 스스로도 어른이 다 되었다고 생각했다. 치마도 어머니가 허락하는 최대한으로 길게 입었고, 시내에서는 머리를 올렸다가 집에 올 때는 풀었다. 눈은 크고 밝은 파란색에 얼굴빛은 환했으며 적당히 통통한 몸매도 보기 좋았다. 루비는 잘 웃고 명랑했으며 마음도 고왔고 즐거운 일이 있을 때는 솔직하게 즐겼다.

"그래도 루비는 길버트가 좋아할 스타일은 아니야."

제인이 앤에게 작게 속삭였다. 앤도 같은 생각이었지만, 에이버리 장학금을 준대도 그런 말을 입 밖에 낼 마음은 없었다. 앤도 길버트 같은 친구가 있어서 같이 장난치고, 책과 공부와 야망에 대해 이야기하면 얼마나 즐거울까 하는 생각이 드는 건 어쩔 수 없었다. 앤은 길버트에게 야망이 있는 걸 알았다. 하지만 루비 길리스는 야망에 보탬이 되는 대화를 나눌 만한 사람은 아니었다.

길버트를 생각하는 앤의 마음에 어리석은 감상 같은 것은 없었다. 앤에게 남자아이들은 그저 좋은 동료, 그뿐이었다. 길버트와 친구로 지냈더라도 앤은 길버트에게 다른 친구가 몇 명이든, 누구와 함께 걸어가든 상관없었을 것이다. 앤은 친구를 사귀는 데 재주가 있어서 여자친구가 많았다. 하지만 남자친구가 있어도 우정에 대한 이해를 원만히 다듬고, 판단과 포용의 폭을 보다 넓히는 데 좋을 거라고 막연히 생각했다. 이 문제에 대한 자기 생각을 확실히 정리한 것은 아니었다. 단지 길버트와 나란히 기차에서 내려 바스락거리는 들판을 지나고 고사리가 무성한 샛길을 따라 집까지 걸어간다면, 눈앞에 펼쳐지는 새로운 세상과 그

안에 담을 희망과 포부에 대해 다양하고 즐겁고 흥미진진하게 대화를 주고받을 수 있을 거라는 생각이 든 것뿐이었다. 길버트는 자기 생각이 뚜렷하고 최고의 것을 얻기 위해 최선을 다할 굳은 의지가 있는 똑똑한 젊은이였다. 루비 길리스는 제인 앤드루스에게 길버트 블라이드가 하는 소리를 절반도 알아듣지 못하겠다고 말했다. 말하는 게 꼭 뭔가에 골몰했을 때의 앤 셜리와 똑같고, 그럴 필요가 없을 때도 책이나 그런 쪽 이야기만 하니 아무 재미가 없다는 거였다. 대신 프랭크 스토클리는 훨씬 박력 있는데 외모는 길버트가 몇 곱절은 나아서 누가 더 좋은지 갈피를 못 잡겠다는 것이었다!

학교에서 앤은 점차 자기처럼 사색을 즐기고 상상력이 풍부하며 야망이 큰 친구들과 작은 무리를 이루었다. '붉은 장미' 같은 스텔라 메이너드와 '꿈을 아는 소녀' 프리실라 그랜트와도 금세 친해졌다. 프리실라는 창백하고 순

수해 보이는 외모와 달리 장난기가 넘치는 친구였다. 반면 생기발랄한 검은 눈의 스텔라는 앤처럼 저 높은 곳의 무지개 같은 꿈과 몽상을 사랑하고 동경하는 아이였다.

크리스마스 연휴가 끝나자, 에이번리 학생들은 금요일마다 집에 가는 것도 포기하고 학교에 남아 공부에 매진했다. 이즈음 퀸스의 학생들은 성적에서 각자 나름의 자기 자리가 정해졌고, 갖가지 기준과 특징으로 무리가 갈렸으며 미묘하게 다른 개성들이 잘 어우러졌다. 학생들은 대체로 몇 가지 사실을 받아들였다. 금메달 후보는 사실상 길버트 블라이드와 앤 셜리, 루이스 윌슨 세 사람으로 좁혀졌고, 에이번리 장학금 후보는 그보다는 확실치 않지만 여섯이 유력하다고 보았다. 수학 성적으로 가리는 동메달은 뚱뚱하고 웃기게 생긴 시골 출신 소년에게 돌아갈 거라고 했다. 소년은 이마가 울퉁불퉁했고 코트를 기워 입고 다녔다.

루비 길리스는 그해 학교에서 가장 예쁜 여학생이었고, 2학년 중에서는 스텔라 메이너드가 최고 미인의 영예를 안았다. 하지만 까다로운 눈으로 앤 셜리의 손을 들어준 학생들도 몇 있었다. 에셀 마르는 머리 손질을 가장 멋지게 하는 아이로 모두의 인정을 받았고, 꾸밈없고 변함없이 성실한 제인은 가정학 과목에서 최고의 영예를 안았다. 조시 파이조차 퀸스 학생들 중 가장 신랄한 독설가로 이름을 날렸다. 이렇게 스테이시 선생님의 옛 제자들은 더 넓은 학업의 장에서 각자의 자리를 다지고 있었다.

앤은 꾸준하게 열심히 공부했다. 길버트와는 에이번리 학교에서처럼 치열하게 경쟁했지만 반에서 그것을 아는 사람은 별로 없었고 어쩐 일인지 앤도 예전처럼 그 경쟁이 씁쓸하지 않았다. 이제 앤은 길버트를 밟고 일어서는 게 아니라 선의의 경쟁자를 정정당당하게 이겼다는 뿌듯한 승리감을 원했다. 이기면 좋겠지만 이기지 못해도 견디기 힘들 거라는 생각은 더 이상 하지 않았다.

학생들은 열심히 공부하는 중에도 기회가 닿는 한 즐거운 시간을 보냈다. 앤은 여유 시간이 생기면 '너도밤나무집'을 찾았고, 대개 거기서 일요일 점심을 먹고 배리 할머니와 함께 교회에 갔다. 배리 할머니는 스스로도 인정하다시피 나이는 들었지만 검은 눈의 총기는 흐려지지 않았고 거침없는 입담도 전혀 누그러들지 않았다. 그러나 앤에게는 절대 심한 말을 하지 않았다. 앤은 여전히 이 깐깐한 노부인이 가장 아끼는 사람이었다.

"앤은 계속 발전하고 있어. 다른 여자애들은 볼 때마다 똑같아서 질리는데 말이야. 앤은 무지개처럼 여러 빛깔이 있고 그 색색마다 하나같이 예쁘다니까. 지금도 어렸을 때처럼 재미있는지는 모르겠지만, 그 애는 스스로 사랑받게끔 행동해. 난 그렇게 사랑하는 마음이 우러나게 만드는 사람들이 좋아. 내가 사랑하려고 애써 수고하지 않아도 되니까 말이야."

아무도 모르는 사이에 봄이 찾아왔다. 에이번리의 들에도 눈이 채 녹지 않은 메마른 땅 위로 메이플라워가 분홍 꽃눈을 틔웠다. 숲속과 골짜기마다 '초록 안개'가 움텄다. 그러나 샬럿타운의 잔뜩 지친 퀸스의 학생들 사이에서는 오로지 시험 얘기뿐이었다.

"학기가 거의 끝났다는 게 실감이 안 나. 지난가을은 그렇게 길게 느껴지더니, 겨울은 수업 조금 들으니 그냥 끝났어. 어느새 다음 주가 시험이야. 얘들아, 가끔씩 시험이 인생의 전부처럼 느껴질 때도 있지만, 저기 밤나무 가지에 움트는 꽃눈이랑 거리 끝에 피어오르는 푸른 안개를 보면 그런 건 별로 중요하지 않다는 생각이 들어."

앤이 말했다. 하지만 앤의 하숙집에 들른 제인과 루비, 조시는 생각이 달랐다. 그 아이들에게는 다가오는 시험이 언제나 매우 중요했고, 밤나무 꽃눈이나 5월의 아지랑이보다 훨씬 더 중요했다. 시험에 떨어질 걱정이 없는 앤이야 잠깐이나마 시험 생각을 뒤로 미뤄도 괜찮지만, 자신들처럼 미래가 온통 그 시험에 걸려 있다고 믿는 다른 아이들은 그렇게 달관한 사람처럼 생각할 수가 없었다.

"2주 동안 3킬로그램도 더 빠졌어. 걱정 말라고 해도 소용없어. 난 계속 걱정할 거야. 걱정하는 것도 나쁘지 않아. 그러면 적어도 뭔가를 하는 것 같거든. 겨울 내내 학교에 다니느라 돈이 얼마나 들었는데, 자격증을 못 따면 정말 끔찍할 거야."

제인이 한숨을 쉬었다.

"난 상관없어. 올해 합격 못하면 내년에 다시 다니면 되니까. 우리 아빠가 그 정도 능력은 있거든. 앤, 프랭크 스토클리가 그러는데, 트레메인 교수님이 길버트 블라이드는 확실히 금메달을 딸 거고, 에밀리 클레이가 에이버리

장학금을 받을 거 같다고 하셨대."

"조시, 내일이 되면 네 말 때문에 기분이 나빠질지 모르겠어. 하지만 솔직히 지금은 초록 지붕 집 아래 골짜기에 제비꽃이 피어서 세상이 자줏빛으로 물들고 '연인의 오솔길'에 고사리들이 고개를 내밀며 피어오르고 있다고 생각하니까, 에이버리 장학금이 그다지 중요하지 않은 거 같아. 난 최선을 다했고, '경쟁하는 기뽐'이 뭔지 이제 막 이해하기 시작했거든. 노력해서 이기는 것 못지않게, 노력했지만 실패하는 것도 중요한 일이야. 얘들아, 시험 얘기는 그만하자! 저 집들 위에 연둣빛으로 물든 하늘을 보면서 에이번리의 진자줏빛 너도밤나무 위로 펼쳐진 하늘은 어떤 모습일까 상상해 봐."

앤이 웃었다.

"졸업식 때 뭘 입을 거니, 제인?"

루비가 현실적인 문제를 물었다. 제인과 조시가 곧장 대답하면서 화제는 옷으로 흘러갔다. 그러나 앤은 창틀에 팔꿈치를 괴고 맞잡은 손 위에 부드러운 뺨을 뉘인 채, 꿈이 가득한 눈으로 도시의 지붕과 첨탑 너머 눈부시게 아름다운 저녁노을을 보았다. 그러면서 젊음 특유의 낙천성으로 짜인 황금빛 실로 '미래의 꿈들'을 엮었다. 다가올 날들에 펼쳐질 장밋빛 가능성은 모두 앤의 것이었다. 해마다 희망이라는 장미가 피어나 영원히 시들지 않는 화관을 엮을 터였다.

36

꿈과 영광

최종 시험 결과가 게시판에 공고되는 날 아침, 앤과 제인은 함께 집을 나섰다. 제인은 행복한 미소를 짓고 있었다. 시험은 모두 끝났고 일단 합격은 확실하다는 생각에 마음이 편했기 때문이다. 더 깊이 고민하느라 괴로워할 일도 전혀 없었다. 제인은 원대한 야망이랄 게 없어서 딱히 불안할 이유도 없었다. 모든 것에는 대가가 따르고 이 세상에서 뭔가를 얻거나 취하려면 그에 따른 대가를 지불해야만 했다.

야망을 품는 건 가치 있는 일이지만 노력과 절제, 불안과 좌절이라는 합당한 대가 없이는 거저 이룰 수 없다. 앤은 하얗게 질린 얼굴로 말이 없었다. 10분만 있으면 누가 메달을 따는지, 누가 장학금을 받는지 알게 될 터였다. 지금 당장은 그 10분이 아닌 다른 시간은 아무런 의미도 없는 듯했다.

"어쨌든 둘 중 하나는 네가 받을 거야."

제인은 교수단이 다른 결정을 내릴 만큼 불공정할 수 있다고는 생각도 하지 않았다.

"장학금은 바라지 않아. 다들 에밀리 클레이가 받는다고 하니까. 게시판까지 가서 모두가 보는 앞에서 확인을 못 하겠어. 용기가 안 나. 난 여학생 휴게실로 갈게. 제인, 게시판을 확인하고 내게 와서 얘기해 줘. 우리의 오랜 우정을 생각해서 부탁을 들어 줘. 가능한 한 빨리 알려주면 좋겠어. 둘 다 못 받더라도 빙빙 돌리지 말고 그냥 사실대로 얘기해 줘. 절대로 날 동정하지 말고. 약속해 줘, 제인."

제인은 진지하게 약속했다. 그러나 그런 약속은 할 필요가 없었다. 교문 계단을 올라가니 복도를 가득 메운 남학생들이 길버트 블라이드를 어깨 위에 태우고 목청껏 외치고 있었다.

"메달 수상자, 블라이드 만세!"

순간 앤은 패배감과 실망감에 가슴이 욱신거렸다. 결국 내가 지고 길버트가 메달을 땄구나! 아, 매슈 아저씨가 섭섭해 하실 텐데…… 내가 메달을 딸 거라고 그렇게 확신하셨는데…….

그리고 그때!

누군가 외쳤다.

"에이버리 장학생 앤 셜리에게 만세 삼창!"

"와, 앤. 앤, 네가 정말 자랑스러워! 너무 멋져!"

앤과 제인은 떠들썩한 축하 인사를 받으며 여학생 휴게실로 달려 들어갔고, 제인이 숨을 헐떡이면서 말했다.

곧 여학생들이 모여들어 앤을 둘러싸고 웃으며 축하 인사를 건넸다. 누군가는 어깨를 두드리고 누군가는 손을 잡고 흔들었다. 아이들이 밀치고 당기고 껴안는 와중에 앤은 간신히 제인에게 속삭였다.

"아, 매슈 아저씨랑 마릴라 아주머니가 얼마나 기뻐하실까! 당장 집에 편지를 보내 소식을 알려야겠어."

그다음으로 중요한 행사는 졸업식이었다. 졸업식은 학교 대강당에서 열렸다. 연설을 하고 축사나 고별사 등을 읽고, 축가를 불렀으며 모두가 보는 앞에서 졸업장과 상장, 메달 수여식이 거행되었다.

매슈와 마릴라도 졸업식에 참석했다. 두 사람의 눈과 귀는 오로지 무대 위에 오른 한 학생에게 쏠려 있었다. 무대 위에는 연한 초록빛 옷을 입은 키 큰 여학생이 두 볼에 희미한 홍

조를 띠고 별같이 반짝이는 눈으로 가장 멋진 고별사를 읽고 있었다. 사람들은 그 학생이 에이버리 장학생이라고 수군거렸다.

"저 아이를 데려오길 잘했다고 생각하지, 마릴라?"

앤이 고별사 낭독을 마치자, 매슈가 강당에 들어와서 처음으로 입을 열며 나지막이 물었다.

"잘했다는 생각을 한두 번 한 게 아니죠. 지난 일을 너무 들먹이네요, 오라버니."

두 사람 뒤에 앉아 있던 배리 할머니가 몸을 앞으로 숙여 들고 있던 양산으로 마릴라의 등을 쿡 찔렀다.

"앤이 자랑스럽지요? 나도 그렇답니다."

그날 저녁 앤은 바로 매슈와 마릴라와 함께 에이번리로 돌아갔다. 4월 이후로 계속 가지 못했던 탓에 하루라도 빨리 돌아가고 싶었다. 사과꽃이 가득 피어 온 세상이 싱싱하고 풋풋했다. 초록 지붕 집에서는 다이애나가 앤을 기

다리고 있었다. 앤의 하얀 방 창턱에 마릴라가 꺾어둔 장미 한 송이가 주인을 맞았다. 앤은 방을 둘러보며 행복에 들뜬 숨을 길게 쉬었다.

"아, 다이애나, 다시 돌아와서 얼마나 좋은지 몰라. 분홍빛 하늘에 뾰족하게 솟은 전나무들와, 하얀 과수원과 그리고 정든 '눈의 여왕'을 다시 보니 정말 좋아. 박하향이 시원하지 않니? 저 월계꽃도……. 음, 노래와 희망과 기도가 한데 담긴 느낌이야. 그리고 널 다시 만나서 정말 좋아, 다이애나!"

"난 네가 나보다 스텔라 메이너드를 더 좋아하는 줄 알았어. 조시 파이가 그랬거든. 네가 그 애한테 푹 빠져 있다고 말이야."

다이애나가 시무룩하게 말했다.

앤이 웃으면서 시든 '6월의 백합' 꽃다발을 다이애나에게 조심스럽게 건넸다.

"스텔라 메이너드는 딱 한 사람 다음으로 세상에서 가장 소중한 친구야. 그 한 사람은 바로 너야, 다이애나. 난 예전보다 더 널 사랑해. 네게 할 얘기가 정말 많아. 하지만 지금은 여기 앉아서 널 보고 있는 것만으로도 행복해. 지쳤나 봐. 공부만 하고 목표를 좇느라 지친 것 같아. 내일은 과수원 잔디에 누워서 최소한 두 시간은 아무 생각 없이 그냥 있을래."

"넌 멋지게 해냈어, 앤. 에이버리 장학금을 탔으니까 바로 교사가 되진 않을 거지?"

"응, 9월에 레드먼드대학에 갈 거야. 멋질 것 같지 않니? 석 달의 황금 같은 방학을 신나게 보낸 후, 새로운 꿈을 키울 거야. 제인과 루비는 교사가 될 거야. 무디 스퍼전하고 조시 파이까지, 우리가 전부 합격했다는 게 굉장하지 않니?"

"뉴브리지 학교 이사회에서 제인에게 그쪽으로 오라고 벌써 제안했대. 길버트 블라이드도 교사가 될 거래. 길버트는 그럴 수밖에 없지. 걔네 아버지가 대학에 보내 줄 형편이 안 되셔서 내년에 자기가 직접 벌어서 갈 생각이래. 아마 에임스 선생님이 그만두기로 결정되면 길버트가 여기 학교로 올 것 같아."

앤은 실망스럽기도 하고 놀랍기도 한 묘한 기분이 들었다. 전혀 모르고 있었다. 앤은 길버트도 레드먼드대학에 가려니 생각했다. 좋은 자극제였던 경쟁자가 없으면 어떻게 해야 할까? 진짜 학위를 받을 대학인데, 친구이자 적이었던 그 아이가 없으면 맥이 빠지지나 않을까?

다음 날 아침 식사 자리에서 앤은 문득 매슈의 낯빛이 좋지 않음을 깨달았다. 확실히 흰머리도 일 년 전보다 많아 보였다.

매슈가 자리를 뜬 뒤에 앤이 망설이다가 물었다.

"아주머니, 매슈 아저씨 건강은 괜찮으세요?"

"아니, 별로 좋지 않단다. 올봄에 심각한 심장 발작이 몇 번이나 왔는데 건강을 조금도 돌보지 않는구나. 오라버니 때문에 걱정이 컸는데, 요즘은 조금 나아졌고 좋은 일꾼도 구했으니까 쉬면서 건강도 되찾길 바라야지. 이젠 네가 집에 왔으니 오라버니도 좋아지실 거야. 늘 널 보면 기운을 내시잖니."

마릴라가 걱정스러운 목소리로 말했다.

앤이 식탁 위로 몸을 기울이며 두 손으로 건너편에 앉은 마릴라의 얼굴을 감쌌다.

"아주머니도 평소와 달라 보여요. 피곤해 보이세요. 너무 일만 하신 거 아닌지 걱정돼요. 이제 제가 왔으니 아주머니도 좀 쉬세요. 전 오늘 하루만 정든 곳들을 둘러보며 옛 꿈들을 찾아다닐게요. 그다음부터는 제가 일할 테니 아주머니도 쉬세요."

마릴라는 자신의 아이를 보며 다정하게 웃었다.

"일 때문이 아니라 두통이 문제란다. 요즘 눈 뒤쪽으로 통증이 너무 잦았어. 스펜서 선생은 안경을 맞추라고 난리지만, 안경을 써도 소용없단다. 지난 1월에 유명한 안과 의사가 섬에 들어왔는데, 그 의사가 진료를 꼭 해 보자고 하더구나. 나도 그러긴 해야 할 것 같다. 책 읽기도 어렵고 바느질도 편히 못하니 말이다. 그래, 앤, 퀸스에서 정말 잘했다는 말을 꼭 하고 싶구나. 일 년 만에 1급 자격증을 따고 에이버리 장학금도 받다니. 린드 부인은 자만하다가는 낭패를 볼 거라고 하고, 여자는 고등 교육을 받을 필요가 없다느니 여자한테 가당치도 않다느니 말하지만, 내 생각은 전혀 달라. 레이철 얘기를 하니 생각나는구나. 너 요 근래 애비 은행에 대해 무슨 소리 못 들었니?"

"위태위태하다는 이야기는 들었어요. 왜요?"

"린드 부인도 그랬거든. 지난주에 언제더라, 여기 와서 그런 비슷한 소리를 했단다. 오라버니가 걱정이 많았지. 우리 돈이 전부 그

은행에 있거든. 한 푼도 남김없이 말이다. 난 처음부터 저축은행 쪽에 돈을 넣었으면 했는데, 애비 씨가 아버지와 절친했던 터라 오라버니는 항상 그 은행만 이용했지. 오라버니는 애비 씨가 은행장으로만 있으면 안심해도 된다지 뭐냐."

"그분은 몇 년 전부터 이름만 걸어 놓고 있는 거 같아요. 연세가 워낙 많으셔서 실제로는 그분 조카들이 은행을 맡았대요."

"아무튼 레이철에게 그 얘기를 듣고는, 오라버니한테 당장 돈을 빼자고 했더니 생각해 보겠다더구나. 그런데 러셀 씨가 어제 은행이 끄떡없다고 오라버니한테 그랬다는 거야."

앤은 자연을 벗 삼아 즐거운 하루를 보냈다. 결코 잊지 못할 하루였다. 하늘은 밝고 화창했고 햇살은 금빛으로 빛났다. 그림자 하나 없는 들판에 꽃들이 흐드러졌다. 앤은 과수원에서 충만한 시간을 보낸 다음 '드라이어드 샘'과 '버드나무 연못'과 '제비꽃 골짜기'를 거닐었다. 목사관에도 들러 앨런 부인과 마음껏 얘기를 나누었고, 마지막으로 저녁이 되어 매슈와 함께 '연인의 오솔길'을 따라 집 뒤편 방목장으로 소를 몰러 갔다. 숲이 저녁놀을 받아 아름답게 물들었다. 따스한 노을빛이 서쪽 언덕의 틈새들을 타고 흘러내렸다. 매슈는 고개를 숙인 채 천천히 걸었고, 큰 키를 꼿꼿이 세운 앤은 경쾌한 발걸음을 늦춰 매슈와 보조를 맞췄다.

"오늘 일을 너무 많이 하셨어요, 아저씨. 왜 편히 쉬질 않으세요?"

앤이 나무라는 투로 말했다.

"글쎄다. 그게 잘 안 되는구나. 나이가 들어서 그래, 앤. 그래서 자꾸 잊어버린단다. 글쎄다, 뭐, 항상 열심히 일을 했으니 일하다 가는 게 차라리 낫지."

매슈가 마당 울타리 문을 열고 소들을 들여

보내며 말했다.

"제가 아저씨가 바라던 남자아이였다면 지금쯤 아저씨께 많은 도움이 되었겠죠. 여러 가지로 짐을 덜어드렸을 테고요. 그 생각만 하면 제가 남자아이였다면 좋았을 걸 싶어요."

"글쎄다. 남자아이 열두 명을 준대도 너와 바꾸지 않을 게야, 앤. 잊지 마라. 남자아이 열둘보다 네가 나아. 에이버리 장학생이 남자아이는 아니었지, 아마? 여자아이였는데, 우리 딸, 자랑스러운 내 딸 말이다."

매슈가 앤의 손을 토닥였다.

매슈는 마당으로 들어서며 앤을 보고 수줍은 미소를 지었다. 그날 밤 앤은 방에 올라와서 매슈와 나눈 대화와 미소를 떠올렸다. 그리고 지나온 과거를 추억하고 다가올 미래를 꿈꾸면서 열린 창 앞에 한참을 앉아 있었다. 밖에는 '눈의 여왕'이 안개처럼 하얀 달빛을 휘감았고, 과수원집 너머 습지에서는 개구리가 합창을 했다. 앤은 그날 밤의 은은하고 평화로운 아름다움과 향기로운 차분함을 언제까지나 기억했다. 그 밤이 앤의 인생에 슬픔이 찾아오기 전 마지막 밤이었으니까. 그 차갑고 신성한 손길이 닿고 나면 어떤 생명도 전과 같을 수 없었다.

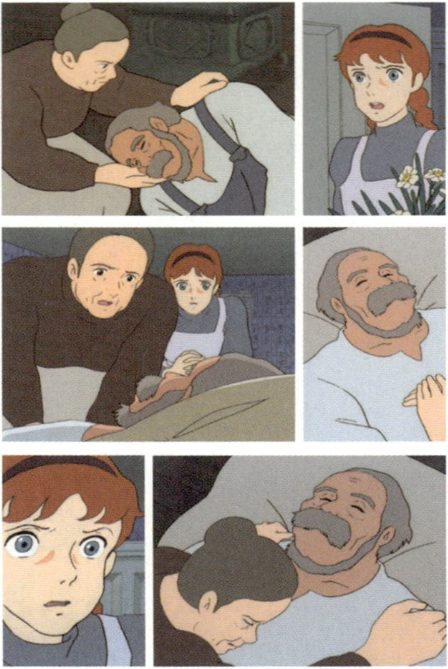

37

죽음이라는 이름의 신

"오라버니…… 오라버니…… 왜 그러세요? 오라버니, 어디 아프세요?"

흔들리는 목소리로 급박하게 말하는 사람은 마릴라였다. 앤은 하얀 수선화를 한가득 안고 복도를 걸어오고 있었다. 그 뒤로 오랫동안 앤은 하얀 수선화를, 그 향기도 좋아할 수 없었다. 마릴라의 목소리를 들었을 때, 매슈가 손에 신문을 접어 들고 창백한 얼굴로 현관 문턱에 서 있는 게 보였다. 앤은 꽃을 떨어뜨리고 부엌을 가로질러 마릴라와 동시에 매슈에게 뛰어갔지만, 둘 다 너무 늦었다. 두 사람이 다 가가기도 전에 매슈는 문간 위로 쓰러졌다.

"기절했어. 앤, 마틴을 당장 불러와, 어서, 빨리! 지금 헛간에 있을 거야."

마릴라가 숨을 몰아쉬며 말했다.

우체국에서 막 돌아왔던 일꾼 마틴이 곧바로 다시 의사를 부르러 갔고, 가는 길에 과수원집에 들러 배리 부부에게 소식을 알렸다. 그 집에 와 있던 린드 부인도 함께 건너왔다. 초록 지붕 집에서는 앤과 마릴라가 안절부절못하며 매슈를 깨우려고 애쓰고 있었다.

린드 부인이 조심스럽게 두 사람을 옆으로 비키게 하고는 매슈의 맥박을 짚고, 가슴에 귀를 가져다 댔다. 그러고는 불안에 떠는 두 사람을 슬픈 얼굴로 쳐다보며 눈에 눈물이 가득 고여서는 무거운 목소리로 말했다.

"아, 마릴라. 아무래도…… 우리가 할 수 있

는 일은 없는 것 같아요."

"린드 아주머니, 아니죠……. 설마…… 설마 매슈 아저씨가……."

앤은 차마 그 끔찍한 단어를 입에 올릴 수 없었다. 속이 메스껍고 얼굴에서는 핏기가 싹 가셨다.

"얘야, 안됐지만 그런 거 같구나. 얼굴을 보렴. 나처럼 자주 겪다 보면 보기만 해도 어떤 얼굴인지 알아본단다."

앤은 매슈의 고요한 얼굴을 바라보았다. 거기에는 위대한 존재의 인장 같은 게 엿보였다.

의사는 죽음이 순식간에 찾아와 아마 고통 없이 눈을 감았을 거라며, 갑작스럽게 충격을 받은 것 같다고 말했다. 충격의 비밀은 매슈가 손에 들고 있던 신문 안에 있었다. 그 신문은 그날 아침 마틴이 우체국에서 가져온 것으로 '애비 은행 부도' 기사가 실려 있었다.

소식은 빠르게 에이번리 전체로 퍼졌다. 하

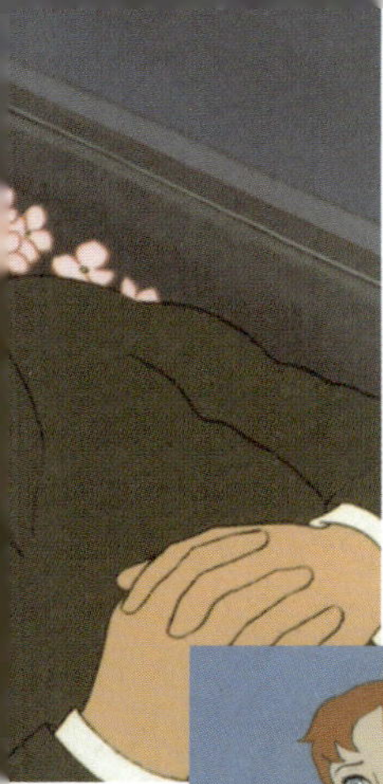

루 종일 친구와 이웃들이 초록 지붕 집에 모여들었고, 고인과 유족에게 온정을 전하려는 발걸음이 분주히 오갔다. 평생에 처음으로 수줍음 많고 말없는 매슈 커스버트가 중심인물이 되었다. 창백하고 장엄한 죽음이 내려앉아 홀로 왕좌에 누워 있었다.

고요한 밤이 살며시 초록 지붕 집에 내려앉으면서 낡은 집에 잔잔한 적막이 흘렀다. 거실에 놓은 관 안에 매슈 커스버트가 누워 있었다. 희끗한 머리가 길게 자란 얼굴은 평온해 보였고, 희미하게 다정한 미소를 띤 모습은 흡사 기분 좋은 꿈을 꾸며 자고 있는 것 같았다. 매슈는 꽃에 파묻혀 있었다. 그의 어머니가 신혼 시절 정원에 심었던 그 향긋하고 오래된 꽃들을 매슈는 평생 남몰래 사랑했다. 앤은 그 꽃들을 꺾어 매슈에게 가져다주었다. 창백한 얼굴에 눈물조차 나오지 않는 앤의 눈에는 고통이 스며 있었다. 매슈를 위해 할 수 있는 일은 그것이 마지막이었다.

그날 밤에 배리 부부와 린드 부인은 초록 지붕 집에 함께 있어 주었다. 다이애나는 동쪽 다락방에 올라가 창가에 서 있는 앤에게 다정하게 말했다.

"앤, 오늘 밤은 여기서 같이 잘까?"

앤이 친구의 얼굴을 진지한 눈으로 바라봤다.

"고마워, 다이애나. 내가 혼자 있고 싶다고 말해도 오해하지 않으면 좋겠어. 난 무섭지 않아. 일이 있은 후로 잠시도 혼자 있을 시간이 없었잖아. 그래서 지금은 혼자 있고 싶어. 혼자서 차분하고 조용히 상황을 받아들이고 싶어. 지금은 실감이 안 나. 아저씨가 돌아가실 리 없다는 생각도 들고. 그러다가는 한참 전에 돌아가셔서 지금까지 줄곧 이 끔찍하고 묵직한 고통을 이고 산 것 같다는 생각도 들고."

다이애나는 잘 이해가 되지 않았다. 타고난 진중함과 평생을 벼린 습관을 깨고 폭풍처럼 오열하는 마릴라의 격한 슬픔이, 눈물 한 방울 흘리지 않는 앤의 고통보다 차라리 이해가 쉬웠다. 그러나 다이애나는 앤이 슬픔에 잠긴 첫 밤을 홀로 정리할 수 있도록 선선히 자리를 비켜주었다.

앤은 홀로 있으면 눈물이 흐르겠지 했다. 그렇게 사랑하고 그렇게 다정했던 매슈를 위해 눈물 한 방울 흘리지 못한다는 것은 끔찍한 일이었다. 어제저녁에 저녁놀을 받으며 함께 걸었던 매슈가, 지금은 아래층 어둑한 방에 무서우리만치 평온한 얼굴을 하고 누워 있었다. 하지만 눈물이 나오지 않았다. 어두운 창가에 무릎을 꿇고 앉아 언덕 너머 별빛을 올려다보며 기도를 드리는 순간에도 눈물이 나오지 않았다. 고통과 흥분에 짓눌린 하루 끝에 지쳐 쓰러져 잠들 때까지도 그저 지독하고 무지근한 통증만 계속될 뿐이었다.

한밤중에 깨니, 어둠과 정적만 가득했다. 하

루 동안의 기억이 앤에게 슬픈 파도처럼 밀려왔다. 전날 저녁 문 앞에서 헤어질 때 얼굴을 들여다보며 웃어주던 매슈의 미소가 눈앞에 선했다. "우리 딸, 자랑스러운 내 딸"이라고 말하던 매슈의 음성이 귓가에 울렸다. 갑자기 눈물이 쏟아졌고, 앤은 가슴이 터지도록 울기 시작했다. 마릴라가 그 소리를 듣고 앤을 달래주려 올라왔다.

"자……, 자……, 그렇게 울지 마라, 얘야. 그런다고 오라버니가 돌아오진 않아. 그렇게…… 그렇게 울면 안 돼. 그걸 알면서도 아까는 나도 참을 수가 없었지만. 오라버닌 언제나 내게 정말 착하고 다정한 사람이었단다. 하느님은 잘 아시겠지."

"아, 그냥 울게 해 주세요, 아주머니. 우는 게 가슴 아픈 거보다 나아요. 잠시만 제 곁에서 절 안아 주세요. 다이애나와 함께 있을 순 없었어요. 다이애나는 착하고 다정다감한 친

구지만…… 이건 그 애의 슬픔이 아닌걸요. 다이애나는 슬픔 속에 있지 않으니까 내 마음을 온전히 이해하고 도와줄 수 없잖아요. 이건 아주머니와 저, 우리 두 사람의 슬픔이에요. 아, 아주머니, 아저씨 없이 어떻게 살죠?"

앤이 흐느껴 울었다.

"우리에겐 서로가 있잖니, 앤. 네가 없었으면……, 네가 이 집에 오지 않았다면 내가 어땠을지 모르겠구나. 아, 앤, 내가 그동안 너한테 조금 엄하고 모질게 굴었다는 거 안다만…… 내가 매슈 오라버니만큼 널 사랑하지 않았다고 생각하면 안 된다. 말할 수 있을 때 말해 주고 싶구나. 마음속 말을 한다는 게 내게는 참 어려운 일인데, 오늘 같은 날은 한결 수월하구나. 난 널 친자식처럼 사랑한단다. 네가 초록 지붕 집에 온 뒤로 너는 내 기쁨이고 위안이었지."

이틀 뒤 매슈 커스버트는 농장 문을 지나

자신이 일구었던 밭과 사랑하던 과수원과 직접 심은 나무들을 영원히 떠났다. 에이번리는 본래의 평온을 찾았고 초록 지붕 집에도 오랜 일상이 제자리를 찾아 예전의 규칙대로 할 일을 처리하고 의무를 다했다. 하지만 '친숙한 무언가'를 잃은 아픈 상실감은 사라지지 않았다. 앤은 매슈 없이도 예전처럼 지낼 수 있다는 사실에 다시 한번 슬픔을 느꼈다. 전나무 위로 태양이 떠오르고 정원에서 연분홍 꽃망울이 피어나는 것을 보면 여전히 기쁜 마음이 흘러들고, 다이애나가 찾아오면 즐겁고 그 명랑한 말과 행동에 미소 짓고 웃게 된다는 사실에 부끄럽고 죄스러운 마음이 들었다. 꽃이 만개하는 아름다운 세상과 사랑, 우정은 조금도 변함없이 앤의 상상력을 채워 주며 가슴 벅찬 설렘을 주었고, 삶은 여전히 여러 빛깔의 목소리로 끈질기게 앤을 부르고 있었다.

어느 저녁, 앤이 목사관 정원에서 앨런 부

인에게 털어놓았다.

"아저씨가 안 계신데 이런 일들로 즐거워하다니 꼭 배신하는 기분이에요. 아저씨가 너무 보고 싶어요. 그런데 늘 그리우면서도 세상이 너무 아름답고 재미있게 느껴져요. 오늘은 다이애나의 이야기에 제가 웃고 있지 뭐예요. 그 일이 있고 나서 다시는 못 웃을 줄 알았거든요. 또 왜 그런지 웃으면 안 될 것 같았고요."

"매슈 아저씨는 살아 계실 때 네가 웃는 걸 좋아하셨고, 네가 주위에 있는 것들 속에서 즐거움을 발견하는 걸 좋아하셨어. 아저씨는 지금 멀리 계신 것뿐이고, 여전히 네가 그러길 바라셔. 자연이 선물하는 치유의 힘을 거부해서는 안 돼. 하지만 네 기분을 이해한단다. 우리 모두 같은 일을 겪으니까. 사랑하는 사람과 더는 즐거움을 나눌 수 없는데도 우리가 즐거움을 느낀다는 사실에 화가 나고, 삶에 관심이 생기는 자신을 보면서 진정으로 슬퍼하지 않는다고 생각하지."

앨런 부인이 다정하게 말했다.

"오늘 낮에 매슈 아저씨 무덤에 장미를 심으러 갔어요. 아저씨의 어머니가 예전에 스코틀랜드에서 가져오신 하얀 장미의 모종인데, 아저씨가 그 장미를 제일 좋아하셨거든요. 가시 돋친 줄기에 꽃이 아주 작고 귀엽게 피어요. 그 장미를 아저씨 무덤가에 심는데 기뻤어요. 그렇게 가까이에 심어 놓으니 아저씨가 즐거워하실 거 같았거든요. 천국에도 그런 장미가 있었으면 좋겠어요. 어쩌면 그 숱한 여름 동안 아저씨가 사랑을 주었던 작고 하얀 장미 영혼들이 천국에서 아저씨를 기다리고 있었을지도 모르죠. 이제 집에 가야겠어요. 마릴라 아주머니가 혼자 계셔서 해가 지면 쓸쓸해 하시거든요."

앤이 꿈꾸듯 말했다.

"네가 대학으로 떠나면 더 외로워지실 텐데

걱정이구나."

앤은 대답 없이 인사만 하고 터벅터벅 초록 지붕 집으로 돌아갔다. 마릴라가 현관 계단에 앉아 있었다. 앤은 그 옆에 나란히 앉았다. 등 뒤의 현관문은 커다란 분홍빛 소라고둥 껍데기로 받쳐 열어 놓았다. 소라고둥 껍데기 안쪽의 매끈한 소용돌이 모양이 바닷가에 드리운 저녁놀을 떠올리게 했다.

앤은 연노랑 인동꽃이 달린 작은 가지들을 주워 머리에 꽂았다. 움직일 때마다 머리 위에서 하늘의 축복인 양 향긋한 냄새가 퍼지는 게 참 좋았다.

"네가 없을 때 스펜서 선생님이 다녀가셨단다. 내일 전문가가 시내로 들어온다면서 꼭 가서 진료를 받아보라고 하시더구나. 나도 이번에 확실하게 알아보는 게 좋겠어. 그 의사가 내 눈에 꼭 맞는 안경을 맞춰 준다면 그보다 고마운 일이 어디 있겠니. 내가 없는 동안 집에 혼자 있어도 괜찮겠니? 마틴은 날 태워다 줘야 하고, 다림질거리도 있고 빵도 구워야 하는데."

"전 괜찮아요. 다이애나와 같이 있을 거예요. 옷도 칼같이 다리고 빵도 맛있게 구워 놓을게요. 손수건에 풀을 먹이거나 케이크에 진통제를 넣을까 걱정 안 하셔도 돼요."

마릴라가 웃었다.

"그때 넌 정말 실수투성이였단다, 앤. 늘 말썽을 달고 다녔지. 네게 뭐가 씐 건 아닐까 걱정했을 정도니까. 머리 염색했을 때 기억하니?"

앤이 맵시 있게 땋은 머리를 만지작거리며 조용히 웃었다.

"그럼요. 그건 평생 못 잊어요. 지금도 머리 때문에 얼마나 속상해 했는지 생각하면 웃음이 나온다니까요. 그래도 막 웃진 않아요. 그땐 정말 심각했거든요. 머리랑 주근깨 때문에 마음고생이 이만저만이 아니었잖아요. 주근깨는 이제 깨끗이 사라졌고, 제 머리도 사람들이 고맙게 적갈색이라고 말하잖아요. 조시 파이만 빼고요. 어제는 저보고 머리가 더 빨개졌거나, 까만 옷 때문에 더 빨갛게 보인다는 거예요. 그러면서 빨강 머리인 사람들도 자기 머리에 익숙해지기는 하냐고 묻더라고요. 아주머니, 조시 파이를 좋아하려는 노력을 그만둘까 봐요. 엄청나게 노력해도, 도무지 좋아할 수가 없어요."

마릴라가 툭 내뱉듯 말했다.

"파이 집안 사람이잖니. 밉상일 수밖에. 그런 사람들도 다 사회에 쓰임이 있겠거니 생각은 한다만, 솔직히 쓰임새로 치자면 엉겅퀴가 낫지 싶다. 조시 파이도 교사가 된다던?"

"아뇨, 다시 퀸스로 돌아간대요. 무디 스퍼전이랑 찰리 슬론도 그렇고요. 제인하고 루비는 교사가 될 건데, 벌써 학교도 정해졌어요. 제인은 뉴브리지, 루비는 서쪽 어디에 있는 학교로 갈 거래요."

"길버트 블라이드도 교사가 될 거라지?"

"네."

"참 잘생긴 청년이야. 지난 일요일에 교회에서 봤는데, 키도 아주 크고 남자답더구나. 그 맘때 제 아버지를 쏙 빼닮았어. 존 블라이드도 멋진 아이였거든. 우린 아주 친한 친구였단다. 사람들은 존이 내 남자친구라고들 했지."

앤이 눈을 동그랗게 뜨고 마릴라를 쳐다보았다.

"어머, 아주머니, 그래서 어떻게 됐어요? 왜 그분이랑……."

"싸웠어. 존이 사과를 했지만 내가 받아주지 않았지. 시간이 좀 지나면 용서해 줄 생각이었지만 일단은 혼을 내주고 싶었단다. 그때 내가 단단히 화가 났었거든. 그런데 존이 다시는 돌아오지 않았어. 블라이드 집안 사람들은 자존심이 아주 세거든. 내내 후회했단다. 기회가 있었을 때 용서했더라면 좋았을걸 하고 늘 생각했지."

"아주머니 인생에도 작은 낭만이 있었네요."

앤이 나직이 말했다.

"그래, 네가 그렇게 말할 줄 알았다. 날 보면서 그런 생각은 안 들었지? 하지만 절대로 사람을 겉모습만 보고 판단해서는 안 된단다. 모두들 나하고 존에 대한 일을 잊었지. 나도 그랬고. 그런데 지난 일요일에 길버트를 보니 옛일이 새삼스레 떠오르더구나."

38

길모퉁이에서

다음 날 마릴라는 시내로 나갔다가 저녁 무렵에야 돌아왔다. 앤이 과수원집에 다이애나를 바래다주고 오니 마릴라는 한 손으로 머리를 받친 채 부엌 식탁에 앉아 있었다. 뭔가 낙심한 듯한 모습에 앤은 심장이 철렁 내려앉았다. 마릴라가 지금처럼 기력 없이 축 처져 있는 모습은 한 번도 본 적이 없었다.

"많이 피곤하세요, 아주머니?"

마릴라가 고개를 들어 앤을 보며 진이 다

빠진 듯 말했다.

"그래……. 아니…… 모르겠다. 피곤한 것 같긴 한데 그래서 그런 건 아니란다. 피곤해서가 아니야."

"안과 의사는 만나 보셨어요? 뭐라고 하던가요?"

앤이 걱정스럽게 물었다.

"그래, 눈 검사를 했단다. 의사 말이, 독서랑 바느질도 하지 말고 눈에 무리가 가는 일은 아무것도 하지 말라더구나. 그리고 울지 않게 조심하고 자기가 맞춰준 안경을 쓰면 눈도 더 나빠지지 않고 두통도 나아질 거래. 하지만 자기 말대로 안 하면 여섯 달 안에 눈이 멀 게 확실하다는구나. 눈이 멀다니! 앤, 생각도 하기 싫다!"

순간 너무 놀라 짧게 탄식을 뱉은 앤은 잠깐 동안 말이 없었다. 아무 말도 나오지 않았다. 그러다가 용기를 내어 아직은 뭐가 뭔지 잘 모르겠다는 목소리로 입을 열었다.

"아주머니, 그렇게 생각하지 마세요. 의사가 희망이 있다고는 했잖아요. 조심하면 시력이 더 나빠지지 않을 거예요. 그리고 안경 덕분에 두통이 나아진다면 그것도 좋잖아요."

"희망이라는 생각이 별로 안 드는구나. 책도 못 읽고 바느질 같은 것도 못하면 무슨 낙으로 살겠니? 그냥 눈이 멀거나…… 죽는 게 낫지. 우는 것도 그래. 쓸쓸하다는 생각이 들면 눈물을 참을 수가 없단다. 하긴, 이런 소리가 다 무슨 소용일까. 차 한 잔 주면 고맙겠구나. 갈 때가 된 게지. 어쨌든 이 얘기는 아직 아무한테도 입도 벙긋 마라. 사람들이 여길 와서 이것저것 묻고 동정하고 그런 얘기하는 게 참기 힘들 거 같구나."

마릴라가 침통하게 말했다.

마릴라가 저녁 식사를 마치자, 앤은 잠을 좀 자라고 권했다. 그리고 자기도 동쪽 다락방으로 올라가 어둠 속에서 홀로 창가에 앉아 무거운 마음으로 눈물을 흘렸다. 집으로 돌아와 창가에 앉았던 그날 밤 이후로 슬픈 일들이 연이어서 얼마나 일어났는지! 그때만 해도 앤의 마음은 희망과 기쁨으로 가득했고, 미래는 장밋빛 약속으로 채워진 듯 보였다. 그날 이후로 몇 년은 지난 느낌이었다. 그러나 잠자리에 들기 전에 앤은 미소를 머금었고 마음에는 평화가 찾아왔다. 앤은 자신에게 주어진 책임을 용기 있게 마주했고, 마음을 내려놓고 순순히 받아들이면 의무도 친구가 될 수 있음을 깨달았다.

며칠 뒤 어느 오후에 마릴라가 앞마당에서 손님과 이야기를 나누고 천천히 들어왔다. 찾아온 사람은 앤도 안면이 있는 카모디에서 온 새들러라는 남자였다. 앤은 그 남자가 무슨 말을 했기에 마릴라가 저런 표정을 짓는지 의아했다.

"새들러 씨가 왜 오셨어요, 아주머니?"

마릴라는 창가에 앉아 앤을 바라봤다. 안과

의사가 경고를 주었건만 마릴라의 눈에는 눈물이 차올랐고 목소리는 갈라져 나왔다.

"내가 초록 지붕 집을 판다는 소리를 듣고 이 집을 사고 싶어 하는구나."

"판다고요! 초록 지붕 집을 파신다고요? 아, 마릴라 아주머니, 정말 초록 지붕 집을 팔 생각은 아니시죠?"

앤은 제대로 들은 게 맞는지 귀를 의심했다.

"앤, 달리 방법이 없잖니. 나도 이리저리 생각이 많았단다. 눈이라도 건강하면 쓸 만한 일꾼을 고용해서 농장일이고 살림이고 어떻게든 꾸려나갈 수 있겠지. 하지만 그럴 수가 없잖니. 시력을 완전히 잃을 수도 있고, 아무튼 이 집을 건사하기 어려워질 게야. 휴, 나도 이 집을 팔게 될 날이 오리라곤 생각도 못했단다. 상황이 점점 나빠질 텐데 나중엔 사겠다는 사람도 없을지 몰라. 우리 돈은 모조리 다 그 은행에 있었고, 지난가을에 오라버니가 쓴 어음도 조금 있거든. 린드 부인은 농장을 팔고 어디서 하숙이라도 하라고 충고하더구나. 자기 집으로 들어오란 소리겠지. 팔아봤자 큰돈은 안 될 게야. 농장도 자그마한 데다 집도 오래되고 해서. 하지만 내가 생활할 정도는 될 것 같구나. 네가 장학금을 받아서 얼마나 다행인지, 앤. 방학 때 돌아올 집이 없어져서 너한테 미안할 뿐이구나. 그래도 넌 어떻게든 잘 견디리라 믿는다."

마릴라가 무너져 내리듯 서러운 울음을 터뜨렸다.

"절대 초록 지붕 집을 파시면 안 돼요."

앤이 단호하게 말했다.

"아, 앤, 나도 그러면 좋겠구나. 하지만 너도 알잖니. 난 여기서 혼자 지낼 수가 없어. 힘들고 외로워서 고통스러울 거야. 눈도 보이지 않게 될 테고……. 결국 그렇게 될 게야."

"혼자 지내지 않으셔도 돼요, 아주머니. 제가 아주머니 곁에 있을 테니까요. 저, 레드먼드에 가지 않을 거예요."

"레드먼드에 가지 않는다니! 그게 무슨 소리냐?"

마릴라가 두 손에 파묻고 있던 수심 가득한 얼굴을 들어 앤을 바라봤다.

"말씀드린 그대로예요. 장학금을 받지 않으려고요. 아주머니가 병원에 다녀오신 날 밤에 결정했어요. 그동안 아주머니가 제게 어떻게 해 주셨는데요. 아프신 아주머니를 혼자 두고 정말로 제가 떠날 거라고 생각하셨어요? 이리저리 생각하면서 계획을 세웠어요. 한번 들어 보세요. 배리 아저씨가 내년에 우리 농장을 임대하고 싶어 하세요. 그러니까 농장 걱정은 안 하셔도 돼요. 그리고 전 교사가 될 거예요. 여기 학교에 벌써 지원도 했어요. 이사회에서 길버트 블라이드를 채용하기로 했다고 하니 별로 기대는 안 하지만요. 하지만 카모디의 학교는 갈 수 있어요. 어젯밤에 가게에 갔다가 블레어 씨한테 들었어요. 물론 에이번리 학교처럼 편하고 좋진 않겠죠. 그래도 날씨만 따뜻하면 집에서 마차로 카모디로 출퇴근할 수 있어요. 겨울에는 금요일마다 집에 오면 되고요. 그러니까 말은 팔지 않는 게 좋겠어요. 아, 계획은 이미 다 세웠어요, 아주머니. 제가 책도 읽어드리고 힘이 되어 드릴게요. 지루하지도, 외롭지도 않으실 거예요. 여기서 아주머니와 저, 이렇게 둘이 정답고 행복하게 살아요."

마릴라는 꿈꾸는 표정으로 앤의 말에 귀를 기울였다.

"아, 앤, 네가 같이 있어 준다면 지내는 데 아무런 문제가 없지. 하지만 나 때문에 널 희생시킬 수는 없단다. 그건 생각도 하기 싫다."

앤이 경쾌하게 웃었다.

"그런 말이 어디 있어요! 희생이라뇨. 초록 지붕 집을 포기하는 것보다 더 큰 희생은 없어요. 저한테 그보다 마음 아픈 일은 없어요. 우린 이 정든 우리의 공간을 지켜야 해요. 전 마음을 굳혔어요, 아주머니. 레드먼드에는 가지 않겠어요. 여기서 지내면서 교사가 될 거예요. 제 걱정은 조금도 하지 마세요."

"하지만 네 꿈과…… 또……."

"전 지금 어느 때보다도 포부에 넘치는걸요. 단지 그 대상을 바꿨을 뿐이에요. 전 좋은 선생님이 될 거예요. 아주머니의 시력도 지켜드릴 거고요. 게다가 집에서 공부하면서 제 힘으로 대학 과정도 조금씩 익힐 거고요. 와, 계획이 정말 많아요, 아주머니. 일주일 동안 이 생각만 했어요. 여기서 최선을 다해 살면 그에 따른 대가가 주어지리라 믿어요. 퀸스를 졸업할 땐 미래가 곧은길처럼 제 앞에 뻗어 있는 것 같았어요. 그 길을 따라가면 중요한 이정표들을 수없이 만날 것 같았죠. 그런데 걷다 보니 길모퉁이에 이르렀어요. 모퉁이를 돌면 뭐가 있을지 모르지만, 전 가장 좋은 게 있다고 믿을래요. 길모퉁이에도 나름의 매력이 있어요, 아주머니. 모퉁이 너머 길이 어디로 향하는지 궁금하거든요. 어떤 초록빛 영광과 다채로운 빛과 그림자가 기다릴지, 어떤 새로운 풍경이 펼쳐질지, 어떤 새로운 아름다움과 마주칠지, 어떤 굽잇길과 언덕과 계곡들이 나타날지 말이에요."

"그래도 네가 그걸 포기하게 내버려 두면 안 될 것 같구나."

마릴라가 장학금 이야기를 내비쳤다.

"절 말리진 못하세요. 전 열여섯 살이 되고도 여섯 달이 지났고, 언젠가 린드 아주머니가 말씀하셨듯이 '노새처럼 고집불통'이니까요."

앤이 웃었다.

"아, 아주머니, 제가 불쌍하다는 생각은 마세요. 동정은 싫어요. 동정 받을 이유도 없고요. 전 정든 초록 지붕 집에서 지낼 수 있다고 생각하니 진심으로 기쁜걸요. 이 집을 아주머니와 저처럼 사랑할 수 있는 사람은 아무도 없을 거예요. 그러니까 꼭 집을 지켜야 해요."

"착하기도 하지! 네 덕분에 다시 살아난 기분이야. 너를 끝까지 설득해서 대학에 보내야 할 것 같지만, 그럴 수가 없구나. 그러니 가타부타하지 않으마. 네가 정하는 대로 하자꾸나, 앤."

마릴라는 한발 물러섰다.

앤 셜리가 대학을 포기하고 집에 남아 교사가 되기로 했다는 소문이 에이번리에 퍼지자 온갖 말이 나돌았다. 선량한 마을 사람들 대다수는 마릴라의 눈에 대해 알지 못한 채 마릴라가 어리석다고 탓했다. 하지만 앨런 부인은 예외였다. 앨런 부인은 앤의 결정을 지지했고, 앤은 기쁨의 눈물을 흘렸다. 마음씨 좋은 린드 부인도 달랐다. 어느 저녁 린드 부인이 찾아왔을 때 앤과 마릴라는 따뜻하고 향긋한 여름의 석양을 받으며 현관 앞에 앉아 있었다. 두 사람은 황혼이 내릴 무렵, 정원 위로 흰 나방이 날아다니고 촉촉한 대기에 박하향이 가득 퍼질 즈음 그 자리에 앉아 있는 것을 좋아했다.

린드 부인은 문 옆 돌 벤치에 묵직한 몸을 내려놓으며, 피곤과 안도가 뒤섞인 숨을 길게 내쉬었다. 벤치 뒤로는 분홍색과 노란색의 키 큰 접시꽃들이 줄지어 피었다.

"앉으니 살겠네요. 온종일 돌아다녔더니. 90킬로그램이나 되는 몸을 두 발로 지탱하는 게 쉬운 일이 아니에요. 뚱뚱하지 않은 건 큰 복이에요, 마릴라. 고마워해야 해요. 그래, 앤, 대학을 포기했다는 소식 들었다. 그 소릴 듣고는 잘했다 생각했어. 여자가 그 정도 배웠으면 충분하지. 난 여자애들이 남자하고 같이 대학에 가서 라틴어니 그리스어니 온통 쓸데없는 것들로 머리를 채울 필요가 없다고 생각한단다."

"하지만 저도 라틴어와 그리스어를 공부할 건데요, 린드 아주머니. 여기 초록 지붕 집에서 인문학 과정을 밟을 거예요. 대학에서 가르치는 건 빠짐없이 공부하려고요."

앤이 웃었다.

린드 부인이 깜짝 놀라 못 말리겠다는 듯 두 손을 들었다.

"앤 셜리, 고생을 자청하는구나."

"고생은요. 전 잘해낼 거예요. 그렇다고 무리하진 않을 거예요. '조사이어 앨런 씨의 부인'*처럼 말하면, '엔간히' 할게요. 하지만 겨울밤은 긴 데다 전 수예에 소질이 없으니까 여유 시간이 많을 거예요. 제가 카모디의 학교로 다니게 된 건 아시죠?"

"그건 몰랐구나. 난 네가 여기 에이번리에서 가르칠 줄 알았는데. 이사회에서 널 채용하기로 했다고 하던걸."

"린드 아주머니! 그럴 리가요. 이곳 학교는

---

* 미국 작가 매리에타 홀리가 1873년부터 연작으로 집필한 소설 10권의 주인공

길버트 블라이드가 가기로 되어 있었어요."

앤이 깜짝 놀라 벌떡 일어서며 소리쳤다.

"그랬지. 그런데 네가 여기에 지원했다는 소식을 듣자마자 길버트가 이사들을 찾아갔다더구나. 어젯밤에 학교에서 이사회가 열렸잖니. 거기 가서 지원을 취소할 테니 네게 자리를 주라고 했다더구나. 자기는 화이트샌즈의 학교로 갈 거라면서 말이야. 물론 오로지 널 도우려고 여기 학교를 포기한 거지. 네가 얼마나 마릴라 곁에 있고 싶어 하는지 아니까 말이야. 얼마나 친절하고 사려 깊은 아이냐. 진정으로 자기를 희생한 거지. 화이트샌즈에서 있으려면 하숙비도 들 테고, 우리가 다 알듯이 그 애도 자기 힘으로 대학 학비를 벌어야 하는데 말이야. 그래서 이사회에서 너를 채용하기로 결정했어. 토머스가 집에 와서 그 얘기를 하는데 내가 얼마나 기뻤는지 모른단다."

"그걸 받아들이면 안 될 거 같아요. 그러니

까…… 저 때문에…… 저 때문에 길버트가 그런 희생을 하게 할 순 없어요."

앤이 중얼거렸다.

"이젠 무를 도리가 없단다. 길버트는 화이트샌즈 쪽 이사회와 계약서도 작성했다더구나. 그러니까 네가 거절해도 길버트한테 도움될 게 없어. 당연히 네가 에이번리 학교로 가야지. 넌 잘할 수 있을 거야. 이제 파이 씨네 아이들도 없거든. 조시가 마지막 아이였기에 망정이지. 지난 20년 동안 에이번리 학교에 파이 집안 애들이 안 다닌 적이 없었어. 하나같이 선생님을 괴롭히려고 태어난 애들 같았다니까. 에구머니! 배리 씨 집에서 깜박깜박하는 저게 도대체 뭐냐?"

"다이애나가 오라고 신호를 보내는 거예요. 옛날부터 하던 거예요. 잠깐 가서 무슨 일인지 알아보고 올게요."

앤이 웃으며 말했다.

앤은 클로버로 뒤덮인 비탈길을 사슴처럼 뛰어내려가 '유령의 숲'에 솟은 전나무 그늘 속으로 사라졌다. 린드 부인은 앤의 뒷모습을 흐뭇한 눈으로 좇았다.

"어떻게 보면 아직도 어린애 같은 면이 많단 말이에요."

"달리 보면 숙녀다운 면이 훨씬 많아요."

순간 예전의 통명스런 성격이 되살아나 마릴라가 반박했다. 그러나 마릴라도 더는 통명스럽다고만 할 수는 없었다. 린드 부인은 그날 밤 토머스에게 이렇게 말했다.

"마릴라 커스버트가 부드러워졌어요. 정말이라니까요."

다음 날 저녁에 자그마한 에이번리 공동묘지를 찾은 앤은 매슈의 무덤에 새 꽃을 놓고 스코틀랜드 장미에 물을 주었다. 앤은 땅거미가 질 때까지 그곳을 서성였다. 포플러나무 잎사귀가 다정한 목소리로 나지막이 바스락거리

고, 무덤가에 자라난 잔디가 소곤소곤 살랑대는 이 작은 공간의 평온과 고요가 좋았다. 이윽고 앤이 묘지를 나와 '반짝이는 호수'까지 긴 비탈길을 걸어 내려갈 즈음, 해가 넘어가면서 에이번리 마을 전체에 꿈결 같은 저녁놀이 내려앉았고 '태고의 평화'가 드리워졌다. 클로버 들판 위로 바람이 불자 상쾌한 공기에 꿀처럼 달콤한 향기가 섞였다. 농가의 나무들 사이로 집집마다 불빛이 반짝거렸다. 저 멀리 누운 바닷가에는 자줏빛 안개가 피어올랐고 희미한 파도 소리가 끊임없이 속살댔다. 서쪽에는 형형색색 부드럽게 어우러진 빛깔의 향연이 호수 위로 한층 더 고운 음영을 그렸다. 그 모든 아름다움에 앤은 마음이 벅차올랐고 마음의 문을 활짝 열어 고마움을 전했다.

"정든 세상아, 정말 아름답구나. 내가 네 안에 살아 있다는 게 기뻐."

언덕 중간쯤 내려왔을 때 키 큰 청년이 휘

파람을 불며 블라이드 씨네 집 문을 열고 나왔다. 길버트였다. 앤을 알아본 길버트의 입에서 휘파람 소리가 멈췄다. 길버트는 정중하게 모자를 벗었다. 하지만 앤이 걸음을 멈추고 손을 내밀지 않았다면 아무 말 없이 그냥 지나쳐 갔을 터였다.

앤이 뺨을 붉히며 말했다.

"길버트, 나를 위해 학교를 양보해 줘서 고마워. 나에게 정말 큰 도움이었어. 내가 고마워한다는 걸 말해 주고 싶었어."

길버트가 앤이 내민 손을 덥석 잡았다.

"그렇게 대단한 일도 아닌데, 뭐. 너한테 작은 도움이라도 줄 수 있어서 좋았어. 이제 우리 친구가 되는 거니? 오래전 내 실수를 정말 용서한 거야?"

앤이 웃으며 손을 빼려고 했지만 소용이 없었다.

"그날 연못가에서 이미 널 용서했어. 그땐

나도 몰랐지만. 난 정말 어리석은 고집쟁이였어. 사실…… 솔직히 고백하면…… 그때 이후로 줄곧 후회하고 있었어."

"우린 최고의 친구가 될 거야. 우리는 태어날 때부터 좋은 친구가 될 운명이었어, 앤. 네가 오랫동안 그 운명을 거슬렀던 거지. 우린 서로에게 여러 가지로 도움이 될 거야. 앞으로 공부는 계속할 거지? 나도 그래. 가자. 집까지 바래다줄게."

길버트가 기쁨에 넘쳐 말했다.

앤이 부엌으로 들어오자 마릴라가 궁금한 듯이 쳐다봤다.

"같이 걸어온 사람이 누구니, 앤?"

"길버트 블라이드예요. 배리 아저씨 댁 언덕을 지나다가 만났어요."

얼굴이 빨개진 앤이 당황하며 대답했다.

"너와 길버트가 문 앞에 서서 30분 동안 이야기를 나눌 정도로 친한 사이인 줄 몰랐구나."

마릴라가 천연덕스럽게 미소를 지으며 말했다.

"맞아요……. 우린 그냥 선의의 경쟁자였어요. 하지만 앞으로는 좋은 친구로 지내는 게 훨씬 합리적일 거라고 생각했어요. 우리가 정말 30분이나 서 있었어요? 고작 몇 분밖에 안 된 것 같았는데. 사실 5년 동안 못다 한 이야기가 너무 많잖아요, 아주머니."

그날 밤 앤은 한껏 만족한 마음으로 오랫동안 창가에 앉아 있었다. 벚나무 가지 사이로 부드럽게 살랑거리는 바람을 타고 박하향이 실려 왔다. 골짜기 안에 뾰족하게 솟은 전나무 위로 별들이 반짝였고, 언제나처럼 나무 사이로 다이애나 방의 불빛이 새어 나왔다.

퀸스에서 돌아와 창가에 앉았던 그날 밤 이후로 앤 앞에 놓인 미래의 지평선이 좁아졌다. 하지만 발 앞에 놓인 길이 좁아진다 해도, 앤은 그 길을 따라 잔잔한 행복의 꽃이 피어나리라는 것을 알고 있었다. 진실한 노력과 훌륭한 포부와 마음이 통하는 친구가 있다는 기쁨이 앤에게 깃들었다. 그 무엇도 타고난 앤의 상상력과 꿈이 가득한 이상 세계를 빼앗을 수 없었다. 그리고 길에는 언제나 모퉁이가 있었다!

앤이 나직이 속삭였다.

"하느님 하늘에 계시니 세상은 평안하여라."*

---

* 로버트 브라우닝(영국 빅토리아 시대의 대표 시인)의 〈피파가 지나간다〉 중에서

삶을 긍정하고 사랑한
희망의 아이콘, 앤 셜리

1970년대와 1980년대에 어린 시절을 보낸 사람이라면 《빨강 머리 앤》을 '주근깨 빼빼 마른 빨강 머리 앤'이라는 주제곡과 만화영화로 먼저 접했을 것이다. 책을 읽지 않은 사람이라도 초록 지붕 집에 사는 빨강 머리 앤이 상상력 풍부한 고아 소녀고 예쁜 길이나 풍경에 이름 붙이기를 좋아한다는 사실 정도는 알고 있었다.

프린스에드워드 섬의 작은 시골 마을 에이

번리에 사는 매슈 커스버트와 마릴라 커스버트 남매는 나이가 들어 힘이 부치자, 농장 일을 거들 남자아이를 입양하려 하지만 착오가 생겨 열한 살의 고아 소녀 앤 셜리를 맡아 키우게 된다. 부모님을 일찍 여의고 자기를 반기지 않는 사람들과 일손을 빌리려는 사람들 사이를 전전하다가 처음으로 집다운 집에 살게 된 앤 셜리는, 원래의 이름보다 로맨틱한 이름으로 불리기를 원하고 상상할 거리만 눈에 띄면 몽상에 빠져들어 하던 일을 까먹기 일쑤인 못 말리는 실수투성이 아이였다. 본래 풍부한 상상력을 타고나기도 했지만 어린 시절 앤을 둘러싼 고되고 외로운 일상이 감수성 넘치는 소녀를 더 상상 속으로 밀어 넣었을 것이다. 책장 유리문에 비친 자신의 모습과 골짜기에서 메아리치는 자기 목소리에 이름을 붙여 상상 속 친구를 만든 것도, 고아원 앞의 앙상하고 처량한 나무들이 자신의 처지 같아 마음 아파한 것도, 어찌 보면 모두 어린아이가 감당하기 힘든 외로운 울림의 반영이었을 테니 말이다.

저자 몽고메리의 삶이 투영된 빨강 머리 앤

앤의 외로움은 작가 자신의 것이었을지도 모른다. 어릴 때 부모님을 잃고도 밝고 꿋꿋하게 자라나 능력을 갖춘 어엿한 숙녀가 되는 앤 셜리의 인생은 작가 몽고메리의 것과 닮았다. 물론 앤 셜리의 외모는 당시 무성영화 시대를 주름잡던 아름다운 여배우 에벌린 네즈빗의 사진을 보고 영감을 떠올렸다고 한다. 많은 사람들이 예쁘지 않은 주근깨투성이로 기억하는 어릴 적 얼굴과 달리 성장한 앤을 예쁘고 근사하다고 심심찮게 표현하는 것도 이런 이유에서일 것이다.

루시 모드 몽고메리는 1874년 11월 30일 프린스에드워드 섬에서 태어났다. 태어난 지 21개월 만에 어머니가 세상을 뜨자 아버지는 재혼하여 서부로 떠나면서 어린 몽고메리를 캐번디시의 외할아버지와 외할머니에게 맡겼다. 이 시골 마을에서 몽고메리는 앤과 같은 감성을 키우고 샬럿타운의 지역 신문에 시를 발표하며 작가로서 재능을 가꾸었다. 캐번디시에 살던 어린 시절 잘못 입양된 열한 살짜리 고아 여자아이의 이야기를 쓴 적이 있는데, 그 이야기가 《빨강 머리 앤》의 기초가 되었다. 또 소설 속에서 앤이 다닌 퀸스 학교의 모델이 된 샬럿타운의 프린스오브웨일스대학과 핼리팩스의 댈하우지대학을 졸업한 뒤 직접 교편을 잡기도 했고, 외할아버지가 돌아가신 뒤에는 외할머니를 도우려고 캐번디시로 돌아와 우체국 일을 했다. 그리고 이곳에서 캐번디시의 들판이 내려다보이는 창가에 앉아 주로 황혼이 내린 저녁에 집필하며 자신의 삶이 투영된 《빨강 머리 앤》을 완성했다. 그리고 《빨강 머리 앤》의 성공에 힘입어, 앤의 대학 생활과 결혼

생활을 비롯하여 죽음에 이르기까지의 일대기를 여러 권의 속편으로 발표했다. 앤 시리즈의 속편들은 안타깝게도 본편만큼 선풍적인 인기를 끌지는 못했다.

빅토리아 시대 소녀들의 꿈과 상상

《빨강 머리 앤》의 배경으로 추정되는 1870년대와 1880년대는 소설의 무대인 프린스에드워드 섬이 영국의 식민지에서 영국령 캐나다 자치연방으로 독립된 직후였다. 세계 곳곳에서 이민자들이 새로운 땅을 개척하겠다는 꿈을 안고 캐나다를 찾아왔고, 도시화와 산업화가 진행되어 건물에는 전깃불이 들어왔다. 그러나 아직 대부분의 사람들은 호롱불을 밝히는 시골 마을의 작은 집에 살았고, 캐나다로 유입된 이민자들 대부분은 빈민 신세를 면치 못했다. 그리고 그중에서도 가장 차별받는 위치에 있던 이들이 바로 여성과 아이들이었다.

여성의 지위가 나아지고는 있었지만 아직 성인 여자에게 선거권이 없었던 것은 물론, 사회로 나아가 능력을 펼칠 수 있는 기회도 매우 제한적이었다. 여자아이들이 수학보다 살림과 바느질을 잘하는 것을 미덕으로 여기던 시대였다.

이렇듯 여성이 정숙하고 순종적이기를 기대하는 시대에 소설은 여성이 사회적으로 자신을 실현할 수 있는 하나의 돌파구였다. 그리하여 이 시대의 소설은 억압된 여성성을 일부 해방시킨 진취적이고 독립적인 여성상을 그리면서도, 온 가족이 둘러앉아 읽기에 부족함이 없는 건전한 내용과 산업화로 급변하는 시기에 변치 않는 도덕률과 일상의 감성을 담아내야 했다. 아직까지는 소설이 독자들에게 사회의 주류 가치관에 반하는 혁신적인 영향을 끼칠 수 있는 사회적 분위기가 아닌 탓이었다. 이런 점에서 《빨강 머리 앤》에 가장 도드라진 장점은 생기발랄한 주인공과 낭만적인 줄거리라고 할 수 있다. 그러나 무엇보다 《빨강 머리 앤》이 오늘날까지 여전히 사랑받는 걸작으로 남을 수 있었던 힘은, 어려운 상황에서도 주변에 대한 따뜻한 시선을 잃지 않고 시행착오를 거치며 밝고 당당한 모습으로 자라나는 고아 소녀의 성장기가 갖는 매력에 있을 것이다.

소설의 끝에서 앤은 가진 능력을 마음껏 펼치며 원하는 목표를 향해 곧게 뻗은 길을 걸어 승승장구하지 않는다. 그렇게 뻗어 있을 것만 같던 길 위에서 원대한 포부를 잠시 접고 무엇이 나올지 모를 길모퉁이로 접어든다. 앤의 발목을 잡은 것은 어쩌면 감사하는 마음으로 소중한 것을 지키고자 꿈을 보류하는 아름다운 희생정신이었을 수도 있고, 가족 간의 사랑과 여성의 희생에서 소박한 행복을 찾는 시대적 압박이었을 수도 있다. 그럼에도 앤이 보여준 가치는 현재에도 의미가 있다. 예기치 못한 그 길에 잔잔한 행복의 꽃이 피어나리라는 긍정은 시대를 초월하여 인간의 삶을 다시 일어서게 만드는 힘이기 때문이다.

유난히 환하고 선명하게 반짝이는 별빛 아래 소담스레 피어나 흩날리는 새하얀 사과꽃들, 장밋빛 노을이 내려앉은 들판과 골짜기, 그 위를 스쳐가는 향긋하고 상쾌한 바람. 앤과 함께 이곳 에이번리의 들판에 앉아 잠깐 쉬어갈 수 있다면, 그래서 한 소녀가 어려움에 굴하지 않고 자신을 둘러싼 환경과 소통하며 어엿한 숙녀로 자라났다는 전설을 떠올릴 수 있다면, 오늘날 우리에게 그보다 더 큰 휴식과 위로가 어디 있으랴.

박혜원

1874년 11월 30일 캐나다 프린스에드워드섬에서 아버지 휴 존 몽고메리와 어머니 클라라 울너 맥닐 사이에서 태어났다.

1876년 생후 21개월만에 어머니를 잃고 캐번디시에서 우체국을 경영하던 외할아버지와 외할머니에게 맡겨졌다.

1884년 제임스 톰슨의 〈사계〉에 영감을 받아 시 〈가을〉을 썼다.

1887년 아버지가 캐나다 서부 프린스앨버트에서 메리 맥레이와 재혼했다.

1889년 어려서부터 일기를 썼지만 그동안 썼던 일기를 모두 없애고 새롭게 다시 쓰기 시작했다. 이때부터 1942년 죽을 때까지 쓴 일기가 아직 남아 있다.

1890년 아버지와 함께 살기 위해 프린스앨버트로 갔다. 샬럿타운의 지역 신문인 《데일리 패트리어트》에 시 〈르폴스 곶에서〉를 발표했다.

1891년 계모와의 불화와 향수병으로 캐번디시로 돌아왔다.

1893년 교사 양성 학교인 프린스오브웨일스 대학에 5등으로 입학했다.

1894년 샬럿타운에 있는 프린스오브웨일스 대학을 졸업하고 2급 교원 자격증을 취득했다. 7월에 비더포드 초등학교에 교사로 부임하여 1896년 6월까지 근무했다.

1895년 1급 교원 자격증을 취득했다. 노바스코샤주 핼리팩스에 있는 댈하우지대학에서 1년 동안 영문학을 공부했다.

1896년 프린스에드워드 섬의 벨몬트 16번지 초등학교에 부임하여 2년간 근무했다.

1898년 외할아버지가 돌아가시자, 외할머니가 하던 우체국 일을 돕기 위해 캐번디시로 돌아왔다.

1901년 신문과 잡지에 글을 쓰면서 이름을 알렸고 《데일리 에코》의 기자로 일했다.

1907년 여러 출판사의 외면을 받다가 인세 500달러를 받고 L. C. Page 사에서 《빨강 머리 앤》을 출판했다.

1908년 M.A.&W.A.J. 클라우스의 일러스트를 넣은 《빨강 머리 앤》이 미국에서 출판되었다. 책 출간 후 낭만적인 소설 내용에 세계적인 베스트셀러가 되었다.

1909년 《빨강 머리 앤》에 대한 독자들의 뜨거운 반응에 후속 작품인 《에이번리의 앤》을 발표했다. 《빨강 머리 앤》이 스웨덴에서 처음으로 번역되어 출판되었다.

1911년 외할머니가 돌아가시자, 우체국 일을 그만두고 장로교의 이완 맥도널드 목사와 결혼했다.

1912년 단편들을 모아 《에이번리 연대기 1》을 발표했다.

1915년 《섬의 앤》을 발표했다.

1917년 《앤의 꿈의 집》을 발표했다.

1919년 미국에서 《빨강 머리 앤》이 무성영화로 제작되고 상영되었다.

1920년 단편집 《에이번리 연대기 2》를 발표했다.

1927년 에밀리 시리즈의 완결판인 《에밀리

의 퀴즈 풀이》를 발표했다.

1935년 대영제국 훈장 4등급(OBE)을 받았으며, 캐나다 여성으로서는 최초로 왕립 학회 회원이 되었다.

1941년 약물에 의존해야 할 정도로 건강이 악화되었다.

1942년 4월 24일 토론토의 저택에서 68세로 세상을 떠났다. 평생 사랑했던 고향 프린스에드워드 섬으로 옮겨져 캐번디시 공동묘지에 묻혔다

옮긴이 **박혜원**

심리학을 전공하고, 현재는 전문번역가로 활동 중이다. 옮긴 책으로 《빨강 머리 앤》, 《에이번리의 앤》, 《곰돌이 푸》 시리즈, 《소공녀 세라》, 《엄마 찾아 삼만 리》, 《시크릿 가든》, 《퀸 : 불멸의 록밴드 퀸의 40주년 공식 컬렉션》, 《브라이언 메이 레드 스페셜》, 《부케북》 시리즈 등이 있다.

빨강 머리 앤 5

초판 1쇄 2026년 1월 15일

지은이 루시 모드 몽고메리
옮긴이 박혜원

펴낸곳 더모던
전 화 02-3141-4421
팩 스 0505-333-4428
등 록 2012년 3월 16일(제313-2012-81호)
주 소 서울시 마포구 성미산로32길 12, 2층 (우 03983)
E-mail sanhonjinju@naver.com
카 페 cafe.naver.com/mirbookcompany
S N S instagram.com/mirbooks